Scarlet
스칼렛

www.bbulmedia.com

Scarlet

스칼렛

www.bbulmedia.com

안아줄개

민(MIN)
장편 소설

안아줄개

SCARLET ROMANCE STORY

contents

프롤로그

딸랑딸랑.

카페 문을 열고 들어오는 손님을 따라 들어온 봄바람에, 문에 달려 있던 종이 맑은 소리를 냈다. 이른 아침 모닝커피를 즐기러 카페를 찾은 손님들의 옷차림은 따뜻해진 날씨 탓에 한결 가벼워진 차림이었다.

하지만 방금 문을 열고 들어온 여자는 따뜻한 날씨에 어울리지 않는 두꺼운 목도리를 칭칭 감고 있었다. 비틀거리는 걸음으로 카운터까지 걸어간 여자는 의자에 앉자마자 테이블로 풀썩 엎드렸다. 갑자기 들리는 인기척에 돌아서서 커피를 내리고 있던 긴 생머리 여자가 놀라 알은체를 했다.

"정다원? 이 시간에 무슨 일이야? 병원 문 열어야 하는 시간 아니야?"

엎드려 있던 다원이 겨우 고개를 들더니 우울한 목소리로 대답했다.

"예약도 없고, 한 시간 뒤에 열기로 했어. 하아. 지연아. 지금 병원이 문제가 아니야. 나 아픈 것 같아. 감기 걸린 것 같아."

"그러게 내가 아직 저녁에는 춥다니까 내 말 무시하고 티 한 장만 입고 다니더라니. 많이 아픈 거야?"

"콜록콜록, 보다시피 기침도 하고 편도도 부은 것 같고 거기다 열도 펄펄 나서 머리까지 띵하니 아파."

웬만하면 아프다는 소리를 안 하는 친구를 너무나 잘 아는 지연은 보통 아픈 게 아니라는 생각에 엎드려 있는 다원의 이마로 손을 갖다 댔다.

"어디 봐 봐."

이마가 뜨거운 게 열은 확실히 있는 것 같았다. 다른 사람들보다 따뜻한 손 때문에 열이 난다고 착각한 건가 싶어 자신의 이마 열도 재 봤지만, 다원의 이마가 훨씬 더 뜨거웠다.

"정말이네. 이번에 감기가 독하다던데? 너 얼른 병원 가야겠다."

병원이란 소리에 다원은 가소롭다는 듯이 코웃음을 쳤다.

"병원이 왜 필요해? 내가 의산데?"

사람도 동물이라는 말을 입에 달고 사는 게 자신의 친구 정다원이었다. 아무리 사람이 동물의 분류에 들어간다고 하더라도 의사도 의사 나름이지.

"넌 동물 고치는 의사라 사람 고치는 자격증은 없잖아. 안 되겠다. 너 얼른 여기 이 층에 있는 병원에라도 갔다 와."

이 층에 병원이 있다니 이건 또 무슨 소리인가? 자신도 모르는 사이에 언제 병원이 생겼나? 생전 처음 듣는 소식에 엎드려 있던 다원이 벌떡 의자에서 일어났다.

"여기 이 층에 병원이 있어? 언제부터? 여기 이 층 비어 있었잖아. 나도 모르는 사이 언제 병원이 들어왔어?"

날벼락 같은 소식에 다원의 목소리는 흥분으로 커져 있었다. 이런 그녀의 반응을 정확히 예상이라도 했던 걸까? 대답하는 지연의 음성은 미동 없이 침착했다.

"너 저번 주 내내 강아지 받느라고 바빴잖아. 그때 들어왔어. 맞다. 너 저번 주 수요일인가? 배고프다고 와서 떡 얻어먹고 갔잖아. 그 떡, 위층에 이사 온 병원에서 돌린 거야."

저번 주는 올해 들어 가장 바쁜 한 주였다. 어디 하늘이 점지해 준 길일이라도 몰려 있었는지 아니면 일복이 터졌는지는 모르지만, 그 주에 한두 마리도 아니고 열댓 마리가 넘는 동네 강아지들을 받아 내느라 밥 먹을 시간도 없을 만큼 바빴다.

지연이 말한 저번 주 수요일 저녁에도 퇴근 시간을 훨씬 지나 시추 새끼 두 마리까지 받아 내고 나서야 병원 문을 닫을 수 있었다. 손 까딱할 힘도 남아 있지 않았던 그녀는 그 길로 건너편 카페로 달려갔다. 배고프다고 징징대던 그녀에게 지연이 선심 쓰듯 던져 준 떡이 그럼? 난 또 그걸 좋다고 날름 받아먹고 맛있다며 웃었는데……. 그럼 그 떡이 이 층에 새로 문을 연 병원의 개업 떡?

"내가 그럼 내 병원 자리를 뺏어 간 병원에서 돌린 떡을 먹었단 말이야? 내가 여기 건물주한테 얼마나 사정을 했는지 지연이 너도 알잖아? 내가 간신처럼 웃으면서 비굴하게 여기 이 층에 세 좀 달라고 했던 거. 이야. 여기 건물 주인 너무한 거 아니야? 내가 사정할 땐 개들은 냄새도 나고 더럽고 시끄럽게 짖어서 안 된다고 했었나?"

흥분하는 다원을 보던 지연은 이제 그러려니 하며 커피만 홀짝홀짝 마셨다. 확 열을 올리며 큰일 낼 듯 투지를 불태우다가도, 조금만 있으면 이성을 찾고 잠잠해지는 성격의 친구를 너무나 잘 알고 있었기 때문이었다.

그로부터 한동안 건물 주인에 대한 이러쿵저러쿵하는 소리가 계속되더니 역시나 지연의 예상대로 다원은 이내 잠잠해졌다. 한 풀 꺾인 얼굴을 한 다원이 물었다.

"그래서 병원은 잘 꾸며 놨어?"

"나도 안 가 봐서 몰라. 근데 문 연 지도 얼마 안 됐는데 사람들이 많이 찾는 거 같긴 해."

"그래? 내 이럴 줄 알았어. 내가 여기 이 층으로 이사를 왔어야 한다니까. 여기가 음양이 만나서 터가 좋은 터라니까. 장사가 잘 되는 명당 자리라고! 거기다 건물도 신식이지, 넓은 주차장도 딸려 있지. 에이. 약 올라. 얼마나 잘해 놨는지 내가 당장 가서 봐야지. 위에 가서 보고 올게!"

그새 자신이 아프다는 것도 잊어버렸는지 쌩쌩해진 다원이 쏜살같이 카페 문을 열고 나가 버렸다. 지연은 못 말리는 친구 덕분에 아침부터 즐거워졌다.

지연이 운영하고 있는 '봄날의 오후'라는 카페에서 문을 열고 나가면 바로 앞에 횡단보도가 보인다. 그 횡단보도만 건너면 바로 맞은편에 낡은 건물 하나가 있는데, 거기에 그녀의 친구 정다원이 운영하는 동물병원 '안아줄 개'가 위치하고 있다.

2년 전, 이 위치에 이 월세가 어디냐며 꼬드기던 부동산 아주머니 꾐에 넘어가 차린 동물병원은 다원의 노력으로 이 근방에서 그래도 꽤 알아주는 동물병원이었다.

그리고 6개월 전쯤, 이 자리에 4층 건물이 들어섰다. 그리고 지연도 일 층에 오랫동안 준비해 오던 카페를 열 수 있게 되었다. 한 달 전부터였던가? 카페를 수시로 들락거리던 다원이 매의 눈으로 새 건물을 이리저리 힐끔거리며 염탐하더니, 여기 건물로 들어오겠다고 벼르고 있었다.

그녀의 동물병원이 있는 건물은 오래되고 낡은 탓에 비가 많이 오는 날이면 가끔 물이 새기도 했고, 주차장도 따로 없다 보니 손님들 사이의 불편이 이만저만이 아니라고 다원이 늘 불평했었다.

하지만 병원을 옮겨야 하는 더 중요한 이유가 있는데, 바로 풍수지리적으로 딱 봐도 장사가 잘될 것 같다나, 뭐라나. 물론 지리적으로 앞에는 쉽게 닿을 수 있는 큰 도로가 있고 얼마 전 생긴 아파트 단지가 있다는 것도 위층 병원이 장사가 잘되는 이유가 되겠지만, 다원은 전혀 눈치채지 못한 더 중요한 사실이 있었다.

문을 연 지 얼마 되지 않은 병원이 며칠 만에 장사가 잘되는 이유는 바로 진료하는 두 명의 남자 의사가 여느 배우 못지않게 잘생긴 데다가 미혼이기까지 하다는 소문이 파다하게 퍼져서일 것이다.

그 소문 덕에 온 동네 시집 못 간 처녀들은 물론이고 잘생긴 얼굴이라도 한번 보려는 아주머니들로 이 층 병원은 문전성시를 이뤘다. 하지만 지금 건물을 뺏긴 다원은 위층 병원의 성황은 오로지 새 건물의 지리적 요건 때문이라고만 치부해 버리겠지.

지연은 식어서도 은은한 향기를 풍기는 커피 잔을 내려놓고 유리창 너머를 응시했다. 밖은 벌써 봄을 알리는 하얀 목련이 수줍게 얼굴을 비치고 있었다. 왠지 따뜻한 봄 날씨 때문에 나른해진 일상에 사이다처럼 톡톡 쏘는 재밌는 일이 생겨날 것만 같은 기분이 들었다.

✻

계단을 통해 이 층으로 한걸음에 올라간 다원은 병원 밖을 유심히 관찰했다. 그녀에겐 지금 쓸데없이 크기만 한 개업을 축하하는 커다란 화분도 맘에 들지 않았고, 그 흔한 휴지 조각 하나도 보이지 않는 깨끗한 통로 역시 못마땅했다. 보는 눈이 삐뚤어져 있는 그녀에게는 온통 마음에 들지 않는 것들뿐이었다.

"에헤이, 너무 깨끗해. 우리 동물병원 앞처럼 쓰레기도 좀 널려 있고 해야 인간미도 느껴지고 하지. 이름도 한마음내과가 뭐냐? 작명 센스하고는. 나 정도는 돼야지. 안아줄 개. 얼마나 센스가 있느냔 말이다."

하지만 말과 달리 마음속으로는 부러움을 감출 수가 없었다. 다만 부러움이 담긴 말을 내뱉는 순간 지는 거란 걸 너무나 잘 알고 있어, 사소한 것들에 트집을 잡고 툴툴거리는 것뿐이었다.

유리문에 가려 안이 잘 보이지 않자 다원은 내부만 살짝 구경할 요량으로 조심스럽게 문을 열고 들어갔다. 안으로 들어간 다원은 들어온 것을 단번에 후회했다.

'저, 저건? L사에서 나온 울트라 HD 곡선 벽걸이 TV?'

대기실에 떡하니 붙어 있는 벽걸이 텔레비전은 얼마 전 사고 싶었지만 포기했던 최신식 텔레비전이었다. 독립해서 산 지 8년 가까이 되지만 아직 집에 텔레비전도 없는 그녀가 큰맘 먹고 하나 장만하려다 너무 비싸 눈물을 머금고 접어 버린 그 텔레비전이었다.

텔레비전뿐만이 아니었다. 앉기만 해도 잠이 절로 올 것 같은 푹신해 보이는 가죽 소파도 그녀 병원에 있는 싸구려 인조 가죽 소파와 달리 최고급으로 보였다. 거기다 그녀가 가장 약이 오른 것이 있다면 바로 이른 아침이었는데도 손님이 꽤 많다는 것이었다.

누가 봐도 사람 고치는 병원과 동물을 고치는 병원은 애초부터 경쟁 상대가 되지 않는데, 건물을 뺏겨 속이 상한 다원에게는 이층 병원은 기필코 이겨야 할 경쟁 상대로 간주되고 있었다.

'주사는 할아버지한테 가서 맞아야겠다.'

옆 옆 건물에서 진료를 하고 있는 의사 할아버지 병원으로 가야겠다고 결심하고 돌아서는데, 그녀 앞을 가로막는 가녀린 그림자가 있었다. 눈을 들어 보니 절로 부러움을 자아내는 얼굴을 가진 간호사가 천사같이 웃으며 다원을 보고 있었다. 얼굴만 예쁜 것이 아니라 친절하기까지 한 간호사가 상냥하게 다원을 보며 인사했다.

"어서 오세요. 처음 오시는 거세요?"

"하하. 네."

그 자리에서 딱 걸린 다원은 이러지도 저러지도 못하고 어색한 웃음만 지었다. 병원 안까지 들어와서 그냥 나갈 수도 없고.

누가 병원 염탐하러 왔느냐고 묻는 것도 아닌데 괜히 속으로 뜨끔한 다원은 간호사를 따라 순순히 접수까지 마치고 대기 자리로 가 앉았다. 분하다는 얼굴을 숨기고 소파 끄트머리에 엉덩이만 걸치고 앉아 있는데 옆 사람 건너편에 앉아 있던 사람이 불쑥 알은체를 했다.

"원장님?"

"김 간호사?"

김 간호사를 여기서 볼 줄이야. 병원에 다원이 자리를 비우더라도 그녀만 있다면 문제가 없다고 할 정도로 베테랑인 김 간호사는, 다원이 전적으로 신뢰해 마지않는 직원이었다. 얼굴이 활짝 핀 걸 봐서는 어디 아픈 것 같지는 않았다.

"원장님이 여긴 무슨 일이세요? 설마 선생님도 소문 듣고 오신 거예요?"

소문? 무슨 소문? 전혀 모르겠다는 다원을 본 김 간호사는 무슨 극비사항이라도 이야기하는 듯 귓속말로 속삭였다.

"여기 남자 의사 선생님이 두 분 계시는데 한 분은 웬만한 배우 저리가라 할 정도로 선이 굵고 카리스마 있게 잘생기셨고 다른 한 분은 순정 만화에 나오시는 남자 주인공처럼 샤방샤방 하시대요."

김 간호사의 특급 정보를 듣고 나서 대기실을 한 번 훑어보니 안에 있는 사람은 전부 여자였다. 이제 보니 좋은 건물에 들어온 것도 모자라 손님을 유도하기 위해 미남계까지 쓰고 있었다. 대체 얼마나 잘생겼기에 이 정도인지.

다원 역시 미인계로 손님을 모으고 싶었지만 딱 하나 중요한 문제점이 있었는데, 바로 그녀는 미인계를 쓸 만큼 뛰어나게 예쁘지 않다는 것이었다.

눈에 띄게 예쁜 얼굴도 아니었고 그도 아니면 쭉쭉 빵빵 늘씬한 몸매라도 있으면 좋을 텐데 그것도 해당사항이 없었다. 그냥 평범한 키와 몸무게에 평범한 얼굴, 지극히 대한민국 표준 여성의 표본이었다. 예쁘다는 말보단 귀엽다는 말을 더 자주 듣는 정도? 친구 지연이라면 몰라도 그녀가 미인계라, 아마 있던 손님까지 낙엽 떨어지듯 우수수 다 떨어지는 역효과가 일어날지도 모를 일이었다.

'아님, 이번에 지연이를 접수대 직원으로 확 스카우트해 버릴까?'

키도 모델들처럼 170센티가 넘지, 긴 머리에 웃으면 살짝 전지현을 닮았다는 소리를 많이 듣는 친구 지연은 그 흔한 만 원짜리 티도 명품으로 바꿔 버리는 신기한 재주를 가진 여자였다. 아마 미인계로 여기 이 병원보다 더 많은 손님을 끌어모을 것이라 장담할 수 있었다.

'그러고 보면 지연이네 카페가 장사가 잘 되는 이유도? 설마 커피가 맛있어서가 아니라 지연이의 미모 때문?'

그제야 세상 돌아가는 이치를 다시금 깨닫는 다원이었다. 잘 되는 카페를 놔두고 동물병원 접수라니, 말도 안 되는 소리였다. 현실을 직시한 다원의 고개가 절로 땅으로 떨어졌다. 직장 상사의 절망을 아는지 모르는지, 김 간호사는 알고 있는 특급 정보를 신나게 떠들어 댔다.

"원장님. 여기 대기하는 사람들 모두 저쪽 오른쪽 진료실에는 안 들어가고 싶어 해요."

"왜요?"

"오른쪽 진료실에 의사 선생님이 되게 무뚝뚝하시고 까칠하신가 보더라고요. 전에 어떤 아가씨가 아픈 데도 없는데 은근슬쩍 당신 얼굴 한번 보고 싶어서 왔다는 식으로 이야기하니까, 단번에 아프지도 않으면서 병원은 왜 왔느냐고 그러셨대요. 반면에 왼쪽 진료실 선생님은 되게 친절하고 상냥하셔서 목소리만 들어도 가슴이 콩닥콩닥하는 경험을 하게 된다던데요?"

설마 병원에 온 환자한테 그렇게 불친절했을라고? 다원은 말도 안 되는 김 간호사의 말을 그대로 믿을 순 없었다.

"에이 설마요."

"아니에요. 모두들 저쪽으로 들어가기만 바란다니까요. 보세요. 저기 오른쪽 진료실로 들어가는 사람이랑 왼쪽 진료실로 들어가는 사람이랑 발걸음부터가 다르잖아요."

김 간호사의 말은 진짜였다. 오른쪽 진료실로 들어가는 여자의 발걸음은 무거운 추를 단 듯 천근만근인 반면, 왼쪽 진료실로 들어가는 여자의 또각또각 걸어가는 구두 소리는 마치 탭댄스를 추는 것처럼 경쾌하고 신나 보였다.

"아니, 여기가 무슨 저승사자 앞이라도 되나 보지? 흥!"

좋은 게 좋은 거라고 좋게 보려고 해도 맘에 들지 않는 것투성이였다. 먹던 사탕을 빼앗긴 아이처럼 다원이 계속해서 툴툴거렸다. 이내 들어갔던 환자들이 상반된 표정으로 진료실을 나오자 친절하고 상냥한 간호사의 목소리가 다원과 김 간호사의 이름을 호명했다.

"정다원 님, 오른쪽으로 들어가시면 되고요. 김선영 님, 왼쪽으로 들어가시면 됩니다."

간호사의 말에 선영의 얼굴에는 연말 보너스를 받았을 때에 버금가는 미소가 떠올랐다. 저렇게 좋을까나?

"아싸! 그럼 원장님 좀 이따 뵐게요."

선영은 좋다고 진료실로 뛰어 들어갔고, 다원은 모두가 기피한다는 오른쪽 진료실로 들어갔다. 어디 얼마나 잘생겼는지 내 객관적인 눈으로 제대로 평가해 주겠다고 단단히 벼르고 들어간 다원은 안경을 끼고 컴퓨터 화면을 보고 있는 남자의 옆모습에 잠시 흔들렸다.

'뭐 이목구비가 뚜렷하니 선도 굵고 한 마리 셰퍼드같이 잘생기긴 했네.'

하지만 이내 다원은 냉정해져서 가자미눈을 뜨고 단점을 찾으려 애썼다. 하지만 역시나 잘생긴 건 인정해야 했다. 일반인 중에 저 정도면 최상급인 에이 뿔 등급을 줄 만했다. 이러니저러니 해도 이 근방에서 제일 잘생긴 얼굴이라는 데는 반박할 여지가 없었다. 환자들이 앉는 동그란 회전의자에 앉은 다원은 유리 명패에 적힌 이름을 힐끔거렸다.

[전문의 류하준]

이내 컴퓨터 화면을 보고 있던 의사가 몸을 돌려 앉더니 인상을 쓰고 따라 들어온 간호사를 향해 물었다.

"박 간호사님. 누가 병원에 개를 데리고 들어왔습니까?"

뜬금없는 그의 말에 간호사는 손까지 내저으며 부인했다.

"아니요. 그럴 리가요. 동물은 금지잖아요."

간호사의 말이 믿을 수 없다는 듯 다시 한 번 킁킁거리던 의사는 진지하고 낮은 음성으로 중얼거렸다.

"이상하네, 어디서 개 냄새 나지 않아요?"

"글쎄요. 저는 아무런 냄새도 안 나는데요?"

냄새가 나니, 안 나니 실랑이를 벌이던 두 사람은 없는 개를 찾는답시고 이리저리 두리번거리고 있었다. 그런 두 사람 사이에 끼인 다원은 속으로 중얼거렸다.

'찾는 개 여기 있네요.'

두 사람이 아무리 찾아봤자 없는 개를 찾을 리가 만무했다. 하루 종일 개와 함께 있는 다원에게서 옅게나마 개 냄새가 풍기는 건 어쩌면 당연한 일이었다. 여기서 나한테서 개 냄새가 난다고 손을 들고 나설 수도 없는 일이었고 다원은 그냥 가만히 앉아 두 사람이 하는 양을 보고만 있었다.

의사는 그녀에게서 냄새가 난다는 것을 전혀 눈치채지 못하는 듯했다. 그런데 문득 기분이 상하기 시작했다. 아니 아프다고 온 환자를 앞에 두고 빠른 처치와 진심 어린 치료는 제공하지 못할망정 인상이나 쓰다니. 이게 무슨 나일론 의사 같은 짓인가 싶었다.

얼마나 지났을까? 시간이 흘러 후각이 익숙해져 더 이상 냄새를 인지 못 할 즈음이 되자 그제야 의사는 무심하게 그녀를 향해 물었다.

"어디가 아프십니까?"

그래, 나는 지금껏 이 질문만 기다렸다는 듯이 다원이 다다다 말을 쏟아 냈다.

"날씨가 따뜻해진 줄 알고 옷을 얇게 입었더니, 저녁에는 아직 상당히 춥잖아요? 열도 좀 있는 것 같고 머리도 아프고 기침도 하고요. 코도 막히고 목도 좀 따끔거리고 아픈 게 감기에 걸린 것 같은데요?"

다원의 기다란 증상 설명에 남자 의사는 딱딱한 말투로 한마디를 했다.

"감기에 걸렸는지 아닌지는 제가 판단합니다."

생각도 못한 대답에 아니 무슨 이런 의사가 다 있나 싶어 다원은 헛웃음이 나왔다.

이제 보니 왜 옆방 의사에게 진찰받겠다는 사람이 줄을 섰는지 충분히 이해가 됐다. 이렇게 불친절한 의사가 어디 있나? 슈바이처 같은 봉사와 헌신 같은 건 바라지도 않았다. 의사도 이제 나름 서비스 업종인데 서비스 정신이 이렇게 부족해서야. 다원이 참지 못하고 한 소리를 하려는데 의사가 먼저 치고 들어왔다.

"아, 해 보세요."

하고 싶은 말은 있었으나 입을 벌려야 하는 통에 다원은 할 말을 속으로 삼켜 버렸다. 하지만 최적의 타이밍을 기다리고 있을 뿐 아예 말을 접은 건 아니었다. 자기가 판단한다던 의사가 입안의 진찰을 마치고 하는 소리에 다원은 안 그래도 막힌 코가 더 막히고 기까지 막혔다.

"감기네요."

기가 막혀 말도 안 나오는 다원을 앞에 두곤 의사는 간단하게 처방을 내렸다.

"편도가 좀 많이 부었네요. 주사 맞으시고요. 약 지어 드릴 테니 오늘 드시고 차도가 없으시면 내일 한 번 더 오세요."

의사는 자기 할 말만 하고는 옆으로 몸을 돌려 처방전을 입력하는 게 다였다. 아무리 그래도 한 오 분 정도는 증상도 설명하고 주의해야 할 거라든가 이런 걸 좀 자세히 알려 줘야 하는 게 아닌가.

대부분의 병원이 진찰을 금방 끝내는 게 다반사고 정작 진료실에 들어갔다 오 분도 채 되지 않아 나온다지만 내 돈 내고 내가 진료받는 건데 너무 성의가 없는 것 아닌가 싶었다. 다원이 참지 못하고 기어이 속에 있던 말을 꺼냈다.

"근데 너무 성의가 없으신 거 아니세요? 감기에 걸렸다면 푹 쉬라든가, 아님 편도가 부었으니 따뜻한 물을 수시로 마시라든가. 이런 주의도 좀 해 주시고 그러셔야 하는 거 아니에요?"

억울한 듯 따지는 다원을 본 의사는 쓰고 있던 뿔테 안경을 벗었다. 남자의 눈을 마주한 순간 다원은 숨을 멈추고 긴장했다. 안경에 가려져 있던 남자의 눈이 블랙홀처럼 빨려 들어갈 만큼 깊고 검었고 생각을 읽을 수 없을 만큼 무신경해 보였기 때문이다.

"잘 알고 계시네요. 알고 계신 대로 하시면 됩니다."

말을 마친 남자는 그대로 차트에 눈을 고정했다. 옆에 있던 간호사가 주사실로 가면 된다고 하는 소리에 다원은 겨우 자리에서 일어났다.

막 삿대질까지 해 가며 따지고 싶었지만 불친절하다는 것 빼고는 솔직히 의사가 크게 잘못한 건 없었다. 주사실로 가는 도중에 오만 가지 생각이 들었지만 단 하나의 생각은 확고했다.

'그래, 맘에 안 들면 다시는 안 찾아오면 되지. 내 다시는 이 병원 찾아오나 봐라.'

주사를 맞기 위해 엉덩이를 까고 있는데 간호사의 말이 들려왔다.

"조금 따끔할 겁니다."

"아!"

다원의 입에서 절로 비명 소리가 흘러나왔다. 따끔할 거라던 주사가 너무 아팠기 때문이었다.

'이게 다 그 불친절한 의사 자식 때문이다.'

주사가 아픈 거야 당연한 거였지만 더 아프게 느껴진 것을 하준의 탓으로 돌리는 다원이었다. 주사 맞은 곳을 솜으로 잘 누르고 당당하게 병원을 나온 다원은 뜬금없이 돌아서서는 병원을 향해 그녀가 할 수 있는 최선의 욕을 날렸다.

"칫! 이놈의 병원. 한 달 만에 확 망해 버려라."

1. 악연? 우연?

며칠 후, 봄날의 오후 카페 안에는 죽어도 가기 싫다고 버티고 있는 다원과 그런 그녀를 어떻게 해서든 데리고 올라가려는 지연이 한참이나 대치 중이었다.

"너 아픈데 계속 이렇게 버틸 거야?"

"어."

다원은 지금, 전과는 비교할 수 없을 만큼 아주 많이 아팠다. 병원 갔다 온 후 좀 괜찮아지나 싶더니, 어제 중성화 수술 두 건과 슬개골 탈구 수술 한 건을 연달아 하고 나자 물러간 줄 알았던 감기가 다시 도져 몸이 말이 아니었다. 감기에는 푹 쉬는 게 최곤데, 무리해서 수술을 했더니 전보다 더 심해진 것 같았다. 정신을 못 차리고 엎드려 있는 다원을 보다 못한 지연이 얼른 병원에 가라며 떠밀고 있었다.

"잘됐다. 얼마 전에 갔던 이 층 한마음내과 가면 되겠네."

지연의 말에 엎드려 있던 다원이 질색하며 몸을 일으켰다.

"싫어! 거기는 다시는 안 가."

이리도 질색을 하는 걸 보니 별일이다 싶었지만 지연도 꼭 이 층 병원을 고집할 이유가 없었다. 지금 중요한 건 친구의 컨디션이 조금이라도 좋아지게 만드는 것이었다.

"위에 있는 병원이 그렇게 싫으면 옆 건물에 왕 의원 할아버지네 병원이라도 갔다 와."

그녀라고 그 생각을 안 해 봤겠냐. 도저히 안 되겠다는 생각에 링거라도 한 대 맞아야겠다 싶어 출근하는 길에 들렀더니 문은 꼭 잠겨 있었다. 가는 날이 장날이라더니

[봄맞이 꽃놀이 갑니다.^^]

꽃놀이로 며칠 쉰다는 안내문만 붙어 있었다. 왕 할아버지는 인생 별거 있나 즐기는 게 최고지라는 인생관으로 틈만 나면 이렇게 문 앞에 어디로 가는지까지 상세히 붙여 놓으시곤 어디론가 떠나시곤 했다. 그러다 보니 병원 문을 여는 날이 손에 꼽힐 정도였다.

하필이면 그 날이 오늘이라니. 병원 문이 잠긴 걸 본 다원은 닫힌 병원 문을 붙잡고 좌절했었다. 누구는 아파 죽겠는데 꽃놀이 간다고 병원까지 비운 할아버지 덕분에 감기가 더 심해진 것 같았다.

"할아버지 놀러 가셔서 병원 문이 잠겼어."

"그래? 아님, 이참에 쉬는 겸해서 병원 문 일찍 닫고 좀 먼 데

있는 병원이라도 가든가."

"나도 그러고 싶지. 근데 좀 있다 수술 한 건 잡혀 있어."

얼굴 표정을 보니 이건 보통 아픈 게 아니었다. 이번에는 손을 질질 끌고서라도 병원으로 끌고 가야 할 것 같았다. 가장 가까운 병원은 문을 닫았지. 병원 문을 닫고 좀 먼 곳에 있는 병원을 가려 해도 수술이 잡혀 있으니 그도 안 되지. 그렇다면 다원이 그리도 싫어하는 이 층 병원밖에 없었다.

선택지는 세 개가 있었지만 정작 선택할 수 있는 것은 하나였다. 보다 안 되겠다 싶었는지 지연이 다원의 팔을 힘주어 잡고 일어섰다. 정말 아프긴 한 건지 몸에 힘이 없어 곧바로 딸려 오는 게 흐느적거리는 풍선 인형 같았다.

"왜, 왜 이래? 위에 있는 병원은 안 간다니까."

"시끄러. 애도 아니고 지금 네가 병원 고르게 생겼어? 너 이렇게 제정신 아닌 상태로 수술이라도 하다가 남의 귀한 강아지 황천길 보낼 수도 있다고."

정신이 번쩍 들게 충고하는 지연의 말에 다원은 대꾸하지도 못하고 입을 다물었다. 아무리 베테랑이라고 해도 몸 컨디션이 받쳐 주지 않으면 무슨 일이 일어날지 아무도 모를 일이었다. 다원을 부축한 지연이 와플을 만들고 있던 아르바이트생을 불렀다.

"민제야. 나 이 층 병원 잠깐 갔다 올 테니까 카페 잘 보고 있어."

수많은 경쟁자들을 제치고 잘생긴 얼굴과 서글서글한 성격으로 단번에 알바 자리를 차지한 민제가 걱정 마시라며 손을 들어 보였다.

"네. 사장님 걱정하지 마세요. 여긴 제가 제대로 지키고 있겠습니다."

민제의 응원을 뒤로하고 지연에게 이끌려 가는 다원의 모습이 처량해 보였다. 뭉그적거리는 다원을 힘주어 끌고 올라간 지연은 이윽고 이 층 한마음내과라고 큼직이 적혀 있는 유리문 앞에 다원을 데려다 놓았다. 다원이 얼마 전 다시는 이 병원의 문턱을 넘지 않겠다고 다짐한 것이 무색했다. 무슨 세상이 무너진 것처럼 크게 한숨을 쉬는 그녀를 보며 이해할 수 없다는 듯 지연이 물었다.

"아니, 대체 이 병원 의사가 어떻게 했기에 이래?"

아픈 몸을 하고도 역시나 입은 살아 있는지 다원이 열변을 토했다.

"내 살다 살다 그렇게 불친절한 사람은 처음 봤어. 아니 글쎄 내가 감기 걸렸는지 아닌지는 자기가 판단한다 이거야. 나는 그냥 주사나 맞고 처방대로 약이나 지어 가라 이거지."

작은 일도 확대 해석하는 경향이 있는 친구를 너무나 잘 아는 지연은 다원이 과장하는 거라 생각했다.

"설마 그렇게까지 했을라고?"

"진짜라니까. 너도 한 번 봤어야 하는데, 얼굴만 번지르르하면 뭐 하나? 성격이 지랄 맞은데. 내 장담하는데 아마 여자 친구도 없을 거다. 그 성격을 받아 주는 여자가 있으면 그 여자야말로 오랜 세월 득도로 경지에 오른 신선이지, 신선."

얼마나 지났을까? 그 뒤로도 이러쿵저러쿵하는 다원의 열변 아닌 열변은 계속됐다. 낮말은 새가 듣고 밤말은 쥐가 듣는다는

데, 지연이 다원을 말렸다.

“이러다가 누가 들으면 어쩌려고?”

“들으면 들으라지. 내가 겁먹을 줄 알고?”

“그래도 병원 앞이잖아.”

“병원 앞이면 뭐? 내가 말 못 할 줄…….”

지연이 말렸지만 아직 할 말이 많은 다원이었다. 하지만 그녀의 말은 계속될 수 없었다. 그 이유인 즉, 뒤쪽에서 봄과는 어울리지 않는 서늘한 기운이 느껴졌기 때문이다.

영화나 드라마 같은 데 보면 꼭 이럴 때 뒤에서 음침한 기운이 느껴지면서 험담하고 있는 상대가 떡하니 나타나더라니, 갑자기 두 사람의 얼굴 위로 그림자가 드리워졌다. 역시 아니나 다를까 언제 왔는지 다원이 그리도 흉을 보던 그 의사 놈이 떡하니 서 있었다.

“안 들어갑니까?”

아까의 좋던 기세는 어디 갔는지 다원의 몸은 생각하는 석고상처럼 눈에 띄게 굳어졌다. 의사는 전번에 봤던 하얀 가운이 아닌 몸에 딱 맞는 슈트를 입고 떡하니 서 있었다. 이제 출근하는지, 한 손에는 검정색 서류 가방을 들고 한 손은 바지 주머니에 찔러 넣고는 여전히 표정을 알 수 없는 무표정한 얼굴로 서 있었다.

이 당황스럽고 곤란한 상황에서 다원이 할 수 있는 일이라곤 이제 어떻게 이 상황을 자연스럽게 벗어날 수 있는가 좋은 방법을 생각하는 것이었다. 얼굴에 철판을 깔고 모르는 척 시치미를 떼고 병원 안으로 들어갈 것인가? 아니면 이대로 돌아서 도망치는 거다. 그리고 다신 이 병원 근처에 얼씬도 하지 않는 거지. 누구나 이 선택의 순간에 놓여 있다면 당연히 후자를 택할 거다. 다원은 지연을 향해 눈으로 물었다.

'설마 방금 들은 거?'

'몰라.'

지연은 모른다는 의미로 고개를 흔들었다. 두 사람이 꾸물거리고 있는 동안 두 사람 옆을 지나 하준은 병원 안으로 들어가 버렸다. 이대로 돌아서서 줄행랑을 칠 요량으로 다원이 발을 돌린 순간, 지연이 그녀의 목덜미를 잡아챘다. 안 그래도 남다른 발육을 자랑하는 지연의 긴 팔이 목덜미를 끌곤 인기척에 자동으로 열리는 유리문 안으로 그녀를 밀어 넣으려고 했다.

"왜, 왜 이래. 홍지연, 나 네 하나밖에 없는 친구야."

"그러니까, 너 링거 한 대 맞아야 오늘 수술할 수 있어. 그리고 못 들었을 수도 있잖아."

"그게 말이 돼? 들었을 거라고."

"들었으면 한마디 했겠지. 아무렇지 않게 들어가겠어? 못 들은 게 분명하다니까."

"그래도 싫어. 수술 마치고 병원 갈게. 여기는 도저히 안 되겠어."

다원이 다리에 힘을 주고 버텨도 봤지만 소용이 없었다. 지연이 버티는 다원을 단번에 병원 안으로 밀어 넣었다. 자기만 남겨두고 유리문 뒤에서 손을 흔들고 있는 지연에게 억울한 듯 다원이 말했지만, 유리 너머의 친구는 손을 흔들곤 유유히 모습을 감췄다.

'그래, 지금이라도 늦지 않았다. 바로 나가면 되지.'

다원이 발을 돌린 순간 그녀를 붙잡은 건 다름 아닌 백의의 천사같이 친절하며 예쁘기까지 했던 간호사의 목소리였다.

"정다원 님? 오셨어요?"

한 번 왔던 환자 이름을 잊지도 않고 기억해서 불러 주는 간호사가 대한민국에서 몇이나 되겠나? 이런 간호사를 무시하고 돌아설 만큼 다원의 성격은 여기 누구처럼 무심하지는 않았다.

그리고 잘 생각해 보니 내가 뭘 잘못해서 피하나 하는 생각까지 들었다. 그녀는 지극히 사실만을 말한 것뿐이었다고 스스로를 납득시켰다. 그리고 가능성은 희박했지만 지연의 말처럼 못 들었을 수도 있는 거였다. 어정쩡하게 돌아선 다원은 어색한 미소를 지었다.

"네? 네에. 안녕하세요?"

"감기 때문에 다시 오신 거예요?"

"네. 그게 더 심해져서……. 링거라도 한 대 맞을까 싶어서요."

"그럼 잠시만 앉아서 기다려 주세요. 선생님 준비되시면 바로 불러 드릴게요."

그 순간 다원은 간호사의 팔을 붙잡고 간절히 부탁하고 싶었다.

'오른쪽 말고 왼쪽 진료실로 날 좀 넣어 줄 순 없겠어요? 내가 다른 건 해 드릴 게 없고 혹시나 집에 강아지를 키우신다면 우리 병원에서 365일 24시간 대기조로 우리 병원 VVIP 고객으로 모시겠어요.'

하지만 그런 말을 꺼내기에 그녀는 지극히 소심한 인간형의 표본이었다. 초조한 마음으로 대기 중인 다원은 그녀 앞에 기다리고 있던 손님들이 한 명씩 들어갈 때마다 천국과 지옥을 오갔다.

왼쪽 진료실에서 사람이 나오고 그녀의 이름이 불리기를 기다릴 때는 천국으로 갈 듯 어깨가 하늘로 올라갔지만 오른쪽 진료실에서 사람이 나오면 그녀의 어깨는 다시 땅으로 처졌다. 그래, 이제 보니 여기가 바로 저승사자 앞이었다.

그녀보다 먼저 온 사람이 더 이상 없다고 느껴질 즈음 오른쪽 진료실에서 진료를 마친 사람이 밖으로 나왔다. 이윽고 간호사가 다원의 이름을 불렀다.

"정다원 씨."

"네?"

"오른쪽 진료실로 들어가시면 됩니다."

설마설마했는데. 하늘도 무심하시지. 오른쪽 진료실, 지옥 당첨이었다. 50퍼센트의 확률로 간절히 기다리다 아깝게 비켜 가서일까? 기다리며 아드레날린을 계속 뿜어 대던 몸은 더 이상은 기대할 것이 없다는 것을 알았는지 갑자기 더 아파 왔다. 물에 흠뻑 젖은 솜처럼 축 늘어진 그녀의 발걸음을 너무 아파서 그런 것이라 오해한 간호사는 친절하게 오른쪽 문까지 열어 줬다.

"많이 아프신가 봐요. 제가 선생님께 링거도 맞고 싶다고 하셨다고 미리 말씀드렸어요."

"네? 네에. 감사합니다."

친절하다 못해 친절이 흘러넘치는 간호사의 말에 다원의 어깨는 절로 바닥으로 떨어졌다. 고개를 숙이고 들어간 진료실은 전과 비교해서 아무것도 바뀐 것이 없었다.

정작 아까 다원의 말을 들었다면 당연히 화가 나거나 기분이 안 좋아 보여야 할 의사도 전처럼 무심한 얼굴로 컴퓨터를 응시하고 있었다. 바뀐 것이라곤 그녀밖에 없었다. 전처럼 종알종알 아픈 곳을 읊어 대던 다원의 입은 꾹 다물어져 있었다.

다원이 아무 말 없이 앉아 있는데 하준은 정말 지연의 말처럼 조금 전 일은 전혀 듣지 못했던 건지, 전과 다른 점은 전혀 찾아볼 수 없었다.

"어디가 아프셔서 오셨습니까?"

내가 하던 소리를 듣고도 모르는 척하는 건가? 아님 정말로 못 듣고 이러는 건가? 얼굴을 살며시 든 다원이 작은 목소리로 답했다.

"그게……. 감기가 더 심해져서요."

하준의 얼굴을 힐끔거리며 표정을 살피던 다원은 여전히 전과 다른 점이 하나도 발견되지 않는 의사의 표정을 보곤 생각했다. 분명 못 들은 것이 분명하다고.

"목소리를 보니 코도 막히신 것 같고 편도도 꽤 아프실 것 같네요."

"네. 좀."

"링거 한 대 맞으시면 좋겠네요."

"네. 안 그래도 그러려고 했어요."

말 잘 듣는 학생처럼 다원이 고개를 끄덕였다. 그런 그녀를 두고 컴퓨터로 시선을 돌린 하준이 전과 달리 처방전만 입력하는 것이 아니라 이렇고 저런 말들을 나열했다.

"감기에는 무조건 쉬시는 게 최곱니다. 너무 무리하지 마시고 오늘은 좀 푹 쉬세요. 링거 맞으시고 처방전 받아 가시면 됩니다."

전보다 꽤 많은 말을 하고 있는 하준이었지만 다원은 그런 작은 변화 따위는 전혀 알아차리지 못하고 있었다. 드디어 진료가 끝이 나고 있다는 것, 이제 이 진료실에서 나간다는 것 그것들만이 그녀에겐 중요했기 때문이었다.

"감사합니다. 안녕히 계세요."

얼른 인사를 하고 진료실을 나온 다원은 링거를 맞기 위해 병실로 발을 돌렸다. 주사실 바로 옆방에 위치한 병실은 어느 중견 병원에 비교해서도 손색이 없을 만큼 깨끗했고 잘 준비되어 있었다. 침대 매트리스도 적당히 푹신한 게 투자를 많이 한 티가 났다.

그녀는 편안히 침대에 걸터앉아 링거를 기다리고 있었다. 앉은 침대를 누르며 매트리스의 쿠션을 느끼던 다원은 간호사가 주사를 들고 들어오자 모든 동작을 멈췄다. 링거를 맞기 위해 누운 다원이 간호사를 올려다보며 부탁했다.

"제가 혈관이 얇아서 찾기가 힘드실 거예요."

"네. 그런 건 걱정하지 마세요. 제가 주사 바늘 꽂은 지가 몇 년인데요? 저 웬만하면 두 번 안에 찾아내요."

당당하게 말하며 팔을 걷어붙이던 간호사는 한 번, 두 번 주사 바늘을 꽂았다 빼더니 허둥거리기 시작했다. 한두 번이 지나고 네 번째 바늘을 꼽는 순간 다원의 입에서는 절로 신음 소리가 흘러나왔다.

"아!"

얼마나 당황스러울까? 여전히 혈관을 찾지 못한 간호사의 얼굴은 빨갛게 물들어 갔다.

"어휴, 오늘따라 바늘이 잘 안 들어가네? 죄송해요."

"아, 아니에요. 괜찮아요."

마치 미숙한 학생들이 연습 삼아 바늘을 꽂는 실습 인형이 된 것 같았지만 너무 미안해하며 이젠 손을 덜덜 떨기까지 하는 간호사에게 차마 아프다고 짜증까지 낼 수는 없었다.

그도 그럴 것이 여태껏 살면서 병원을 수도 없이 들락거렸지만 그녀의 혈관을 한 번에 찾아낸 간호사는 다섯 손가락에 꼽을 정도였기 때문이다. 이런 상황이 너무나 익숙한 다원이 할 수 있는 일이라곤 간호사가 찌르는 바늘을 견뎌 내는 일뿐이었다.

손등과 팔 군데군데에 들어갔다 혈관을 찾지 못하고 다시 나온 바늘 자국이 선명히 늘어 갔다. 체념한 듯 눈을 꼭 감고 있던 다원이 눈을 뜬 건 병실 문이 열리는 소리 때문이었다.

"박 간호사님, 김지영 씨 차트가…… 아직 멀었습니까?"

링거를 놓아 주고 금방 와야 할 박 간호사가 오질 않자 그녀를 찾아 들어온 하준이었다. 박 간호사가 놀라 뒤돌아섰다.

"네? 죄송해요. 이것만 끝내고 금방 가겠습니다."

계속해서 혈관을 찾지 못하고 쩔쩔매는 박 간호사의 얼굴에서는 곤란함이 완연했다. 그리고 박 간호사의 뒤로 얼핏 보이는 여자의 핏기 하나 없는 얼굴까지. 하준은 이게 다 무슨 일인지 충분히 짐작할 수 있었다. 상황 파악을 마친 하준이 침대로 다가왔다. 그러곤 박 간호사 손에 들려 있던 바늘을 빼서 들었다. 순간 바늘을 든 하준을 본 다원의 머릿속에 빨간 경보음이 울렸다.

'설마 이제 와서 복수하겠다고 바늘을 든 거면 어쩌지?'

슬그머니 팔을 보호한답시고 걷어 두었던 소매를 다시 내리려는 순간, 어느새 다가온 단단한 손이 그녀의 팔을 붙잡았다.

"조금 따끔할 겁니다."

말로만 따끔하다고 하지 행동은 반대로 바늘을 푹 찔러라도 대면 비명이라도 고래고래 치려고 준비 중인 다원이었다. 그런데 웬걸? 손등이 잠깐 따끔하더니 나지막한 의사의 소리가 들려왔다.

"다 됐습니다."

베테랑 간호사도 여러 번 실패하고 나서 찾아내는 혈관인데, 남자는 단 한 번 만에 찾아낸 것도 모자라 아픔이 느껴지지 않을 만큼 빠른 속도로 바늘을 꽂았다. 역시 의사라 다르다는 건가? 놀라 멍한 얼굴을 한 다원을 힐끗 쳐다본 하준이 입가를 올렸다. 그리고 씩 웃으며 한마디를 던졌다.

"정다원 씨, 이 정도면 친절한 것 같습니까?"

다원의 입이 놀라 절로 벌어졌다. 역시 아까 이야기를 다 들었는데 모르는 척하고 있던 거였어? 다원은 씩 웃으며 말하는 남자의 얼굴이 그렇게 미워 보일 수가 없었다. 그녀는 속으로 또다시 다짐했다.

'내 다시는 이 병원 근처로는 얼씬도 안 한다.'

✻

딩동. 딩동. 딩동. 딩동.

토요일 해가 꼭대기에 걸린 정오. 누군가 하준의 집 초인종을 쉼 없이 눌러 댔다. 일찍부터 일어나 주말을 보내고 있던 하준의 눈이 절로 찌푸려졌다. 흔들의자에 앉아 햇볕을 쬐며 책을 읽고 있던 하준이 짜증이 가득한 얼굴을 하곤 자리에서 일어났다. 이 주말에 간 크게 그의 휴식을 방해할 수 있는 사람은 단 한 명뿐이었다.

역시나 인터폰 화면으로 보이는 형상은 그의 예상대로 친구 서준석이었다. 지난주는 이사한다고 정신없이 보내고 이번 주도 개업한 후 바쁘게 보냈던 터라, 이번 주말은 온전히 집에서 조용히 쉬기만 하려 했었다. 그런데 그런 그의 계획이 완전히 물거품이 될 것 같은 느낌이 불현듯 밀려 왔다.

"뭐야? 너 왜 왔어?"

문도 열어 주지 않고 인사 대신 왜 왔느냐 타박부터 하는 하준의 말에 준석이 섭섭한 티를 냈다.

"왜라니. 우선 문부터 열어."

가라고 해도 문 앞에 서서 진상을 부릴 준석을 너무나 잘 아는 하준은 마지못해 문을 열어 줬다. 마당을 지나 제집처럼 현관문까지 당당하게 열고 들어온 준석은 처음 보는 집 안을 구경하느라 이리저리 기웃거렸다.

"이야, 집 좋다! 이 집을 그리도 고집한 이유를 알겠네."

준석이 구경을 핑계로 집 안을 돌아다니며 선반에 올려진 장식품을 건드리기도 하고 벽에 걸린 사진도 툭 건드렸다. 그리고 하준은 그런 그의 뒤를 따라다니며 그가 건드리고 간 물건들을 처음처럼 복구시켜 놓기 바빴다. 대충 집 구경이 다 끝나자 준석이 소파에 앉았다. 하준이 불만이 가득한 눈을 하곤 물었다.

"너 대체 왜 왔어?"

"나라고 이 좋은 토요일에 오고 싶었겠냐? 소개팅도 취소하고 달려왔다고. 하명이 누님한테 전화 왔어."

준석의 대답에 하준의 목소리가 단번에 커졌다. 이번엔 또 무슨 일로? 슬금슬금 불안한 기운이 몰려오는 것만 같았다.

"누나가?"

"그래, 인마. 전화기는 왜 꺼 놨냐?"

"전화? 나 쉬는 날에는 무조건 꺼 놓잖아. 그나저나 누나는 왜 또 전화했대?"

"주말이고 햇살도 좋으니까 산들이 데리고 동네 공원에 산책 갔다 오라는 어명이시다."

"누나도 참 유별나다니까. 그냥 마당에 풀어 놓고 산책시켰다고 해."

하준의 편한 말에 준석이 고개를 흔들었다. 같은 피를 나눈 남매일진데 자신의 누나를 이리도 모르다니. 이럴 줄 알고 하명 누나가 조건도 붙였다.

"안 돼, 인마. 너랑 나랑 산들이랑 공원에서 셀카도 찍어서 보내라고 하셨어. 너 빨리 준비하고 나와."

하준의 고개가 절로 땅으로 떨어졌다. 본래 이 집은 하준의 누나인 하명의 가족이 사는 집이었다. 조카의 학교 문제와 매형의 직장 문제로 누나의 가족이 서울로 이사를 가게 되면서 하준이 이 집에 들어와서 살게 된 터였다. 일 년 전, 싹 리모델링을 한 덕분에 새 집 저리 가라 할 만큼 잘 된 주택을 얼마 되지 않은 푼돈만 주고 들어올 수 있게 된 데는 딱 한 가지 조건이 있었다.

누나네 가족이 키우는 개, 산들이를 잘 보살피는 조건. 새로 이사 가는 집이 애완동물을 키울 수 없었기 때문이었다. 틈만 나면 산들이는 잘 있느냐? 산들이 밥은 잘 챙겨줬느냐? 우리 산들이 어디 아픈 데는 없느냐? 거기다 수시로 산들이가 보고 싶으니 사진 좀 찍어 보내 달라. 이건 정말 산들이 팔자가 상팔자였다. 주말이라 휴대폰을 꺼 뒀더니, 그 틈을 못 참고 준석에게 전화를 넣었나 보다.

그럼 준석이는 이 집에 들어와 사는 것도 아니면서 왜 하명 누나에게 쩔쩔 매냐고? 병원을 개업하면서 두 사람 모두 누나에게 삶을 저당 잡혔다.

레지던트 월급이야 뻔한 거고 전문의를 따자마자 개업을 원했던 두 사람의 수중엔 병원을 차릴 만한 돈이 없었다. 부모님께 손을 벌리긴 싫었고 은행 대출을 알아보던 두 사람에게 누나가 이자도 없이 선뜻 돈을 빌려 주었다. 그리고 이자는 돈 대신 가끔 하명이 부탁하는 일을 들어주는 조건이었다.

하지만 만약 누나의 조건을 들어주지 않으면 그네들의 병원은 바로 다른 주인을 찾기 위해 내일이라도 부동산에 매물로 나갈 것이 분명했다.

이 모든 것이 병원을 계약할 때 돈을 투자한 누나가 임대 계약서에 직접 도장을 찍은 것이 문제였다. 둘이서 병원을 말아먹더라도 적어도 병원 보증금은 건져야 한다며 자기 명의로 계약하겠다고 우기는 바람에 어쩔 수가 없었다. 대가 없는 돈은 없다는 것을 알았어야 했는데……. 두 사람은 지금 땅을 치고 후회 중이었다.

조카 과학 숙제 같이해 주기. 매형네 사촌에서 팔촌까지 주치의 노릇하기. 이건 말이 부탁이었지 돈을 갚기 전까지는 끝날 줄을 모르는 갑질이었다.

조용하던 거실에 준석의 전화가 울리기 시작했다. 화면엔 두 사람을 벌벌 떨게 만든 이름이 떡하니 떴다.

악덕 업주 류하명.

준석이 놀라 하준을 재촉했다.

"누나가 영상통화 하자고 할지도 몰라. 얼른 나가자. 얼른."

"옷 좀 갈아입고."

"옷은 무슨 옷이야. 지금도 충분히 멋져. 그러니까 이대로 나가자."

울리는 전화 벨소리가 무르익어 갈수록 그 소리는 마치 하명이 마지막으로 세는 카운트다운 같았다. 하준은 어쩔 수 없이 추리닝 차림으로 집을 나섰다. 문단속을 하고 돌아서며 그는 속으로 결심했다. 무슨 일이 있어도 소처럼 일해서 빚을 청산하고 새 인생을 살겠노라고.

집에서 조금 떨어진 공원으로 가는 길. 하준은 슬그머니 걸음을 늦췄다. 여유가 생기고 주위를 둘러보다 보니 소개팅을 포기하고 왔다던 준석의 옷차림이 눈에 들어왔기 때문이다. 파리도 미끄러질 듯 주름이 잡힌 검정색 슬랙스 바지에 흰 셔츠를 입은 준석은 딱 봐도 신경 써서 입은 티가 확연히 났다. 거기까진 괜찮았다. 요 앞 동네 공원에 나가면서 선글라스가 웬 말인가.

동네 공원을 가면서 모델처럼 한껏 멋을 부린 차림에 블러드하운드 한 마리를 앞세우고 가는 모습이 딱 봐도 너무 과한 설정이었다.

하지만 사람들의 시선 같은 건 아랑곳하지 않는 준석은 공원으로 산들을 데리고 들어섰다. 오랜만에 나와 기분이 좋은 듯 크게 한 번 짓던 산들은 점점 보폭을 크게 하더니 준석이 잡고 있던 목줄을 놓쳐 버릴 정도로 빨리 앞으로 내달려 갔다.

“어어. 산들. 거기 서!”

멀찌감치 뒤따라가던 하준도 준석의 뒤를 따라 달리기 시작했다. 얼마나 빠르게 달리는지 숨이 찬 준석이 잠시 멈춘 사이, 산들은 공원 중앙에 크게 핀 아카시아 나무 밑의 벤치 앞에서 멈췄다. 산들이 벤치에 앉아 있는 여자들 주위를 뱅글뱅글 돌면서 꼬리를 흔들고 있었다.

쫓아가다 거의 다 와 잠시 숨을 고르던 준석이 갑자기 옷차림새를 가다듬기 시작했다.

“역시, 산들이는 개념이 있는 개였어. 내가 소개팅에 못 나간 걸 알아서는 사랑의 작대기 역할을 하다니.”

대체 내 님은 어디에 있느냐며 자신의 반쪽을 끊임없이 찾는 중인 준석이 이 기회를 놓칠 리가 없었다.

“흐흠. 그럼 가 볼까?”

안 된다고 말릴 겨를도 없이 준석은 벤치로 다가갔다. 저러다 또 헛다리만 짚지. 고개를 흔들며 그의 뒤를 따라가던 하준은 벤치에 앉아 있는 낯익은 얼굴에 고개를 갸우뚱했다.

‘어디서 본 것 같은데……. 아! 병원에서, 그 여자?’

가까이 다가갈수록 눈에 익은 여자의 친구로 보이는 여자와 준석의 대화가 선명하게 들려왔다. 준석이 또 실없는 말을 하고 있었다.

“하하! 우리 산들이가 미인을 알아보네요? 이것도 산들이가 만들어 준 인연인데 어디 가서 차라도 한잔 하실까요?”

어느 여자에게나 서글서글하고 친절해 가끔 바람둥이라 오해를 받기도 하는 준석은 뻔히 보이는 쌍팔년도 수법이나 날려 대는 연애초보였다. 여자 쪽으로 도통 관심이 없던 하준과 달리, 관심은 많았지만 여유가 없었던 준석이었다.

인턴 때는 잠잘 시간도 부족했고 레지던트 때는 죽으나 사나 전문의를 따려고 공부하느라 연애할 꿈도 못 꿨었다. 그러니 이런 준석의 행동도 이해가 되는 터였다. 딱 봐도 티가 나는 촌스러운 멘트에 따귀를 맞는 일도 생기는 탓에, 하준은 언제고 준석의 목덜미를 잡아 도망칠 준비를 하고 있었다.

준석의 제안을 들은 긴 생머리의 여자는 웃으며 질문에 질문으로 대답했다.

“지금 뭐 하시는 건지?”

단도직입적인 말에 준석이 잠시 당황한 찰나 고개를 숙이고 있던 다원이 들릴 듯 말 듯 한 작은 소리로 중얼거렸다.

“뭐긴 뭐야? 딱 봐도 개수작이네.”

개수작? 좀 전부터 고개를 숙이고 있던 다원만 주시하고 있던 하준의 입에서 생각지도 못한 웃음이 튀어나왔다.

“크흠, 흠, 하하하.”

머릿속으로만 생각하던 말이 그냥 입으로 흘러나온 것도 모자라 그걸 들은 사람이 있다는 사실에 다원은 적잖이 당황했다. 들었으면 좀 못 들은 척해 주면 어디 덧나나 싶어 그녀의 입이 뾰로통하게 튀어나왔다. 고개를 숙이고 운동화 끝만 보고 있던 다원이 눈을 들어 운동화의 주인을 발견하곤 눈에 띄게 굳어졌다.

'이, 이 남자가 여긴 어떻게?'

이 남자와 마주치지 않으려 지연이네 커피숍도 잘 안 갔건만. 여기서 이런 식으로 만나게 되다니. 다원이 계속 웃는 하준을 노려봤다.

'맘에 안 들어.'

하준의 한바탕 웃음이 사라지자 네 사람 사이에는 어색한 정적이 흘렀다. 개수작을 부리던 준석은 객쩍어서 말이 없었고 그 개수작의 대상이었던 지연은 재밌게 돌아가기 시작하는 상황을 웃으며 주시 중이었다.

그리고 대체 뭐가 웃겨서 나를 보고 웃었나 싶은 다원은 하준을 계속해서 노려보고 있었고, 그런 그녀의 시선에 어디로 눈을 둬야 할지 몰라 헛기침만 하는 하준이 있었다. 네 사람 사이를 싸고 있던 어색한 기류를 깬 건 지연이었다.

"그런데 우리 산들이를 어떻게 알아요?"

산들이? 이름까지 알고 있는 걸 보니 마냥 뜬금없는 우연은 아닌 듯했다. 그러고 보니 낯선 사람에겐 잘 가지 않는 산들이 목줄까지 뿌리치고 두 사람에게 달려와 꼬리를 흔들었는지 이제야 납득이 됐다. 하준이 예뻐해 달라고 꼬리를 흔드는 산들의 머리를 쓰다듬었다.

"저희 누나네 개입니다."

"그럼 하명 언니네 집으로 이사 오셨다는 동생분이?"

하준이 맞다는 의미로 고개를 끄덕였다.

"반가워요. 하명 언니한테서 말씀 많이 들었어요. 제 이름은 지연, 홍지연이에요. 여기 다원이는 병원에서 몇 번 봤죠?"

"네."

"하명 언니가 토요일마다 여기 공원으로 산들이 데리고 산책을 나오시거든요. 저희도 하명 언니도 보고 산들이도 볼 겸 가끔 나와요. 언니가 갑자기 이사 가셔서 산들이도 못 볼 줄 알았는데……. 언니가 산들이를 두고 갔나 봐요."

"네."

묻지도 않았는데 홍지연이라던 여자는 계속해서 조잘거렸다. 본래 스스럼없이 남들과 잘 어울리는 성격이어서 이러는 건지 아님 다른 용무가 있어서 그러는지 알 수는 없었지만, 누나와 아는 사이라니 적대감을 세우며 대할 필요는 없을 것 같았다.

이제 그만 인사를 하고 가려는데 하준과 지연의 대화를 유심히 듣고 있던 준석이 그의 옆구리를 툭툭 쳤다. 얼굴을 쳐다보니 온통 나도 좀 소개해 달라는 열망이 다 드러나 있었다. 마지못해 하준이 준석을 소개했다.

"여기는 저랑 같이 일하는 동료이자 친구인 서준석입니다."

꿔다 놓은 보따리처럼 있던 준석이 이때다 싶었는지 끼어들었다.

"반갑습니다. 하명 누님이 이렇게 아름다운 분들과 친하신 줄은 몰랐습니다. 하하하."

준석의 과한 칭찬이 나쁜 의도로 한 말이 아니라는 것을 아는 지연은 그냥 기분 좋게 웃어 버렸다. 여자에게 아름답다는 말은 언제 어디서 들어도 기분 좋은 말이었으니까.

지연이 웃는 걸 본 준석이 그 순간을 놓칠 리가 없었다. 물 흐르듯 분위기는 자연스럽게 흐르고 있었고 그는 점점 더 좋아지기 시작한 분위기를 타야 했다.

"이제 점심시간인데, 아직 식사 안 하셨으면 저희가 대접하고 싶네요. 괜찮을까요?"

이 지루하고 무료한 이야기가 끝이 나기만을 기다리던 다원이 기겁해서 지연의 발을 툭 하고 쳤다. 그러곤 무조건 안 된다고 말하라는 눈빛을 쏘아 댔다. 지연이 아쉽다는 듯 눈을 찡긋하며 옆에 놓여 있는 종이 백으로 눈짓을 했다.

"아! 마음은 같이 식사라도 하면서 더 이야기를 나누고 싶은데 저희는 도시락을 싸 왔거든요."

남자가 한 번 앞으로 나갔으면 불도저처럼 밀어붙이는 맛이 있어야지. 지연의 말에 준석이 반색했다.

"도시락요? 어쩐지 어디서 맛있는 냄새가 난다 했더니. 우와, 맛있겠는데요?"

도시락이 든 종이 백에서 눈을 떼지 못하는 사람에게 이제 그만 가 달라고 대놓고 말하기도 뭐했다. 마침 다원이 봄나들이 도시락은 무조건 사단 찬합 정도 되어야 분위기가 제대로 난다며 이것저것 싸 온 참이었다. 그래, 예의상 한 번 권해는 봐야지 싶은 지연이 웃으며 준석을 향해 권했다.

"안 그래도 넉넉히 싸 온 참인데 같이 드실래요?"

"그럼 염치 불구하고. 안 그래도 집 밥이 그리웠거든요. 하준이 너도 괜찮지?"

눈치 없는 자식. 앞의 여자는 그냥 예의상 물어본 것 같았는데, 그걸 또 먹겠다고 하다니. 다원이라고 했나? 단발머리를 한 여자의 얼굴이 시시각각 변하고 있었다. 계속해서 곁눈질로 여자의 얼굴만 보고 있었는데 재밌었다.

모르는 사람과는 불편해서 물 한 잔도 안 마시는 하준은 저도 모르게 고개를 끄덕였다. 날씨가 좋아서일까? 아님 도시락 냄새에 배가 고팠나? 하준은 이상하게 이곳에 더 머물고 싶었다.

따뜻한 봄이 보낸 초청장에 집 안에만 있던 가족들, 연인들이 공원 잔디밭에 나와 싸 온 도시락을 펼치고 점심을 먹고 있었다. 나머지 사람들이 자리를 찾는 동안 준석은 편의점으로 한걸음에 달려가 시원한 음료수와 도시락을 먹을 때 필요한 젓가락을 사서 왔다.

네 사람은 커다란 아카시아 나무 아래에서 가져온 돗자리를 펼치고 밥을 먹을 준비를 했다. 지연은 다원이 아침부터 일어나 봄나들이 간다고 잔뜩 준비한 찬합을 차례로 펼쳐 놓았다.

"갑자기 나온다고 재료가 없어서 그냥 평소 먹는 대로 싸 왔어요."

말은 별것 없는 듯했지만 찬합은 꽤 많은 것들로 채워져 있었다. 나들이에 제격인 김밥이나 유부초밥 같은 것은 아니었지만, 밥과 반찬들로 가득한 도시락은 충분히 먹음직스러웠다. 준석이 너스레를 떨었다.

"이 정도면 진수성찬인데요. 잘 먹겠습니다."

봄 햇살 아래, 네 사람의 식사가 시작됐다. 허겁지겁 밥을 먹기 시작한 준석을 따라 하준도 한 술 뜨기 시작했다.

'괜찮은데?'

별 기대 없이 한 술 떴는데 맛있었다. 하준의 눈이 놀라움으로 커졌다. 식은 밥이었지만 밥도 윤기가 흐르고 차졌고 반찬도 제법이었다. 멸치볶음도 제대로 볶았는지 바삭바삭하고 고소했고 별것 아닌 듯 무친 콩나물 무침과 시금치도 감칠맛이 나고 아삭아삭했다. 불고기도 양념이 달달하니 연달아 침샘을 자극했다. 맛있는 건 하준뿐만이 아니었는지 준석이 허겁지겁 수저를 빨리 놀리면 연신 감탄을 했다.

"이야. 정말 맛있는데요?"

지연이 두 남자가 더 먹을 수 있도록 그들 앞으로 밥과 반찬을 밀어 주며 뿌듯한 얼굴을 했다.

"그렇죠? 이거 전부 다원이가 만든 거예요."

"진짜 대단하십니다. 하준이 녀석이 요리를 좋아해서 웬만한 실력이 아니거든요? 근데 하준이 녀석보다 훨씬 더 솜씨가 있으세요. 안 그러냐, 하준아?"

요리를 좋아해서 이리저리 블로그도 따라 하며 배우는 중인 하준도 반박할 여지없이 동의했다. 요리 학원에서 정석으로 배웠을 때랑은 다른 무언가가 있었다. 요리에 일가견이 있는 듯, 음식에서 오래된 내공이 느껴졌다. 하준이 앞에서 시큰둥한 표정을 짓고 있는 다원을 향해 물었다.

"비법이 뭡니까?"

비결이랄 게 뭐 있나? 그냥 하는 대로 했는데? 집요한 눈을 하곤 물어 오는 하준 때문에 다원은 말을 더듬었다.

"별, 별거 없는 데……. 그냥 밖에 나와서 먹어서 맛있는 걸 거예요."

"아닙니다. 뭔가 감칠맛이 나는 게……."

감칠맛? 그제야 다원은 불현듯 생각이 난 듯 입을 뗐다.

"아! 차줌마가 자주 쓰는 DSD의 도움을 좀 받았어요. 뭐니 뭐니 해도 조미료를 따라갈 자가 없죠."

"크, 콜록 콜록,"

예상 못한 다원의 대답에 입안에 잔뜩 밥과 반찬을 넣고 있던 준석이 사레에 걸려 기침을 하고 난리였다. 맛의 비결이 다시다라니,

"흐흠, 하하하."

하준의 커다란 웃음이 주위를 울렸다. 정말 어디로 튈지 모르는 탁구공 같은 여자였다. 난다 긴다 하는 유명 개그 프로그램에도 시큰둥한 하준이, 일 년에 크게 소리 내서 웃는 것을 한 번 찾아보기 힘든 류하준이 하루에 두 번씩이나 소리가 나게 웃었다니. 그를 아는 사람들이 들었다면 코웃음을 치며 비웃을 만한 일이었다.

크게 웃는 하준을 보며 다원의 미간에는 주름이 졌다. 내가 웃기게 생겼나? 무슨 말만 하면 저렇게 좋다고 웃느냔 말이다. 본래 맘에 들지 않았지만 점점 더 그가 맘에 들지 않는 다원이었다.

네 사람이 앉아 있는 곳으로 따뜻한 봄바람이 불어왔다. 그 바람을 따라 떨어진 아카시아 꽃잎이 다원의 머리에 내려앉았다.

다원이 머리 위에 있던 꽃잎을 떼어 내더니 미소 지으며 주머니로 넣는 게 아닌가. 그 모습을 본 하준의 눈이 절로 휘었다.

은은하게 퍼지는 아카시아 향기는 사그라지지 않고 점점 더 강해져서 어지러울 만큼 아릿해지고 있었다. 은은하게 하준에게 닿기 시작한 그녀가 사그라질지, 아님 더 강해질지 아무도 모를 일이었다. 하지만 확실한 건, 강해진 아카시아의 향기를 눈치챘을 때는 이미 향기에 취해 벗어날 수 없을 것이라는 것이었다.

2. 빚을 진 남자, 빚을 받아 낸 여자

목요일 오후 다섯 시, 정각이 되자 하준은 의자에서 일어났다. 본래 진료시간은 여섯 시까지였지만 준석과 돌아가며 한 시간씩 일찍 들어가기로 미리 합의한 터였다. 월수는 준석이, 화목은 하준이 일찍 퇴근하는 날이었다. 나갈 채비를 마친 하준은 퇴근하기 전에 왼쪽 진료실에 들르는 것을 잊지 않았다.

"나 퇴근한다."

"벌써 다섯 시야? 오늘도 집에 바로 들어가냐?"

"당연하지."

"야, 너도 인생을 좀 즐겨. 어떻게 만날 병원 집, 집 병원이냐?"

집에서 쉬는 게 어때서? 저녁에 나가 봤자 사람만 많고 시끄럽고 귀찮은 일뿐일 텐데……. 일을 마쳤으면 집에 가서 쉬는 게 최고지. 준석의 쓸데없는 걱정에 하준의 짙은 눈썹이 올라갔다.

"너나 잘 하시지?"

욕은 아닌데, 이상하게 기분이 어퍼컷 펀치를 한 방 맞은 것 같단 말이지. 준석이 하준에게 어떤 말로 갚아 줄까 생각하는 사이, 하준은 유유히 병원을 빠져나갔다. 엘리베이터에서 내려 건물을 나선 하준은 서쪽으로 넘어가려는 눈부신 햇살에 멈춰 섰다. 너무 환한 봄 햇살에 눈을 뜰 수가 없어 아무것도 보이질 않았다.

"눈이 부시네."

따뜻하기만 한 게 아니라 해가 질 즈음의 봄 햇빛은 눈이 부셔서 절로 이마로 손을 가져가게 만들었다. 손이 만들어 낸 그늘 덕에 주위가 어느 정도 보이기 시작한 하준은, 바로 걸음을 옮기지 않고 그 자리에 멈춰 서 있었다. 길 건너에 익숙한 형체를 발견했기 때문이었다. 이름이, 정다원이라고 했던가?

"너 정말 이럴 거야?"

선 캡으로 얼굴의 반을 가리고 있었지만 어깨에서 찰랑거리는 단발머리에 그의 가슴까지 올까 말까 한 키를 보니 그녀가 맞는 것 같았다.

"이보세요, 개똥이. 너는 지금 너의 몸에 대한 심각성을 모르나 본데……. 너 지금 심각한……."

잘못 봤나 싶었지만 그를 박장대소하게 만들었던 목소리는 어느 감각보다 더 선명하게 그에게 남아 있었나 보다. 밝고 또랑또랑하지만 힘이 실려 있는 목소리를 잊으려고 해도 잊을 수가 없었다. 하준이 저도 모르게 그녀 가까이로 발을 움직였다. 그가 다가가는지도 모르고 다원은 개와 씨름하느라 정신이 없어 보였다.

개 줄을 힘껏 잡아당겨도 개가 꿈쩍도 하지 않자, 얼굴을 가리고 있던 선 캡을 올린 다원은 인상을 썼다. 멀뚱멀뚱 눈만 굴리고 있는 개에게 이 상황이 얼마나 심각한지 알려 주려는 것처럼, 뜸을 들이고 있던 그녀가 아주 거창한 듯 말을 이었다.

"너 지금…… 심각한 비만이야. 고도 비만."

다원의 말이 무슨 뜻인지 모르겠다는 듯 개똥이라는 개는 고개를 한 번 까딱할 뿐이었다. 그러자 다원은 아예 개 앞에 쪼그려 앉아 개를 설득이라도 시키려는 듯 구구절절 이야기했다.

"개똥아, 너 다이어트해야 해. 여기서 조금만 더 찌면 다리에 무리가 간다고. 그러면 너 살찐 몸으로 굴러다닐지도 몰라. 명색이 너도 네 발 달린 개라는 동물인데, 기어 다니면서 너의 정체성을 버릴 거야? 그러면 굴욕이라고 굴욕. 이런 걸 요즘 말로 뭐라는 줄 알아? 개굴욕이야."

개라는 소리를 용케 알아들었는지 못 알아들었는지 알 길이 없지만, 한 치의 미동도 없던 개똥이가 왈 하고 짖었다.

"뭐? 먹는 것만 줄이면 된다고? 물론 먹는 것도 조절해야 하지만 운동도 해야지. 그러니까 네 누나가 너 데리러 오기 전에 동네라도 한 바퀴 돌고 오자."

다원의 절절한 설명에도 개똥이는 꿈쩍도 하지 않았다. 그녀가 하고 있던 양을 모두 본 하준의 얼굴에 저도 모르게 웃음이 배어들고 있었다. 진짜 웃기는 여자였다.

거기다 이 여자, 다른 사람들의 시선을 끄는 무언가가 있었다. 이 여자는 뛰어난 미인이라기보단 귀여운 소녀 같았다. 동그란 작은 얼굴의 반을 차지하고 있는 쌍꺼풀 없는 커다란 눈은 순수

했고 발랄함이 가득했다. 사실 외모로만 본다면 저번에 봤던 친구라는 그 여자가 훨씬 더 미인이었다. 그런데 이 여자의 주위는 반짝반짝 빛이 난다고 해야 하나? 아무튼 시선을 끄는 무언가가 있었다. 진짜 정체가 뭔지 의심하게 될 정도로 이상했다.

하준이 생각에 잠겨 있을 그때, 자리에 앉아 갑자기 미동도 없이 앉아 있던 개똥이가 일어나 짖었다.

"왈왈왈."

갑자기 다가온 하준을 경계해야 할 낯선 사람으로 착각한 듯했다. 갑자기 일어난 개똥이를 따라 일어난 다원의 눈이 웃고 있는 하준의 눈과 마주쳤다.

'또야? 아무리 길 하나 두고 영업을 하고 있거니 뭐 이렇게 자주 마주치나.'

진짜 이 남자를 피하기 위해 다른 곳으로 병원을 옮겨야 하나 하는 생각까지 하는 다원이었다. 재밌는 것을 발견했다는 듯 즐거움이 가득한 하준이 먼저 알은체를 했다.

"정다원 씨. 우리 좀 자주 만나는 것 같지 않습니까?"

꽤 상냥한 듯 구는 하준의 목소리에도 다원은 시큰둥할 뿐이었다. 오로지 얼른 이곳에서 벗어나고 싶다는 생각이 훤히 얼굴에 드러났다.

"그러게요."

"벌써 세 번째인 것 같은데요?"

설마……. 우연히 세 번 만난다면 인연이라는 그 개뼈다귀 같은 소리를 하려는 건 아니겠지? 전에는 친구라는 사람이 수작을 부리더니. 끼리끼리라더니 별수가 없구먼. 다원이 단번에 정색을 하곤 말했다.

"솔직히 우리가 만난 게 우연히 세 번은 아니죠. 이렇게 가깝게 길 하나를 두고 병원을 하고 있는데 안 마주치는 게 더 이상한 거라고요. 이건 거창한 우연도 운명도 아닌 그냥 동네 사람들끼리 지나가다 하는 굿 에프터눈 같은 친목 인사 같은 그런 거라고요."

다원의 말에는 우리는 절대 우연히 세 번 마주친 게 아니니 인연도, 운명도 아니다, 라는 의도가 정확히 들어나 있었다. 다원의 말의 의도를 알아차린 하준이 피식 웃었다.

"누가 뭐랍니까? 그냥 우리가 세 번째 만났다는 의미로 한 말이었는데 오해하셨나 보네요. 설마 우연히 세 번 마주치면 운명이라는 그런 말을 믿으시는 건 아니겠지요?"

"안, 안 믿어요. 나는 태어날 때부터 '도' 도 안 믿는 사람이에요."

혼자 김칫국을 사발째 들이켠 걸 안 다원의 얼굴이 붉게 물들었다. 마치 서쪽으로 지고 있는 해가 하늘을 수놓은 노을처럼 붉었다.

"왈왈왈."

당황한 다원의 처지를 알았는지 개똥이가 일어나 짖으며 다원의 손을 핥았다. 이제 쉴 만큼 쉬었으니 그녀와 산책을 가 줄 수 있다는 뜻이었다. 개똥이의 기막힌 타이밍에 다원은 속으로 쾌재를 불렀다. 그런 쾌재를 그대로 밖으로 내보일 순 없으니 짐짓 진지한 듯 말했다.

"그럼 저는 이만. 임무를 완수하러 가야 해서."

하준을 보며 작게 고개를 까딱한 다원은 올려져 있던 선 캡을 내리곤 개를 데리고 유유히 사라졌다.

진지한 표정과 비장한 말투였지만 그녀의 말에는 미처 숨기지 못한 웃음이 어렴풋이 묻어나 있었다. 하준이 내려온 머리를 쓸어 올리며 미소 지었다. 노을이 반사되어 그의 얼굴에 얼핏 광채를 띠었다.

남색 슈트에 한쪽 손을 주머니에 넣고 입꼬리를 올리며 웃는 그의 모습은 그야말로 명품 카탈로그의 한 장면이었다. 당장에라도 그의 미소를 접한 사람들을 단번에 그의 포로로 만들 만한 그런 미소였다. 역시나 지나가던 사람들이 그런 하준을 힐끔거리곤 넋을 놓고 멍한 얼굴을 했다.

주위의 시선을 느껴서인지 아님 더 이상 그를 웃게 만드는 존재가 없어서인지 모르지만, 평소대로 무심하고 딱딱한 얼굴로 돌아온 하준은 집으로 발을 돌렸다. 그의 발걸음이 오늘따라 유난히 즐거운 듯 가벼워 보이는 건 괜한 착각일까?

집으로 돌아온 하준이 제일 먼저 한 일은 산들이 밥부터 챙기는 일이었다. 그러고 보면 이 집에서 왕은 집에 사는 하준이 아니라 마당에 사는 산들이었다.

"그래. 많이 먹어라."

배가 많이 고팠는지 산들은 밥그릇에 얼굴을 파묻고 열심히도 먹었다. 산들이 밥도 챙겼으니 하준도 주방으로 들어와 냉장고부터 열었다. 오늘따라 밥하기가 귀찮기도 했고 점심을 늦게 먹었더니 저녁은 생각이 없었다. 씻고 나와 간단하게 와인이나 한잔 할까 생각 중이었다.

"치즈가……. 벌써 다 먹었나?"

냉장고에서 치즈를 뒤지던 하준은 문득 생각이 났는지 찾던 동작을 멈췄다. 며칠 전 준석이 놀러왔다 다 꺼내 먹은 것이 기억났기 때문이다.

"카나페나 만들까?"

하지만 귀찮아 밥도 안 하는 판에 무슨 카나페냐 싶었다. 와인 한 잔에 곁들일 게 뭐가 있나 싶어 이리저리 찾는데 냉동실에 박간호사가 밸런타인데이에 자신과 준석에게 선심 쓰듯 줬던 초콜릿이 보였다.

"그래, 이거라도."

초콜릿과 어울릴 만한 레드 와인을 골라 한 잔을 들고 하준은 거실 한가운데 자리를 잡았다. 리모컨을 들어 음악을 틀었다. 뒤로 깊게 몸을 기댄 하준은 눈을 감았다.

'그래, 이게 바로 내가 진정으로 바라는 휴식이지.'

입안에서 쌉싸래한 와인과 초콜릿이 절묘하게 어우러지는 것이 최고였다.

"딱 삼십 분만."

아무것도 안 하고 한 삼십 분만 있으면 소원이 없겠다는 하준을 방해한 것은 깜빡하고 미처 꺼 놓지 못한 휴대폰이었다.

전화 받으세요. 전화 받으세요.

화면을 보니 하명 누나였다. 무시하고 받지 말까, 그냥 받을까 고민하는 사이 전화가 끊겼다. 그리고 곧바로 문자가 날아왔다.

[집에 있는 거 아니까 얼른 전화 받아라.]

귀신같은 누나. 여기 어디 나 모르게 CCTV라도 설치해 놓은 거 아니야? 그의 일거수일투족을 다 알고 있는 누나의 치밀함에 하준은 혀를 내둘렀다. 딱 맞춰 전화가 울리고 있었다.

"여보세요?"

— 한 번에 좀 받아라. 꼭 두 번씩 하게 해.

성격이 급해 신호음 가는 걸 세 번 이상 못 참고 끊어 버려서 상대방이 못 받은 거란 걸 왜 모르는 걸까? 좋던 분위기를 다 깨 버린 누나가 좋게 보일 리가 만무했다. 하준의 목소리가 퉁명했다.

"또 무슨 일이야?"

— 산들이 밥은 줬지?

"줬어. 집에 오자마자 챙겼으니까 걱정하지 말지? 설마 그거 물어보려고 전화한 거야?"

— 아니. 너 오늘 집에 일찍 오는 날이란 걸 알고 전화했지. 산들이 목욕 좀 시켜.

저녁이 다 됐는데 무슨 목욕? 그의 꿀 같은 휴식을 방해한 것도 모자라 개 목욕이라는 일까지 주어진 것에 하준이 거절하는 건 당연했다.

"목욕? 지금? 이제 좀 있으면 저녁이고 어두워서 밖이 잘 보이지도 않아. 그냥 주말에 시킬게."

— 어차피 마당에 호스가 없어서 집 안에서 목욕시켜야 해. 지금 시켜. 목요일이 산들이 목욕하는 날이란 말이다. 나중에 확인한다. 그럼 이만 끊는다!

"누나! 류하명!"

하준의 말이 끝나지도 않았는데 성격 급하기로는 누구도 따라올 자가 없는 하명은 자기 할 말만 하고 전화를 끊어 버렸다.

"하여튼 그러고 보면 누나랑 같이 사는 매형이 대단하다니까."

자리에 앉아 있던 하준이 마음의 결정을 내렸는지 벌떡 몸을 일으켰다.

"이건 절대 누나가 겁나서 이러는 건 아니다."

하명이 무서워서 이러는 게 아니라는 것을 하준은 속으로 강조하고 또 강조했다. 그냥 안 할 수도 있었지만 어차피 해야 할 일이었기도 했고 좋던 분위기는 하명의 전화를 받았을 때부터 다시 돌이킬 수 없는 상황이었다. 다시 휴식을 취한다고 해도 그런 분위기는 나지 않을 것 같았다.

문을 열고 밖으로 나간 하준은 마당에서 놀고 있던 산들을 데리고 집으로 들어왔다. 발에 묻은 흙먼지를 현관에서 털게 하고 산들을 집에 들인 하준은 한숨을 내쉬었다. 욕조에 물부터 받아야 하는데 깜빡한 것이 생각났기 때문이었다.

"아, 내 정신 좀 봐라."

오랜만에 집 안으로 들어와 기분이 좋은 산들이 혀를 내밀고 꼬리를 살랑살랑 흔들고 있었다. 온몸으로 '나 기분이 하늘을 날아갈 듯 좋아요'를 표현하는 산들을 보니, 하준의 기분도 점점 좋아지고 있었다.

"녀석, 그렇게 좋나? 목욕하면 더 좋아하겠네? 여기서 잠시만 기다려. 목욕물만 받고. 부르면 그때 욕실로 들어와. 알겠지?"

"왈."

대답도 잘하는 산들을 두고 하준은 목욕물을 받기 위해 욕실로 들어갔다. 욕조에 반쯤 물을 받은 뒤 하준은 산들을 불렀다.

"산들아. 목욕하자. 이리 와."

영리한 개여서 이름만 부르면 달려오던 산들인데 아무런 소식이 없었다. 이상하게 생각한 하준이 욕실을 나섰다.

"!"

산들이 거실에 축 늘어져 경련하고 있었다. 산들의 머리맡엔 토사물과 하준이 몇 개 집어 먹었던 초콜릿 상자가 놓여 있었다. 몇 개 안 먹고 많이 남아 있던 초콜릿 상자가 텅텅 비어 있었다.

"너 왜 이러냐? 설마 이 초콜릿 전부 다 먹은 거냐?"

생각할 겨를도 없이 하준이 산들을 안고 밖으로 뛰쳐나갔다. 옆 좌석에 산들을 조심히 내려놓고 운전석에 앉은 하준은 그 길로 오후에 봤던 다원의 병원으로 달려갔다. 차를 운전하고 가는 짧은 시간 동안 수많은 생각들이 하준을 지나갔다.

하명이 누누이 이야기했던 산들이에게 주면 안 되는 리스트가 떠올랐다. 수많은 리스트 중 가장 맨 위에 있던 것이 바로 초콜릿이었다. 초콜릿은 절대로 주면 안 된다고 당부하던 하명의 목소리가 그의 머리를 계속해서 때리고 있었다. 처음에는 저녁도 먹곤 아무거나 주워 먹은 산들이를 탓했다.

하지만 결국 하준은 닿을 수 있는 거리에 초콜릿을 둔 자신의 부주의함을 탓했고, 혹시나 산들이 잘못되면 어쩌나 하는 생각에 자책감이 늘어만 갔다. 그리고 꽤 늦은 시간인데 막상 도착했을 때 병원 문이 닫혔으면 어떡하나, 하는 걱정이 가장 큰 걱정이었다.

액셀을 밟아 도착한 '안아줄 개' 앞. 퇴근하려고 문을 닫고 있는 다원이 보였다. 마치 어둠 속에서 한 줄기의 빛 같은 구세주를 만난 것 같았다. 하준은 산들을 안고 그녀에게로 달려갔다.

"정다원 씨!"

약간 낮은 듯 허스키한 목소리. 그녀의 이름을 부르는 목소리가 익숙했다. 굳이 얼굴을 보지 않아도 알 수 있었다. 좀 전에도 들었던 목소리가 아닌가? 이거 보라니깐. 이젠 대놓고 찾아오시겠다! 이번에는 또 무슨 일로 찾아왔냐고 따질 생각에 다원은 도끼눈을 하곤 획하곤 뒤를 돌았다. 확 따지려던 다원의 모든 행동이 정지했다.

하준의 팔에 안겨 축 늘어진 채 경련하고 있는 산들이를, 그런 산들을 안고 있는 하준의 걱정이 가득한 눈을 발견했기 때문이었다. 상황을 인지한 다원에게선 더 이상 전과 같은 장난기 가득하고 명랑한 눈을 찾아볼 수 없었다. 오로지 생명을 살려야 하는 수의사 정다원만 있을 뿐이었다.

"어떻게 된 일이에요?"

"거실 테이블에 있던 초콜릿을 먹은 것 같아요."

하준의 설명에 다원은 닫았던 병원 문을 열고 들어갔다.

"얼마나 먹은 거예요?"

"선물 받은 한 상자를 거의 다……."

시간이 촉박했다. 적은 양이면 모르지만 꽤 많은 양을 먹었으니 체내에 흡수되기 전에 얼른 빼내야 했다. 옷을 갈아입을 시간 같은 건 없었다.

"같이 따라 들어와요. 다 퇴근하고 없어서 도움이 필요해요."

진료실 문으로 산들을 안고 들어간 하준은 침대에 산들을 뉘였다. 장갑을 낀 다원은 급히 마취약을 찾았다.

"마취하고 위세척할 거예요. 마취하는 동안 좀 잡아 줘요."

마취약이 든 주사를 경련하고 있는 산들이에게 놓아 마취를 한 다원은 능숙하게 기다란 관을 산들의 입으로 집어넣었다.

"삽관하는 거예요."

위까지 관이 잘 들어간 것을 확인한 다원은 커다란 주사기를 연결하더니 위 속에 들어 있던 내용물을 흡입했다. 먹성은 또 얼마나 좋은지 뭣도 모르고 삼킨 많은 양의 초콜릿과 위액이 섞여 엉망이었다. 시간이 얼마나 지났을까? 더 이상 내용물이 흡입되지 않자 다원이 관을 빼냈다. 잔뜩 긴장하고 있던 하준이 다원을 보고 물었다.

"이젠 괜찮은 겁니까?"

"네. 다행히 병원에 빨리 도착해서 괜찮은 것 같아요."

괜찮다는 말을 듣고 나니 안심이 되는지 그제야 하준은 제대로 숨을 쉴 수 있었다.

"이 녀석, 얼마나 걱정했는데……."

"후우. 아시는지 모르겠지만 초콜릿에 함유된 테오브로민은 개들이 잘 분해를 못해요. 이게 심장과 신경계, 그리고 신장에 안 좋은 영향을 줘요. 조금만 휴식을 취하다 데리고 가시면 될 것 같아요. 정말 이만한 게 다행이에요."

그제야 하준은 다원의 옷이 눈에 들어왔다. 산들이 토해 낸 내용물이 하얀 스웨터에 덕지덕지 묻어 있었다.

"옷이……."

"아! 이건 또 언제 묻었데?"

미안한 기색이 가득한 하준의 눈을 본 다원이 엉망이 된 스웨터를 보곤 아무것도 아니라는 듯 손을 흔들었다.

"괜찮아요. 빨면 되죠. 신경 쓰지 마요."

"이러고 집에 갈 수 있겠습니까?"

"걱정 마요. 수술복으로 갈아입으면 되죠."

냄새도 나고 옷도 더러워져 엉망인데, 다원에게서 싫은 내색은 조금도 찾아볼 수 없었다. 오히려 다정한 눈빛으로 아직 마취에서 깨지 못한 산들을 쓰다듬으며 걱정했다.

"우리 산들이 많이 힘들었지? 아무거나 주워 먹으면 안 된다고 몇 번을 말했어. 누나가 얼마나 걱정했는데……."

의외라는 하준의 눈빛이 다원에게 닿았다. 가벼우면서 재밌는 줄만 알았더니 자신의 일에는 진지하고 프로다운 다원이 다르게 보였다. 그의 계속된 눈길을 느꼈던 걸까? 다원이 애꿎은 헛기침을 했다.

두 사람의 철렁했던 걱정하는 마음을 아는지, 산들이 하준의 손에 발을 척하고 갖다 댔다. 괜찮다고 그리고 걱정시켜 미안하다고 하는 것만 같았다. 하준이 산들의 손을 살짝 힘주어 잡았다.

"흠흠, 사람보다 낫죠?"

"네?"

"사람들은 가끔 착각해요. 우리가 얘네보다 훨씬 낫다고요. 사람들은 너무 쉽게 배신도 하지만 얘네는 절대로 사람을 배신하지 않아요. 사람들이 얘네를 버릴 뿐이지, 얘네가 먼저 사람을 버리지는 않거든요."

"미안한 건 아냐? 네가 잘못되기라도 해 봐라. 누나가 나를 산 채로 매달아 둘 거라고. 어디 그뿐이냐. 너를 형으로 생각하는 승훈이도 밤낮으로 울겠지. 저 선생님이 네 생명의 은인인 거 알지? 덕분에 나도 살았다."

애처로운 산들의 눈과 고마움이 가득한 하준의 눈이 다원에게로 향했다. 부담스럽기까지 한 네 개의 눈동자를 마주한 다원은 한 걸음 뒤로 물러났다.

"생명의 은인이라니……. 부담스러운데요?"

"아뇨. 정말 고맙습니다. 그래서 말인데, 제가 꼭 식사 한번 대접하고 싶은데."

하준의 물음에 '네' 라고 대답할 뻔했다. 산들이가 아픈 덕분에 잠시 잊고 있었다. 나, 저 남자 싫어하지? 다원이 마음을 다잡았다. 다원에겐 안 친한 사람과 밥을 먹는 건 불편한 정도가 아니라 고역이었다.

"아, 아뇨. 수의사가 개를 살리는 게 뭐 그리 큰일이라고……."

"큰일입니다."

이 자리에 있다간 하준의 끈질긴 권유에 넘어갈 것 같은 다원이 자리에서 일어나서 진료실을 나가려 했다.

"어디 갑니까?"

"산들이랑 있어요. 옷 좀 갈아입고 올게요."

"이렇게 가면 어떡합니까? 대답해 주고 가야죠. 밥 한번 같이 먹는 겁니까?"

이 남자의 사전에는 '아니오' 라는 말은 통하질 않는 걸까? 끈질기게 물어 오는 남자의 눈빛이 부담스럽기까지 했다. 어떻게 대답을 해야 할까 생각하던 다원의 머리를 스쳐 가는 생각이 있었다.

"근데……."

"네."

다원의 대답만 기다리며 기대하던 하준에게 들려온 말은 전혀 예상도 못한 뜻밖의 말이었다.

"산들이가 초콜릿 중독으로 병원까지 실려 온 거 하명 언니가 아나요?"

누나가 오늘의 일을 안다? 그날은 산들이가 집 안을 차지하고 하준은 마당의 산들이 집으로 쫓겨나는 날일 것이다. 하준의 머릿속은 온통 위험신호가 울리고 있었다. 더 이상 식사 약속 같은 건 문제가 아니었다.

산들이가 병원에 실려 온 걸 아는 사람은 딱 두 사람. 자신과 다원뿐이었다. 한참을 뜸을 들이던 하준이 다원을 보더니 말했다.

"누나에겐…… 비밀입니다."

"크흠. 걱정 마요. 나 입 엄청 무거워요."

웃음을 참는 듯한 다원이 손으로 입에 지퍼를 잠갔다. 소리를 내서 웃진 않았지만 눈은 웃고 있었다. 생글생글 웃는 다원의 눈이 하준을 향했다.

"류하준 씨, 그럼 나한테 빚 하나 진 거네요?"

❈

하준이 다원에게 진 빚을 갚아야 될 날은 생각보다 빨리 왔다. 이번 봄 들어서 처음으로 봄비가 내리는 날이었다. 보슬보슬하고 촉촉한 비가 끊임없이 내리고 있었다. 진료가 없는 점심시간. 준석이 하준을 끌고 어디론가 가려 했다. 막무가내로 끌고 가던 준석의 팔을 뿌리친 하준이 귀찮은 듯 팔을 털었다.

"왜 이래? 어디 가는 건데 이래?"

"너 일 층 카페, 누가 주인인 줄 알아?"

흥분하는 준석과 달리 하준은 무신경했다.

"몰라, 알고 싶지도 않아."

"너도 알면 깜짝 놀랄 거다. 지연 씨야, 홍지연 씨!"

홍지연이 누군지 전혀 감을 잡지 못한 하준을 본 준석이 답답하다며 가슴을 쳤다.

"그때 공원에서 한 번 봤잖아. 청순가련 긴 생머리에 전지현 닮은 여자 있었잖아? 나는 이렇게 지연 씨가 가까이 있는 줄도 모르고 그렇게 애를 태웠으니."

그제야 하준은 어렴풋이 생각나는 얼굴을 떠올렸다. 그 여자가 예쁜가? 그렇다면 그런 거겠지. 전지현을 닮았다느니 뛰어나게 예쁜 미인이라느니, 그런 건 하준에게 아무런 흥미도 감흥도 불러일으키지 않았다. 준석이 다시 그런 하준을 이끌고 계단으로 내려가려 했다.

"가자! 내가 커피 한 잔 쏠게."

"커피? 병원에 비싼 돈 주고 산 에스프레소 머신 있잖아. 네가 그거 사면서 뭐라 했는지 기억 안 나?"

커피숍에서 원가는 얼마 되지도 않는 원두를 사다가 비싸게 파는 커피는 영 별로라며 하준의 반대를 무릅쓰고 꿋꿋이 기계를 구입한 준석이었다.

“기억력 하나는 끝내주는 자식. 그냥 좀 넘어가 주지. 하하하. 나 혼자 가기 민망해서 그러지. 친구 좋다는 게 뭐냐?”

결국 준석에 이끌려 들어간 봄날의 오후 카페 안, 밖에 비가 와서 그런지 제법 자리가 차 있었다. 문을 열고 들어오는 두 사람을 발견한 지연이 먼저 다가와 인사를 건넸다.

“어서 오세요. 그때 공원에서 뵙고 처음이네요? 커피 마시러 오셨어요?”

꽃처럼 싱그럽게 웃는 지연의 얼굴에 헤벌쭉 입을 벌린 준석이 쑥스러운 듯 머리를 긁적였다.

“네. 비도 오고 해서…….”

“그렇죠? 이렇게 비가 오는 날이면 가만히 앉아 창밖을 보면서 커피 한 잔을 즐기는 것만큼 좋은 게 없어요. 그럼 제가 저의 카페에서 가장 경치가 좋은 명당 자리로 안내할게요.”

자리를 안내하는 지연을 따라가던 준석이 하준의 어깨를 툭 치며 기분 좋은 듯 속삭였다.

“지연 씨도 나한테 관심 좀 있는 것 같지 않아?”

“그냥 서비스 정신이 투철한 것 같은데?”

“야! 너는……. 너 나중에 봐.”

지연이 안내하는 맨 안쪽 창가 자리에 자리를 잡은 두 사람을 향해 지연이 물었다.

“어떤 걸로 주문하시겠어요?”

메뉴판을 살피던 준석이 맞은편에 앉은 하준에겐 묻지도 않고 메뉴판을 덮어 버렸다.

"그냥 지연 씨가 골라 주십시오. 여기서 제일 맛있는 커피로 두 잔 주세요."

"그럼 그럴까요? 저희 집 커피는 다 맛있지만 특히 제가 직접 내린 원두로 만든 카푸치노가 끝내줘요. 그걸로 가져다 드릴게요."

주문을 받은 지연이 사라지자 하준이 테이블 아래 있는 준석의 정강이를 걷어찼다. 사라진 지연의 뒤꽁무니만 보고 있던 준석이 놀라 하준을 쳐다봤다.

"아! 아파. 왜? 왜?"

"내가 마시고 싶은 걸 왜 네가 정해?"

"하하하, 어떤 걸 마시면 어떠냐? 어차피 너 커피 좋아하지도 않잖아? 아무거나 마시면 되지."

준석의 말대로 하준은 커피를 별로 좋아하지 않았다. 이상하게 사약을 마시는 느낌이라고 해야 하나? 커피 대신 과일 주스도 있고 다른 음료를 주문할 수 있는 게 아닌가? 벌써 시켰으니 무를 수도 없고 하준은 그냥 포기하고 창밖으로 눈을 돌렸다. 비가 내리는 거리에는 우산을 쓰고 지나가는 사람들이 가득했다. 그러다 그의 시선을 빼앗는 곳으로 하준의 시선이 그대로 이끌려 갔다.

"!"

그의 시선을 빼앗는 노란 형체에 하준의 시선이 고정됐다. 내리는 비를 막으려 우산 대신 노란 우비를 입고 있는 여자가 이상하게 눈에 익었다. 어디선가 많이 본 듯한…… 아! 다원이었다.

동물병원에서 나와 길을 건너 카페로 오던 길인 게 분명한 것 같은데 안으로 들어오진 않고 길 옆 공중전화 옆에 쪼그려 앉아 있었다. 대체 뭐 하는 걸까?

"저기 다원 씨 아니야? 아닌가?"

준석 역시 창 너머로 다원을 발견한 듯했다.

"맞는 것 같은데……."

"저기서 뭐 하는 거지?"

그러게 말이다. 비도 오는데 저기서 뭐 하는 걸까? 한참을 앉아 있던 다원이 옆으로 몸을 돌린 사이, 작고 하얀 꼬리가 보였다. 고양이인가? 아님 강아지 같기도 하고.

"재는 왜 또 저기서 쪼그려 앉아 있어?"

하준은 갑자기 끼어든 여자 목소리 쪽으로 고개를 돌렸다. 주문한 커피 두 잔을 들고 온 지연이었다. 하준이 밖에서 다원이 무엇을 하고 있는지 아는 듯한 지연을 보고 물었다.

"저기 정다원 씨 맞습니까?"

김이 모락모락 나는 커피 잔을 내려놓곤 지연이 고개를 끄덕였다.

"맞네요. 이 근방에서 비 오는 날 노란 우비에 노란 장화까지 신고 다니는 여자는 재가 유일해요. 비 오는 날, 차에 안 치이려면 무조건 눈에 잘 띄어야 된다면서 저러고 다녀요."

지연의 말이 맞는다는 걸 확인이라도 시켜 주듯 쪼그려 앉아 있던 다원이 일어나 돌아섰다. 노란 우비에 노란 장화까지 신은 여자는 정말 다원이었다. 노란 우비를 입어서 눈에 띄는 건가? 어디서나 그의 눈에 단번에 띄는 여자였다. 돌아선 다원의 품에서 하얀 솜뭉치처럼 보이는 무언가 꿈틀거리고 있었다.

"내가 못살아. 또야?"

"왜 그러십니까?"

"재는 길 가다가도 버려진 동물들을 그냥 못 지나쳐요. 꼭 저렇게 데리고 온다니까요. 저것도 한두 번이지, 재네 동물병원에 저렇게 데리고 온 유기견이랑 유기묘들이 가득해요. 어차피 케이지가 가득 차서 데려다 놓을 자리도 없다며 저번이 마지막이라고 해 놓고는 또 저러네요."

지연의 말이 끝나기가 무섭게 다원이 빗속에 떨고 있던 강아지를 품에 안고 카페로 들어왔다. 입구에 비가 뚝뚝 떨어지는 우비를 벗어 놓곤 다원이 지연을 불렀다.

"지연아!"

"나, 여기 있어."

여기 있다고 손을 흔드는 지연을 본 다원이 한걸음에 테이블로 다가왔다.

"혹시 수건 같은 거 있어?"

"어, 혹시나 해서 갖다 놓은 거 있어."

"잘됐다. 얼른 좀 갖다 줘."

"너 또…… 아니다. 내가 말해도 듣지도 않겠지. 기다려, 금방 갖다 줄게."

물에 젖은 강아지 때문에 다원의 옷이 젖어 드는 걸 확인한 지연이 얼른 수건을 가지러 뛰어갔다. 테이블에 앉아 있던 준석과 하준이 젖은 강아지를 안고 있는 다원을 빤히 쳐다보고 있었다. 작은 공만 한 크기의 강아지는 검정 단추 버튼처럼 선명한 눈동자를 가지고 있었고, 온몸을 덮고 있는 털은 물에 젖은 하얀 솜뭉치처럼 축 늘어져 있었다. 처음 보는 낯선 사람들이 불편한지 강아지가 두 사람을 보고 으르렁거렸다.

"아니야. 이 사람들은 나쁜 사람들이 아니야. 걱정 안 해도 돼."

다원의 말이 통했는지 강아지는 더 이상 두 사람에게 경계심을 품지 않았다. 벌써 산들이를 어떻게 대했는지 알고 있었던 하준은 별로 놀라지 않았지만, 준석은 이 모든 일이 신기하기만 한 듯했다. 동그란 눈을 한 강아지가 두 사람을 멀뚱멀뚱 쳐다보고 있었다. 강아지를 안고 있는 다원도 그런 다원과 강아지를 번갈아 보던 하준과 준석도 아무런 말이 없었다.

강아지에게서 떨어진 빗물이 바닥을 꽤 적실 즈음 수건을 가지러 갔던 지연이 모습을 나타냈다.

"여기 있어. 얼른 닦아."

"어. 고마워."

앞의 테이블에는 네 개의 자리가 있었다. 맨 안쪽 창가 자리는 하준과 준석이 차지하고 있었고, 수건을 가지고 온 지연은 준석이 빼 주는 의자에 앉았다. 그러다 보니 남은 자리는 하준의 옆자리밖에 없었다. 멀뚱멀뚱 서 있던 다원을 보고 지연이 앞의 자리로 고갯짓을 했다.

"뭐 해? 어서 앉아서 닦아."

선 채로 강아지를 닦아 줄 순 없었던 다원은 지연의 말대로 하준의 옆자리에 앉았다. 마른 수건으로 젖은 털을 닦고 나니 뽀송뽀송한 흰 털이 모습을 드러냈다. 털이 말라서 기분이 좋은지 강아지가 몸을 흔들었다.

"기분이 좋아? 네가 좋으니까 나도 좋다."

좋다고 웃고 있는 다원과 그런 그녀의 품에 안겨 몸을 흔드는 강아지를 보고 있던 지연이 결국 혀를 찼다.

"좋기도 하겠다. 이번에는 또 어쩔 거야?"

"뭘?"

"걔도 데리고 있을 거잖아. 병원에 더 이상 자리 없다고 하지 않았어?"

"……."

지연의 일리 있는 지적에 다원은 아무 말도 할 수가 없었다. 벌써 병원은 진료 중인 아이들과 다원이 데려온 아이들로 꽉 차 있었다. 더 이상은 병원에 자리가 없는 상황이었다. 하지만 그렇다고 차마 얘를 다시 길바닥으로 버리는 일은 할 수가 없었다. 한 번 버려진 것도 모자라 두 번 버려지게 할 수는 없었다.

"우리…… 집에 데려가면 되지."

"퍽이나. 이번에도 걸리면 오피스텔에서 쫓겨난다 하지 않았어?"

지연의 말대로 다원의 오피스텔은 동물이 금지된 집이었다. 집주인이 얼마나 까다롭게 구는지, 전에도 이런 일이 있어 강아지 한 마리를 데리고 갔더니 어떻게 알았는지 찾아와서는 경고를 날렸었다. 한 번만 더 데리고 들어오면 쫓아내겠다고. 엄연히 월세까지 내고 사는 그녀의 집이었는데 집주인의 말에 찍소리도 못한 건 그 방세에 그런 방을 구하기는 하늘의 별 따기였기 때문이었다. 병원도 안 되고 집에도 못 데려가고, 정말 난감한 상황에 다원은 우울해졌다.

"그럼 어떡해? 애를 다시 버려?"

눈은 강아지처럼 아래로 처져서는 한껏 힘이 빠진 듯 보이는 다원을 보던 지연은 또 맘이 약해졌다. 착한 일 하는 건데……. 친구를 나무랄 일이 아니라 칭찬해 줘야 하는 일인데. 똑 부러지던 지연의 소리가 말랑말랑해졌다.

"누가 버리래? 어쩌겠냐? 대책을 세워야지."

지연의 목소리가 한결 부드러워지자 이때다 싶은 다원이 은근슬쩍 물었다.

"너희 집은 안 되겠지?"

"나도 그러고 싶지만 안 돼. 우리 어머니 털 알레르기 있으시잖아."

다원의 고개가 땅으로 맥없이 떨어졌다. 그러면 어쩐다? 그녀의 부모님 댁은 여기서 먼 시골이라 불가능했고, 이리저리 생각을 거듭하던 다원이 번쩍 고개를 들어 앞을 응시했다.

"아님……."

두 여자가 하는 이야기에 끼어들지 못하고 커피만 홀짝거리던 준석이 놀라 커피 잔을 내려놓았다.

"하하하. 저는 개를 한 번도 키워 본 적이 없어서……. 그리고 저희 집도 동물 금지여서요. 차라리 하준이가 어떨까요? 어차피 하준이 집에는 산들이도 있고, 하준이가 더 잘 돌봐 줄 것 같은데?"

준석의 말에 다원의 품에 안겨 있던 강아지의 눈까지 해서 총 여덟 개의 시선이 하준에게로 쏠렸다. 하지만 간절하고 애절한 눈동자들의 부담스러운 시선에도 하준은 움찔도 하지 않았다.

"안 됩니다. 저는 지금 산들이로도 벅찹니다."

이리 생각하고 저리 생각하고 아무리 생각해도 하준이 적임자였다. 우선 마당도 있는 큰 집에 개를 키운 경험도 있었고 산들이도 키우고 있으니, 요 작은 강아지 한 마리가 숟가락을 하나 얹는다고 해도 티가 날 것 같지도 않았다.

어떻게 하면 하준을 설득할까 곰곰이 생각 중이던 다원의 머릿속을 번뜩하고 스쳐 가는 한 가지가 있었다. 그러고 보니 이 남자, 나한테 빚이 있었지? 씩 하고 웃는 다원의 얼굴이 로열 스트레이트 패를 가진 자처럼 여유로워 보였다.

"류하준 씨, 산들이는 잘 있어요?"

뜬금없이 산들이의 안부를 묻는 다원의 얼굴이 생글생글 웃고 있었다. 이상하게 마음 한쪽이 불안한 건 왜인지, 앉아 있는 하준은 편한 의자가 가시방석이 된 것처럼 점점 불편해졌다.

"네. 잘 있습니다."

"그래요? 다행이네요. 얼마 전, 누가 생각도 없이 테이블에 올려놓은 초콜릿……."

"그만!"

자리에서 벌떡 일어난 하준이 다원의 팔을 붙잡곤 아무도 보지 못하는 기둥 뒤편으로 향했다. 뒤에서 테이블에 남아 있는 두 사람의 의아한 시선이 느껴졌다. 그 사실을 준석이 아는 날엔 입 가벼운 저 녀석을 막는 데 엄청난 물량과 인내심이 들어갈 터였다.

"비밀이라고 하지 않았습니까?"

"그랬죠. 근데 류하준 씨 저한테 빚 있는 건 아시죠?"

"압니다. 하지만 처음 본 강아지를 집으로 데려가라니요. 빚은 다른 걸로 갚겠습니다."

"그래요? 하명 언니 전화번호가……."

휴대폰을 들곤 진짜 연락처를 검색하던 다원을 본 하준이 다원의 휴대폰을 뺏어 들었다.

"알겠어요. 데리고만 가면 되는 겁니까?"

하준의 허락에 다원이 올라갔던 그의 손까지 붙잡고는 방방 뛰면서 좋아했다.

"네. 정말 정말 정말 고마워요. 며칠 안 걸릴 거예요. 제가 마땅한 곳을 알아볼 때까지만요."

할 수 없다는 듯이 하준의 어깨가 내려갔다. 누군가의 손바닥 안에서 놀아난 것 같은 이 느낌, 기분이 나빠야 정상이었는데 생각만큼 그렇게 나쁘진 않았다. 이상하게 가슴이 간질간질했다.

퇴근하고 집으로 가는 차 안. 오늘 하루 종일 내리던 비가 말끔히 그쳤다. 하루 동안 있었던 일련의 일들이 불현듯 생각난 하준은 기가 차서 말도 안 나왔다. 그를 아는 사람들이 천하의 류하준이 다른 사람의 부탁으로 유기견을 보살피기 위해 집으로 데리고 간다는 걸 안다면, 말도 안 되는 소리라고 출처를 의심할 만한 일이었고 우리가 아는 류하준이 맞는지 확인까지 할 일이었다.

그런 반응들이 예상되는 이유는 지금 하준 역시 이러는 자신이 이해가 안 돼서 미칠 것 같았기 때문이다. 다른 사람들에겐 무뚝뚝하고 무신경하며 무감각한 그가 정다원이라는 여자와 엮기기만 하면 이상하게 변해 간다. 그의 마음을 그도 모르겠다. 그의 인생에서 처음으로 그도 모르는 자신으로 변하게 만드는 여자를 만난 것 같았다.

머릿속이 온통 뒤죽박죽 엉망인 그가 운전한 차는 금방 그의 집에 도착했다. 데려온 강아지를 품에 안고 하준은 집 안으로 들어갔다.

"으으으…… 으르렁. 멍멍멍."

대문을 열고 들어오는 하준을 반기는 산들의 소리였다. 평소에 그가 들어와도 시큰둥하던 산들이 이렇게 우렁차게 짖는 건 아마 하준이 데리고 들어온 강아지 때문인 것 같았다. 주인의 품에 안겨 있는 낯선 강아지에 적대감을 품은 듯했다.

"그만. 산들. 앤 너보다 한참 어리다고."

"멍멍."

하준의 그만하라는 소리에도 산들은 여전히 으르렁대며 짖고 난리도 아니었다. 강아지를 산들이와 같이 마당에 두려고 했던 하준은 결국 강아지를 데리고 집 안으로 들어올 수밖에 없었다.

집 안에 들어오자마자 하준이 한 일은 강아지를 씻기는 일이었다. 흙으로 엉망인 강아지가 새로 산 카펫에 개 발자국 도장을 찍게 할 수는 없었기 때문이었다.

"우선 좀 씻자."

"왈왈."

깨끗하게 목욕하고 나온 강아지는 예상대로 하얗고 복슬복슬한 털이 매력적인 아이였다. 새로운 보금자리가 마음에 들었는지 거실 이곳저곳을 힐끔거리며 짧은 다리로 총총총 걸어 다니고 있었다.

새집 투어가 끝났는지 하준이 앉은 소파 위로 껑충 올라온 강아지는 그의 손을 발로 만지작거렸다. 하준이 강아지를 번쩍 안아 들곤 눈을 마주치며 물었다.

"어이, 강아지. 근데 네 이름은 뭐냐?"

하준의 물음에도 강아지는 멀뚱멀뚱 그를 쳐다만 보고 있었다.

"내가 이름을 지어 줘야 하나?"

"왈."

꼭 그렇게 하라는 듯 대답하는 강아지를 보던 하준은 곰곰이 강아지를 관찰했다. 누군가를 닮은 것도 같은데? 털은 누구 피부처럼 백옥같이 하얗다. 그를 응시하고 있는 눈은 우연히 그를 발견하고 놀랐을 때처럼 동그랬다. 호기심 많은 눈을 하곤 이리저리 움직이는 모양새가 누구를 연상시켰다.

"너 누구랑 좀 닮았다?"

혹시나 하며 하준이 강아지를 보며 슬쩍 운을 띄웠다.

"다원이?"

그가 붙여 주는 이름이 맘에 들었는지 그에게 붙잡혀 있던 강아지가 일어나 꼬리를 흔들며 혓바닥을 내밀곤 좋다고 헤헤거렸다.

"맘에 드나 보지? 좋아. 이제 네 이름은 다원이다. 정다원."

"왈왈."

✻

토요일 오후, 주말에도 늦잠을 자 본 적이 없던 하준은 아직도 숙면 중이었다. 계획에도 없던 강아지를 데리고 와 이리저리 고군분투하다 보니 새벽녘이 돼서야 잠이 들었다. 늦게 잠든 탓도 있었고 갑자기 맞이한 새 식구 때문에 이리저리 준비하느라 피곤하기도 했던 하준은 침대에서 일어나질 못하고 있었다.

곤히 잠든 그를 깨우는 건 잠결에 그의 얼굴에 닿는 간지러움이었다. 봄에 벌써 모기가 있을 리는 없고 간질간질한 느낌에 눈을 떠 보니 바닥에서 자고 있어야 할 다원이 침대까지 올라와 그의 얼굴을 핥고 있는 거였다.

"으아! 정다원! 얼굴을 핥으면 어떻게 하냐?"

"왈왈."

진득한 느낌에 소스라쳐 일어난 하준의 잠은 벌써 달아난 지 오래였다.

"너는 또 왜 이렇게 일찍 일어났냐?"

하준의 물음에 다원이 대답은 않고 꼬리만 흔들었다. 그래, 다원이가 말을 할 수 있을 리가 없지. 다른 다원이라면 몰라도. 실없는 생각에 하준은 머리를 쓸어 올리며 웃었다. 그의 품에 쏙 하고 안겨 오는 다원을 안고 하준은 거실로 나갔다. 해는 벌써 중천에 떠 있었다.

"으차! 밥부터 먹자."

산들이 사료를 조금 덜어 다원에게 준 하준은 밖으로 나갔다. 집 밖으로 나오는 하준을 본 산들이 짖었다. 왜 이제 나오냐고! 무심한 주인 같으니라고! 아침은 안 주고 이제 점심 준다고 나온

다며 그를 나무라는 것 같았다. 하준이 얼른 산들이 밥그릇에 사료를 담아 줬다. 특별히 아침도 못 먹었으니 곱빼기로.

"미안하다. 늦잠 자서 그랬어."

산들이 허겁지겁 사료를 먹기 시작했다. 얼마나 먹었을까? 밥그릇이 바닥을 보일 즈음 잘 먹고 있던 산들이 갑자기 일어나더니 대문을 보고 짖기 시작했다.

"계세요? 아무도 없나? 준석 씨가 가르쳐 준 주소가 여기가 맞는 것 같은데."

누군가 찾아온 듯했다. 주말에 찾아올 사람이라곤 준석밖엔 없었는데, 준석이라면 온 동네가 떠나가도록 초인종을 누르고 있었겠지. 하준이 귀찮은 듯 어기적어기적 대문으로 향했다.

"누구십니까?"

"아! 제대로 찾아왔네요? 저 정다원이에요."

정다원? 그 여자가 여긴 왜? 뜻밖의 손님에 하준이 얼른 대문을 열었다. 두 손 가득 짐을 들고 있는 다원이 어색한 듯 웃고 있었다.

"집까지 무슨 일이십니까?"

"그게……."

하준의 물음에 다원은 속마음 그대로 말할 순 없었다. 댁이 강아지를 어떻게 했을까 봐 간밤에 잠을 한숨도 못 잤다고. 강아지가 걱정돼서 왔다고 절대 있는 그대로 솔직하게 말할 순 없었다. 이리저리 눈을 피하는 다원을 보던 하준이 피식 웃었다.

"설마 강아지 걱정돼서 오신 겁니까? 내가 어떻게 했을까 봐 서요?"

이 사람 예리하긴. 정곡을 찌른 하준 때문에 뜨끔한 다원은 누가 봐도 티가 날 정도로 어색하게 웃으며 변명했다.

"으하하. 무슨, 그런 소리를. 그냥 강아지가 보고 싶어서 왔어요. 전해 드릴 것도 있고. 근데 강아지는?"

대문 밖에 서서 안쪽을 이리저리 살피며 강아지를 찾는 다원을 본 하준이 그녀가 안으로 들어올 수 있게 한 걸음 물러섰다.

"그렇게 서 있지 말고 들어와요."

"아, 아뇨. 저는 그냥 이것만 전해 드릴 겸 강아지 얼굴 한 번만 보고 가면 되는데……."

"그러니까 들어오라고요. 강아지 집 안에 있어요."

강아지가 잘 있는지 잠깐 보기만 하면 되는데 하준의 말대로 집 안으로 들어가자니 남자 혼자 사는 집에 선뜻 들어갈 수도 없어, 이리저리 고민인 다원이었다. 잠깐 망설이던 다원은 결국 집 대문 문턱을 넘었다.

'그래, 진짜 강아지가 무사한지만 보고 나오는 거야.'

하준을 따라 들어간 현관. 강아지 다원이 언제 하준이 돌아올까 하며 현관문만 보고 서 있었다. 목욕까지 하고 나서 귀여운 제 모습을 되찾은 것도 모자라 하룻밤 동안 뭘 먹었는지 다리도 통통해진 것 같고 잘 지낸 것 같은 모양새를 보니 걱정은 놓아도 될 것 같았다. 다원이 두 손에 들려 있던 짐을 내려놓고 강아지를 안아 들었다.

"잘 지냈어? 너무 예뻐진 거 아니야?"

"왈왈왈."

아는 얼굴이라 반가웠는지 강아지는 다원을 보고 애교를 부렸다. 강아지를 몇 번이고 쓰다듬던 다원은 강아지를 다시 바닥으로 내려놨다.

"너 잘 지내는 거 봤으면 됐다."

강아지가 무사한 것도 봤겠다, 아쉽지만 다원은 들어왔던 현관에서 그대로 뒤를 돌아 나갈 작정이었다. 하지만 하준이 다원을 붙잡았다.

"들어와요."

"아뇨. 저는 그만."

나가려는 다원을 보던 하준이 그녀가 들고 왔던 짐을 들어 보였다.

"이건 다 어쩌고요. 우선 들어와요. 차라도 한 잔 하고 가요. 집에 온 손님 차 한 잔 안 줄 만큼 매너 없는 사람으로 만들지 말고."

본래 매너 없는 것 알고 있었는데 이제 와서 새삼스럽게. 마지못해 어기적어기적 신발을 벗은 다원은 하준을 따라 거실에 놓인 소파에 엉덩이만 붙이고 앉았다.

"편안하게 앉아요."

조금만 뒤로 등을 기대면 편안함이 끝내줄 소파인 건 분명했지만, 다원은 장소가 장소이니 만큼 편안히 앉을 수가 없었다. 허리를 꼿꼿이 세우곤 무릎에 가지런히 손을 올려놨다. 요조숙녀 같은 다원의 모습을 지연이 봤다면 배를 잡고 웃을 일이었다. 다원이 현관에 내려놨던 짐을 들고 온 하준이 종이 백 안을 힐끔거렸다.

"이건 다 뭡니까?"

다원이 벌떡 일어나 가지고 온 짐들을 풀기 시작했다.
“이건 제가 만든 도시락이에요.”
다원이 싸온 삼단 도시락에는 향긋한 제철 봄나물들과 먹음직스러워 보이는 계란말이, 장조림 등등 여러 가지 반찬들이 담겨 있었다. 보기만 해도 하준의 침이 꼴깍하고 넘어갔다.
“이럴 필요까진 없는데.”
“아뇨. 별거 아니에요. 그때 도와주셔서 너무 감사하기도 하고, 전에 잘 드시는 것 같기도 해서. 아! 이번에는 잘하면 맛이 없을 수도 있어요. 조미료를 진짜 조금만 넣었거든요.”
작은 종이 백을 제쳐 두고 커다란 종이 백을 연 다원이 내용물을 하나씩 꺼내기 시작했다.
“이건 저희 병원에서 최고급인 개 사료고요. 이건 개 껌, 이건 개 장난감, 이건 개 목욕시킬 때 쓰는 샴푸…….”
그 후로도 동물병원에 있는 건 다 가지고 온 듯한 개 용품이 계속해서 모습을 드러냈다. 이제 보니 하준의 도시락은 아무것도 아니었던 거다. 전부 개들을 위한 거였고, 하준은 그냥 개 덕분에 도시락 하나 얻어먹은 거였다. 하준이 다원이 가져온 장난감 중 하나를 물어뜯고 있는 강아지를 가리키며 웃었다.
“그러고 보니 제가 얘 때문에 도시락을 얻어먹는 겁니까?”
“하하. 설마요.”
설마, 아니라고 말했지만 개 용품들에게 눌려 한편에서 존재감이라곤 전혀 찾아볼 수 없게 된 도시락이 민망해지는 순간이었다. 그래도 강아지가 더 신경이 쓰였는걸, 어쩌냔 말이다. 다원이 낑낑대며 장난감을 물어뜯고 있는 강아지를 응시했다. 이렇게 잘 지내고 있는데 괜한 걱정이었나 보다.

"그런데 강아지 이름은 정했어요?"

다원의 물음에 하준은 궁금한 듯 물어오는 그녀의 시선을 피해 버렸다. 당연히 어제 정했지. 당신과 성까지 똑같은 정다원으로. 하지만 하준은 강아지 이름을 입 밖으로 뱉을 수 없었다. 개 이름은 당신을 따라 다원이라고 지었다고는 할 수 없는 노릇이 아닌가?

"그게……. 아직. 정다원……."

"왈왈"

하준의 말 중간에 끼어든 건 장난감을 물어뜯고 놀고 있던 또 다른 강아지 다원이었다. 다원이라는 소리에 자기를 부르는 줄 알고 벌떡 일어나 아는 척을 한 거였다.

"하하하. 정다원 씨가 지어 주면 되겠네요."

"왈왈왈."

하준이 말하는 다원이란 소리에 다시 일어나 짖는 강아지 다원이었다. 무슨 일인지 일어나 짖는 강아지를 본 다원이 의아한 듯 강아지를 쳐다봤다.

"갑자기 얘가 왜 이러지?"

"그러니까 말입니다. 하하."

"이상하게 얘가 제 이름에 반응하는 거 같지 않아요?"

"아닌 것 같은데?"

날카로운 다원의 지적에 하준의 등줄기로 한 줄기 땀방울이 흘러내렸다. 하루 만에 자기 이름에 반응하다니 개는 주인을 닮는다더니 너무 똑똑한 개였다. 하지만 이 순간에는 너무 똑똑해서 곤란하기까지 했다. 혹시라도 다원이 알아차리는 건 아닌가 싶어 하준만 가슴을 졸였다. 그러나 다원은 신기한 것을 발견한 듯 다시 한 번 강아지를 보고 자신의 이름을 불렀다.

"아니라니깐요. 봐요. 다원. 정다원."

역시나 다원이라는 소리에 강아지가 반응하며 왈왈하고 짖었다. 어떻게 변명해야 하나? 그냥 이 강아지가 당신을 너무 닮아서 그렇게 한 것뿐이라고 있는 그대로 이야기하면 믿어 줄까? 개한테 이름을 갖다 붙였다고 기분 나빠 하지 않을까? 하준이 어떻게 말해야 할지 몰라 입이 바짝바짝 타들어 가고 있었다.

"설마……."

꿀꺽, 긴장한 하준의 목울대가 올라갔다 내려왔다.

"얘…… 알고 보면 천재 견이 아닐까요?"

긴장한 것이 무색하게 그녀의 생각은 엉뚱한 데로 잘도 흘러갔다.

"제가 저를 구해 준 걸 알고 제 이름을 기억하고 있는 거죠. 우와, 진짜 대단하다. 이러다 얘 텔레비전 섭외라도 들어오는 거 아닌지 모르겠어요."

하준은 상황을 잘 벗어난 것에 대해 안심을 해야 하는지, 아님 얼토당토않는 다원의 말에 맞장구를 쳐 줘야 하는지 갈피를 잡을 수가 없었다.

"아…… 네."

"우와. 진짜 대단하다. 동물농장에 제보 전화라도 넣어야 하나?"

그 후로도 다원은 그녀 자신의 이름을 한참이나 부르며 강아지가 좋다고 왈왈거리며 애교 부리는 것을 구경하다 집으로 돌아갔다.

한바탕 다원이 휩쓸고 간 저녁. 하준은 그녀가 싸다 준 도시락으로 저녁을 대신하고 있었다. 밥하기가 귀찮아 전자레인지에 돌린 즉석 밥을 두고 먹기 시작한 다원의 도시락. 역시나 반찬은 맛있었다. 없던 입맛도 돌게 하는 달래 무침을 다시 한 젓가락 집어 든 하준이 피식하곤 웃었다. 특별히 조미료를 조금만 넣었다고 말하던 다원이 생각났기 때문이다.

“안 넣었으면 안 넣는 거지. 조금만 넣었다니. 하하하.”

식탁 아래에서 다원이 선물한 밥그릇에 최고급 사료를 먹고 있던 강아지 다원이 하준을 보곤 짖었다. 하준이 힐끔 강아지를 내려다봤다.

“그쯤하면 눈치챌 수도 있었을 것 같은데……. 둔하단 말이야, 정다원이란 여자…….”

다원의 이름이 다시 거론되자 강아지가 다시 하준을 향해 꼬리를 흔들며 반응했다.

“어쩜 눈치 없는 것도 이렇게 닮았냐? 너나 네 주인이나 어쩜 그렇게 똑같아? 너도 그래. 아무리 내가 네 이름을 다원으로 지었기로서니 거기서 네가 좋다고 대답을 하면 어쩌냐? 응?”

하지만 강아지가 하준의 말을 알아들을 리가 없었다. 강아지는 무슨 영문인지 몰라 고개를 갸우뚱할 뿐이었다. 배가 부른 강아지는 지쳤는지 바닥에 벌러덩 누워 버렸다.

이제 세상에 나온 지 세 달 정도밖에 안 된 강아지한테 새로 만난 주인 여자와 주인 남자는 참 많은 걸 바랐다. 남자 주인은 이름을 부르더라도 아는 척을 하지 말라. 여자 주인은 이름을 부르면 아는 척을 해 달라. 어느 장단에 맞춰야 할지. 오늘 하루 동안 두 사람과 함께 보낸 강아지의 소감은 이랬다.

'개 피곤하다.'

3. 전부 가지고 싶은 남자

5월의 빨간 날. 한마음내과의 문은 열려 있었다. 연달아 이어지는 공휴일이었지만 여행 같은 계획이 없었던 하준은 깜빡하고 두고 온 논문 자료를 찾기 위해 잠시 병원에 들른 차였다.

오후 1시, 하준이 병원을 들렀다 집으로 가는 길이었다. 건물을 나서 주차장으로 향하는 그를 부르는 소리가 있었다. 누군가 해서 돌아보니 연하늘색 니트를 입고 있는 다원이었다. 길 건너 병원에서부터 그를 보고 뛰어왔는지 가쁜 숨을 내쉬었다.

"헉헉 류하준 씨!"

"무슨 일 있습니까?

전혀 관심 없는 듯 무심하게 대답한 하준이었지만 어느새 그의 단단한 입매는 호선을 그리고 있었다. 다원이 하준의 집을 다녀가고 난 뒤부터 어디론가 꼭꼭 숨어 버린 그녀를 한 번도 만날 수가 없었다. 가까운 거리 탓에 행동반경이 겹칠 법도 한데, 우연으로라도 마주친 적이 없었다. 그런데 오늘은 다원이 먼저 하준을 찾아오니 내심 기쁠 수밖에. 숨을 다 고른 다원이 눈을 반짝이며 하준을 올려다봤다.

"우리 강아지 잘 있어요?"

그의 안부보다 강아지의 안부가 먼저라니.

"제 안부부터 물어야 하는 거 아닙니까?"

하준의 시큰둥한 말에 다원의 얼굴이 그에게로 바짝 다가왔다. 숨소리까지 느껴질 만큼 가까운 거리에 놀란 하준이 뒤로 한 발자국 물러났다.

"왜 이럽니까?"

빙그레 웃음을 짓던 다원이 이내 까치발을 해서는 겨우 손이 닿은 그의 어깨를 툭 하고 쳤다.

"난 또, 안부를 물어야 한다기에, 어디 아픈 줄 알았잖아요. 얼굴에서 광채가 나는 게 멀쩡한 것 같은데요?"

오른쪽 왼쪽 고개를 까닥까닥하는 게 집에 있는 강아지 정다원과 꼭 닮아 있었다. 집에 있는 다원도 그가 무슨 말을 해도 고개를 까딱거리며 꼬리를 흔든다. 이러니 내가 이름을 똑같이 지을 수밖에. 피식하고 나오는 웃음을 겨우 참은 하준이 다시 물었다.

"그런데 정말 무슨 일입니까?"

"아차차. 내 정신 좀 봐. 근데 오늘 어린이날인데 나오신 거예요?"

"네, 깜빡 두고 온 게 있어서 그렇게 됐습니다. 이제 집으로 가는 길입니다."

"집으로 가신다는 말은 그럼 특별한 계획은 없는 거죠?"

"시간이야 있지만. 왜 그러는 겁니까?"

"우리 강아지 사진 좀 찍게요. 입양처를 알아봐야 하는데, 요며칠 이리저리 수소문도 해 봤는데 별 수확이 없어요. 이번엔 유기견 카페에 사진 좀 올려 보려고요."

이제부터 집에 가서 편히 쉴 작정이었던 하준에겐 청천벽력과 같은 말이었다.

"저기…… 오늘은……."

"그럼 우리 한 시간 뒤에 저번에 만났던 공원 벤치 있죠? 거기서 봐요."

"이봐요. 정다원 씨!"

뒤늦게 불러도 봤지만 다원은 벌써 횡단보도를 건너고 있었다. 휴일에 집에서 쉬는 게 최고라고 생각하는 하준은 갑자기 생긴 일정에 얼굴을 굳혀야 정상이었다. 하지만 하준의 얼굴에는 오히려 즐거운 빛이 깃드는 듯했다. 하준은 왠지 집에서 쉬는 것보다 다원과 함께 시간을 보내는 게 더 즐거울 것 같다는 생각이 들기 시작했다. 이상하게 다원과 있는 시간은 늘 아쉬울 만큼 빨리도 흘러갔다.

어느새 하준의 얼굴에는 온전한 미소가 떠올랐다. 다원이 말한 것처럼 번쩍번쩍 광채가 나서 눈이 부시기까지 한 미소였다. 약속한 시간에 맞추려면 서둘러야 했다. 서둘러 차로 향하는 하준의 발걸음이 가벼워 보였다.

화창한 공휴일의 오후, 공원에는 사람들이 북적북적했다. 날이 날이니 만큼 공원은 미리 멀리 나가지 못한 사람들로 발 디딜 틈

없이 복잡했다.

하준이 개 두 마리를 데리고 공원으로 들어서자 순간 주위의 시선이 그에게로 쏠렸다. 공휴일 오후에, 그것도 잘생긴 남자 혼자 개 두 마리를 끌고 공원에 산책 나오는 풍경은 쉽게 볼 수 있는 그림이 아니었으니까. 하지만 하준은 다른 사람들의 시선 따위는 개의치 않았다. 기다리는 사람이 있었기 때문이었다. 하준이 손목을 들어 시계를 응시했다. 약속한 두 시가 되기 오 분 전.

"류하준 씨!"

멀리서 하준의 이름을 부르는 소리가 공원을 울렸다. 그의 이름을 이리도 명랑하게 부르는 사람은 딱 한 명밖에 없었다. 공원 입구에서부터 그의 이름을 부르며 다원이 달려오고 있었다.

"저러다 넘어지는 거 아니야?"

역시나 중간에 한 번 발이 꼬여 휘청거리며 넘어질듯 멈췄다가 다원은 다시 전속력으로 뛰어 그의 앞에서 멈췄다.

"나 늦은 거 아니죠? 딱 맞춰 온다고 나왔는데."

"딱 맞춰 왔습니다."

다행이라며 머리를 넘기며 웃는데 그녀의 웃음이 공원에 핀 이름 모를 꽃들처럼 싱그러웠다. 잠시 하준에게 머물렀던 눈길은 그대로 아래로 내려갔다.

"산들이도 데리고 나오셨네요?"

강아지 다원만 데리고 나오려는데 마당에서 산들이 으르렁거렸다. 나는 네가 어디 가는지 다 알고 있다! 같은 개 차별하지 말라! 이리저리 난리 법석을 떠는데 안 데리고 나올 수가 없었다.

"네, 같이 산책시키면 좋을 것 같아서."

"잘했어요. 잘 있었어? 안 본 사이에 더 멋있어졌네?"

칭찬을 알아들었는지 아님 그냥 기분이 좋았는지 모르지만, 산들이 두 앞발을 들곤 다원의 다리에 매달렸다. 그에겐 한 번도 보여 주지 않았던 묘기에 하준의 눈썹이 씰룩거렸다. '자, 손!' 하며 그리도 훈련할 땐 시큰둥하더니 한 손도 아니고 두 다리로 들고 반기다니. 애 키워 봤자 소용없다는 소리가 딱 들어맞았다. 웃음기를 머금은 하준의 음성이 들려왔다.

"사진 찍어야죠. 그나저나 어떤 걸로 찍을 겁니까?"

강아지들과 정신없이 인사를 나누고 있던 다원이 자랑스럽게 손목에 걸고 있던 사진기를 들어 보였다.

"당연히 제가 카메라를 빌려 왔죠. 이거 지연이가 엄청 아끼는 건데 사정사정해서 빌려 왔어요. 이거 진짜 수동카메라예요."

진짜 수동카메라라니. 그럼 가짜 수동카메라도 있을까 봐? 다원이 흔드는 카메라가 눈에 익었다. 그가 가지고 있는 수동 DSLR 모델과 같았다. 다만 그는 좀 더 좋은 렌즈로 바꿔 끼워 놨다는 것 빼고는 똑같았다.

그런데 이 카메라는 초보가 쓰기에는 좀 무리가 있는 모델이었다. 다원이 사진을 제대로 찍을 수 있을지 의심이 드는 하준이었다.

"쓸 줄은 압니까?"

"당연하죠. 나만 믿어요. 그럼 이제 본격적으로 찍어 볼까요?"

믿어 보라는데 믿어 봐야지. 다원이 카메라를 들었다. 강아지 두 마리를 데리고 걷는 하준보다 앞서가던 다원이 연신 셔터를 눌러 댔다.

"여기 봐야지! 여기!"

고개까지 구십 도로 꺾어서 이리저리 사진을 찍는 모습이 마치 전문 포토그래퍼를 연상시켰다. 저 정도면 작품 하나가 나올 듯 싶었다. 셔터를 연신 누르던 다원이 찍힌 사진을 확인하기 위해 가던 길을 멈춰 섰다. 찍힌 사진을 확인한 다원은 결과물이 영 맘에 들지 않는지 미간을 찌푸렸다. 하준이 걸음을 멈췄다.

"왜 그럽니까?"

"이것 봐요. 이거."

뭐가 그리 억울한지 잘못을 이르는 학생처럼 다원이 카메라를 하준에게 넘겼다. 열정과 재능은 별개라더니. 폼은 전문 포토그래퍼 저리 가라 할 정도더니 결과물은 영 볼품이 없었다.

다원이 찍어 놓은 사진을 보곤 참 그녀답다는 생각에 하준은 웃음이 나왔다. 초점은 전부 다 빗나가고 어쩌다 초점이 맞아 찍힌 사진들은 전부 강아지의 일부분이었다. 발만 나왔다든가 아님 귀만 나왔다든가. 어쩌다 전신이 제대로 사진 안에 들어왔다 해도 흔들린 손 때문에 이게 사람인지 강아지인지 알아볼 수 없을 만큼 흐릿했다. 억울한 듯 다원이 울상을 지었다.

"이건 전부 카메라 탓이에요. 비싸기만 하면 뭐 하나? 사용법이 이렇게 어려워서야. 이게 바로 말로만 듣던 발 카메라네. 발 카메라."

시선을 피하며 애꿎은 땅만 발로 차는 다원은 이 모든 결과물을 괜한 사진기 탓을 했다. 다원을 보는 하준의 눈빛이 따뜻했다. 그녀를 보고 있던 하준의 입술이 또다시 씰룩거리며 호선을 그리기 시작했다.

"장인은 도구를 탓하지 않는다던데……."

"나는 장인이 아니니까 도구 탓을 할래요. 그리고 장인들도 도구를 좀 가려서 써야 돼요."

"하하하."

어디로 튈지 모르는 다원은 오늘도 그를 웃게 만들었다. 즐겁다. 이 여자와 함께하는 이 시간이 즐거워서 미칠 것만 같았다. 하지만 하준이 신나게 웃는 동안 다원의 눈은 세모꼴로 변해 갔다. 만났다 하면 웃는 하준이 저를 정말 웃긴 여자로 생각하는 듯했기 때문이다.

"그만 좀 웃죠?"

"흠흠, 카메라 이리 줘 봐요."

"뭐 하려고요?"

나도 못 한 걸 너는 할 수 있겠느냐는 다원의 눈빛을 가뿐히 무시한 하준은 카메라를 뺏어 들고 이것저것 만지기 시작했다. 대충 만지던 하준이 다원의 손에 카메라를 들려 줬다.

"이제 다시 한 번 해 봐요."

"그런다고 그게 되겠어요?"

"그냥 한 번 해 보기라도 해요."

미심쩍어하던 다원이 멀뚱멀뚱 마주 올려다보고 있는 강아지를 보고 셔터를 눌렀다.

"그런다고 이게…… 되네?"

찍힌 결과물을 확인한 다원이 하준을 올려다봤다. 좀 전까지 사기꾼 보듯 미심쩍어하던 얼굴에는 '무조건 믿습니다!' 하는 신뢰가 묻어 나왔다. 어찌 된 일인지 눈으로 물어오는 다원에게 하준은 별것 아니라는 듯 어깨를 으쓱했다.

"똑같은 카메라를 가지고 있습니다."

"그걸 왜 이제 말해요?"

"안 물어봤잖습니까?"

그래, 안 물어봤지. 할 말이 없어진 다원은 하준의 눈을 피해 이리저리 눈동자를 굴리다 쑥스러운 듯 살며시 카메라를 넘겼다.

"류하준 씨가 우리 강아지 좀 잘 찍어 줘요."

카메라를 넘겨받은 하준은 피식 웃었다. 다원의 얼굴에서 아쉽고 분하다는 감정이 고스란히 드러나 있었기 때문이었다. 하준이 카메라를 들었다.

"그럼 이제 진짜 찍습니다."

"잠시만요. 제가 얘를 좀 잡고 있을게요."

이곳저곳 뛰어가려고 움직이고 있는 강아지가 사진에 잘 나올 수 있도록 다원이 강아지를 붙들었다.

"자, 우리 사진 찍어야지. 조금만 이러고 있자."

이때다 싶은 하준이 카메라를 들었다.

"!"

초점을 맞추려 렌즈를 움직이던 하준이 손이 그대로 멈췄다.

두근두근.

카메라 렌즈로 보이는 다원의 얼굴에 하준의 가슴이 뛰기 시작했다. 그를 보며 웃는 그녀의 얼굴이 너무 예뻐 보여서. 하준은 그 자리에 멈춰 서 있었다.

잘못 본 거라고 생각한 하준이 눈을 감았다 다시 렌즈를 응시했지만, 렌즈로 보이는 다원의 얼굴에 그의 심장은 더 거세게 뛰기 시작했다. 잘못 본 것도 아니면 비싼 카메라 효과인가 싶어 하준이 카메라를 내리고 다원을 쳐다봤다. 뛰는 심장이 진정되기는커녕 튀어나올 듯 더 세게 뛰고 있었다. 그녀의 손에 있던 강아지 다원이 벗어나려 발버둥을 치기 시작했다.

"안 찍어요? 얼른 찍어요."

하준의 손이 절로 셔터를 눌렀다. 머리가 시키는 일이 아니었다. 그냥 주체 없이 두근거리는 심장이 시키는 일이었다.

셔터 소리가 빨라질수록 그의 심장은 더욱더 거세게 뛰기 시작했다. 뒷일 같은 건 전혀 생각할 수가 없었다. 장난스럽게 한쪽 눈을 찡긋하는 모습도, 어떻게 하면 사진이 잘 나올까 심각하게 고민하며 강아지 포즈를 연구하는 모습도 전부 그의 사진 속에 담기고 있었다.

"잘 찍히고 있어요?"

묻는 다원의 말에도 하준은 묵묵부답이었다. 아무런 말도 없이 사진만 찍어 대는 하준을 보다 못한 다원이 툴툴거렸다.

"무슨 사진가가 이래요? 어떤 포즈를 취하라든지 아님 웃어 보라든지. 하다못해 김치라도 외쳐 줘야지요."

눈을 살짝 흘기며 툴툴거리는 그녀의 모습이 반짝거렸다.

'설마…….'

처음 느껴 보는 가슴의 두근거림에 하준의 머리가 위험하다고 경종을 울려 댔다.

사진 찍던 것을 멈추고 그 자리에 굳은 듯 서 있던 하준을 본 다원은 불평하던 걸 멈췄다. 어쨌든 사진기를 든 사람은 하준이었고 괜히 건드려서 좋을 건 없다는 생각이 들었기 때문이었다.

"치, 사진 잘 나오면 다 모델이 잘나서예요."

그 후로도 사진 촬영은 계속되었다. 사진작가는 찍어야 할 모델은 안 찍고 딴 모델만 찍고 있었고, 정작 그 모델은 자기가 모델이라는 것도 모르고 있는 이상한 사진 촬영 현장이었다.

노을이 지고 있었다. 정신없이 사진 찍는다고 시간이 벌써 이렇게 흘러갔는 줄 눈치채지 못하고 있었다. 강아지는 강아지대로 팔자에도 없는 모델 노릇을 한다고 지쳤고, 강아지를 따라다니던 다원도 다원대로 지쳐 벤치에 앉아 휴식을 취하는 중이었다. 이곳저곳 다니면서 힘이 들 정도로 사진을 찍었으니 노력한 만큼 결과가 나왔을지 궁금했다.

"사진 좀 보여 줘요."

몇 시간 동안 본래 사진의 모델이 아닌 다른 모델만 찍어 댔던 하준은 그제야 아차 싶었다. 지금 카메라 안에는 강아지 다원의 사진은 없었다. 물론 다원과 강아지 다원이 함께 있는 사진은 꽤 있었지만 강아지 다원만 독자적으로 찍힌 사진은 없었다.

곤란한 듯 생각하는 하준의 눈이 깊어졌다. 어렴풋이 떠오르기 시작한 그의 마음을 아직 그 자신도 명확히 정의 내리지 못하고 있었다. 처음에는 그냥 즐거웠다. 다원만 보면 이상하게 즐거워져 소리 내서 웃게 된다. 어디에 있든 빛을 발하는 그녀를 따라 절로 시선이 이동했다. 이제는 시선만이 문제가 아니었다. 그의 마음이 그녀를 향해 흐르려고 하고 있었다.

그도 아직 그의 마음이 얼마나 깊은지 그 깊이도 알지 못하는데 지금 이 순간, 그녀에게 그의 마음을 들킬 순 없었다. 아직은 아니었다. 아직은 때가 아니란 걸 안 하준이 쉽게 카메라를 넘겨

줄 수는 없었다.

바로 사진을 확인할 수 있을 거라 기대하던 다원은 뜬금없는 하준의 행동에 안심하라는 듯 손을 번쩍 들었다.

"사진 이상하게 나왔어도 하준 씨를 놀리거나 탓하진 않을게요. 나 정다원, 동물병원을 걸고 맹세해요!"

맹세까지 마친 다원이 다시 손을 내밀었지만 하준은 꿈쩍도 하지 않았다.

"아, 참. 사진 좀 보자니까요!"

좋은 말로 타일렀는데도 줄 생각이 없어 보이니 무력으로 뺏을 수밖에. 다원이 하준의 팔을 잡고 등 뒤에 숨긴 카메라를 뺏으려 손을 뻗었다.

하지만 벌떡 일어난 하준이 하늘 높이 손을 뻗었다. 까치발을 들고 하준의 손에 들린 카메라에 닿기 위해 다원이 낑낑거렸다. 하지만 역시나 185센티는 족히 되어 보이는 하준에 비해 160센티의 다원은 한참이나 모자랐다. 작은 키가 원망스럽긴 처음이었다.

'이럴 줄 알았으면 이십 센티 힐이라도 신고 오는 건데.'

낑낑거리던 다원은 결국 하늘 높이 뻗은 팔을 거두어들였다.

"아, 진짜 이제 보니 성격 참 이상하시네! 어차피 카메라는 내가 빌려 온 거니까 나중에 보면 되지요."

다원이 이겼다고 생각하고 맘을 놓고 있을 그때, 하준이 카메라 버튼을 만지작거렸다. 순간 머릿속을 스치는 생각.

"설마 오늘 찍은 사진 삭제하는 건 아니죠?"

역시나 그랬다. 하준이 오늘 찍은 사진을 전부 삭제할 작정으로 버튼을 만지고 있었던 거였다. 다원은 다시 하준에게로 달려들었다.

"삭제하지 마요. 그게 어떻게 찍은 건데…… 제발요."

하준의 높이 뻗은 손은 연신 사진을 삭제하고 있었고 다원은 그런 하준을 말리기 위해 뜀뛰기를 계속하고 있었다. 한 장의 사진이라도 건지겠다고 물불 안 가리고 덤벼드는 다원의 온 신경은 카메라에 고정되어 있었다.

사진을 삭제하려는 자, 사진을 지켜 내려는 자. 두 사람의 실랑이는 계속됐다. 제자리에서 뛰어도 닿질 않자 다원은 뒤로 물러났다. 도움닫기 거리를 뛰어와서 점프를 하게 되면 하준의 손에 닿을 수 있을 것이란 생각 때문이었다. 하지만 기필코 카메라를 뺏을 거란 투지에 불 탄 다원이 뛰는 일은 없었다.

"위험해!"

갑자기 뻗어 온 하준의 한쪽 팔이 다원의 허리를 껴안곤 빙그르 돌았다. 하준의 뒤로 쌩하고 자전거가 지나갔다. 하마터면 전속력으로 달려오던 자전거와 충돌할 뻔한 걸 하준이 구해 준 것이었다.

"괜찮아요?"

그녀보다 더 놀란 것처럼 보이는 하준의 눈이 다원을 걱정하고 있었다.

"네. 괜찮아요."

그의 품에 안겨 있던 다원이 빤히 눈을 들어 하준을 응시했다. 가까이 다가온 다원의 얼굴에 하준이 시선을 피해 버렸다.

'이때다.'

다원이 등 뒤에 숨겨져 있던 하준의 카메라를 잡아챘다.

"으아. 뺏었다."

그녀에게 온 정신을 집중하고 있던 하준은 너무 쉽게 다원에게 카메라를 뺏겼다. 아직 삭제하지 못한 사진들이 남아 있었는데……. 얼른 뒤로 돈 다원이 사진을 확인하려 했다. 당황한 하준이 다원의 등 뒤에서 손을 뻗었다.

"안 돼요. 무슨 일이 있어도 볼 거라고요."

하준이 다원에게서 카메라를 뺏으려고 본의 아니게 뒤에서 그녀를 껴안자, 두 사람은 다른 사람이 보기에 공원에서 백 허그를 하고 있는 커플처럼 보였다. 역시나 지나가던 동네 어르신이 흐뭇한 듯 두 사람을 쳐다보셨다.

"허허. 신혼부부인가? 요즘 젊은 사람들은 참 솔직해서 좋아. 좋을 때야."

신혼부부라는 말이 하준의 귀에 박혀 들었다. 별 의미 없는 말일 수도 있었지만 그 말에 그의 마음은 또다시 주체 없이 뛰고 있었다. 당황한 하준의 모든 움직임이 정지했다. 그가 경직된 틈을 타 다원은 카메라를 들고 그에게서 벗어났다.

"에이, 얼마나 못 찍었…… 어? 사진 너무 잘 나온 거 아니에요?"

이렇게 잘 찍으면서 왜 안 보여 주려 했단 말인가. 도저히 이해할 수 없다는 표정의 다원이었다. 하준이 미처 삭제하지 못한 사진 몇 장을 전부 본 다원이 계속해서 그의 사진을 칭찬했다.

"근데……."

설마 눈치챈 건 아니겠지? 따라붙는 조건부의 말에 하준이 가슴을 졸였다.

"내 얼굴이 왜 이렇게 호빵처럼 빵빵하게 나왔어요? 좀 있으면 터질 기세네. 일부러 이렇게 찍은 거 아니에요? 아까 지운 사진들도 대충 이런 종류예요?"

"……."

"그래서 그랬구나? 아직 찍는 대로 다 잘 나오는 경지에 이르진 않은 거죠? 하여튼 이런 수동 카메라 가진 사람들은 이런 게 있더라고요. 지연이도 자기가 찍은 사진 중에 이상하게 나온 사진은 절대 안 보여 줘요."

다원은 하준이 사진을 삭제한 이유가 잘 안 나온 사진을 보여주기 싫어 삭제한 것이라 생각하는 듯했다.

"뭐…… 그렇다고 해 두죠."

"이 사진이 제일 잘 나온 것 같은데. 여기 같이 있는 내 얼굴은 가리고 올리면 될 것 같아요."

이쯤 되면 다원은 조금이 아니라 꽤 많이 둔했다. 이걸 눈치채지 못해서 다행이라고 해야 할지. 그래도 둔한 다원의 감각 덕분에 잘 넘어간 듯했다. 하준은 안도하며 가슴을 쓸어내렸다.

❈

봄날의 오후 카페 안. 처음 이 카페에 방문해서 앉았던 자리는 이제 준석과 하준의 전용자리가 됐다. 틈만 나면 커피를 마시러 내려오는 준석 덕분에 이 자리는 비어 있던 적이 없었다. 언제나처럼 창가 자리에 앉은 두 사람을 향해 지연이 다가왔다.

"오늘은 어떤 걸로 주문하시겠어요?"

"저는 언제나처럼 지연 씨가 만들어 주시는 카푸치노면 될 것 같습니다. 그리고 이 녀석은……."

저번처럼 맘대로 메뉴를 정하면 또 난리를 칠 것 같아 준석은 하준에게 메뉴 선택권을 주려고 그를 쳐다봤다. 그런데 하준의 시선은 앞이 아니라 옆으로 향하고 있었다.

"너 뭐 마실래?"

준석이 묻는 소리를 못 들었는지 하준의 시선은 창밖으로 고정되어 있었다. 준석이 조금 더 큰 소리로 하준을 불렀다.

"야! 류하준!"

그제야 하준이 준석에게로 고개를 돌렸다. 대체 뭐에 정신을 팔렸기에. 대답하는 하준은 건성이었다.

"어? 왜?"

"너 뭐 마실 거냐고?"

"너랑 똑같은 거."

"나 카푸치노 시켰는데? 괜찮겠어?"

"어."

짧게 대답을 마친 하준은 다시 창밖으로 눈을 고정했다. 그의 시선이 향한 곳에는 다원이 있었다. 다원은 혼자가 아니었다. 어떤 멀대 같은 놈 하나가 그녀 옆에 서 있었다. 그녀가 웃고 있었다. 살짝 수줍은 듯 볼까지 붉히면서.

하준의 눈썹이 그의 마음을 대변하기라도 하는 듯 치켜 올라가 산을 만들었다. 누구에게나 심지어 개들에게까지 밝게 웃어 주는 다원이라는 걸 잘 알고 있었다. 다만 다원의 웃는 얼굴이 오로지 그를 향한 것이 아니라는 것이 하준의 맘에 들지 않기 시작했을 뿐이었다.

"두 사람, 잘 어울리지 않아요?"

지연이었다. 하준의 눈이 지연을 보고 물었다. 대체 어디가 잘 어울린다는 거냐고.

"저 남자. 다원이 고등학교 때 첫사랑이래요. 유기견 카페에 올린 사진 보고 찾아왔다 하더라고요. 하준 씨도 알죠? 얼마 전에 강아지 사진 같이 찍으러 갔잖아요. 그때 같이 찍은 사진을 보고 강아지를 입양한다고 찾아왔다고 하더라고요."

분명히 얼굴을 가리고 올린다고 했는데. 그때 남아 있던 사진 몇 장이 이렇게 큰 부메랑이 되어서 돌아올 줄은 몰랐다. 첫사랑의 등장이라. 하준의 주먹에 힘이 들어갔다.

"그럼 저는 이만 커피를 가지고 올게요."

지연이 사라지자 준석이 하준을 향해 기쁜 듯 말했다.

"잘됐다. 더 이상 강아지 안 키워도 될 거 아냐."

"시끄러."

"왜? 너 그 강아지 데리고 있는 거 귀찮았던 거 아니야?"

귀찮지 않았다고 하면 그건 거짓말이겠지. 한 마리도 아니고 두 마리나 되는 개를 키우는 게 쉬운 일이 아니었다.

하지만 그만큼 돌려받는 것이 있었다. 일을 마치고 집 안으로 들어갔을 때, 그를 반갑게 반겨 주는 강아지 다원이 있어서 좋았다. 가끔 말썽도 부려서 화를 내게 만들었지만 화가 난 그의 다리에 앉아 애교를 떠는 강아지 다원이 있어서 웃어 버렸던 적이 더 많았다. 무엇보다 저기 저 정다원과 너무 많이 닮아 있는 강아지를 다른 사람에게 보낼 수 있을까 싶은 하준이었다.

하준이 창밖의 다원에게로 시선을 옮겼다. 그 순간 남자와 이야기하고 있던 다원이 그와 눈을 마주쳤다. 그러곤 이야기하던 남자를 두고 그를 향해 뛰어오기 시작했다. 벌컥 문을 열고 들어온 다원은 곧장 하준을 향해 다가왔다.

"류하준 씨! 여기 있었어요? 진짜 반가운 소식이 있어요. 드디어……."

동그랗게 눈을 뜨고 중대한 소식을 전할 듯하는 다원의 말을 자르고 끼어든 것은 준석이었다.

"하준이네 강아지, 입양할 사람이 나타났다면서요?"

"어떻게 알았어요?"

"지연 씨가 방금 말해 줬어요. 강아지 데려가겠다는 사람이 다원 씨 아는 사람이라면서요."

"네. 히히. 진짜 잘됐죠? 저기 있는 사람이 제 고등학교 선배예요. 이번에 이쪽으로 발령받아 오면서 혼자 살게 되니까 강아지를 한 마리 키우려고 했는데, 마침 유기견 카페를 보고 저한테 연락한 거지 뭐예요?"

"그렇게 좋으세요?"

"그럼요. 오랜만에 반가운 사람을 만난 것도 모자라 강아지 입양처까지 찾았으니 이보다 더 좋을 순 없죠."

강아지의 입양처가 정해져서 기분이 좋은 건지 아님 첫사랑이라던 선배를 만나 기분이 좋은 건지 모르지만, 다원의 얼굴에서 빛이 나고 있었다. 하준의 얼굴이 굳어 갔다. 그의 마음을 모르는지 다원은 태연하게 그의 얼굴이 더 굳어질 말들만 늘어놓았다.

"하준 씨 지금 점심시간이죠? 그럼 잠깐 하준 씨 집에 가서 강아지 좀 봐도 될까요? 선배가 지금 온 김에 한 번 보고 싶다는데."

하준의 얼굴이 딱딱하게 굳었다. 그의 입에선 얼굴보다 더 딱딱한 목소리가 튀어나왔다.

"안 됩니다. 지금은 바쁩니다."

"그래요? 그럼 어쩔 수 없죠. 그러면 언제……."

다원의 물음은 그 이상 이어지지 못했다. 다원의 휴대폰이 울리고 있었기 때문이다. 휴대폰을 한 번 보던 그녀는 서둘러 휴대폰을 받았다.

"네, 선배. 지금요? 네. 그럼 제가 지금 나갈게요."

휴대폰을 끊자마자 다원은 다시 카페를 나가려 했다.

"그럼 다음에 하준 씨 불편하시지 않게 선배랑 같이 하준 씨 집 앞으로 찾아갈게요. 선배도 강아지를 한 번 봐야지 데리고 갈지 말지 결정하실 수 있을 것 같아요. 저는 그럼 이만 가 볼게요."

들어온 지 얼마 되지도 않았는데 다원은 또 쏜살같이 카페를 뛰어나갔다. 카페를 나간 다원은 그길로 선배라는 남자에게로 뛰어갔다. 그러더니 남자가 열어 주는 차에 함께 오른 다원은 쌩하고 그의 시야에서 사라져 버렸다. 이리 뛰고 저리 뛰고 빨리도 왔다 갔다 하는 다원을 보고 준석이 감탄을 내질렀다.

"우와. 다원 씨 진짜 빠르네. 역시 사랑의 힘이란……. 저 좋아한다는 선배 때문인가? 다원 씨 얼굴이 더 밝아 보이지 않았나?"

"밝아 보이기는…… 평소에도 저랬어."

준석의 말이 아니라고 부정하고 있었지만 하준의 마음속에서는 불안감이 차올라 넘실거리기 시작했다. 평소보다 상기된 듯 붉어진 볼도, 한 톤 올라간 다원의 명랑한 목소리도 하준은 전부 맘에 들지 않았다.

"근데 너, 나도 모르는 무슨 바쁜 일이 있어? 점심시간에는 할 일 없잖아. 시간도 충분한데 그냥 지금 같이 집에 갔다 오지 그랬어."

"시끄러. 나 바쁜 일 생겼으니까 오후 진료는 네가 맡아."

"야! 얼마나 급한 일이기에 그래? 집에 무슨 일 있는 거야?"

영문을 모르는 얼굴을 한 준석을 두고 하준은 자리에서 일어났다. 지연이 커피 두 잔을 들고 테이블로 다가오고 있었다.

"어디 가세요? 커피는 안 마시고 그냥 가시는 거예요?"

"네, 저 녀석이 두 잔 다 마실 겁니다."

절대 나를 건드리지 말라는 분위기를 풀풀 풍기며 하준은 카페를 나가 버렸다. 하준의 뒷모습을 쳐다보던 지연의 얼굴에서 의아한 물음이 떠올랐다. 아까부터 아주 나쁜 일이라도 있는 것처럼 하준의 표정이 영 별로였다. 어디 라이벌이라도 나타난 얼굴이었다. 요즘 첫인상과 달리 사람이 좀 유순해졌다고 생각했는데, 이제 보니 여전했다. 지연은 고개를 흔들며 커피를 기다리는 테이블로 향했다.

그길로 집으로 돌아온 하준은 단단히 매어져 있던 짙은 블루의 넥타이를 풀어 헤쳤다. 인기척을 느낀 강아지 다원이 그의 발밑에서 한 손을 들었다.

"왈왈."

하준이 잘 다녀왔냐고 인사하는 다원을 번쩍 들어 올렸다. 강아지 얼굴에 다원의 얼굴이 겹쳐 보였다.

"너도 그 선배란 놈을 좋아할 거냐?"

하준에게 안겨 있던 다원은 커다란 눈을 껌뻑였다. 무슨 소리인지 모른다는 순진무구한 눈에 하준은 한숨을 내쉬었다. 지금 그의 머릿속을 채우고 있는 글자는 그녀의 이름 세 글자뿐이었다. 하준이 소파로 쓰러질 듯 앉았다.

"정다원."

옆에 가만히 앉아 있던 강아지 다원이 자기를 부르는 줄 알고 짖었다.

"왈왈."

"너 말고, 다른 정다원 부른 거야."

"왈왈."

알고 있다고 그래도 대답해 주고 싶었다는 듯 다원이 하준의 손을 핥았다.

"그래, 너밖에 없다."

"왈."

하준의 물음에 단번에 좋다고 짖는 다원을 보며 그의 얼굴에 웃음이 서렸다. 그냥 내가 쭉 데리고 있을까? 정도 많이 들었고 무엇보다 그녀를 닮은 강아지를 그 선배라는 놈한테 보낼 수가 없었다. 강아지 다원을 보내는 순간 진짜 정다원도 그 남자에게 양보한 기분이 들 것만 같았기 때문이었다. 거기다 강아지를 핑계로 두 사람이 시도 때도 없이 만날 것이 분명했다.

'그럼 이제 어떻게 할까?'

이 문제는 아직 시간이 좀 있으니 시간을 두고 차근차근 생각해 보기로 했다. 아무튼 두 다원 때문에 하준의 고민만 깊어지고 있었다.

온통 뒤죽박죽 복잡한 마음 덕에 머리가 지끈거려 왔다. 참을 수 없는 두통에 그는 그냥 눈을 감아 버렸다. 그를 올려다보던 강아지 다원은 눈을 말똥말똥 뜨고 주위를 두리번거렸다. 마치 하준이 자는 동안 그를 지키려는 듯 그렇게 하준이 깊은 잠에 빠져들 때까지 경계 태세를 취하고 있었다.

딩동딩동.

초저녁 무렵, 울리는 초인종 소리에 하준은 잠에서 깼다. 해가 쨍쨍할 때 눈을 감았던 것 같은데 대체 몇 시간을 잔 건지 거실은 이미 어두컴컴했다. 초인종 소리가 계속되고 있었다.

"누구십니까?"

"어? 집에 있었네요. 나예요."

정다원? 아직 잠이 덜 깬 건가 싶은 하준은 고개를 흔들었다. 하지만 정신을 차리고 보니 인터폰 화면에 가득 찬 다원의 얼굴이 보였다.

"무슨 일입니까?"

"연락도 없이 찾아와서 미안해요. 강아지 데리러 왔어요. 선배가 한 번 보고 할 것도 없이 바로 입양하신대요. 밖에서 기다리고 있을 테니 천천히 데리고 나와요."

하준의 시선이 발밑에 있는 다원에게로 향했다. 벌써? 아직 시간이 좀 있다고 생각했는데, 코앞으로 다가온 선택에 하준이 망설였다. 이내 결심이 섰는지 하준이 다원을 안고 밖으로 나갔다.

대문을 여니 다원과 좀 아까 봤던 키만 큰 선배란 놈이 웃으며 이야기를 나누고 있었다. 하준이 문을 열고 나온 것을 알아채지 못할 만큼 즐겁게 웃으며 이야기하고 있었다.

'나한테는 입까지 가리면서 수줍은 듯 웃어 준 적도 없으면서, 저 선배란 놈한테는 잘도 웃어 주네.'

불편한 하준의 심정을 위로라도 하려는 듯 그의 품 안에 있던 강아지가 짖었다.

"왈왈."

그제야 다원은 하준이 나와 있었다는 것을 알아차린 듯했다.

"어머, 언제 나왔어요? 일하고 있는데 방해한 건 아닌지 모르겠어요."

"아닙니다."

다원보다 훨씬 큰 커다란 키의 두 남자의 눈이 허공에서 부딪쳤다. 아무 말 없이 서로만 응시하고 있는 두 남자를 본 다원이 먼저 나서 하준에게 훈을 소개시켰다.

"류하준 씨, 여기는 내 고등학교 선배. 박훈 선배예요. 선배, 여기는 내가 데려온 강아지를 여태껏 돌봐 주신 분이셔. 왜 지연이 카페 위에 병원 있다고 했잖아요? 거기 의사 선생님이신 류하준 씨예요."

훈이라는 남자가 먼저 하준에게 손을 내밀었다.

"안녕하십니까? 우리 다원이에게서 말씀 많이 들었습니다."

우리 다원이? 고등학교 때 알고 지냈다가 다시 만난 지 얼마나 됐다고 벌써 우리라는 수식어가 앞에 붙을 수가 있나? 미간이 미세하게 구겨진 하준은 훈이 내민 손을 잡았다. 어라? 잡은 손 위로 힘이 전해져 왔다. 하준 역시 손에 힘을 주고 그의 힘을 과시했다.

"반갑습니다. 류하준입니다."

사람 좋은 듯 두 사람 모두 웃고 있었지만, 손으로 전해지는 악력 싸움은 자못 심각했다. 이런 두 사람의 기 싸움을 알 리 없는 다원은 그의 품에 안겨 있던 강아지를 뺏어 들었다.

"잘 있었어?"

다원의 품에 안긴 강아지는 오랜만이라 반갑다며 그녀의 가슴에 고개를 비볐다. 그런 강아지가 기특하다며 쓰다듬던 다원이 훈을 불렀다.

"훈이 오빠! 얘가 내가 말한 강아지예요."

다원이 강아지를 훈의 품에 안겨 줬다. 강아지를 처음 안아 보는지 강아지를 안고 있는 훈은 다소 부자연스럽고 불편해 보였다.

"네 말대로 정말 귀엽다. 그런데 나 같은 남자가 강아지를 잘 키울 수 있을까?"

"그럼요. 잘 키우실 수 있을 거예요."

걱정하는 듯한 훈의 말에 하준은 속으로 코웃음을 쳤다. 하다 하다 이젠 동정심 유발 작전인가? 나 같은 남자도 키우는데 너는 왜 못 키우나 하는 말이 목청까지 올라왔다 내려갔다. 하준이 훈의 품에 안겨 있는 강아지 다원과 눈이 마주쳤다.

'너는 거기에 계속 안겨 있으면 어쩌자는 거냐? 너는 주인이 있다고 왜 말을 못 해? 잘생기고 멋진 남자 주인이 있다고 왜 말을 못 하냐고! 그렇게 가만히만 있으면 강아지의 강자도 모르는

저놈이 너를 데리고 간다?'

하준의 말을 알아들었던 건가? 얌전하게 안겨 있던 다원이 왈왈 짖으며 난리 법석을 떨기 시작했다. 놀란 훈이 버둥거렸다.

"으르렁. 으르렁. 멍멍멍멍."

"얘가 왜 이러는 거지?"

다원이 강아지를 다시 안아 들곤 진정시켜도 봤지만 아무런 소용이 없었다. 강아지는 갑자기 180도로 변해 심한 적대감을 드러내고 있었다. 수의사 생활 동안 이런 상황은 처음인 다원이 당황한 건 당연한 일이었다. 당당한 걸음으로 걸어간 하준이 다원 가까이 붙어 있는 훈을 어깨로 밀어냈다.

"좀 비켜 보시죠."

하준이 다원의 품에 안긴 강아지를 안았다. 그러자 소란을 떨던 강아지는 거짓말처럼 더 이상 짖지도 으르렁거리지도 않았다. 강아지는 처음 봤을 때의 그 천사 같은 모습으로 돌아와 있었다. 영문을 모르겠는지 다원이 하준과 강아지를 번갈아 가며 쳐다봤다.

"이게 어찌된 일이에요?"

"모르지. 얘가 사람을 가리나 보지."

하준은 어깨에 잔뜩 힘을 주고 별것 아닌 듯 이야기했지만 같은 남자인 훈은 하준의 거만함을 읽을 수 있었다.

하지만 다원은 그런 두 사람의 보이지 않는 기 싸움을 눈치챌 여력이 없었다. 그녀의 얼굴이 심각해졌다. 이게 어떻게 구한 입양처인데. 찔러 보는 전화만 열 통이었다. 오랜 기다림 끝에 걸려 온 훈의 전화를 받고 얼마나 좋아했던가. 이렇게 날려 버릴 수는 없다는 생각에 다원이 뒤에 밀려 있던 훈을 바라봤다.

"어떡하지? 오빠, 얘 데리고 가 줄 순 없겠죠?"

훈도 그러고 싶었다. 하지만 자신이 곁에 가려고만 하면 갑자기 으르렁대며 경계하는 강아지를 데리고 갈 순 없었다. 훈은 미안하지만 안 되겠다며 결국 거절을 했다.

다원의 고개가 땅으로 떨어졌다. 유기견의 입양처 구하기란 하늘에 별 따기보다 힘든 일이었다. 사람들은 처음에는 가족이라면서 좋다고 데려가 놓고는 너무 쉽게 버렸다. 버림받은 것도 모자라 이 넓은 세상에서 이 작은 애를 데려가 줄 곳이 아무 데도 없다니, 서글픈 현실에 다원의 눈으로 눈물이 차올랐다.

"별수 있나? 내가 키워야지."

꿈처럼 들려온 소리. 하준이었다. 너무 간절히 바라니 잘못 들은 거라 생각한 다원이 되물었다.

"네?"

"내가 얘 키운다고."

다원의 눈에 차올랐던 눈물이 또르르 떨어짐과 동시에 다원이 달려가 하준의 목을 끌어안았다.

"진짜죠? 나중에 딴말하기 없기예요. 고마워요. 정말 고마워요."

갑자기 그의 품으로 달려든 다원을 안은 하준의 얼굴엔 가진 자의 미소가 떠올랐다. 하준이 보란 듯이 뒤에 서 있는 훈을 향해 무언의 경고를 날렸다.

'두 다원 전부 내 거야.'

4. 그럼 나는 무조건 올인입니다

목요일의 점심시간. 손님들이 다 가고 카페는 한가로웠다. 누군가를 기다리는 듯 지연이 문 쪽에 눈을 고정하고 있었다. 멀리서부터 단발머리를 휘날리며 다원이 헐레벌떡 뛰어 들어왔다.

"헉헉. 나 늦은 거 아니지? 갑자기 시츄 한 마리가 들어와서."

"아직 안 오셨어. 물이나 한 잔 줄까?"

"헤헤. 응. 시원한 걸로 부탁해."

지연이 가져다 준 물을 단번에 마셔 버린 다원은 띄워져 있던 얼음까지 하나 물곤 연신 부채질을 했다.

"뛰어왔더니 덥다. 봄인데 날씨가 왜 이리 덥냐. 근데 언니가 늦으시네?"

"차가 밀리나 봐. 서울에서 여기까지 시간이 좀 걸리실 거야."

"그런가?"

이야기가 끝나기 무섭게 그녀들이 기다리던 사람이 모습을 드러냈다.
"내가 조금 늦었지?"
문을 열고 들어온 사람은 서울로 이사 가서 얼굴 보기가 힘들었던 하명이었다. 아래위로 검정색 투피스를 차려입고 머리는 전부 하나로 올려 묶은 하명의 발걸음은 여전사처럼 당당했다. 지연과 다원이 자리에서 일어나 그녀를 반겼다.
"아니에요. 딱 맞춰 오셨어요."
"어서 오세요. 언니."
"잘 지냈어? 오랜만이다. 지연아, 나 아이스 아메리카노 한 잔만 부탁해도 될까?"
"그럼요. 잠시만요."
자리에 앉은 하명의 부탁에 지연은 그길로 커피를 가지러 갔다. 하명과 마주 앉은 다원이 덥석 그녀의 손을 잡고 두서도 없이 다짜고짜 중간 부분만 말했다.
"언니, 역시 피는 못 속인다고, 언니 동생분도 동물 사랑이 아주 으뜸이던데요?"
난생처음 들어 본 소리라는 듯, 하명이 고개를 갸우뚱했다. 마치 그녀가 존재를 알지 못하는 숨겨둔 동생이 있나 하는 얼굴이었다.
"누구 내 동생? 설마 하준이?"
"네. 얼마 전 비 오는 날, 요 앞에서 버려진 강아지 한 마리를 발견했거든요. 제가 데리고 있으려 했는데 여건이 안 돼서, 동생분이 잠시 맡아 주셨어요. 그런데 얼마 전 키우시겠다고, 입양하시겠다고 하셨어요."

"정말이야? 잘못 알고 있는 거 아니야? 내 동생 류하준이 아니라 다른 사람 아니야?"

"에이, 언니는 농담도. 여기 이 층 병원에 류하준 씨. 언니 동생분이시잖아요."

귀찮은 일은 딱 싫어하는 하준이 유기견의 임시 보호처를 자청한 것도 모자라 입양까지 했다고? 산들이도 울며 겨자 먹기로 키우는 하준이? 하명의 눈이 장난스럽게 빛났다. 정말 하준이 맞느냐고 다른 사람으로 착각하는 건 아니냐고 물으려던 찰나, 지연이 부탁한 커피를 들고 왔다.

"여기 주문하신 아메리카노입니다."

그래, 나중에 집에 가서 보면 진짜 그녀의 하나뿐인 동생이 다원이 말한 대로 강아지를 데리고 있는지, 아님 키운다 해 놓고는 몰래 내다 버린 건 아닌지 확인해 볼 수 있을 터였다. 오늘 부러 여기까지 온 데는 다른 중요한 일 때문이었으니.

"어. 고마워."

시원한 커피로 목을 축인 하명은 곧바로 여기까지 찾아온 본론을 꺼냈다.

"이제 우리, 내일 모레에 있을 바자회에 대해서 의논해 볼까?"

토요일, 봄날의 오후 카페에서는 유기견을 위한 바자회가 있을 예정이었다.

하명은 얼마 전까지만 해도 이 지역 유기견을 위한 봉사 단체의 회장이었다. 사실 다원, 지원 그리고 하명이 주축으로 있는 인터넷 봉사 단체 카페에서 오랫동안 계획한 행사였다. 그 날은 먼 곳에서 찾아온 다른 봉사자들까지 합심해서 꽤 큰 행사가 될 것이 분명했다. 이번 일을 전담하고 있는 하명이 노트를 꺼내 들었다.

"그럼 마지막으로 점검 한 번 더 하자. 첫 번째, 장소는 여기 지연이네 카페로 하기로 했고. 그럼 바자회 물품이 놓일 자리는 어디로?"

꼼꼼히 공간을 둘러보던 하명에게 지연이 오른쪽 구석부터 일자로 뚫린 넓은 공간을 가리켰다.

"제가 그 날 아침 일찍 저기 안쪽 테이블이랑 의자를 다시 배치해서 바자회에 나온 물건 놓을 자리를 만들어 둘게요."

"오케이. 그럼 바자회 물품은 내가 주위에 말해서 다 모아 놨으니까 걱정 없고. 그럼 그 날 호객이 문제인데, 이렇게 준비가 잘 될 줄 알았으면 커다란 현수막이라도 거는 건데."

하명의 걱정 어린 질문에 다원이 걱정하지 말라며 손을 번쩍 들었다.

"그건 걱정하지 마세요. 제가 저희 병원에 오시는 손님들한테도 이야기하고 오겠다는 확답도 받아 놨어요. 그리고 지연이가 커피숍에 오는 손님들한테도 홍보했어요. 거기다 가까운 곳에 있는 카페 회원들이 지인분들과 함께 오기로 했어요."

"그럼 대충 홍보도 된 거네?"

"네. 모르긴 몰라도 여기가 꽉 찰 것 같아요."

다원이 눈을 반짝이며 고개를 끄덕였다. 언젠가는 해 보고 싶었던 행사였다. 바자회를 통해서 사람들과 함께 유기견에 대한 것들을 나눌 수도 있고 이 행사를 통해 유기견들을 도울 수도 있고 그야말로 일석이조였다. 아주 오래전부터 하고 싶었지만 혼자서는 엄두도 못 내던 일이었는데, 추진력 하나는 끝내주는 하명과 차분히 일을 거드는 든든한 지연 덕분에 드디어 다원도 그 염원을 이룰 수 있게 됐다.

대충 토요일에 있을 바자회에 대해 이야기가 마무리되어 갈 즈음 지원이 불쑥 화두를 던졌다.

“그런데 바자회만 하면 좀 심심하지 않아요?”

하명도 하고 있던 생각이었는지 그녀의 말에 맞장구를 쳤다.

“그렇지? 나도 뭔가 재밌는 행사가 있었으면 좋겠는데?”

“그래서 제가 한번 생각해 봤는데요. 저번에 다른 카페에서 보니까 회원들이 만들어 온 도시락을 팔더라고요. 마침 봄이고 하니 도시락을 팔면 어떨까요? 직접 만든 도시락을 경매에 붙이는 거죠.”

지연의 말에 하명은 꽤 좋은 아이디어라는 듯 박수까지 치며 좋아했지만 다원이 고개를 흔들었다. 무릇 경매라는 건 입찰가가 어느 정도 올라가야 재미가 있는 거였다. 하지만 도시락이 비싸 봐야 얼마나 되겠는가? 아무리 비싼 재료로 도시락을 싼다고 해도 사람들은 한 번 먹고 없어질 도시락에 지갑을 열고 싶지 않을 게 분명했다.

“도시락은 좀……. 사람들이 경매까지 해 가며 도시락을 사 먹을 거 같진 않은데?”

“내가 그 생각 안 했을까 봐? 그래서 도시락에 특별한 무언가를 끼워 파는 거야.”

특별한 거? 도시락에 끼워 팔 수 있는 거라 해 봤자 편의점에서 끼워 주는 공짜 음료수밖에 생각이 나지 않는 다원은 짐작을 하려야 할 수가 없었다.

"그게 뭔데?"

"바로 데이트권. 그 도시락을 만든 사람과 함께 도시락을 먹을 수 있는 일종의 데이트권이지."

"에이, 데이트권?"

다원은 실용성에 대해 의문을 품었지만 하명의 생각은 다른 듯했다.

"그거 완전 괜찮은 생각이다. 오늘 당장이라도 우리 카페 회원 중에서 열 명 정도 자원받아서 하자. 오오 완전 재밌겠다. 너희 둘은 무조건 할 거지?"

지연은 물론 웃으며 고개를 끄떡였지만 다원은 마지못해 고개를 끄덕이며 반문했다.

"그러다 도시락이 안 팔리면요?"

"무슨 그런 걱정을 해. 도시락이 안 팔릴 리가 있겠어?"

지연이야 맨밥에 김치만 덜렁 든 도시락을 경매에 내놔도 너도 나도 입찰에 참가하겠지 싶었다. 하지만 다원은 회까지 떠서 만든 싱싱한 초밥을 싸 온다 해도 누가 그녀의 도시락을 사 먹겠나 싶은 걱정이 앞서는 거였다.

이렇게 된 이상 누군가에게 돈을 주고 부탁해서라도 자신의 도시락 좀 사 달라고 해야겠다고 머리를 굴리는 다원이었다. 그런 그녀의 걱정스러운 마음과 달리, 색다른 행사에 하명 역시 즐거워 보였다.

"나도 참가해야겠다. 우리 남편도 온다고 했거든. 우리 남편보고 내 도시락 좀 사라고 해야겠어. 그래서 우리도 신혼 분위기 좀 내 보게."

"어머, 언니도 참. 이번 주 토요일 너무 재밌겠다. 기다려져요."

역시 누가 내 도시락을 사 줄까 같은 걱정은 할 필요도 없는 지연은 즐거워 보였다. 여기서 토요일이 걱정되는 사람은 다원밖에 없는 듯했다.

새롭게 끼어든 순서인 도시락 경매에 참여할 회원들을 수소문하고 말솜씨 있는 카페의 입담꾼 형우가 사회를 보는 것까지 결정이 나니, 회의는 대충 마무리가 되었다.

회의를 마친 하명은 바로 서울로 올라가지 않고, 전의 그녀의 집이기도 했던 하준의 집으로 향했다. 비상키로 대문을 열고 들어가자 한걸음에 달려온 산들이 격하게 그녀를 반겼다.

"멍멍멍."

"산들아, 잘 있었어?"

하명의 물음에 대답이라도 하는 듯 산들은 꼬리를 흔들며 그녀의 품으로 돌진했다. 산들을 안은 하명은 주위를 두리번거리며 산들에게 물었다.

"새 식구가 있다는 것 같던데, 안 보인다? 설마 하준이 녀석, 고새를 못 참고 내다 버리거나 그런 건 아니지? 그러기만 해 봐. 내가 아주."

"멍멍."

하명의 말을 막으며 산들이 고개를 휙 돌리더니 안채를 보며 짖었다.

"설마 하준이가 새 식구를 집 안에 들여놓은 거야? 진짜? 그 깔끔쟁이가?"

산들이 등을 한 번 쓰다듬어 준 하명은 그길로 집 안으로 들어갔다. 현관에 들어서자마자 하얀 털을 가진 작은 강아지가 그녀를 반겼다.

"왈왈왈."

커다란 눈을 하곤 그녀를 올려 보는데 하명의 손이 절로 강아지에게로 향했다. 그녀가 강아지를 품 안에 안아 올렸다. 손에 닿는 복슬복슬한 털의 감촉에 그녀는 절로 웃음을 지었다.

"엄청 귀엽구나. 너 이름이 뭐니?"

하지만 강아지는 멀뚱멀뚱 낯선 사람인 하명을 쳐다보기만 했다. 멀뚱히 쳐다보는 폼이 하준과 묘하게 닮아 있는 하명을 보고 아리송한 표정을 짓는 것 같기도 했다.

"하긴 너한테 묻는 나도 좀 웃기다? 네가 말을 할 줄 아는 것도 아닌데. 그렇지?"

하명은 강아지를 그대로 안은 채로 바뀐 거실을 유심히 살피기 시작했다.

평소 인테리어의 콘셉트라곤 심플밖에 모르는 하준이 꾸민 거실은 군더더기라곤 전혀 찾아볼 수 없는 깔끔함 그 자체였다. 가구도 딱 제 성격처럼 무채색으로 맞춘 거실의 중간중간에 마치 다른 곳에 있어야 할 듯 이곳에 어울리지 않는 물건들이 보였다. 강아지의 잠자리인 듯 보이는 분홍색 소파하며 흰 소파에 놓인 이빨 자국이 선명한 알록달록한 강아지 장난감. 귀찮은 건 딱 싫어하는 동생이 강아지 한 마리를 입양한 것도 모자라 이젠 그 강아지를 집으로 들여 키운다고?

'하준이 집이 분명한데, 그놈 집이 아닌 것 같은 이 미묘한 느낌은 뭐지?'

수상한 것들이 속속 발견되는 터에 하명의 눈이 점점 가늘게 바뀌어 갔다. 마치 증거를 잡기 위해 돋보기를 들이대는 탐정처럼 날카로운 눈이었다. 집에서 하준이 데려다 놨다는 강아지만 보고 가려던 하명은 결국 소파에 자리 잡고 앉았다. 하명이 조용히 전화를 들었다.

"여보? 오늘 저녁은 승찬이랑 나가서 외식을 하든 시켜 먹든 해요. 나 늦게 올라갈 것 같아요. 아니요. 일은 금방 끝났는데, 하준이 녀석 좀 보고 가려고요. 아니요. 안 데리러 와도 돼요."

무슨 일이 있든 동생의 얼굴을 보고 가야 할 듯했다.

오후 5시가 조금 지난 시간, 집에 누가 쳐들어 온 줄도 모르고, 퇴근을 한 하준이 유유히 대문을 열고 들어왔다. 그를 본 산들이 짖어 댔다.

"멍멍멍멍."

하준이 따뜻한 날씨와는 어울리지 않는 싸늘한 오한에 팔을 문질렀다. 그가 집으로 들어오든 말든 가만히 누워 알은체도 안 하던 산들이었는데 오늘은 무슨 일로 저리 짖어 대는 건지 도통 모를 일이었다. 마치 하준에게 조심하라는 듯 경고를 하는 것 같기도 했다.

하준은 아무 일도 아닐 거라 애써 고개를 흔들며 현관문을 열었다. 그러나 언제나처럼 현관에서 그를 기다리고 있어야 할 강아지 다원이 보이질 않았다.

"다원아? 어디 있니? 자나?"

신발을 벗고 다원을 찾기 위해 거실을 두리번거리던 하준은 그 자리에 멈춰 섰다. 바로 소파에 앉아 다원을 안아 들곤 그를 쳐다보는 하명을 발견했기 때문에. 한 번도 귀신같은 건 본 적이 없는 하준이지만 이건 귀신을 보는 것보다 더 오싹하고 소름이 돋는 경험이라는 것을 그는 장담할 수 있었다. 아니나 다를까 등 뒤로 식은땀이 흐르는 것 같기도 했다.

"다원이? 설마 얘 찾는 거야?"

하명이 안고 있던 강아지를 들어 보였다. 하준이 얼른 다가가 하명의 품에서 강아지를 뺏어서는 안아 들었다.

"누나? 여긴 무슨 일이야? 아무리 집주인이라도 이건 아니지. 세입자한테 묻지도 않고 쳐들어오는 건 엄연히 주거침입죄라고."

"주거침입죄? 웃기시네. 너 뭐야? 웬 강아지야?"

"뭐긴 뭐야? 강아지 키우는 거 처음 봐? 근데 매형 저녁은 어쩌고 여기에 이러고 있어?"

불리해진 하준이 다른 데로 화제를 돌려 보려 했지만 역시나 하명에게는 통할 리가 없었다.

"시끄러. 내 남편 밥걱정은 네가 상관할 게 아니니 접어 두고, 너 설마 동물병원 정다원 양한테 마음 있어?"

정곡을 찔린 걸까? 잠시 움찔한 하준이 속마음을 들키지 않으려는 듯 퉁명하게 대꾸했다.

"누가 그래?"

"아니면 갑자기 강아지는 왜 입양한 거야?"

"그러면 갈 데 없는 애를 갖다 버리나?"

하준이 눈에 띄게 질색을 했다. 그러곤 이 작고 불쌍한 애를 보고도 그런 소리가 나오냐는 듯이 품에 안긴 강아지를 하명의 눈앞에 들이댔다. 불쌍해 보이려는 듯 발을 들어 눈가에 갖다 대는 강아지를 보는 하명의 눈빛이 한없이 부드러워졌다. 하지만 명확히 짚고 넘어가야 하는 거니까 이렇게 얼렁뚱땅 쉽게 넘어갈 생각은 없었다.

"흠흠. 그건 그렇다 치고 강아지 이름이 왜 다원이야?"

"그냥, 닮아서 그랬어. 그 여자랑 강아지가 닮아서, 그래서 그랬어."

"그래? 그럼, 내가 다원이한테 괜찮은 남자 소개해 줘도 되겠네?"

"안 돼!"

바로 반응이 오는 하준을 보던 하명이 씨익 하곤 웃었다. 감히 누구를 속이려고?

"그래서 이제 어쩔 거야?"

"……어쩌긴, 어째."

정작 당사자인 다원은 모르는데 엄한 사람은 잘도 알아챘다. 들켜 버린 마음 탓에 갑자기 갈증이 일더니 턱 하고 목이 말라왔다. 얼른 주방으로 들어간 하준은 냉장고를 열어 컵을 찾을 새도 없이 병째로 물을 벌컥벌컥 마셔 버렸다. 하준을 따라 주방으로 들어온 하명이 끈질기게 물었다.

"야! 무슨 남자가 이러냐. 어떻게 하겠다는 계획도 없는 거야?"

계획? 구체적인 계획은 없지만 대충 잘? 아니면 열심히 정도로 생각하고 있던 하준은 할 말이 없었다.

"……."

"네가 몰라서 그렇지, 다원이 걔가 보기보다 인기가 많아요. 보다 보면 정말 귀엽다니까. 얼굴뿐만 아니라 하는 행동이 귀염상이라니까. 우리 유기견 카페에서도 걔한테 집적대는 애들이 좀 있어요. 정작 당사자는 둔해서 전혀 눈치 못 챈 것 같지만."

"그래서 어쩌라고?"

답답하다는 듯 하명이 가슴을 두드렸다. 하늘이 내려 주신 잘생긴 얼굴은 그저 장식이지. 그 잘난 얼굴이며 기다란 기럭지를 써먹지 못하는 동생이 답답했다.

하명은 솔직히 구김살 없고 마음씨도 예쁜 다원이 무뚝뚝하고 무심한 하준의 짝으로 꽤 맘에 들었다. 분명 하준은 다원의 행동 하나하나에 미소를 띨 것이다. 여자인 그녀도 그런데, 남자인 하준이야 웃지 않곤 못 배겨 낼 테지. 왜 진작 둘을 이어 줄 생각을 못 했을까 싶은 하명이었다.

"너는 내가 네 누나라는 것에 감사해야 할 거다. 내일모레, 지연이네 카페에서 유기견을 위한 행사가 있어. 그냥 오지 말고 지갑을 두둑이 해서 와. 자고로 현찰을 가진 자가 미인을 얻을 것이니."

하명은 멍석을 깔아 줬다고 생각했지만 그녀가 말하는 힌트가 무슨 말인지 전혀 감을 잡지 못하는 하준이었다. 그래서 하준은 하명이 억지 기부를 강요할 생각이라고 넘겨짚었다. 하지만 하준은 알지 못했다. 미인을 얻기 위해 절로 지갑을 열고는 생전 해본 적이 없던 기부를 하게 될 것이라는 것을.

✻

지연의 카페는 토요일 아침부터 행사를 준비하는 손길로 분주했다. 일찍 도착한 카페 회원들은 각자 자신이 할 수 있는 일을 거들었다. 회원들은 이 행사를 위해 모두 무료로 재능을 기부했다. 웹 디자이너라는 직업을 가진 형우는 처음부터 이 행사를 알리는 예쁜 포스터를 만들어 홍보에 박차를 가했고, 지연은 오는 손님들에게 커피를 무료로 만들어 줄 예정이었다. 그 밖의 회원 모두가 이 행사를 위해 자신이 가진 재능을 기꺼이 내놓았다.

한쪽에는 바자회를 위한 물품들이 차곡차곡 자리를 했다. 옷과 가방, 구두, 접시 세트, 생활용품 등등. 저렴한 가격에 좋은 물건을 가져갈 수 있는 것이 바자회의 묘미니 가격은 전부 천 원, 이천 원의 천 원 단위였고 가장 비싼 것이라 해도 만 원 정도가 최고 가격이었다.

바자회도 기대되는 일이었지만 갑자기 결정된 경매 일정을 위해 즐거운 마음으로 도시락을 싸 온 회원들은 들뜬 마음을 숨기지 못하는 듯했다. 회사 일로 바빠 도시락을 싸 오진 못했지만 꼭 경매에는 참여하겠다고 연달아 말하던 혜진이 즐거운 듯 다원에게 물었다. 그녀는 동호회에서 가장 어린 새내기 멤버였지만 유기견을 위하는 마음은 그 누구에도 뒤지지 않는 멤버였다.

"어떻게 이런 기발한 아이디어를 냈어요?"

다원이 커피를 내리고 있는 지연을 가리켰다.

"지연이가 냈어. 정말 잘될 것 같아?"

"그럼요. 언니 사실 나 형우 씨 도시락 찜해 놨어요."

다원만 들리게 속닥거리는 혜진의 볼이 살짝 붉어진 것도 같았다. 형우가 부러워지는 순간이었다. 아침부터 정성 들여 싼 도시락을 그 누구도 사지 않을까 불안에 떠는 다원이었다. 이럴 순 없다는 생각에 다원은 주위를 두리번거렸다. 지금 그녀의 주머니에는 만 원짜리 다섯 장이 들어 있었다. 적당한 누군가를 찾아 그녀의 도시락을 사 달라고 매수할 작정으로 급히 챙겨 나온 돈이었다.

"누구 마땅한 사람이 없으려나. 한 이만 원은 도시락 사고, 남는 삼만 원은 수고비로 줄 수도 있는데."

알바비까지 생각하며 마땅한 사람을 찾아 두리번거리던 찰나, 반가운 사람이 문을 열고 들어왔다. 다원이 한걸음에 달려갔다.

"선배? 여긴 무슨 일이에요?"

그의 웃음처럼 편안한 복장을 한 훈이었다. 여기서 그를 만날 줄은 몰랐다는 듯 다원의 눈이 놀람으로 커졌다.

"무슨 일이긴. 지연이가 오늘 여기서 행사가 있다고 해서 왔지."

순간, 다원의 머릿속을 지나가는 단 하나의 생각. 고등학생 때처럼 훈이랑 도시락을 먹으면 참 좋겠구나 하는 생각이었다. 그렇다면 매수할 사람은 바로……. 다원이 불쑥 훈의 손에 만 원짜리 다섯 장을 쥐여 줬다. 갑작스럽게 돈을 받은 훈은 무슨 영문인지 모르는 표정을 했다.

"저기, 선배. 우리가 오늘 요상한 경매를 하나 하거든요. 그러니까 우리가 싸 온 도시락을 사람들이 사는 건데."

그다음 말을 잇지 못하고 다원이 망설였다. 훈이 부드러운 목소리로, 끊어진 다음의 말을 재촉했다.

"그런데?"

"그런데 그 도시락이 그냥 도시락이 아니라, 그러니까 도시락을 만든 사람과 함께 밥을 먹을 수 있는 그런 건데."

말을 다 마치지 못한 다원이 훈의 눈도 못 마주치고 고개를 숙인 채 눈만 이리저리 굴려 댔다. 훈의 웃음기 섞인 말이 다원의 얼굴 위로 닿았다.

"다시 말해 일종의 데이트권 같은 거네? 그런데 왜 나한테 돈을 줘?"

"선배가…… 제 도시락을…… 이…… 돈으로……."

붉어진 얼굴로 말도 제대로 못 하는 다원의 손을 잡은 훈은 다시 그녀에게서 받은 돈을 쥐여 줬다. 역시나, 거절하는 건가 싶어 다원의 고개가 더 숙여졌다. 부끄러워 도망이라도 가려던 다원의 발을 붙잡은 건 훈의 다정한 목소리였다.

"내가 당연히 내야지."

잘못 들은 줄만 알고 다원이 멍한 얼굴로 다시 물었다.

"네?"

"다른 것도 아니고 너랑 밥을 먹을 수 있는 기회인데. 당연히 내가 정당한 값을 지불해야지."

훈의 다정한 말에 열이 오른 다원의 얼굴이 사춘기 소녀처럼 빨개졌다. 분위기상으론 벌써 두 사람이 도시락을 함께 까먹고 있는 듯했다. 하지만 두 사람이 같이 밥을 먹기 위해서는 결론적으로 경매에서 훈이 다원의 도시락을 낙찰받아 내야 한다는 가장 기본적인 사실을 잊고 있는 듯했다.

그리고 아직 결과에 영향을 미칠 독립변수들이 존재했다. 첫째, 그 중요한 경매는 시작하지도 않았다는 것. 둘째, 멀지 않은 곳에서 두 사람을 쭉 보고 있었던 하준의 눈이 질투로 활활 타올랐다는 것. 그리고 마지막으로 그길로 하준이 가까운 ATM기로 달려갔다는 이런 중요한 변수들은 계산에 넣지 못했다.

열한 시쯤 시작된 바자회는 성황리에 끝났다. 뜻깊은 행사를 위해 먼 거리도 마다하지 않고 달려와 준 카페 회원들의 성원 덕분에 바자회 물품은 금방 동이 났다. 적어도 세네 시간은 걸릴 줄 알았던 바자회는 한 시간이 조금 지나 끝이 나 버렸다. 이렇게 빨리 끝날 줄은 몰랐던 하명은 서둘러 진행자 형우를 준비시켰다.

"형우야, 이렇게 된 거 얼른 도시락 경매 시작하자."

"네. 그럼 바로 시작할게요."

대학생 때, 숱한 MT를 가면 과 대표로 아님 동아리 대표로 가장 먼저 마이크를 잡았다던 형우는 꽤 경험이 풍부한 진행자였다.

"아아. 지금부터 저희가 준비한 2부 순서인 도시락 경매를 시작하겠습니다."

형우가 마이크를 들고 주위를 환기시키자 나가려던 사람들이 궁금한 듯 발걸음을 돌려 자리에 앉았다.

"우선 저희가 준비한 행사를 위해 멀리서까지 와 주신 모든 분들께 감사의 말씀드리겠습니다. 저희가 1부로 준비했던 바자회의 물품이 금방 동이 나 버리는 관계로 2부의 순서를 앞당기려 합니다. 저희가 야심차게 준비한 2부 순서는 봄날의 도시락 경매입니다. 특히 이 좋은 봄날에 같이 갈 사람이 없어서 밖으로 나가 보지 못한 우리 청춘 남녀분들이 계시다면 주목해 주십시오."

카페에 올라온 공지를 보고 아는 사람은 알고, 처음 듣는 소리라는 듯 모르는 사람은 전혀 뭐가 뭔지 모르는 도시락 경매. 후자의 사람들을 위해 형우가 설명을 곁들었다.

"그저 맛있기만 한 평범한 도시락이 아닙니다. 경매에 참여하셔서 도시락을 낙찰받으면 그 도시락을 만든 사람과 함께 식사도 할 수 있는, 그야말로 봄날의 도시락인 거죠. 물론 저도 도시락을 싸 왔습니다. 어떤 아리따운 분이 제 도시락을 사 주실지 기대가 됩니다. 아, 그리고 경매는 혹시나 있을 과열을 방지하기 위해 지금 가지고 계신 현금만 가능합니다. 이 경매로 모인 금액은 바자회 수입과 함께 전부 유기견을 위해 기부됩니다."

기발하고 재밌는 순서에 거기에 있던 사람들 모두 즐거운 듯 웃었다. 그리고 형우의 진행은 계속됐다.

"자, 가장 먼저 첫 번째 도시락입니다. 바로 이 행사의 모든 것을 기획하신 류하명 회장님입니다. 자 박수!"

박수 소리와 함께 하명이 도시락을 들고 앞으로 나왔다. 형우가 도시락을 들어 관중을 향해 안을 보여 줬다. 봄날 소풍에 빠져서는 안 되는 알록달록한 김밥이 색을 빛내며 나란히 줄을 서서, 도시락을 가득 채우고 있었다.

"네. 도시락 하면 가장 먼저 생각나는 김밥입니다. 자, 우리 회장님, 그럼 얼마쯤에 낙찰받으실 것 같으십니까?"

"제가 싼 김밥이 그냥 김밥도 아니고 소고기 김밥인데, 거기다 호주산도 아니고 한우거든요. 재료비에 인건비에 여러 가지 플러스도 좀 해서 한 오만 원?"

자신 있게 이야기한 하명의 대답에 형우가 너스레를 떨었다.

"오오. 오만 원씩이나? 그럼 정말 그 가격이 될지 한번 가 볼까요? 여전히 아름다우신 우리 회장님과 도시락을 같이 먹고 싶다! 자 손들어 가격을 제시해 주십시오."

맨 뒤에서 누군가 천천히 손을 들었다. 앳된 얼굴에 이제 막 중학생이 된 것처럼 보이는 소년이 손을 들어 조용히 가격을 외쳤다.

"만 원요."

들릴 듯 말 듯 한 소리와 함께 자신 없는 듯 외친 학생을 보던 형우가 궁금한 듯 물었다.

"왜 우리 회장님과 도시락을 먹고 싶으십니까?"

답하기를 망설이는 듯 주저하던 소년이 조용히 팔을 내리곤 대답했다.

"같이 안 먹고 싶은데, 엄마가 무조건 손들으라고 하셨습니다!"

그 소리에 주위는 웃음바다가 됐다. 승찬의 솔직한 대답에 그의 옆에 있던 중년의 남자가 아들의 입을 막았다.

"하하. 얘가 너무 솔직해서."

형우가 어이없이 웃고 있는 하명을 보며 물었다.

"저기 저 소년이 정말 회장님 아들이 맞습니까?"

"네. 솔직하고 눈치도 없이 마이웨이 하는 걸 보니 제 아들이 맞는 거 같네요."

"자, 그럼 우리 회장님 아드님이 같이 식사하기 싫다고 하는데, 혹시 아드님을 구해 주실 다른 분 계십니까?"

"여기, 오만 원."

좀 전의 승찬의 입을 막았던 남자가 손을 들고 하명이 딱 원하던 가격을 불렀다. 형우가 더는 묻지 않고 낙찰을 외쳤다.

"가정의 평화를 위해서 여기서 회장님의 도시락은 경매를 마치겠습니다. 오붓하게 가족끼리 도시락을 함께 드시길 권해 봅니다."

재미가 함께하는 경매는 갈수록 흥미를 더해 갔다. 진행자인 형우가 싸 온 도시락도 절찬리에 혜진에게 낙찰됐고, 이제 남은 순서는 지연과 다원이 전부였다.

"자 이제 저희 봉사 단체에서 가장 아리따운 두 분만 남아 있습니다. 우선 오늘 장소를 흔쾌히 제공해 주셨으며, 이 카페를 운영 중이신 홍지연 사장님을 모시겠습니다."

지연의 등장에 젊은 총각들이 눈을 반짝였다. 그들은 이때만 기다렸다 하고 닫혀 있던 지갑을 꺼내 들었다.

"미모의 홍지연 씨의 도시락은 어떤 도시락인지 설명을 좀 해 주시겠습니까?"

"제가 요리 솜씨가 없어서요. 그냥 제가 자주 먹는 건강식으로, 샐러드랑 과일이 가득한 도시락입니다."

"네. 그럼 먹으면 절로 다이어트가 될 듯한 홍지연 씨의 도시락 경매에 들어가겠습니다."

형우의 말이 떨어지기가 무섭게 여기저기서 손이 올라왔다.

"삼만 원."

"오만 원."

"십만 원."

"십오만 원."

순식간에 도시락의 가격은 천정부지로 솟아올랐다.

"네. 검정색 티셔츠를 입으신 분, 십오만 원을 부르셨습니다. 오늘 가격 중에서 가장 높은 가격입니다. 혹시 다른 분 계십니까?"

"십오만삼천 원!"

지갑에 있던 현금을 전부 들고 준석이 외쳤다. 그때, 검정 티셔츠를 입은 남자가 가소롭다는 듯 지폐를 더 꺼내 들었다.

"십오만오천 원!"

분하다는 얼굴을 한 준석은 옆에 앉아 있던 하준의 옆구리를 찔렀다.

"야, 너 현금 좀 없어? 나 한 오만 원만 빌려줘."

"너 빌려줄 돈 없어."

"그러지 말고 지갑에 있는 돈 다 좀 빌려줘 봐 봐. 어차피 너는 안 할 거잖아?"

"……."

하준은 답이 없었다. 대신 다음 순서를 기다리며 그의 주머니에 고이 꽂힌 두툼한 지갑만 소리 없이 만질 뿐이었다. 형우가 카운트다운을 시작했다.

"하나, 둘, 셋. 오늘의 최고가인 십만오천 원에 홍지연 씨 도시락이 낙찰됐습니다."

애타는 준석은 엄한 놈이 지연을 채어서 멀어지는 것을 눈앞에서 지켜봐야 했다. 망연자실한 준석이 머리를 쥐어뜯었다.

"그놈의 이천 원 때문에. 이럴 줄 알았으면 아까 아이스크림을 안 사 먹는 건데."

준석에게 후회만 남긴 순서는 지나가고 이제 마지막 순서로 남은 사람은 다원뿐이었다. 카페에는 벌써 볼 건 다 봤다는 분위기가 만연했다.

역시나 다원이 도시락을 들고 나타나자 사람들은 별 관심도 없이 각자 자유롭게 이야기하고 있었다. 주위를 살피던 다원은 이럴 줄 알았다면서 자신이 먼저 했어야 된다고 속으로 후회 중이었다. 가장 인기 있는 지연이 마지막 순서여야 원칙상, 분위기상 맞는 거였는데! 운도 더럽게 없지, 하필 제비뽑기를 잘못 뽑아서 맨 마지막이라니.

사람들의 어수선한 분위기를 다시 모아 보려는 형우는 마지막까지 공을 들여 다원을 소개했다.

"마지막 도시락은 바로 정다원 씨의 도시락입니다. 이분으로 말씀드릴 것 같으면 여기 건너편에 있는 동물병원의 원장님이십니다. 제가 본 수의사분들 중에서 가장 동물을 사랑하시는 선생님이십니다. 유기견들 구하는 데 가장 앞장서실 뿐만 아니라 저희가 구한 모든 유기견들의 치료를 무료로 제공하시는 분이기도 합니다. 그럼 정 선생님이 싸 오신 도시락은 어떤 도시락이신지, 소개 좀 부탁드립니다."

다원이 주섬주섬 도시락을 싸고 있던 천을 풀어내자 철통의 도시락이 모습을 드러냈다.

"오늘 아침에는 도저히 시간이 없어서 거창한 건 못 싸고, 추억의 도시락을 한번 싸 와 봤습니다. 볶은 김치랑 소시지랑 계란이랑 김이랑 이렇게 싸 왔습니다."

"아, 이거 흔들어서 먹으면 정말 맛있잖아요? 벌써부터 군침이 흐르는데요? 그럼 바로 들어가 볼까요?

오랜 시간을 다원이 나오기만을 기다리던 훈이 가장 먼저 손을 들었다.

"삼만 원."

다원의 얼굴이 밝아졌다. 알고는 있었지만 훈이 손을 들어 도시락을 함께 먹겠다고 해 준 것이 너무 기뻐 그녀의 얼굴이 단번에 밝아졌다. 이제 더 이상 손을 드는 사람이 없을 테니 다원은 당연히 훈과 도시락을 먹을 줄 알았다. 그런데 웬걸? 청천벽력 같은 소리가 들려왔다.

"오만 원."

어디서 나는 소리인지 확인한 다원의 얼굴이 무슨 영문인지 몰라 하준을 응시했다. 대체 뭐 하는 거냐는 다원의 눈빛에 하준은 어깨를 으쓱할 뿐이었다. 다시 훈이 손을 들었다.

"칠만 원."

하지만 그 숫자는 얼마 머물지도 못하고 단번에 올라갔다.

"십만 원."

"십삼만 원."

"십오만 원."

"이십만 원."

엎치락뒤치락하며 가격을 부르는 두 남자의 경쟁에 딴짓을 하던 사람들의 호기심 어린 시선이 그들에게 따라붙었다. 벌써 좀 전까지 지연의 최고 가격이었던 십오만오천 원을 훌쩍 넘기고 있었다.

진행자인 형우가 서로를 견제하고 있는 두 남자 사이에 끼어들었다. 형우가 하준을 가리키며 확인하듯 다시 물었다.

"이야. 지금까지 해서 최고 가격입니다. 저쪽 파란색 셔츠를 입으신 분, 정말 이십만 원 맞습니까?"

하준이 고개를 끄덕였다. 그와 동시에 훈이 다시 손을 들었다.

"이십오만 원."

두 남자의 계속되는 미묘한 신경전에 갑자기 사람들이 집중했다. 역시 싸움 구경이 제일 재밌는 거라더니, 한 여자를 두고 벌이는 두 남자의 세력 싸움은 마치 한 편의 액션 어드벤처물을 보는 것처럼 흥미진진했다. 사람들의 시선이 다음에는 얼마를 부를까 하며 하준에게 닿았다. 하준이 손을 들더니 진행자인 형우를 보며 물었다.

"지금 당장 가지고 있는 현금만 가능한 거 맞습니까?"

"네? 네. 그렇습니다만."

상황을 구경하고 있던 사람들도, 대답을 하는 형우도, 반대편의 훈도 그리고 정작 당사자인 다원도, 그곳에 있는 모든 사람들이 하준이 부를 가격을 기다리며 침을 꿀꺽 삼켰다.

"지금 가지고 있는 현금 모두 올인입니다."

5. 내가 당신을 좋아합니다

카페에서 그리 멀리 않은 동네 공원, 도시락을 들고 앞서가는 하준의 뒤로 다원이 걷고 있었다. 성큼성큼 혼자서 잘도 가던 하준이 갑자기 뒤를 돌더니 다원을 불렀다.

"안 옵니까?"

하준의 그림자도 안 밟으려고 멀찍이 떨어져 땅만 쳐다보고 걷고 있던 다원이 놀라 고개를 들었다.

"네? 네. 가고 있습니다."

본래의 목적이었던 기부금을 모았을 뿐만 아니라 재미있고 참신했다는 칭찬까지 들은 행사는 전부 막을 내렸다. 여러 마리의 토끼를 잡았다고 회원들은 박수까지 치며 행사의 성공을 축하했다. 사람들이 모두 돌아가고 마지막까지 같이 남아서 정리를 하려던 다원을 뜯어 말린 건 회원들이었다.

"다원 씨는 얼른 가 봐요."

"아뇨. 저도 좀 돕고……."

"아니죠. 이런 정리 따위는 우리에게 맡기고 어서 가 봐요. 저기 다원 씨의 도시락을 산 남자분이 기다리시잖아요."

다원이 생명 줄처럼 잡고 있던 밀대를 뺏어 버린 회원들은 그녀를 카페 밖으로 쫓아냈다.

다원이 나오는 것을 확인한 하준은 힐끔 그녀를 쳐다보더니 그 길로 어디론가 걸었다. 어디로 가자는 말도 없이 무작정 걷기 시작한 그를 따라 다원도 그저 걷고 있는 중이었다. 발은 그저 걷고 있었지만 그녀의 머리는 쉴 새 없이 회전 중이었다. 이 남자는 대체 무슨 생각으로 그랬을까? 하는 물음이 계속해서 그녀를 따라다니고 있었다.

'오십만오천 원이 누구 집 개 이름도 아니고 이까짓 도시락에 그런 금액을 지불하다니.'

오십만오천 원이면 우리 강아지들 사료가 몇 포대며 이 동네 떠돌이 강아지들한테 예방 접종 주사를 몇 대나 맞출 수 있는 건가 하는 현실적인 셈들이 그녀의 머리를 휘리릭 지나가고 있었다. 거기다 이렇게 비싼 가격으로 팔릴 줄 알았으면 도시락이 뭐냐, 십이 첩 반상이라도 차려갈걸 하고 후회했다. 반찬이 더 많고 거한 도시락이었다면 이 자리가 이리도 불편하지 않았을 것이라 생각하는 다원이었다.

다원이 온갖 생각으로 제정신이 아닐 때 하준은 이곳저곳을 둘러보다 나무 아래 그늘이 있는 곳을 찾아 앉았다. 그러곤 무려 거금 오십만오천 원에 낙찰된 도시락을 무릎 위에 얹어 놨다.

"여기서 먹죠."

"네? 네."

하지만 대답과는 달리 다원은 벤치에 앉지 못하고 그에게서 좀 떨어진 곳에서 손을 가지런히 모으고 서 있기만 했다.

아무리 생각해도 도시락 가격은 오만 원이었더라도 과한 가격이었다. 그런데 오십 만원이 조금 넘는 돈이라니. 아직도 믿기지 않는 가격에 그녀는 현실감을 잃은 지 오래였다. 억지로 도시락 가격에다 친절한 서비스 가격까지 포함시킨다 해도 이건 과했다.

몸 둘 바를 모르고 갈팡질팡하던 다원은 왠지 그에 대한 서비스로 하준이 식사를 하고 있는 동안 시녀처럼 그의 식사 시중을 들어야 할 것만 같아 쉬이 앉지도 못하고 벤치 옆에서 서성이고 있었다.

"안 앉고 뭐 합니까?"

"그게, 겸상을 하면 안 될 것 같아서……."

다원이 기어들어 가는 목소리로 대답하자 하준의 눈썹이 잠시 씰룩거렸다. 하지만 왜 하준이 그 큰돈을 주고 도시락을 낙찰받았는지 알 리가 없는 다원이 그런 하준의 미세한 변화를 알아차릴 리 만무했다. 그녀의 이상 행동은 계속됐다.

"식사하시는 동안 필요한 게 있으시면 언제라도 말씀해 주세요. 제가 냉큼 가서 구해 오겠습니다."

"그러지 말고 좀 앉지요."

이제 그만 진정하고 앉으라는 하준의 말에도 다원은 여전히 횡설수설하며 부산을 떨었다.

"아! 그러고 보니 물이 없네요? 도시락 먹다 체하시기라도 하면 안 되죠. 제가 얼른 가서…….”

하준은 도시락이 들어 있던 촌스런 꽃무늬 가방에서 물병을 꺼내 흔들어 보였다.

“물 있습니다.”

“하하, 그건 시원한 게 아니니 제가 얼른 가서…….”

그녀의 말도 안 되는 말을 더 이상은 들어 줄 수 없었던 하준이 벌떡 일어났다. 그가 일어나자 다원이 한 걸음 물러났다.

하지만 그녀의 가녀린 팔은 세 걸음도 채 가지 못해 성큼 걸어온 그의 손에 단번에 잡혀 버렸다. 앉으라고 어깨를 누르는 그의 손길에 다원은 어쩌지 못하고 순순히 벤치에 앉았다. 하준의 검은 눈이 깊어진 그의 생각만큼 진해졌다.

‘이 여자가 정말…….’

전 같으면 우습게 여겼을 시답잖은 경매에 그가, 그 누구도 아니고 바로 류하준이 눈이 뒤집힐 만큼 진지하게 임했다. 다른 놈이 이 여자를 채어 가는 걸 절대로 볼 수 없었던 그는 밥 한번 먹어 보자고 처음으로 유치해졌다. 돈? 이 기회를 잡기 위해서 그깟 돈 따위는 아깝지도 않았다. 그런 그의 마음도 몰라주고 이 여자는 계속 이상한 짓을 하고 있었다.

벤치에 앉자마자 궁금증이 가득해서 눈을 더 동그랗게 뜬 다원이 물어 왔다.

“저기…….”

“내가 왜 그랬는지 궁금합니까?”

그녀의 마음을 꿰뚫고 있는 듯한 하준의 물음에 다원의 고개가 세차게 움직였다. 하지만 하준은 그렇게 쉽게, 단번에 이야기해 주고 싶지 않았다.

"그럼 한번 맞춰 보십시오. 내가 왜 그랬는지."

그냥 좀 말해 주지. 다원의 반듯한 이마 사이가 찌푸려졌다. 그녀라고 생각해 보지 않았겠나. 그래도 나름 의사가 아닌가? 물론 수의사긴 하지만. 중고등학교 때 공부도 곧잘 해서 나쁜 머리가 아니라 자부하는 다원은 몇 가지의 이유를 내심 짐작하고 있었다. 그 첫 번째는…….

"혹시, 저처럼 동물을 너무 사랑하시는……."

다 말도 못하고 다원의 입은 이내 꾹 다물어졌다. 굳이 하준이 아니라고 말해 주지 않아도 틀렸다는 것을 알 수 있었다. 하준의 눈이 어찌나 딱딱하게 굳었는지 직접 본 사람이라면 절로 이건 답이 절대 아니구나 하고 수긍했을 것이다.

하지만 그녀로서는 그런 생각을 할 수도 있는 거 아닌가? 전에 산들이를 데리고 병원으로 왔을 때도 그랬고, 그녀가 약간의 협박을 하긴 했지만 비 오는 날 구했던 강아지를 보호해 준 것도 모자라 입양까지 해 줬던 그가 아닌가? 거기다 오늘 확실하게 유기견을 위해 그 큰 금액의 기부도 하지 않았던가. 동물을 사랑해서도 아니면 대체 왜?

"정말 모르겠습니까?"

하준의 허리가 굽혀졌다. 어려운 수학 문제의 답을 구하는 것처럼 심히 고민하는 다원의 얼굴 앞으로 그의 얼굴이 바짝 다가왔다. 열심히 풀고 있었는데 잘 풀다 막혔다고 이야기하는 듯한 그녀의 눈과 정말 모르겠냐고 물어 오는 진지한 그의 눈이 허공에서 만났다.

'설마…….'

문제를 풀기 위해 처음부터 잘못된 방향으로 접근했던 그녀의 눈동자가 갈피를 못 잡고 흔들리기 시작했다. 다원이 예상했던 수많은 이유 중에서 가장 가능성이 희박했던 한 가지.

'설마하니 그럴 가능성은 희박하지만, 어쩌면 나를 좋아할지도 모른다?'

예상도 못 했던 이유에 다원의 숨이 멈췄다. 눈에 띄게 경직된 다원을 본 하준이 그쯤하고 그녀에게서 멀어졌다.

"그럼 이제 밥 먹읍시다. 이 도시락 얻는다고 온 신경을 썼더니 여간 배가 고픈 게 아닙니다."

다원의 옆에 나란히 앉은 하준은 신나게 도시락을 흔들었다. 그러더니 멍하니 앉아 있는 다원의 무릎에 도시락을 얹어 주곤 수저까지 건넸다.

"먹어요."

"……."

하준이 건넨 수저를 무슨 정신으로 받았는지도 생각나지 않고 도시락 뚜껑을 어떻게 열었는지도 생각나지 않았다. 기계적으로 김치와 소시지 그리고 계란이 잘 버무려진 밥을 입으로 집어넣었을 때야 비로소 정신이 번쩍 들었다.

그러니까 정말 이 남자가 나를 좋아한다는 것 같은데……. 대체 왜인지는 둘째치더라도 그것이 사실인지 의심하게 되는 건 어쩔 수가 없었다.

다원의 눈이 힐끔힐끔 하준의 옆모습을 훔쳤다. 햇볕이 내리쬐는 나무 아래의 남자는 조금 잘생기긴 했다. 인정할 건 인정해야 했다.

'도시락 까먹는 옆모습이 이리 멋진 남자는 또 처음이네. 뭐 하나 빠지는 게 없는 남자가 내가 좋다는데 안 떨린다면 그게 더 이상한 거지.'

작게 떨리던 다원의 가슴이 아주 조금 더 두근거렸다. 다원의 시선은 계속 의심스럽게 하준을 향해 고정되어 있었다. 아무리 생각해도 이 남자가 자신을 좋아한다는 것을 아, 그렇습니까? 하며 덜컥 믿을 수만은 없었다. 그녀의 시선을 느꼈을까? 옆으로 고개를 돌린 하준과 눈이 마주쳤다.

"계속 그렇게 쳐다볼 겁니까? 떨리게."

"……."

다원이 얼른 하준에게서 시선을 거뒀다. 말도 안 된다. 떨린다고? 아무렇지 않은 표정으로 밥만 잘 먹고 있으면서. 정작 예상치 못한 핵폭탄을 맞고 벌벌 떨고 있는 사람이 누군데.

다원이 도시락으로 시선을 돌렸다. 그녀의 마음이 딱 이 도시락 같았다. 뒤죽박죽 섞여서 정체를 알아볼 수 없는 도시락과 다를 바가 없었다. 다원이 애꿎은 밥만 입으로 퍼다 날랐다.

'이건 또 왜 이렇게 맛있는 거야.'

자신이 만든 거지만 어쩜 이렇게 맛있는지. 한마디로 어마어마하게 맛있었다. 이 상황에서도 눈치라곤 전혀 없는 그녀의 식욕은 여전했다. 긴장한 건 긴장한 거고 배가 고팠던 다원의 손이 기계처럼 입으로 밥을 퍼다 날랐다.

하지만 역시나 불편한 마음 탓에 그 맛있는 밥은 그녀의 속 어딘가에서 걸려 버렸다. 마치 그녀의 마음이 어딘가에서 걸린 것처럼. 급하게 먹다 사래에 걸린 다원이 기침을 해 댔다.

"켁켁켁."

"괜찮아요?"

옆에 앉아 있던 하준이 얼른 물병을 따서 다원에게 건넸다. 그에게서 물을 건네받은 다원은 얼른 벌컥벌컥 물을 들이켰다. 하지만 놀란 속을 쓸어내리던 다원은 알아차리지 못했다.

물병을 건네던 하준의 손이 미세하게 떨리고 있었음을.

물병을 다시 가져가던 찰나에 닿은 다원의 손에 그의 심장이 뛰고 있었음을.

기침을 하며 힘들어하던 다원의 등 뒤로 뻗은 하준의 손이 머뭇거리다 다시 제자리로 돌아왔음을.

전혀 알아차리지 못했다.

❋

고백 같기도 하고 아닌 것 같기도 해서 한참이나 고민하게 했던 아리송한 그날 이후 다원은 하준을 피해 다녔다.

그의 마음이 어떤지를 떠나 혹시나 지나가다 마주쳤을 때의 그 어색함을 상상하기도 싫었던 다원은 도저히 그의 얼굴을 볼 자신이 없었다. 또다시 그를 마주하게 된다면 겨우 생각하지 않으려 막아 두었던 얼마 전 공원에서의 일들이 생각날 것이 분명했다.

그러면 또 얼굴은 붉어지고 가슴은 제 것이 아닌 것처럼 널뛰기를 할 것이라는 것을 그녀는 쉬이 짐작할 수 있었다. 하지만 잘 피해 다녔다고 생각했던 게 무색하게 하준은 뜻밖의 날에 짠

하고 그녀 앞에 나타났다.

유기견을 위한 바자회와 경매가 있었던 그 다음 주의 일요일. 카페 회원들 모두 유기견 보호 센터로 봉사 활동을 떠나는 날이었다. 행사 때 모은 기부금도 전달할 겸 한 달에 한 번 있는 봉사 활동도 이날로 당겨서 하기로 했다.

그런데 오늘 같은 날, 늦잠을 자는 바람에 다원은 집합 장소인 지연의 카페에 약속 시간보다 좀 늦게 도착했다. 집에서부터 택시를 타고 왔건만 그녀를 기다리고 있어야 할 지연과 회원들이 한 명도 보이질 않았다. 분명히 기다린다고 했는데. 의아한 다원이 휴대폰을 들었을 때였다.

"좋은 아침입니다."

들리는 소리에 회원 중에 한 명인 줄 알고 반갑게 돌아선 다원은 그 자리에서 굳어 버렸다. 하준이 한 손을 주머니에 꽂고 한 쪽 벽에 기대어 마치 그녀를 기다리고 있었다는 것처럼 자연스럽게 아침 인사를 건네고 있었다.

역시나 그녀의 짐작대로 그의 얼굴을 보는 순간 잊고 있었는데 또다시 그 날의 일들이 생각이 나기 시작했다. 얼굴에는 열이 오르고 가슴은 두근거리기 시작했다. 다원이 짐짓 내색하지 않으려 어색하게 웃었다.

"하하. 네. 좋은 아침이네요. 지나가는 길이신가 봐요. 그럼 저는 이만."

다다다 자기가 할 말만 다 한 다원은 그에게서 돌아서자마자 얼른 휴대폰을 들곤 앞으로 무작정 걷기 시작했다.

"받아라. 얼른 좀 받아라."

— 여보세요?

다급한 그녀의 속도 모르고 늦게 전화를 받은 지연의 목소리는 너무나도 태평했다. 다원이 전화기를 붙잡곤 다급하게 물었다.

"지연아, 대체 어디야?"

— 우리? 우리 벌써 고속도로 탔어.

"고속도로? 나만 빼고 가는 게 어디 있어?"

봉사 활동을 하러 가는 보호 센터는 외진 곳에 위치해 있어 자가용이 없으면 가기가 꽤 힘든 곳이었다. 거기는 버스도 잘 안 다니는데, 겨우 이십 분밖에 안 늦었는데, 무조건 기다려 달라고 사정까지 했는데, 자신만 쏙 빼고 간 지연이도 다른 사람들도 모두 야속했다.

"나는 어떻게 가라고!"

— 하준 씨 못 만났어? 하준 씨가 너 데리고 오기로 했는데?

휴대폰을 든 채로 다원이 뒤를 돌았다. 조금 떨어진 곳에서 하준이 차 키를 흔들고 있었다. 다원이 휴대폰에다 대고 속삭였다.

"류하준 씨가 왜 우리랑 같이 봉사 활동을 가는 건데? 아니, 나는 왜 류하준 씨랑 같이 가야 하는 건데?"

— 다원아? 얘가 뭐라는 거야? 잘 안 들려.

혹시나 뒤에서 들을까 소리 없는 아우성을 치던 다원은 별 수확 없이 결국 휴대폰을 끊어 버렸다. 상황을 보니 어찌 된 건지는 잘 모르겠으나 하준의 차를 얻어 타고 가야 하는 건 분명한 듯했다. 다시 돌아선 다원을 보는 하준의 눈이 호선을 그렸다.

"이제 출발하죠. 주차장에서 차 가지고 올 테니 여기 잠시만 기다려요."

"네에."

하준의 높은 음성과는 반대로 다원의 음성은 한없이 처져 있었다. 그가 차를 가지러 간 사이 다원은 애꿎은 땅만 발로 차고 있었다.

'이럴 줄 알았으면 큰맘 먹고 차 한 대 사는 건데,'

살면서 차의 필요성을 크게 느껴보지 못했던 다원이었건만 이 순간 차 한 대 없는 게 천추의 한으로 남을 줄은 몰랐다. 다원이 신세 한탄을 하는 사이 잘빠진 검정 세단이 그녀의 앞에 와 섰다. 창문이 내려가고 하준이 얼굴을 드러냈다.

"타요."

"네. 그럼 실례하겠습니다."

깍듯이 인사까지 한 다원은 별생각 없이 뒷문을 열었다. 아마 무의식중에 그와 멀리 떨어져 앉겠다는 생각이 행동으로 나타난 것 같았다. 하지만 하준은 그녀를 뒷자리에 양보할 생각이 없어 보였다.

"날 운전기사로 만들 거 아니면 내 옆에 앉아요."

하준의 말에 차에 타려고 발을 올리던 다원이 다시 발을 거두어들였다.

"아니, 운전기사라니요. 그냥 문 한 번 열어 본 거예요. 뒤에 좌석이 참 좋네요. 하하, 안 그래도 앞에 타려고 했어요."

어기적거리며 다원이 앞좌석에 타자 차는 기다렸다는 듯 매끄럽게 앞으로 나갔다. 음악도 좀 틀고 하면 좋을 텐데, 삭막하기 그지없는 차 안의 풍경에 다원은 숨도 크게 못 쉬었다.

'엄청 조용하네.'

외관상으로 딱 봤을 때도 좋아 보인다고는 생각하고 있었지만 얼마나 성능이 좋으면 차 안은 밀폐된 공간처럼 바람 소리조차 들리지 않았다. 다만 이 어색한 침묵이 못 견디게 불편한 다원의 손이 꼼지락거리는 소리만 간혹 들려올 뿐이었다.

천생 가만있지 못하는 성격인 그녀가 참다 참다 결국 차 안의 침묵을 깨뜨리고 먼저 말을 건넸다.

"강아지는 잘 있어요?"

앞만 향해 있던 하준의 눈이 다원을 향했다. 줄곧 감정을 읽을 수 없이 무표정하던 하준의 얼굴로 미소가 떠올랐다.

"잘 있어요. 궁금합니까?"

"그럼요."

"사진이 있는데."

"볼래요. 볼래요."

다원이 눈을 반짝이며 어서 보여 달라며 아이처럼 하준을 재촉했다. 하준은 재킷 주머니 안쪽에 넣어 뒀던 휴대폰을 꺼내 사진첩을 열어 그녀에게 건넸다. 그에게서 건네받은 휴대폰 속의 사진을 본 다원의 입에서 감탄과 즐거운 목소리가 흘러나왔다.

"우와! 얘 사진 너무 잘 나왔다."

강아지 다원이 카메라를 뚫어져라 보다 큰 한쪽 눈을 끔벅일 때 찍힌 사진이었다. 마치 카메라를 보며 윙크하고 있는 것 같았다. 어떤 사진인지 힐끗 확인한 하준이 다원의 말에 맞장구를 쳤다.

"걔가 카메라를 알더군요. 의식해서 포즈까지 취할 때도 있어요. 다음 사진도 한번 봐요."

“진짜네요? 너무 귀엽다.”

손으로 화면을 넘기며 사진을 확인하는 다원은 어쩔 줄 모르고 눈동자를 굴려 대던 좀 전보다 훨씬 편안해 보였다.

사진 한 장, 한 장 넘기며 강아지의 모습에 넋을 잃고 있던 다원의 머릿속에 문득 드는 생각이 하나 있었다. 강아지의 사진을 이렇게 많이도 찍은 걸 봐서 이 남자가 동물을 보통 사랑하는 게 아니라는 생각이었다. 그러다 또 그녀를 고민하게 만들었던 것이 정말 진짜인지 다시 한 번 묻고 싶어졌다.

“저기, 물어볼 게 있는데요?”

“물어봐요.”

“그게…… 전에 도시락도 그렇고, 이번에 봉사 활동을 가시는 것도, 혹시 정말 강아지를 너무 사랑하신다거나 그래서 그런 게 정말 아니에요?”

망설이면서까지 묻기에 뭘 묻는가 싶었더니, 이 답답한 여자를 봤나. 그가 이러는 게 다 누구 때문인데. 동물을 좋아하지도, 그렇다고 싫어하지도 않는, 동물에 대해서 별 감정이 없는 그가 애먼 강아지를 입양했다.

그것도 모자라 누나의 놀림도 무릅쓰고 생전 할 일이 없다고 생각했던 봉사 단체까지 가입했다. 그리고 일요일은 무조건 집에서 쉬는 게 최고라 생각하던 그가 봉사 활동을 핑계로 그녀를 따라가고 있건만. 그녀는 또 이리 밑도 끝도 없는 질문을 또 벌컥 한다.

하지만 하준은 개의치 않았다. 이런 눈치 없는 점도 좋은 걸 어쩌나. 정다원이란 여자의 모든 게 좋은데 어떡하나. 그녀의 어이없는 질문에 대답하는 하준의 음성은 한없이 부드러웠다.

“잘됐네요.”

“네?”

“안 그래도 내 마음 같아서는 봉사 활동이고 뭐고 당신을 납치라도 할까 갈등 중이었는데, 아직까지도 내 마음을 모르겠다면 이번 기회에 확실히 보여 주죠. 차 돌릴까요?”

정말 차를 돌릴까 싶어 다원이 재빨리 운전대를 잡고 있지 않는 하준의 손을 덥석 잡았다.

“아, 아뇨.”

한 명의 남자가 한 명의 여자를 좋아한단다. 다시 두 사람이 함께 있는 차 안의 공기는 급속도로 어색해졌다. 손쓸 수도 없이 어색해진 분위기에 다원이 언제나처럼 구렁이 담 넘어가듯 그냥 그렇게 상황을 넘어가려 했다.

“하하하. 납치라니요. 그러고 보니 류하준 씨, 농담도 참 실감나게 잘하시네요.”

하지만 하준의 사전에는 그런 어영부영한 것들은 없었다. 오직 확실하고 확고하며 진실한 것들만 있을 뿐이었다.

“누가 농담이랍니까?”

하준이 다시 돌아가려는 다원의 손을 단단히 붙잡고 옴짝달싹 하지 못하게 깍지를 꼈다. 놀란 다원이 빠져나오려 작게 저항했다. 하지만 단단한 하준의 손을 벗어나기란 불가능이었다.

“가만히 있어요. 사고 안 나려면.”

하준의 협박 아닌 협박에 계속 부산을 떨던 다원의 모든 움직임이 멈췄다. 그리고 그 순간부터 그녀의 손은 순순히 그의 손에 잡혀 있었다.

한 손은 운전대를 잡고 다른 한 손은 다원의 손을 꼭 붙잡고 있는 하준의 입가에 웃음이 걸리기 시작했다. 그의 손에 꼭 맞게 들어오는 다원의 손이 그를 웃게 만들고 있었다. 참아 보려 해도 부드러운 감촉에 하준은 절로 웃고 있었다.

얼굴 보는 것만으로도 좋을 거라 생각했는데 손까지 잡다니. 여태껏 일이 없는 날은 무조건 집에서 쉬는 게 최고라 생각했는데 아니었다. 이 여자와 함께 있는 것이 말로 할 수 없을 만큼 좋았다. 절대로 놓칠 생각이 없다는 듯 하준이 다시금 손을 고쳐 잡았다.

하준이 한 작은 행동에 다원의 몸은 크게 움찔거렸다. 사고가 난다는 말에 몸을 움직이지도 못하고 빳빳하게 앉아 있는 그녀는 전기에 감전되기라도 한 듯 연신 움찔거리며 놀라고 있었다.

구름을 떠다니듯 몽롱했던 정신이 찌릿한 감각에 번쩍 제 기능을 하기 시작했다. 이 남자가 자신을 좋아하는 게 분명했다. 아니면 엄한 여자의 손은 왜 이렇게 꼭 붙잡고 있단 말인가. 처음 남자 손을 잡는 것도 아닌데 이상하게 절로 긴장되고 불편했다. 괜찮을 줄 알았던 심장이 또 널뛰기를 하기 시작했다.

제발 좀 진정하라고! 안 그래도 조용한 차 안에 심장 뛰는 소리가 들리는 건 아닌가 싶어 다원은 심장에게 진정하라고 화를 내고 있었다. 하지만 뛰는 심장은 여전했다. 뛰는 심장을 부여잡은 다원으로서는 목적지에 얼른 도착하기를 비는 수밖에 없었다.

'빨리 도착해라. 빨리 도착해라.'

그녀의 바람과 달리 하준은 조금이라도 이 순간을 더 맛보기 위해 액셀을 밟는 발에서 살짝 힘을 뺐다. 하지만 오로지 잡힌 손으로 신경이 가 있던 다원은 빠르게 지나가던 밖의 풍경이 느려졌다는 것을 알아차릴 리가 없었다.

느리게 달리던 차였지만 그래도 꾸준히 가다 보니 두 사람은 목적지에 도착했다. 유기견 보호 센터 '행복한 유기견의 집' 입구 앞에 차를 멈추자 붙잡혀 있던 다원의 손이 이때다 하고 그에게서 벗어났다.

그녀의 손이 빠져나간 아쉬움에 손을 만지작거리던 하준이 고개를 돌려 다원을 뚫어져라 쳐다봤다.

그의 시선을 느낀 그녀는 얼른 안전벨트를 풀려고 애를 썼다. 안전벨트만 풀리면 바로 여기서 벗어날 수 있다는 생각에 서두르던 다원의 앞으로 하준의 몸이 바짝 다가왔다. 그녀의 속마음이 외쳤다.

'이, 이러지 마세요.'

이번에는 손을 잡는 것의 다음 단계인 포옹을 하는 건 아닌가 싶어 다원은 양팔로 엑스 자를 그리며 좌석으로 바짝 기대었다.

하지만 살짝 다가온 그의 검지가 그녀의 이마를 작게 밀었다. 마치 어설픈 착각은 자유입니다 하는 듯이. 그러곤 다시 내려간 손은 버튼을 눌러 그녀를 감싸고 있던 안전벨트를 풀어 줬다. 예상과 다르게 흘러간 상황에 다원이 당황한 건 당연했다.

"고, 고맙습니다."

하준이 피식 웃었다. 한순간도 쉬지 않고 그를 웃게 만드는 다원이 어쩌면 이리도 귀여운지. 그의 눈이 당황해서 눈을 크게 뜬 그녀에게서 떨어질 줄 몰랐다.

그녀를 보고 있는 것만으로도 이렇게 즐겁고 행복한데. 이 여자만 있으면 하준은 평생 웃을 수 있을 것만 같았다. 다만 그녀와의 사이에 불청객이 끼어들지만 않는다면.

내리려고 문고리를 잡았던 다원이 차에서 좀 떨어진 앞에 보이는 익숙하고도 낯선 얼굴에 고개를 갸우뚱했다.

"어? 훈 선배? 선배가 여긴 무슨 일이지?"

다원의 시선을 따라가자 보이는 불청객의 모습에 하준의 얼굴에서 웃음이 사라진 건 당연한 일이었다.

'저 자식이 여긴 또 무슨 일이야?'

난데없는 라이벌의 등장이었다.

6. 라이벌의 등장

하준이 붙잡을 새도 없이 그길로 차에서 내린 다원은 총총총 뛰어서 훈에게로 갔다. 멀리서 보곤 긴가민가했는데 정말 훈이 맞았다. 다원은 반갑기도 했지만 무엇보다 의아했다. 오늘따라 뜻밖의 곳에서 자꾸 예상하지 못한 사람들을 만나니 그럴 수밖에.

"선배? 선배가 여긴 무슨 일이에요?"

"어쩌다 보니 지나가다가."

머리를 긁적이며 어수룩하게 상황을 넘어가려는 훈을 막은 건 뒤에서 불쑥 튀어나온 퉁명한 목소리였다.

"웃기시네. 지나가다가는 무슨, 분명 무슨 목적이 있겠지."

멀어져 가는 다원의 뒷모습에 차도 삐뚤게 대어 놓고 부리나케 쫓아온 하준이었다.

훈의 눈이 미세하게 굳었다. 피차일반. 저 남자가 왜 또 이곳에 있는지, 저 남자는 어디 레이더라도 달았는지 다원과 잠시라도 같이 있으려고 하면 언제나 빠짐없이 등장했다. 저번 경매도 그렇고 이번도 전혀 우연이 아니었다. 이 남자, 경계해야 할 대상 1호였다. 속은 타들어 갔지만 훈은 내색 않고 여유롭게 인사를 건넸다.

"안녕하십니까? 그쪽을 여기서 볼 줄은 몰랐네요."

"누가 할 소릴."

서로를 향한 경계심이 가득한 두 눈동자가 허공에서 부딪쳤다. 만난 지 몇 번이나 됐다고 이리 으르렁대는지. 중간에 낀 다원만 난감한 노릇이었다. 그런 다원의 어깨 위로 묵직한 것이 내려앉았다. 얘는 내 거라는 소유욕이 양껏 드러난 하준의 팔이었다.

"우리는 이제 봉사 활동 하러 갈 테니, 지나가다 들렀다는 그쪽은 계속 가던 길이나 가시지요."

화라는 건 평생 내 본 적도 없고 온화하기만 할 것 같던 훈의 얼굴이 구겨졌다. 한 번 져 줬으면 됐지, 두 번은 져 줄 수 없다는 훈의 팔이 다원을 잡아당겨 그에게서 떼어 냈다.

"여기까지 왔는데 그냥 갈 순 없죠. 온 김에 다원이랑 봉사 활동 같이 하고 가 보려 합니다만?"

두 사람의 실랑이는 구경거리가 되어 다른 사람들만 신이 났다. 딱 봐도 중간에 다원을 두고 두 남자가 힘겨루기를 하고 있는 모양새인데, 여기서 중요한 건 다원은 아직까지 명확하게 이 사람이다 하고 맘을 주지 않았는지 두 남자의 중간에서 말티즈를 닮은 큰 눈만 말똥말똥 뜨고 있었다. 사람들은 재미있게 두 남자가 다원을 자기 것으로 만들기 위해 고분분투하는 과정을 지켜보고 있었다.

거기다 이젠 회원들 사이에는 은연중에 그녀의 남자가 누가 될 것인가에 대해 내기까지 할 정도로 요즘 세 사람의 관계가 최대의 관심사로 떠오르는 중이었다.

저리 두면 해가 질 때까지 저 유치한 힘겨루기는 계속될 듯했다. 보다 못한 지연이 수습에 나섰다.

"어이, 거기 두 사람 계속 그러고 있을 거예요? 그만하고 봉사 활동 합시다. 다원이 너는 얼른 안으로 들어가 봐."

"어? 어. 알겠어."

두 남자 사이를 쏙 하고 빠져나온 다원이 챙겨 온 가방을 메곤 센터 안으로 들어갔다. 두 사람의 손아귀에서 벗어나 사라지는 다원을 본 남정네들도 역시 그녀의 뒤꽁무니를 따라 들어가려 했다.

하지만 그들은 다원이 사라지는 것을 멍하니 지켜볼 수밖에 없었다. 지연이 두 사람을 붙잡았기 때문이다.

"어디 가려고요? 다원이는 강아지들 검진해 주러 가는 건데, 거길 두 사람이 왜 따라 들어가요?"

불만 가득한 하준의 눈썹이 실룩거렸다. 기껏 같이 있으려고 온 건데 이건 말 그대로 봉사 활동만 하고 가게 생겼다. 다원이 사라진 곳을 계속 쳐다보는 하준의 얼굴에서 아직도 버리지 못한 미련이 보였다.

"그래도 나도 나름 의산데……."

하지만 그런 미련 따위 지연에게 통할 리가 없었다.

"강아지들이 사람으로 변하지 않는 이상 오늘 류하준 씨가 의사 노릇 할 일 없을 것 같네요. 이 옷으로 갈아입고 저기 도구들 들고 따라와요. 자, 어서. 시간이 없어요."

지연이 박수까지 치며 두 사람을 재촉했다. 재촉하는 소리에 마지못해 장갑에 마스크까지 단단히 준비하고 나온 하준과 훈을 데리고 지연은 뒤쪽으로 향했다.

지연이 끌고 간 하준과 훈을 소개하고 자리를 뜨면서 건장한 남자들이라 힘쓰는 일은 모두 시켜도 된다며 대표 진숙에게 신신당부를 하고 나갔다.

처음 봉사를 온 사람들에게는 견사 청소를 먼저 권한다고 진숙이 친절히 설명했다. 견사 청소라고 불평하시는 분들도 있으시지만 여기서 청소를 하다 보면 앞에 보이는 봉사 활동의 전반적인 모습을 다 지켜볼 수 있기 때문이라는 설명까지 덧붙였다.

그녀의 말대로 눈을 돌리니 봉사 활동을 하고 있는 사람들이 한눈에 들어왔다. 어떤 봉사 활동이 있고 그 활동을 하고 있는 다른 이들이 어떻게 하는지도 보고 배울 수 있을 것 같았다. 하준과 훈은 대표의 지시 아래 생전 처음인 견사 청소를 시작했다.

그 시각, 다원은 안쪽에서 한창 건강검진을 하고 있었다. 강아지들 예방주사는 물론이고 피부병이 있던 강아지 빼빼의 마지막 진료, 그리고 이리저리 다쳐서 버려진 강아지들을 진료하는 그녀의 손길이 분주했다. 그런 분주한 손길 속에도 다원은 문득문득 문으로 시선을 던졌다.

'잘하고 있으려나?'

뒤에 두고 온 두 남자가 걱정이었다. 지연이 데리고 갔으면 분명 모든 봉사 활동의 첫 번째인 견사 청소를 하고 있을 것이다. 훈이야 워낙 성격이 좋으니 군말 없이 일을 했을 것 같기도 한데, 하준은 그럴 것 같지 않은 게 불 보듯 뻔하니 마음이 불편했다.

그 까다로운 성격에 빗자루를 던지고 뛰쳐나간 건 아닌지. 별 티도 안 나는 청소 일이라 생각하겠지만 기본적인 일이 가장 중요한 것처럼, 그 일은 이곳에 꼭 필요한 일이었다. 이래저래 괜히 나타난 두 남자 때문에 다원은 진료도 집중하지 못하고 있었다.

"뭘 그렇게 생각해?"

고개를 들어 보니 언제 왔는지 안으로 들어온 지연이었다.

"어? 어. 아무것도 아니야. 그냥."

아무것도 아니라며 허둥거리며 주사기를 들었다 놨다 하는 다원을 보던 지연은 몰래 웃음 지었다. 신경이 쓰이기도 하겠지. 두 남자가 지금 다원의 맘을 뺏으려고 저리 난리를 피워 대는데, 신경이 안 쓰인다면 그거야말로 말도 안 되는 일이었다.

"후후, 우리 다원이 덕분에 사랑의 일꾼들이 많아져서 오늘은 일이 수월하게 끝날 것 같네?"

지연의 놀리는 말에 다원이 화들짝 놀랐다.

"무, 무슨."

"그럼, 그 둘이 이 좋은 휴일, 이 산골까지 왜 왔겠냐? 우리처럼 진짜 봉사 활동을 하러 온 것도 아니고, 봉사 활동을 빙자해 누군가를 만나러 왔겠지."

"류하준 씨라면 몰라도, 훈 선배는……."

어, 이것 봐라? 다원도 벌써 하준의 마음을 알고 있는 듯했다. 영 눈치가 없어 누가 직접적으로 말해 주지 않는 이상 잘 알아차리지 못하는 다원을 너무나 잘 아는 지연이 놀라며 눈을 크게 떴다.

"뭐야? 벌써 류하준 씨가 너 좋다고 고백이라도 한 거야?"

"……."

"그래서 너는 누가 더 좋은 건데?"

"얘는, 누가 더 좋고 말고 할 게 어디 있어? 여긴 또 왜 이렇게 덥니? 하하, 나 밖에 좀 갔다 올게."

지연의 직설적인 물음에 얼굴까지 붉게 물든 다원이 얼른 자리를 피했다. 그게 그리도 곤란한 질문이었을까? 다원의 하나밖에 없는 절친한 친구로서 지연은 둘 중 누구라도 괜찮았다.

훈이야, 이름처럼 훈훈하고 다정한 스타일인 듯했고, 하준은 또 저돌적이고 진취적이고 남성적인 면이 있는 듯하니, 그녀로서는 누구든 친구를 진심으로 좋아해 주고 친구가 좋아하기만 한다면 상관이 없었다.

세상 누구보다 마음이 예쁜 친구가 평생 강아지들이랑만 연애하는 게 아니라 진짜 멋진 남자와 연애를 좀 했으면 싶은 지연이었다.

지연의 물음을 피해 밖으로 나온 다원은 열이 오른 얼굴을 쓸어내렸다. 그러곤 아까부터 계속 신경이 쓰이던 곳으로 자연스럽게 발걸음을 옮겼다.

견사에서 좀 떨어진 곳에서 다원은 멈춰 섰다. 더 가까이 다가가지 못하고 그녀는 벽에 숨어 고개를 빼꼼 내밀었다. 하지만 견사 안에는 그녀가 찾는 사람들은 코빼기도 보이질 않았다.

'설마 청소 못 하겠다고 도망간 거 아니야?'

하준이야 다 내팽개치고 도망갔다고 해도 그러려니 싶었지만 훈은 어디 간 건지. 없어진 사람들을 찾으려 이리저리 고개를 돌리는데 마침 지나가던 반가운 얼굴이 그녀를 향해 알은체를 했다.

"진료는 다 끝났어요?"

"네? 네. 대충 마무리되어 가고 있어요."

두 남자의 청소를 코치했던 대표 진숙이었다. 청소는 벌써 끝났는지 고무장갑은 벗고 있었다. 진숙의 얼굴을 보자마자 안부를 묻는 대신 다원은 찾고 있던 사람들의 행방을 물었다.

"저기, 오늘 저희랑 같이 온 청소하던 사람들은 어디 가셨나요?"

"아, 그 잘생긴 남자 두 분? 한 분은 비위가 꽤 약하신지 청소하시다 숨 좀 돌려야겠다고 뛰쳐나가셨고 다른 한 분은 끝까지 물청소로 마무리하신다면서 물 길러 가셨어요."

대표의 말에 다원이 고개를 떨어뜨렸다. 그러면 그렇지. 분명히 포기하고 도망간 사람이야 뻔했다. 당연히 하준이겠지. 제대로 하지도 않을 거면서 괜히 따라와서는. 굳이 하준을 여기까지 따라오게 만든 사람이 자신이다 보니 절로 미안해지는 다원이었다.

"후우, 죄송해요."

"아니, 다원 씨가 왜 죄송해요? 솔직히 견사 청소가 보통 힘든 게 아니잖아. 아무리 치워도 더러운 데다가 코를 찌르는 냄새하며 비위가 약한 사람들에게는 힘들 수도 있는 일이잖아. 그래도 갈색 머리 한 남자분이 끝까지 열심히 해 주셔서 수월했어요."

갈색 머리? 훈은 진한 흑발이었다. 햇빛이 비치면 더 색을 드러내는 갈색 머리를 가진 사람은 하준이었다. 대표님이 착각이라도 하셨나?

"갈색 머리요? 잘못 아신 거 아니에요? 키는 살짝 작고 검정 머리에 안경 낀 남자가 아니라요?"

"아뇨. 왜 이름이……. 류하 뭐랬더라?"

"류하준 씨요? 정말요?"

"아, 맞다. 류하준 씨. 나도 참 이름 외우는 게 이렇게 힘들어서야."

믿을 수 없다는 얼굴의 다원이 다시금 확인하려는 듯 진숙에게 물었다.

"하준 씨가 불평하고 그러지 않았어요?"

"나도 처음에는 툴툴거리기에 일도 열심히 안 할 줄 알았는데, 아니더라고. 불평하면서도 할 일은 야무지게 잘했어. 사람이 겉과 달리 진국인 것 같던데, 다른 분도 처음에는 의욕적으로 하시더니 비위가 약한지 못 참고 뛰쳐나가셨어요."

다원은 대표의 말이 귀에 들어오지 않았다. 전혀 믿을 수 없는 진숙의 말. 한참을 떠들던 진숙이 말을 멈췄다.

"대표님! 여기 좀 와 보세요."

멀리서 진숙의 손길을 필요로 하는 목소리가 들려왔다.

"다원 씨, 나 가 봐야 할 것 같아. 마지막까지 진료 잘 부탁드려요."

그럼 조금 있다 다시 보자고 말을 마친 그녀는 다원을 두고 서

둘러 달려갔다.

진숙이 가는 것도 모르고 다원은 그 자리에 충격이라도 받은 듯 그렇게 서 있었다. 그러니까 청소하다 도망간 사람이 훈 선배고 끝까지 일을 한 사람이 하준이라는 말? 전혀 예상하지 못한 상황에 다원은 멍하니 그 자리에 서 있기만 했다.

기대가 그리 크지 않았던 사람이 잘하면 더 크게 놀라지 않는가? 지금 그녀는 그런 상황이었다. 그러고 보면 언제나 툴툴거리며 불평했지만 하준은 늘 그녀를 도왔었다.

'어쩌면 겉모습과 달리 그는 꽤 따뜻한 사람일지도 모르겠다.'

인상만 쓰던 전과 달리 하준을 생각하는 다원의 얼굴이 부드러웠다. 그녀의 눈이, 그녀의 입이 호선을 그리며 웃고 있었다. 온통 그에 대한 생각으로 가득한 다원이었다. 정신없는 이 와중에 뒤에서 누군가 다원의 어깨를 톡톡 쳤다.

"나 찾는 겁니까?"

"으아."

갑자기 뒤에서 느껴지는 인기척에 놀란 다원이 발을 돌리다 자갈을 잘못 밟고 중심을 잃었다. 그와 동시에 그대로 뒤로 넘어가는데 하준이 그녀를 허리를 잡고 번쩍 안아 들었다.

"괜찮습니까?"

두근. 다원이 숨을 멈췄다. 가슴이 울렁거리며 현기증이 일었다. 그대로 넘어갔으면 뒤통수가 깨질 게 분명한데 큰 사고를 잘 넘긴 안도감에 놀라 심장이 뛰는 건가 싶었지만 놀란 심장은 멈출 줄 모르고 오히려 더 거세게 뛰기 시작했다.

멍하니 그의 품에 안겨 있던 다원이 누구 품에 안겨 있는지 인지하자마자 벗어나려 발버둥을 쳤다.

"내, 내려 줘요."

이대로 해가 질 때까지 안고 있으라 해도 그럴 수 있었는데, 아쉬움이 가득한 하준이 다원을 조심스레 땅으로 내려 줬다.

"내가 구해 줬는데 고맙다는 말도 없습니까?"

"애당초 내가 넘어지려고 한 게 누구 때문인데요. 뒤에서 갑자기 놀라게 하지만 않았어도 넘어질 일은 없었다고요."

야무지게 말을 하는 다원의 모습이 한 마리 새침한 고양이 같았다. 또다시 하준의 얼굴로 웃음이 자리 잡았다.

"하하."

가식 따위는 하나도 없이 가슴 깊은 곳에서부터 절로 나오는 웃음을 하준은 도저히 멈출 수가 없었다. 청소한다고 엉망이 된 머리를 쓸어 올리며 소리 내서 웃는 하준의 주위로 광채가 흘러나왔다. 진심으로 웃는 그의 반달눈이 햇빛에 반사되어 빛나고 있었다.

다원의 입이 절로 벌어졌다. 남자가 웃는 게 이렇게 멋있을 수도 있구나 싶어서. 그의 웃음이 사그라질 때까지 다원은 조명처럼 햇빛이 비추는 하준의 얼굴을 멍하니 쳐다보고 있었다.

한바탕 웃은 하준이 그녀의 얼굴로 바짝 다가왔다. 가까이서 보니 더 잘생긴 얼굴에 다원이 숨을 멈췄다.

"이제 보니 내가 좀 멋있는 게 아니죠?"

다원의 심장이 또 주체 없이 뛰기 시작했다. 그녀의 심장 소리가 들키는 건 아닐까 놀란 다원이 다가온 하준의 가슴을 밀어냈다. 너무 힘을 주어 밀었던 걸까? 이번엔 힘에 밀려 뒷걸음 치던 하준이 발을 헛디뎠다.

"어어어."

뒤로 가다 중심을 잃은 하준은 뒤에 놓아뒀던 물동이에 빠지지 않기 위해 잽싸게 몸을 돌려 팔을 땅에 짚는 순발력을 발휘했다.

"아."

다행히 머리가 엉덩이보다 먼저 낙하하지는 않았지만 급하게 팔을 짚는 바람에 팔목이 잘못 꺾인 것 같았다. 아마 인대가 살짝 늘어난 것 같았다.

내가 그렇게 세게 밀었나? 이리 쉽게 밀려난 것도 모자라 넘어지다니. 다원이 적잖이 놀랐는지 땅에 누워 있는 하준에게로 달려갔다.

"괜찮아요?"

다원의 눈빛에서는 그를 걱정하는 마음이 담겨 있었다.

'이럴 줄 알았으면 바로 뒤로 넘어가는 건데.'

그녀의 시선을 잡아 둘 수만 있다면 더 심하게 다쳐도 상관없다니. 이 상황에서도 어쭙잖은 생각에 헛웃음마저 나오는 하준이었다. 온전히 그에게로 향한 시선이 너무 좋아 하준의 입에서는 더 과장된 신음이 흘러나왔다.

"아아아, 부러진 것 같은데."

손목이 부러졌다니, 보통 다친 게 아니라는 생각에 다원의 얼굴이 울상이 됐다.

"어, 어떡하지? 구급차, 불러야 하나. 휴, 휴대폰이."

주머니를 뒤지며 휴대폰을 찾는 다원의 손이 떨리고 있었다. 곧 하준이 죽을 것처럼 걱정하는 다원을 보던 그가 다치지 않은 다른 쪽 손을 내밀었다. 어쩌라는 건지 몰라 멀뚱거리는 그녀를 향해 그가 웃음을 숨기고 정말 아픈 듯 힘없이 이야기했다.

"일으켜 줘요."

"네? 네."

다원은 반대편으로 건너가 하준의 팔에 어깨를 끼워 넣었다. 바짝 다가온 다원의 보드라운 살결 냄새가 하준의 코끝을 자극했다. 일어나자마자 부러진 게 아니라 그냥 인대가 좀 늘어난 것 같다고 말하려던 하준의 입이 꾹 다물어졌다.

'조금만 더, 조금만 더.'

이 순간 그대로 그냥 멈춰 버렸으면 좋겠다는 생각밖에 들지 않았다. 하준을 일으킨 다원이 제대로 그를 부축하려 그의 허리로 팔을 둘렀다.

"나한테 기대요."

"……."

허리에 그녀의 팔이 닿자 긴장으로 그의 온몸이 굳었다. 예민해진 그의 감각들이 깨어나고 온몸의 솜털이 곤두섰다. 이러다 감각들이 전부 깨어나 버리기라도 한다면 다원을 벽으로 밀어붙이고 입을 맞출지도 모를 일이었다.

하준은 가지고 있는 모든 인내심과 이성을 끌어모아 버텼다. 아직은 때가 아니니까. 속에 있는 본능을 깊숙이 구겨 넣었다.

"괜찮아요?"

점점 팔목이 시큰거리고 아파 왔지만 그런 것은 아무것도 아니었다. 어설프게 부축하는 다원이 불편할 법도 한데 하준은 그런 다원이 너무 좋을 뿐이었다. 지금은 다원과 함께하는 이 순간이 너무 좋았다.

"괜찮은 것 같기도 하고 아닌 것 같기도 하고."

하준의 대답에 안 그래도 하얗던 다원의 얼굴이 더 하얗게 사색이 됐다. 아픈지 안 아픈지 인지도 못하는 걸 보니 신경까지 다친 건 아닌지 다원은 걱정이 이만저만이 아니었다. 팔만 다친 게 아니라 뒤로 넘어가면서 머리도 다친 건가 싶어서 그녀의 괜한 걱정은 더 커져만 갔다.

⁂

안아줄 개 동물병원.

점심시간이라 진료가 없는 틈을 타 어딘가로 가려고 다원이 가운을 벗어던지고 책상 밑에 놔뒀던 보온병을 집어 들었다.

다행히 팔목이 부러진 것 같다던 하준은 인대가 조금 늘어나 깁스를 했다. 그리고 그 깁스 때문에 지금 하준은 병원 일을 전부 준석에게 맡겨 놓고 집에서 쉬는 중이었다.

그 당시에는 자신 때문에 너무 크게 다친 건 아닌가 싶어 제정신이 아니어서 몰랐지만 이제 생각해 보면 하준은 여기에 오는 강아지들보다 엄살이 더 심한 듯했다.

병원에서 아프다며 엄살을 피우며 다치지 않은 손으로 다원의 팔을 계속 잡고 있던 그가 생각난 다원은 피식 웃었다. 그러곤 연달아 다시 생각난 어제 저녁, 휴대폰으로 날아온 사진에 다원은 또다시 웃었다.

하준이 보내온 사진은 엉망이 된 식탁을 찍은 사진이었다. 오른손을 다치는 바람에 왼손으로 저녁을 만들다 식탁 위가 난장판이 된 듯했다. 다 으깨진 두부하며 이리저리 뒹구는 호박하며 양파, 된장을 끓이려고 했던 듯했다. 그리고 같이 딸려 온 문자.

[이러다 나 굶어 죽을지도 모르겠습니다.]

문자에서 뜻대로 안 돼서 일찌감치 밥을 포기한 티가 확연히 드러났다. 엄살은, 대답하는 다원의 손이 빨랐다.

[안 굶어 죽어요. 정 못 만들겠으면 시켜 먹어요. 야식집 전화번호 가르쳐 줘요?]

[나 같은 환자한테 야식이 웬 말? 나는 누구 때문에 다쳐서 밥도 못 해 먹는데, 그 누구는 너무 태평하네?]

그 태평한 누구는 당연히 다원이었다. 하준이 이리 된 데에 일말의 책임도 있으니, 다원이 넓은 아량을 베풀기로 했다.

[뭐 먹고 싶은 거라도 있어요?]

[나는 환자니까. 죽. 그냥 죽 말고 전복죽으로.]

이 저녁에 전복을 어디서 구하나 싶던 다원은 냉장고에 참치가 있는 걸 기억해 냈다.

[그냥 참치죽으로 가죠. 어차피 전복이나 참치나 바다에서 같이 사니까 비슷비슷해요.]

[좋아요. 대신 내일 점심때에 우리 집으로 가지고 와요. 아침도 안 먹고 굶고 있을 테니까.]

하준의 집 앞. 속력을 내서 달려온 자전거 한 대가 멈춰 섰다. 집 앞 빈 공간에 멈춘 자전거에서 내린 사람은 봄을 떠올리게 만드는 샛노란 블라우스를 입은 다원이었다.

자전거 앞에 달린 바구니에서 보온병을 꺼내 든 다원은 집 앞에서 초인종을 못 누르고 서성였다. 페달을 힘차게 밟아서 달려온 것과는 대조되는 모습이었다. 전에도 와 봤으면서, 전에는 잘도 들어가 놓고는 다원은 마치 오늘이 처음 오는 것 같은 느낌이 들어 생소했다.

멍멍멍.

초인종은 누르지도 않았는데 누군가 왔다고 산들이 짖어 댔다. 산들의 알람 소리에 자다 일어나 잠결에 뛰어나온 하준이 대문을 열었다.

"왔습니까? 안 들어오고 뭐해요? 얼른 들어와요."

그녀가 들어올 수 있게 비켜선 길을 따라 다원이 들어섰다. 산들이 들어오는 다원을 보며 알은체를 했다. 너무 반가워 시끄럽게 짖어 대는 산들이에게 주의를 준 하준을 따라 다원은 두 번째로 그의 집 안으로 들어섰다.

"실례하겠습니다."

고개를 숙여 인사를 하는 다원의 발밑으로 강아지가 다가왔다. 전보다 더 살이 오른 강아지 다원이었다. 다원이 얼른 강아지를 안아 올렸다. 낯선 사람에게 잘도 안기는 강아지 다원이 익숙한 것도 모자라 구해 주기까지 했던 그녀의 품에서 애교를 부리는 건 당연했다.

지금 다쳐서 깁스까지 한 게 누군데, 강아지만 봐 주고 자신에겐 눈길도 안 주는 다원이 괜히 야속해 하준이 어린아이처럼 툴툴거렸다.

"누구 때문에 다친 나는 안 보이나 봐요."

"그래서 내가 죽도 끓여 왔잖아요."

웃으며 다원이 바닥에 내려놨던 보온병을 들어 보였다. 단번에 얼굴이 환해진 하준이 다원을 데리고 거실로 향했다. 소파에 앉아 다친 한 손 대신에 무릎에 보온병을 끼워 왼손으로 뚜껑을 연 하준이 확 풍겨 오는 고소한 냄새에 침을 삼켰다.

"맛있겠다. 진짜 배고파 죽는 줄 알았습니다."

보온병을 들고 죽을 원샷이라도 할 듯 구는 하준을 본 다원이 그를 말렸다.

"숟가락을 안 가져왔는데, 주방에 있죠? 내가 가지고 올게요."

주방으로 가려고 일어난 다원을 하준이 한사코 말렸다.

"아닙니다. 내가 가지고 올게요."

"내가 특별히 환자 대접해 줄게요. 앉아 있어요."

움직이지 말라며 하준을 다시 앉게 한 다원이 숟가락을 가지러 주방으로 향했다. 주방 안으로 들어가기도 전에 다원은 그 앞에서 보이는 광경에 흠칫 놀랐다.

"!"

어제 보낸 사진이 전혀 설정이 아니었음을 보여 주듯 주방은 난장판이었다. 식탁은 서툰 칼질에 형체를 알 수 없이 망가진 야채들이 널브러져 있었다. 거기다 싱크대에는 쓰다 남은 그릇들이 가득했다.

기겁하는 다원을 뒤따라온 하준이 머쓱해서 머리를 긁적였다. 보이는 곳만 치운 게 후회되는 순간이었다.

"치우려고 했는데…… 손이 불편해서."

"당장 쓸 수저도 없는 것 같은데요? 잠시만 앉아 있어요."

괜찮다고 말리는 하준을 뒤로하고 다원은 팔을 걷어붙이고 주방을 치우기 시작했다. 청소를 하러 움직이는 다원의 뒤를 하준이 졸졸 쫓아다녔다.

"괜찮은데. 내가 나중에 치우면 돼요."

하지만 주방을 대충 정리한 다원은 고무장갑을 끼고 설거지까지 마무리를 했다. 순식간에 주방은 제 모습을 되찾았다. 어질러진 주방에는 한 발자국도 들어오지 않던 강아지 다원이 깨끗해진 주방의 모습에 그때서야 주방으로 입장했다.

"이제서야 얘도 주방에 발걸음을 하잖아요. 아무리 남자 혼자 산다지만 좀 치우고 살아요."

내가 얼마나 깨끗한 남잔데. 어제는 손이 너무 불편하기도 하고 피곤하기도 해서 그대로 두고 오늘 일찍 치우려 했는데, 오늘은 또 하필 시간을 잘못 맞춰서 늦잠을 잔 바람에 못 치운 것뿐인데. 이 작은 주방 하나 치우지 않았다고 더러운 남자로 취급해버리다니. 이 큰 집 안 다른 곳은 얼마나 깨끗한데.

다원의 손을 끌고 그의 집 구석구석 투어라도 하고 싶은 하준이었다. 입이 삐쭉 나온 하준을 식탁에 앉힌 다원이 직접 씻은 숟가락을 쥐여 줬다.

"얼른 죽이나 먹어요."

할 말은 많았지만 참치죽을 보는 순간 그런 말들은 쏙 들어가버렸다. 하준이 적당히 따뜻한 죽을 허겁지겁 먹기 시작했다. 강아지를 안고 맞은편에 앉아 있던 다원이 고개를 흔들었다.

'저런 걸 게걸스럽다고 하는 거지.'

그녀의 품에 안겨 있던 강아지 다원도 주인인 하준의 모습이 부끄러운지 눈을 감아 버렸다.

두 다원이 어떻게 생각하는지도 모르고 죽 그릇을 싹 비워 낸 하준은 기분 좋은 포만감에 웃었다. 죽 한 그릇에 다원의 정성이 들어 있어서 그런가? 늘어난 인대가 죽 한 그릇에 다시 원상태로 복귀한 것 같기도 했다.

"죽도 얻어먹었으니 저녁은 내가 사겠습니다. 밖에 나가서 사 먹어도 되고 여기서 시켜 먹어도 되고 선택은 다원 씨가 해요."

보온병을 챙기는 다원이 죽은 별것도 아니라는 듯, 신경 쓰지 말라는 듯이 사양했다.

"죽이 뭐 별거라고. 그리고 저녁에는 약속이 있어요."

"보나마나 지연 씨랑 선약이 있나 보군요. 그럼 지연 씨도 데리고 나와요."

그녀가 약속이 있다고 하면 왜 사람들은 단번에 지연이라고 단정해 버리는 걸까? 다원은 아니라며 손을 내저었다.

"나는 만날 사람이 지연이밖에 없는 줄 알아요? 훈 선배랑 저녁 약속 있어요. 오늘 꼭 할 이야기가 있다고 찾아왔더라고요."

훈이라는 소리에 하준의 눈이 굳었다. 보통 사람들은 여자의 감은 무시 못 한다고 하지만 남자의 감도 나름 예리하다. 그것이 특히 제 여자에 관한 것일 때에는 귀신같은 감을 발휘한다.

"왜 만나자는지, 이유는 압니까?"

"잘 모르겠는데요. 중요하게 할 말이 있다던데?"

역시나. 대수롭지 않게 대답하는 다원과 달리 하준의 마음에 조바심이 일기 시작했다. 어떻게든 못 가게 막고 싶었다. 하준은 처음에는 가볍게 다원을 말렸다.

"가지 마요. 분명히 돈 빌려 달라고 하든지 아님 보증 서 달라는 걸 겁니다."

"에이, 설마요."

하지만 역시나 다원은 그의 말을 우습게 받아들였다. 그의 감이 맞을 것 같아 하준은 불안해서 미칠 것만 같았다. 오늘 분명히 훈은 그의 마음을 다원에게 전하겠지. 거머리처럼 따라가서 두 사람 사이에 자리를 비집고 앉아 방해하고 싶었다. 가볍게 다원을 막아 보려던 하준의 음성이 날카롭게 변했다.

"꼭 가야 합니까?"

다원이 당연하다는 듯 고개를 끄덕이자 하준이 한 손으로 다원의 어깨를 붙잡았다. 눈 깜짝할 사이에 하준은 새로운 가면을 쓴 것처럼 전혀 다른 사람으로 변해 있었다.

"왜, 왜 이래요?"

곧바로 마주쳐 오는 하준의 눈빛에 다원이 몸을 굳혔다. 어디선가 본 것 같은 느낌이 들었다. 좀 아까 그에게로 오기 전 병원 앞에서 만났던 훈의 시선과 닮아 있었다.

하지만 뭔가 달랐다. 훈의 눈빛이 달라 보인 것은 그냥 기분 탓이라고 넘겨 버릴 수 있었다. 허나 하준의 눈빛을 보는 순간 너무 간절한 절박함이 보였다. 역시나 하준의 입에서 전혀 예상도 못 했던 절박한 말이 흘러나왔다.

"가지 마요."

대체 뭐 때문에? 평생 그런 말 따위는 한 번도 해 본 적이 없을 것 같은 남자가 뱉어 내는 말에 다원은 커다란 혼란을 느끼기 시작했다.

"나를 위해서. 제발."

아무렇지 않던 그녀의 마음이 그의 말에 아련해졌다. 벗어나야 했다. 다원은 그저 이 혼란스러운 마음속에서 벗어나야 했다. 잡혀 있던 하준의 팔에서 벗어난 다원은 그길로 그에게서 도망쳤다.

"제기랄!"

혼자 남은 하준이 식탁을 내려쳤다. 깁스까지 한 팔이 식탁을 내려치자 부서질 듯한 굉음이 주방을 울렸다. 커다란 소리에 놀란 강아지 다원이 움찔거렸다. 그리고 그 충격에 다원이 식탁에 올려놨던 보온병이 떨어져 바닥에서 뒹굴었다.

다원이 있을 때는 참 따뜻했었는데 그녀가 가 버리고 나니 더 이상 따뜻하지 않았다. 역시나 그녀가 가지고 왔던 온기는 그녀를 따라 자취를 감춰 버렸다.

7. 당신도 나와 같은 마음이라고

"원장님? 원장님!"

멍하니 먼 곳을 보고 있던 다원이 김 간호사의 부름에 놀라 손에 들고 있던 볼펜을 떨어뜨렸다.

"네?"

"원장님 오늘 정말 무슨 일 있으세요?"

한 번도 헷갈린 적 없었던 내원한 강아지들의 이름을 바꿔 부르질 않나, 수술 중에 멍하니 있다 수술도구를 떨어뜨리질 않나. 이상하게 오늘 여태껏 모아 뒀던 실수를 한 번에 한 다원이 김 간호사에겐 이상해 보일 법도 했다.

"아니에요. 벌써 퇴근할 시간이네요. 김 간호사 퇴근해요."

"그럼 먼저 퇴근하겠습니다."

텅 빈 병원 안, 다원이 눈을 감고 있었다. 사실 남은 진료들과 수술들을 어떻게 끝냈는지 생각이 나질 않았다. 점심시간 이후로 그녀의 머릿속은 구름이라도 낀 것처럼 모든 것이 흐릿했다. 하준의 집을 어떻게 나왔는지도 기억나질 않는다. 아무것도 생각나지 않는데 단 하나, 계속해서 그녀를 괴롭히는 음성이 있었다. 바로 하준의 간절했던 목소리였다.

'가지 마요. 나를 위해서. 제발.'

무엇이 그를 간절하게 만들었을까? 그리고 난 또 왜 아무것도 할 수 없을 정도로 이리 마음이 싱숭생숭한지 도저히 알 수가 없었다. 그녀의 속이었지만 당최 알 수가 없었다.

"다원아!"

멍하니 있다 자신의 이름을 부르는 소리에 다원이 정신을 차렸다. 문을 열고 들어온 훈이었다. 훈을 보자마자 선배가 여긴 무슨 일인가 하는 생각이 들었다. 하지만 이내 다원은 훈과 저녁을 약속한 것이 생각이 났다. 까마득히 잊고 있었다니. 정신이 정말 어떻게 된 듯했다.

"어? 선배, 왔어요?"

"일 다 마친 거지?"

부드럽게 물어 오는 훈의 목소리에 다원은 그와는 전혀 다른 목소리의 하준을 떠올렸다. 무심하고 툴툴거리기가 일쑤인 그의 목소리가 떠오른 건 또 왜인지. 대답 없는 다원을 훈이 다시 불렀다.

"다원아?"

"네? 네."

"이제 그럼 나갈까?"

재촉하는 훈의 말에 다원은 기계적으로 일어나 가운을 벗었다.

책상에 올려져 있던 소지품 같은 건 챙기지도 않고 구석에 넣어 두었던 가방만 들고 훈을 따라나섰다.

저녁을 먹으러 근처로 가는 게 아닌 듯 훈의 차가 병원 앞에 서 있었다. 훈은 차 문을 열어 다원을 태우고 이십 분 정도를 달려 한 레스토랑 앞에 차를 세웠다. 차를 세우자마자 내린 훈이 반대편으로 돌아와서는 조수석의 문을 열어 줬다.

"내리자. 다원아."

"네."

훈은 언제나처럼 친절하고 매너가 넘쳐 났다. 하지만 이 순간 다원은 이상하게 훈의 친절이 불편하게만 느껴졌다. 툴툴거리고 무심하긴 했지만 하준은 이렇게까지 불편하진 않았는데. 그 순간 다원의 머릿속이 번쩍했다. 어느새 정신을 차리고 보면 자연스럽게 훈과 하준을 비교하고 있는 자신을 발견하게 된다. 훈의 등을 뒤따르는 다원의 발걸음이 점점 무거워졌다.

어떻게 들어갔는지도 생각이 나질 않는 레스토랑, 훈이 이름을 이야기하자 지배인이 기다리고 있었다면서 두 사람을 자리로 안내했다. 훈이 빼 주는 의자에 앉은 다원은 주위를 둘러봤다. 장사가 잘 안 되는지 저녁시간임에도 불구하고 레스토랑 안에는 빈자리가 많았다.

"그럼 부탁하신 것들 준비해 드리겠습니다."

메뉴판도 보여 주지 않고 무작정 준비한 것들이라니. 어리둥절한 표정의 다원을 두고 지배인은 훈에게 인사하더니 그대로 자리를 비웠다.

"내가 미리 시켜 놨어."

"네에."

그리고 그와 동시에 들어올 때는 들리지 않던 바이올린과 첼로의 연주 소리가 들리기 시작했다. 두 사람이 들어오자 바로 연주가 시작되어서 그런가? 연주는 마치 오직 두 사람을 위한 것이라고 착각마저 하게 만들었다.

"여기 분위기 괜찮지?"

"네."

분위기는 좋았지만 다원의 마음은 그렇지 못했다. 그녀를 뚫어져라 쳐다보는 훈의 눈을 마주할 수가 없었다. 눈을 어디 둬야 할지 몰라 다원은 고개를 숙였다.

이 불편함을 어찌할까 싶었는데 다행히 준비한 것을 가지러 간다던 지배인이 모습을 드러냈다.

얼핏 봐도 고급스러워 보이는 와인과 함께 휘황찬란하게 준비된 식사들. 평소의 다원이라면 벌써 포크를 들고 달려들어야 정상이었다. 하지만 보기만 해도 먹음직스러워 보이는 음식을 봤음에도 하나도 감흥이 생기질 않았다.

스프를 한 숟가락 뜨고 말았던 다원은 결국 육즙이 가득한 스테이크도 썰다 말고 그대로 포크와 나이프를 내려놓았다. 한시도 다원에게서 눈을 떼지 않던 훈이 전혀 먹지 못하는 그녀를 보며 걱정을 했다.

"왜? 입에 안 맞아? 다른 거 시켜 줄까?"

"아뇨. 입맛이 없네요. 근데 선배 하고 싶은 말이라는 게……."

훈 역시 들고 있던 나이프와 포크를 내려놓았다. 할 말이 있다는 듯 진지한 훈의 눈이 다원을 향해 있었다. 그리고 그것보다 더 진지한 그의 음성이 흘러나왔다.

"다원아, 우리 한번 진지하게 만나 보면 어떨까?"

훈의 진지한 고백에 다원은 굳어 버렸다. 이렇게 멋진 남자가 고백해 오고 있는데 전혀 기쁘지가 않았다. 그가 고백 중인데도 하준이 생각났다. 그녀를 계속 괴롭히고 있던 가지 말라고 붙잡던 그의 음성이 생각났다. 아마 하준이 가지 말라고 했던 게 이 상황을 예상하고 그녀를 그리 애타게 붙잡았나 보다.

훈은 그녀에게 과분할 정도로 좋은 사람이었다. 훈과 함께라고 해도 분명 그리 나쁘진 않을 것이다. 하지만 아까부터 가슴이 아니라고 말하고 있었다. 어느새 다원도 하준을 신경 쓰고 있었던 거였다. 계속해서 하준이 보여 주던 그의 마음에 다원도 서서히 반응하고 있었던 거였다. 알아 버린 마음이었지만 너무 늦게 알아 버린 마음.

하지만 이제라도 알게 되었으니 다행이라고 해야 할까? 그녀의 마음이 다른 곳에 가 있는데 당연히 다원은 훈의 마음을 받을 순 없었다. 그리고 이제 그녀는 훈에게 말을 해야 했다. 어설픈 말로 상대에게 일말의 가능성을 주는 것이야말로 상대를 배려하지 않는 나쁜 짓이 되는 것이었으니까.

"선배…… 미안해요."

조심스런 다원의 대답에 훈은 아무런 말도 하지 않았다. 그래서 다원은 훈에게 더 미안했다.

"정말, 정말 미안해요."

"설마 나를 못 받아 주는 게 류하준 씨 때문이야?"

"……."

"후우, 내가 너무 늦은 건가?"

다원은 대답이 없었지만 훈은 다원이 할 대답을 예상할 수 있었다. 그러나 다원이 하는 대답을 직접 들어야 할 것 같았다. 그래야 미련 없이 다원에게서 물러설 수 있을 것만 같았기 때문이다. 돌려 묻는 것 따위는 하지 않고 직접적으로 물었다.

"정말 그 사람이 좋은 거니?"

훈의 물음에 다원은 고개를 작게 끄덕였다.

"네."

차마 버리지 못한 훈의 미련이 꾸역꾸역 또 튀어나왔다.

"확신하는 거야?"

하준을 좋아하는 것을 확신하냐고 묻는 훈의 물음에 다원은 깨달았다. 언제나 피하고 아닌 척하고 모른 척 자세히 들여다보지 않았던 그녀의 마음이 훈의 물음에 정확해졌다. 하준을 좋아하고 있었다. 확신했다. 훈의 물음에 답하는 다원의 음성이 확신에 차 있었다.

"네. 저도 모르게 언젠가부터 좋아하고 있었나 봐요."

"……."

이번엔 훈이 말이 없었다. 어렴풋이 이렇게 될 거라고 알고 있었으면서 아닐 거라고 애써 부정하며 여기까지 왔다.

"네 마음이 그렇다면 어쩔 수 없지."

훈의 얼굴에 흐릿한 미소가 떠올랐다. 그래도 후련했다. 시작도 못 했지만 말도 못 꺼내 보고 물러나는 건 후에 후회할 것이 뻔한 일이었으니 말이다.

"미안해요. 선배."

"아니야. 그래도 말했으니 후회는 없다!"

별것 아닌 것처럼 웃으며 이야기했지만 여전히 마음 한구석이 쑤시는 건 어쩔 수가 없었다. 그의 눈치를 보며 앉아 있는 다원이 보였다. 지금 당장 전처럼 웃으며 친한 선후배 사이로 돌아갈 수는 없을 거다. 하지만 시간이 해결해 주겠지. 어느 정도의 시간이 흐른 후, 다시 그의 마음이 다원을 친한 후배로 대하게 되는 날이 올 것이다.

"다원아, 지금 당장 괜찮다고 말하는 건 거짓말이겠지. 나한테도 조금 시간을 줘. 다시 너를 친한 후배, 아끼는 동생으로 바라볼 수 있는 시간 말이야."

다원이 세차게 고개를 끄덕였다. 오늘 이후로 훈이 다시는 그녀를 만나지 않는다고 해도 충분히 이해할 수 있었는데 훈이 이리 먼저 말해 주니 그녀로서는 얼마나 다행인지 모를 일이었다.

"물론이죠. 나한테 선배는 유일한 남자 선배라고요. 그러니까 언제고 기다리고 있을게요. 그리고 미안해요."

훈의 고백은 시작도 못 하고 그렇게 끝이 났다. 하지만 그의 고백은 다원이 그녀의 마음을 확실하게 깨닫게 된 계기가 됐다.

레스토랑에서 나오니 벌써 밖은 어두컴컴했다. 훈이 집까지 데려다주겠다는 걸 병원에 두고 온 것이 있다고 하고 병원 앞에서 그의 차에서 내린 다원이었다.

그의 친절을 거절한 다원은 그길로 곧장 하준에게로 향했다. 목적지로 가기 위해 천천히 걷던 다원의 발이 빨라졌고 이내 달리기 시작했다. 학창 시절 운동회 때도 이렇게 뛰어 본 적이 없었다. 결승점까지 뛰지도 않고 꼿꼿하게 걸어갔던 그녀인데, 하준에게 가기 위해 그녀는 전력으로 뛰고 있었다.

숨이 턱까지 차오르고 정신은 몽롱했다. 하지만 다원은 발을 멈추지 않았다. 뛰어 본 적도 없는 사람이 갑자기 뛰어서일까? 잘 뛰어가던 다원은 울퉁불퉁 튀어나온 블록을 못 보고 계속 달리다 블록에 걸려 넘어졌다.

"아야!"

그대로 고꾸라지듯 엎어지는 바람에 손에도 생채기가 났고 무릎 역시 까져서 따끔거렸다. 넘어졌던 아이가 울지 않고 씩씩하게 일어나듯 툭툭 털고 일어난 다원은 다시 달렸다. 무릎이 다 까져 피가 나고 있었지만 그런 건 아무런 문제가 되지 않았다. 아직 목적지에 도착하지 않았으니 움직이는 발은 멈추지 않았다.

그렇게 달려 도착한 하준의 집 앞. 전력으로 뛰어와 숨이 찬 다원이 허리를 접고 가쁜 숨을 내쉬었다.

"헉헉."

숨 쉬기 힘들던 것이 점차 나아지고 마음 역시 결심이 선 다원은 더 이상의 망설임 없이 초인종을 눌렀다.

딩동딩동.

주위에 다 들리게 울리던 초인종 소리가 사라졌지만 안에서는 아무런 대답이 없었다. 초인종 소리에 놀란 산들이만 짖어 댔다. 다시 초인종을 눌렀지만 소용이 없었다.

지금 하준의 집에는 그는 없고 집을 지키는 산들이만 있는 것 같았다. 집에 그가 없음을 확인한 다원은 힘이 빠져 대문 앞에 쪼그려 앉았다. 하준의 집 앞에서 앉아 있는데 갑자기 멀쩡하던 눈에 눈물이 차오르기 시작했다.

"흑, 나쁜 놈. 멍게, 말미잘 같은 놈. 어디 간 거야?"

하루 종일 생각하게 만들어 놓고는 정작 자신은 지금 코빼기도 안 보이다니. 이 순간 다원은 하준이 원망스러웠다.

때론 무심한 미소로, 때론 너만 좋아한다는 직접적인 행동으로 그녀를 있는 대로 흔들어서는 이제 아무것도 못 하게 만들어 놓은 하준이 미웠다. 그만 좋아하게 만들어 놓은 하준이 정말 미웠다.

하지만 미움보다 더 큰 건 바로 지금 당장 그의 얼굴이 보고 싶다는 것이었다. 일도 할 수 없을 만큼 그 남자가 생각이 나고 그 남자가 보고 싶고. 그 남자의 얼굴 한 번 보겠다고 미친 듯이 뛰어온 게 다 그를 좋아하고 있어서라는 것을 이제 확실히 말할 수 있었다.

둔해서 너무 늦게 알아차린 건 아닌지, 아님 행여나 가지 말라고 애원하는 그를 두고 나온 자신에게 실망해서 더 이상 그녀를 보지 않는 건 아닌지 걱정이 된 그녀의 눈에서 눈물이 뚝뚝 떨어졌다.

"이씨, 이건 무릎 까진 게 아파서 우는 거야."

속상한 마음 때문이 아니라 다친 무릎 때문에 우는 것이라 합리화를 시켜 보지만 결국, 원인은 하준 때문이라는 걸 너무나 잘 알고 있는 다원이었다.

고개를 푹 숙인 다원이 발끝만 쳐다봤다. 여기서 하염없이 하준을 기다리다 갈 건지 아님, 그냥 돌아갈 건지 결정해야 했다. 하지만 그녀는 이 갈등 끝에 결국은 하준을 기다리게 될 것임을 너무나 잘 알고 있었다. 어쩌면 밤이 깊어질 때까지 여기 이러고 있을지도 모를 일이었다. 행여나 지나가는 사람들이 쳐다볼까 다원은 운 흔적이 가득한 얼굴을 무릎에 묻고는 눈을 감았다.

가는 시간은 멈출 줄 모르고 계속 흘렀고 고개 숙인 다원이 지쳐 얼핏 잠에 들려 할 때, 꿈처럼 하준의 목소리가 들려왔다.

"여기서 뭐 합니까?"

꿈이라 생각한 다원이 얼굴을 더 깊이 묻었다.

"정다원 씨!"

하지만 다시 들려온 선명하게 그녀를 부르는 목소리가 너무 생생해 다원은 고개를 들었다. 정말 하준이 서 있었다.

"얼굴이 왜 그래요? 울었습니까?"

하준의 얼굴을 보니 또 자연스레 눈물이 고이길 시작했다.

"흑, 내, 내가 얼마나 기다렸는데……."

"나를 왜 기다립니까?"

"그, 그야."

할 말이 있어서 왔다고, 그냥 무작정 보고 싶어서 이렇게 뛰어왔는데, 당신이 집에 없어서 무작정 기다렸다고 말해야 하는데 쉽게 입이 떨어지지 않았다.

뭐라고 말해야 하나, 나도 당신을 신경 쓰고 있다고, 좋아하는 것 같다고 말해야 하는데 입은 꿀 먹은 벙어리가 된 듯 열릴 생각은 없고 아까부터 고장 난 눈은 눈물만 흘려 댔다. 다원이 대답해 주길 한참을 기다려 주던 하준이 이내 그녀를 향해 입을 뗐다.

"그럼 내 마음대로 생각해도 됩니까?"

"!?"

"이 밤에 당신이 여기서 나를 기다린 이유."

그대로 허리를 굽힌 하준이 다원의 얼굴로 바싹 다가갔다. 떨어지는 눈물을 숨기려 다원이 고개를 숙였다. 하지만 주머니에 꽂혀 있던 그의 손이 다원의 얼굴을 살짝 들어 올려 그를 향하게 만들었다. 하준의 눈이 이유를 찾아내려는 듯 다원의 눈을 한참이나 응시했다. 그리고 결국 하준은 이 밤에 다원이 그를 기다리고 있었던 이유를 찾아낸 듯했다.

"당신도 나와 같은 마음이라고."

말이 끝남과 동시에 하준의 입술이 다원의 입술로 닿았다. 갑자기 닿은 하준의 입술에 다원의 눈이 동그래졌다. 놀란 그녀를 달래는 듯 떨어졌다 다시 맞춰 오는 부드러운 입맞춤. 다원의 심장이 두근거리기 시작했다. 쉴 새 없이 흐르던 눈물이 거짓말처럼 싹 멈추고 몽롱해진 눈이 절로 감겼다.

그리고 그가 찾아낸 그 이유가 맞다고 확답하듯 그녀의 팔이 스르륵 하준의 목을 감싸 안았다. 그녀의 확답에 더 망설일 게 없어진 하준은 마음껏 그녀의 입술을 머금었다.

어디선가 갖가지 꽃이 버무려진 봄바람이 불어왔다. 이제야 서로의 마음을 확인한 두 사람을 축하라도 하듯 봄바람은 한없이 따뜻했고 향기로웠다. 두 사람의 키스는 긴 봄밤처럼 계속됐고 봄 하늘의 구름처럼 부드러웠고 봄의 노래처럼 감미로웠다.

✻

"아, 아파요."

"왈왈."

다원의 입에서 나온 신음 소리를 따라 강아지 다원이 짖는 소리가 거실을 울렸다. 넘어져 다친 그녀의 무릎을 소독하기 위해 하준이 상처에 빨간 소독약을 들이붓고 있었다.

"엄살은, 그러게 편리한 교통수단들은 다 놔두고 뛰어오긴 왜 뛰어옵니까?"

그녀라고 달려라 하니처럼 미친 듯이 뛰어오고 싶었겠나. 이게 다 누구 때문인데. 다원의 입이 삐죽거렸다.

"누군 뛰어오고 싶어서 뛰어온 줄 알아요? 그냥 아무 생각이 안 났단 말이에요. 당신을 봐야 하는데 어떡해요. 앗. 아야."

말의 끝에 다원의 신음 소리가 또다시 붙어 나왔다. 소독이 끝난 상처에 하준이 연고를 바른 면봉을 갖다 대었기 때문이다. 다원의 눈이 세모꼴로 변했다.

"약 바르는 손길에 감정이 실린 것 같은데요?"

"그러게. 아까 내가 붙잡았을 때 안 갔으면 좀 좋습니까? 그랬으면 당신은 당신대로 이렇게 넘어질 일도 없었고 나는 나대로 미친놈처럼 뛰다 오진 않았을 거 아닙니까?"

그럼 이 남자도 나 때문에? 혼자만 맘고생 한 게 아니라는 사실이 내심 기분이 좋은 다원이었다. 하준의 투정 아닌 투정에 다원의 얼굴에 작은 미소가 어렸다.

"그럼 나 때문에 다친 팔을 하고 뛰다 온 거예요?"

다원이 그렇게 나가 버린 후, 하준은 꽤 오랜 시간을 그 자리에서 꿈적도 못하고 앉아 있었다. 그러다 정신이 들었을 땐 가만히 있다가는 돌아 버릴 것 같은 느낌에 무작정 밖으로 나갔다.

그러곤 근처 공원으로 달려가 미친 듯이 뛰었다.

한 팔에는 깁스를 한 채 죽을 듯이 뛰는 그를 본 사람들의 의아한 시선이 느껴졌지만 그런 것은 아무것도 아니었다. 그렇게 죽자고 뛰다 보면 이 여자 생각이 안 날 줄 알았다. 하지만 역시나 잊어버리기는커녕 점점 더 커져 선명해지기만 했다.

'그래요. 내가 당신 때문에 미친 듯이 뛰었습니다.'

앞에서 눈을 말똥말똥 뜨고 대답을 기다리고 있는 다원에게 하준은 작게 고개를 끄덕여 줬다. 하준의 작은 대답에 다원의 얼굴에는 숨기지 못한 웃음이 떠올랐다. 그녀의 웃음에 멋쩍어진 그의 시선은 다시 다원의 무릎으로 향했다.

이제 더 이상 다원은 다친 상처에 닿는 그의 손길이 전혀 아프지 않았다. 행여나 깨질까 유리병 다루듯 더욱더 조심스러워진 손길이 그녀에게 닿아 있었으므로. 하준이 서툰 왼쪽 손으로 만든 반창고를 그녀의 무릎 위에 붙여 줬다.

"다 됐어요. 어디 다른 데 다친 곳은 없습니까?"

넘어질 때 작게 생채기가 난 손이 있었지만 무릎에 비하면 아무것도 아닌 상처라 다원은 그냥 넘어가려 했다.

"손이 조금 긁혔는데 이건 약 안 발라도 괜찮을 것 같아요."

하지만 다원에겐 별것 아닌 작은 상처일지라도 하준에게는 별일이었고 큰일이었다. 하준의 손이 등 뒤에 숨겨져 있던 다원의 손을 잡아당겼다.

"괜찮은데……."

괜찮다고 벗어나려는 다원의 손을 꼭 붙든 하준은 세심하게 그녀의 손을 치료했다. 비록 오른손이 다쳐서 서툰 왼손으로 치료

받았지만 하준의 걱정하는 마음이 느껴져 다원은 이번엔 조금 따끔거려도 더는 작은 신음 소리도 내지 않았다.

일련의 치료가 끝나고 두 사람 사이에는 미묘한 침묵이 내려앉았다. 다원은 다원대로 부끄러워 얼굴을 들 수 없었고 하준은 하준대로 어떤 말을 먼저 꺼내야 할지 어떻게 행동해야 하는지 알 수가 없었기 때문이다.

꼬르륵.

누가 먼저, 무슨 말을 꺼낼까 서로의 눈치만 보던 두 사람의 배에서 동시에 소리가 났다. 둘 다 그렇게 달렸으니 배가 고프지 않는다면 그게 더 이상한 일이었다. 적막을 가르고 들려오는 소리 탓에 눈을 마주친 두 사람은 동시에 크게 웃음을 터트렸다. 한참을 실컷 웃고 난 뒤 하준이 겸연쩍은 듯 자리에서 일어났다.

"나야, 오늘 다원 씨가 갖다 준 죽밖에 못 먹어서 이런다고 해도 다원 씨는 오늘 그 선배란 놈이랑 저녁 약속 있다고 안 했습니까? 분명 근사한 데 갔을 텐데요?"

좀 잊어 주지. 마지막까지 한 번은 꼭 언급을 하고 넘어가는 하준 때문에 다원의 입이 뾰로통해졌다. 딱 봐도 최고급 코스 요리였는데……. 평생 언제 또 그런 요리를 공짜로 얻어먹을지 모르는데 앞에서 딴죽을 거는 이 남자 따위는 잊고 얼굴에 철판 깔고 꿋꿋이 다 먹고 나올 걸 그랬다.

"가긴 갔는데, 누구 때문에 먹지도 못했네요. 이럴 줄 알았으면 다 먹고 오는 건데. 아까워 죽겠네."

토라진 듯 팔짱을 끼는 다원이었다. 그런 그녀의 머리 위로 하준의 커다란 손이 다가와 동그란 머리를 쓰다듬었다.

"잘했어요."

"……."

하준의 그 손길 하나에 그녀의 볼이 봉숭아물이라도 든 듯 붉어졌다. 이리 쉽게도 다원의 얼굴을 물들여 놓다니. 하지만 역시나 하준은 끝까지 류하준이었다.

"이제부터 다른 놈들이 사 준다는 밥은 무조건 먹지 마요. 오늘은 너무 늦었고 다음에 내가 그 선배라는 놈이 데리고 갔던 데보다 더 좋은 데 데리고 갈 테니 지금은 그냥 대충 시켜 먹읍시다."

다원의 입에서 어이없는 웃음이 흘러나왔다. 그녀의 기분을 하늘로 붕 띄웠다가도 단번에 현실을 잊지 않도록 땅으로 데리고 내려오는 하준이었다. 하준이 아무렇지 않게 서랍에서 야식 책자를 꺼내 다원에게 건넸다.

"뭐 먹을래요?"

"내가 먹고 싶은 거 먹어도 돼요?"

"당연합니다."

배가 고픈 마당에 우선 먹고 볼 일이었다. 건네받은 책자를 펼쳐보지 않아도 다원은 벌써 마음속으로 정해 놓은 메뉴가 있었다. 혼자 사는 다원이 밤마다 시켜 먹고 싶었지만 다 못 먹고 버릴 것이 아까워 한 번도 시켜 먹지 못했던 야식의 꽃.

"족발! 족발 먹어요!"

"족발요?"

하준이 유일하게 먹지 않는 음식이 있다면 바로 족발이었다. 갈색으로 익혀 놓은 돼지의 발을 보고 있노라면 도저히 그것을 들고 뜯어 가며 먹는 게 불가능했다. 다른 정상적인 음식들도 있을 텐데 하필 족발이라니. 거기다 이제 마음을 확인하고 연인으로 발전하려는 두 사람이 처음으로 먹는 음식이 족발이라니.

하지만 다원도 하준도 그런 것에는 연연하지 않았다. 다원이야 먹고 싶었던 것을 먹을 수 있으니 그것만이 중요했고 하준은 다원이 좋으면 뭐든 상관이 없었기 때문이었다. 먹고 싶다고 초롱초롱 눈을 빛내고 있는 다원을 보면 더욱더 거절의 말을 할 수가 없었다.

"네. 그리고 막국수는 무조건 추가예요."

"그거면 되겠습니까?"

"아, 계란말이랑 돈가스도 추가?"

"……."

생각보다 많이 먹는군요 라고 말을 하려던 하준은 입을 다물었다. 그러면 또 다원이 토라질 것만 같았다. 다원이 신나게 이야기한 것들을 받아들인 하준이 전화를 들어서 주문했다. 야식이 오기를 기다리는 다원의 눈이 어느 때보다도 더욱더 설렘이 가득해 보였다. 그런 그녀를 보는 하준의 얼굴에는 미소가 떠올랐다.

딩동딩동.

"족발이다!"

이제나 올까 저제나 올까 하고 기다리던 다원이 초인종 소리에 벌떡 일어나 현관으로 달려갔다. 신속배달이라더니 삼십 분도 안 돼서 도착한 족발을 보고 다원은 박수까지 치며 좋아했다.

하준이 족발값을 지불하자 건네받은 비닐을 들고 다원은 쪼르르 주방으로 달려갔다. 함박웃음을 짓고 달려가는 다원을 따라 강아지 다원도 그녀의 뒤를 따라 주방으로 들어가고 있었다.

"하준 씨, 얼른 와요."

제 집인 양 그를 부르는 다원의 목소리에 기분이 좋아진 하준이 주방으로 발을 돌렸다. 그 짧은 시간에 포장된 비닐을 깔끔하게 뜯어 놓는 것도 모자라 수저까지 완벽하게 세팅해 놓고 그가 오기만을 기다리는 다원을 보는 하준의 얼굴에 웃음이 떠올랐다.

하준이 자리에 앉자 다원의 눈에 초조함이 흘렀다. 침을 꿀꺽 삼키는 걸로 봤을 때 좀 배가 고픈 게 아닌 것 같은데 다원은 수저를 들지 않고 그만 쳐다보고 있었다.

"먹죠."

말만 하고 먹지 않는 하준을 본 다원의 눈엔 이제 아쉬움을 넘어 애처로움이 떠올랐다. 아무리 봐도 그가 먼저 수저라도 들길 기다리는 것 같았다.

"설마 나 먼저 먹기를 기다리는 겁니까?"

"네. 장유유서. 어른 먼저 드셔야죠."

"장유유서?"

다원의 말에 발끈한 하준의 눈썹이 치켜 올라갔다. 안 그래도 다원이 또래보다 한참이나 어려 보여 걱정인데, 정작 다원의 입에서 늙었다는 소리가 나오니 신경이 쓰이는 건 어쩔 수가 없었다. 그의 맘도 모르고 다원은 잘도 하준에게 장유유서라고 한 까닭을 풀었다.

"하명 언니보다 다섯 살 아래라고 하셨으니까, 그럼 서른넷? 나보다 여섯 살이나 위신데 당연히 어른이시죠."

남자의 한창인 나이에 장유유서라는 말을 듣게 될 줄이야. 얼마나 황당했으면 하준이 말까지 더듬었다.

"그, 그냥 먹어요. 나는 족발 안 좋아합니다."

"족발을 안 좋아해요? 그럼 말을 하죠. 다른 것을 시킬 걸 그랬어요."

"나는 신경 쓰지 말고 어서 먹어요."

"그럼 이거라도 먹어요. 이거 되게 맛있어요."

대신 추가로 시킨 매콤한 국수를 그의 앞으로 밀어 준 다원은 하준이 국수를 한 젓가락 먹는 걸 본 뒤에야 족발을 먹기 시작했다. 각종 야채에 살코기와 새우젓, 쌈장까지 야무지게 싼 다원은 볼이 빵빵하도록 쌈을 밀어 넣었다. 하준이 다원의 앞으로 물을 따라 건넸다.

"천천히 먹어요. 이러다 체하면 큰일 납니다."

"안, 안 체해요."

끝까지 꼭꼭 씹어 넘긴 다원이 걱정 말라며 손사래 치곤 씩 웃으며 다시 야채를 들었다.

"왈왈."

식탁 밑에서 강아지 다원이 부르는 소리였다. 보는 개도 군침이 돌 정도로 잘 먹는 다원을 보니 밑에 있던 강아지도 먹고 싶었나 보다. 애처로운 눈을 하고 올려다보는 강아지에게 살코기를 작게 떼어 줬다.

"강아지가 족발 같은 거 먹어도 됩니까?"

"조금 맛만 보는 건 괜찮아요. 이왕이면 사료만 주는 게 제일 좋긴 한데 그래도 너무 먹고 싶어 하잖아요."

태어나 처음으로 환상의 족발 맛을 본 강아지는 좋다고 그 자리를 빙글빙글 돌았다. 그리고 다시 다원을 향해 좀 전의 눈빛을 쏘아 댔다. 다시 한 점 달라고.

“안 돼.”

단호하게 말한 다원은 애써 그런 강아지의 눈빛을 외면했다. 안 되는 건 안 되는 거였으니까. 이럴 땐 강하게 이름을 부르며 안 된다고 훈련을 시켜야 하는데, 그러고 보니 하준이 강아지의 이름을 부르는 걸 들어본 적이 없었다. 지금까지 이름 없이 키우진 않았을 것 같고.

“그런데 강아지 이름이 뭐예요?”

“커억, 큭.”

국수를 집어 먹고 있던 하준의 입에서 면발이 튀어나왔다. 갑자기 사래에 걸린 듯 심하게 기침을 해 대는 하준을 보던 다원이 놀라 아까 그가 체한다며 줬던 물 컵을 도로 건넸다. 벌컥벌컥 물을 다 마신 하준이 좀 진정되자 다원이 다시 물었다.

“그래서 강아지 이름이 뭐예요?”

“…….”

“털이 하얗고 하니 가장 대중적인 백구? 백순이? 아니면 외국적으로 화이트?”

처음에는 그냥 얼버무리면서 넘어가려고 했지만 집요하게 물어 오는 다원 때문에 하준은 더 이상 숨기지 말고 사실을 말해야 한다는 것을 직감했다.

“정…… 원.”

“네? 뭐 원? 못 들었어요. 다시 한 번 말해 봐요.”

어차피 언제고 들킬 걸, 한숨을 내쉰 하준이 더 이상 얼버무리지 않고 똑똑한 음성으로 대답했다.

"당신이랑 이름이 같습니다."

"네? 제 이름요? 그럼 얘 이름이 정다원이에요?"

정다원이라는 세 글자에 반응한 강아지가 자신을 부르는 줄 알고 왈왈 짖어 댔다.

"나쁜 뜻은 없었습니다. 그냥 당신이랑 너무 닮다 보니, 그렇게 된 겁니다. 어차피 바꾸려고 했습니다."

다원이 변명이라고 하면 할 말이 없었지만 하준은 사실대로 말한 거였다. 정말 둘이 너무 닮아서 그랬던 거였다. 거기다 다원이 그 선배 놈이랑 잘 되는 일이 있다면 이름을 무조건 바꿀 생각이었다. 그녀를 닮은 강아지를 그녀의 이름으로 계속 부르다 보면 하준은 아마 미쳐 버릴지도 모를 일이었으니까.

그나저나 혹시라도 다원이 기분 나빠서 또 홱 하고 집을 나가 버리는 건 아닌지 하준은 그게 제일 걱정이었다.

아무 말 없던 다원이 갑자기 식탁 밑에 있던 강아지를 들어올렸다. 그러곤 강아지의 얼굴을 열심히 들여다보더니 강아지가 그를 향하도록 다시 고쳐 안았다. 닮았다고 생각만 했었는데 가까이 두고 보니 둘은 더 닮은 것 같았다.

두 다원이 하준을 바라보고 있었다. 얼떨결에 다원의 품에 안긴 강아지가 갸우뚱하고 고개를 까딱했다. 그리고 들려오는 밝은 다원의 음성이 그의 심장을 두드렸다.

"아닌 것 같은데? 정말 내가 얘처럼 예쁘고 귀엽단 말이에요?"

"풋, 푸하하."

강아지를 안고 그를 향해 물어 오는 다원의 모습에 하준의 입에서 웃음이 터져 나왔다.

'이러니 내가 안 반할 수가 있겠냐고.'

뭐가 웃겨 저리도 크게 웃나 싶어 다원이 고개를 갸우뚱했다.

'내가 무슨 웃긴 소리를 했다고 만날 웃는 거야?'

대체 어떤 말에 하준이 웃는 걸까 다원이 곰곰이 생각하는 동안 의자에서 일어난 하준이 한 손으로 식탁을 짚었다. 식탁은 왜 짚고 그러는지 영문을 모르는 다원의 얼굴이 위로 향하자 기다렸다는 듯 긴 상체를 이용해 하준이 그녀의 입술에 살짝 입을 맞췄다.

"?"

"나한테는 당신이 세상에서 제일 귀엽고 예쁩니다."

다원의 볼이 확 오른 열로 붉어졌다. 하준은 열꽃이 피기 시작한 그녀의 볼을 살며시 감싸 안았다. 열이 오른 다원의 얼굴도 뜨거웠고 그런 그녀의 볼을 감싸고 있는 하준의 손 역시 뜨거웠다.

또다시 하준의 입술이 그녀에게 다가오고 있었다. 그리고 다시 시작되려는 두 사람의 애정행각에 다원의 품에 안겨 있던 강아지 다원이 앞발로 눈을 가렸다.

8. 이제 시작하는 연인

"꺄아악. 내 눈이 왜 이래!"

거울에 비친 얼굴을 본 다원의 입에서 새된 비명이 흘러나왔다. 평소와 다르게 일어날 때, 눈 뜨기가 조금 힘들다고는 생각했지만 이 정도일 줄이야. 이건 눈두덩에 통통한 인절미를 두둑이 올려놓은 것만 같았다.

이게 다 어제 울어서 그런 거였다. 어렸을 때 좋아하던 강아지 우랑이가 죽은 후로 그렇게 울어 본 적이 또 있었던가? 그녀를 엉엉 울게 만들어 눈을 이 지경으로 만들어 놓은 사람은 하준이었다. 원인을 제공한 하준이 괘씸한 것도 잠시, 이내 다원의 입에서는 실없는 웃음이 흘러나왔다.

"헤헤헤."

어젯밤 하준이 그녀에게 했던 말과 행동들이 떠오르자 몸은 배배 꼬이고 발가락 끝이 간질간질 오그라들었다. 그리고 형체를 알아볼 수 없을 정도로 간지러운 마음이 이내 커지더니 풍선처럼 부풀어 오르기 시작했다. 풍선을 타고 어디론가 날아갈 듯 그녀의 기분이 붕 떠 있었다.

하지만 그것도 잠시 거울에 비친 퉁퉁 부은 눈을 보자 현실감을 되찾았다. 이렇게 해서 밖에 나가면 진료받던 강아지가 낯선 얼굴에 놀라 짖을지도 모를 일이었다. 퉁퉁 부은 눈을 가라앉히기 위해 찬물을 쉼 없이 끼얹어도 봤지만 소용이 없었다.

"오늘 저녁에 하준 씨랑 약속 있는데 이 몰골로 나갈 수는 없지."

거기다 이런 상태로 약속 장소에 나간다면 하준은 코앞에 있는 그녀를 찾는다고 주위를 살필 웃지도 못할 일이 일어날지도 모르겠다는 생각마저 들 정도로 눈은 심각했다. 욕실에서 급하게 뛰쳐나온 다원은 우선은 냉동실에 숟가락을 넣어 뒀다.

"차가워지려면 조금 기다려야 하는데……."

시계는 벌써 8시를 가리키고 있었다. 이대로면 지각은 불 보듯 뻔한 일이었다.

"할 수 없지. 조금만 늦게 나가지 뭐."

평소 출근 시간에 맞춰 출근하기 위해선 지금 나가야 했지만 다원은 생애 처음으로 지각을 생각하고 있었다.

옷을 갈아입기 위해 방으로 들어간 다원은 시간이 지나도 방에서 나가지 못하고 옷을 갈아입기는커녕 잠옷 차림으로 상심한 채 바닥에 앉아 있었다. 옷장에 있는 옷이란 옷은 전부 바닥에 꺼내 놓았지만 마땅히 입을 옷이 없었기 때문이다. 이런 쪽으로 영 관심이 없기도 했고 편한 옷이 최고라는 그녀의 패션 철학에 따라

사들인 옷들은 오늘따라 하나도 그녀의 맘에 들지가 않았다.

"이럴 줄 알았으면 지연이가 살 때, 나도 사 두는 건데."

후회하기도 잠시, 입고 나갈 옷을 고른다고 시간을 써 버리는 바람에 나가야 하는 시간은 훨씬 더 지나 있었다. 결국 겨우겨우 골라 입고 방을 나섰을 때 다원은 평소처럼 청바지에 흰색 반팔 티를 입고 있었다. 머리도 말리지 못하고 나온 다원은 서둘러 냉동실에 넣어 두었던 차가운 숟가락을 눈두덩에 올리곤 만화 영화처럼 힘을 줬다.

"울트라 맨! 붓기야 빠져라. 얼른 좀 빠져라."

차가움에 눈이 좀 편해졌다 싶어 그녀는 숟가락을 내팽개치곤 곧바로 집을 나섰다. 서둘러 엘리베이터에 내린 다원이 다급히 오피스텔에서 벗어나려는데 입구에 보이는 낯익은 뒷모습에 멈칫 발이 멈춰 섰다.

"하준 씨?"

아침부터 하준이 그녀의 집 앞에 있을 리가 없다 싶었지만 저 키에다 딱 벌어진 어깨와 저런 자연 갈색 머리를 하고 뒷모습에서조차 훈내 나는 남자를 이 근방에서 쉽게 찾아볼 수 없는 일이었다. 거기에 결정적으로 한쪽 팔은 깁스까지 하고 있다니, 그가 분명했다. 역시나 샴푸 광고처럼 바람에 자연스럽게 머리를 흩날리며 뒤를 돈 남자는 누가 봐도 하준이었다.

어젯밤, 늦게까지 같이 있다가 잠시 헤어져 각자의 집에서 잠을 자고 몇 시간 만에 다시 만난 건데, 그의 얼굴에는 며칠 헤어졌다 만난 사람처럼 반가움이 떠 있었다.

"좋은 아침입니다."

뜻밖의 얼굴에 놀란 것도 잠시, 분명 하준과 한 약속은 저녁이었는데, 이른 아침부터 하준을 맞닥뜨리니 당연히 무슨 일이 있는지부터 묻게 되는 다원이었다.

"아침부터 여기까진 무슨 일이에요?"

그녀를 보자마자 한걸음에 달려온 하준이 그녀의 앞에 섰다. 사실은 어제 있었던 일이 꿈인 것만 같아 아직도 믿기지 않아서 아침부터 확인해 보려고 왔다는 말은 절대로 할 수가 없었다.

어젯밤 다원을 데려다주고 돌아온 후 침대에 누웠는데 들뜬 마음 때문에 잠을 잘 수가 없었다. 그렇게 잠을 설치다 얼핏 잠들었었다.

그런데 아침에 일어나 보니, 실감이 나질 않았다. 그래서 이른 아침부터 다원의 오피스텔 앞에서 기다리고 있었다. 꿈인지 진짜인지 확인해 보기 위해서.

꿈이 아니었다. 다원의 말간 얼굴을 마주하니 정말 실감이 났다. 아, 진짜 이 여자가 내게로 와 줬구나. 하는 게 실감이 났다. 사실을 확인한 하준의 얼굴에 멋진 웃음이 떠올랐다.

"잘 잤어요?"

하준의 얼굴을 보니 괜찮았던 가슴이 또 간질간질했다. 수줍은 듯 나오는 다원의 목소리는 한없이 작았다.

"네."

"나는 떨려서 한숨도 못 잤는데, 다원 씨는 잘 잤나 보네요? 눈도 좀 부은 걸 보니."

놀란 다원이 손을 들어 두 눈을 가렸다. 임시방편으로 얼린 숟가락까지 대고 있다가 나왔는데, 소용이 없었나 보다. 즐거운 듯 웃고 있는 하준을 보던 다원의 입이 삐죽거렸다.

"어제 하준 씨 때문에 울어서 그렇잖아요. 보기 많이 흉해요?"

흉하긴, 털끝만큼이라도 흉하다는 생각은 전혀 하지 않았다고 하늘에 맹세할 수 있었다.

'누군가가 이렇게 좋아질 수도 있구나.'

눈을 가리고 있는 손가락을 살짝 벌려 그 틈 사이로 걱정스레 그를 보는 그녀의 눈빛이 좋았다. 조금 토라진 듯 고개를 돌리는 그녀가 또 주체 없이 그의 마음을 흔들어 놓고 있었다.

하준이 '어쩌나, 가다가 얼음이라도 사야겠다.' 라고 혼잣말하는 다원의 손을 잡아 내렸다. 그리고 그녀의 눈 위로 그의 입술이 닿았다. 역시나 예상 못 했던 듯 다원은 눈을 동그랗게 뜨고 어버버 입을 벌리며 그를 올려다보고 있었다.

"아, 미안해요. 나도 모르게. 부운 눈도 예쁘니 나도 어쩔 수가 없네요. 가요. 출근하는 길, 데려다주려고 왔습니다."

"네?"

아직도 멍하니 쳐다보며 진짜인지 되묻는 다원의 말에 또 대답하려니 괜스레 쑥스러워 하준에게선 헛기침이 나왔다.

"흠흠. 출근하는 데 데려다주러 왔다고요."

하준이야 병원과 집이 어느 정도 떨어져 있어 차를 타고 다니지만 다원은 걸어서 가면 버스 정류장 한 정거장밖에 안 되는 거리였다.

"굳이 그렇게 안 하셔도, 저는 가까워서 그냥 걸어가면 되는데."

"그럼 같이 걸어가죠. 어차피 나도 팔이 이래서 차는 안 가지고 왔으니까요. 가요.”

그렇게 하준의 곁에서 나란히 걷기 시작한 다원은 힐끔힐끔 하준의 얼굴 쪽으로 몰래 곁눈질을 하다가 그의 눈과 마주치면 화들짝 놀라 눈을 땅으로 내렸다.

그러고 보니 나란히 발 맞춰 걸으면서 그의 옆모습을 보는 건 처음이었다. 전에는 빨리 걷던 하준의 뒷모습만 쳐다보고 걸었었는데, 지금은 하준이 그녀의 발에 맞춰 느릿하게 보폭을 맞추고 있었다.

그의 작은 배려에 두근두근. 괜찮던 가슴이 또 부풀어 오르기 시작했다. 이러다 정말 터지기라도 하는 건 아닌가 걱정이었는데, 연이어 따라온 그의 행동 때문에 이윽고 그녀의 가슴은 터져 버렸다.

“위험하니까 안쪽에서 걸어요.”

병원으로 가는 길, 뚜렷한 보행자 구간은 없고 차와 사람이 함께 왔다 갔다 하며 지나가는 길. 길 안쪽이 아니라 바깥쪽을 걷고 있던 다원의 어깨를 끌어당겨 안전한 안쪽으로 세운 하준은 그녀의 바깥쪽에 섰다.

다원의 얼굴이 살짝 홍조를 띠었다. 별것 아닐 수도 있는 작은 하준의 행동에 그녀의 가슴은 결국 한계 수치를 넘기고 터져 버린 지 옛날이었다. 이제는 제 것이 아닌 듯 홀로 행동하는 그녀의 가슴은 그녀의 통제를 벗어나 버렸다.

그리고 다시 걷기 시작한 길. 두근대는 심장을 들키지 않게 부여잡기라도 하듯 가방 손잡이를 꼭 붙잡고 있는 다원의 손에 힘이 들어갔다. 그런 그녀의 손 위로 따뜻하고 커다란 하준의 손이 덮였다.

"?!"

붉어진 다원의 얼굴이 하준을 향했다. 두근두근. 오로지 그를 향해 있는 그녀의 맑고 진실한 눈동자에 하준의 가슴도 그녀와 같이 뛰기 시작했다. 멋쩍어진 하준의 얼굴은 그녀의 시선을 피해 먼 곳을 바라보고 있었지만 다원의 손을 잡고 있는 그의 손에는 더욱더 힘이 들어갔다.

"……."

"……."

다원도 하준도, 두 사람 중 누구도 말은 꺼내지 않았다. 하지만 잡고 있는 두 손에는 말보다 더한 마음이 실려 더 단단해졌다. 그렇게 두 사람은 손을 잡고 앞으로 한 걸음씩 천천히 걸어가고 있었다. 새로 시작하는 보통의 어느 연인들처럼.

하루 종일 저녁에 있을 하준과의 데이트 생각에 일이 손에 안 잡히던 다원은 그가 데리러 오기 한 시간 전, 평소보다 일찍 병원 문을 닫았다. 그길로 다원은 길 건너의 봄날의 오후로 향했다.

"왔어?"

언제 오나 했다. 어제 하루 종일 심란하게 굴더니 오늘은 또 얼굴에 꽃이 핀 걸 보면 분명히 친구에게 봄날이 온 게 분명한데, 둘 중 누군지 아직도 긴가민가하단 말이지. 평소와 달리 쭈뼛쭈뼛 걸어 들어오는 걸 보니 이제 다원이 그녀에게 말해 주려나 보다 싶었다. 지연은 모르는 척 다원을 향해 평소처럼 알은체를 했다.

머신으로 커피를 내리고 있던 지연이 손을 멈추고 바처럼 혼자 앉을 수 있게 배치해 둔 앞에 있는 높은 의자를 가리켰다. 가리키는 자리에 앉은 다원이 배시시 웃었다.

"히히, 있잖아. 지연아. 나 할 말이 있는데……."

하지만 또 그 급한 성격대로 너무 궁금해 본론부터 꺼내 버린 지연이었다.

"그래서, 누군데?"

"응?"

"훈 선배랑 류하준 씨 중에서 너의 선택을 받은 사람이 누구냐고."

어떻게 알았냐는 듯 다원의 눈이 왕방울만 해졌다.

"어떻게 알았냐고?"

헉. 얼굴도 예쁘면서 독심술까지! 그녀의 마음을 꿰뚫어 보는 듯한 지연의 말에 다원이 침을 꿀꺽 삼켰다. 내가 언제 지연이에게 고민처럼이라도 두 사람에 대해 말한 적이 있었던가? 이제 애인이 생겨서 둘도 없는 친구에게 가장 먼저 알려야 할 것 같아 이리 찾아왔는데 친구는 벌써 많은 것을 알고 있는 듯했다.

"너만 몰랐지 두 남자가 너한테 목 메고 있는 건 우리 동호회 사람들도 다 아는 이야기야. 오죽하면 너랑 사귀는 사람이 누가 될까를 두고 내기까지 했겠냐? 눈치 없기로 치면 너보다 더 눈치가 없는 사람이 있겠어? 그러면 정말 답이 없는 거지."

"진짜?"

이럴 수가. 나만 모르고 다 알고 있었다니. 머리가 멍할 만큼 충격이었다. 지연이 피식 웃었다.

"그래서 너의 선택을 받은 행운의 남자는 누구야?"

"그게…… 류……하준 씨."

"앗싸! 그럴 줄 알았어."

지연은 유일하게 하준의 누나 하명과 함께 다원이 하준과 사귈 거라는 데에 손을 든 사람이었다. 내기에서 이긴 지연은 속으로 쾌재를 불렀다. 진 상대편의 배팅률이 높으니 상금이 꽤 될 듯했다.

사실 지연은 다원의 선택을 예상하고 있었다. 훈과 있을 때의 다원은 평소와 다를 게 하나도 없었다. 잘 웃고 잘 조잘거리는 게 훈과 다른 사람을 구분하지 않고 편하게 대한다는 느낌이었다.

하지만 하준만 만나면 불편한 듯 피하고 가끔은 열까지 올리는 다원을 보며 하준은 다원에게 다른 사람과는 다르다는 생각을 갖게 된 것이었다. 결국 우리 귀염둥이 다원이를 채 가는 남자는 류하준이었다. 다원이 밉지 않게 눈을 흘겼다.

"피, 다들 너무해. 나를 두고 내기를 하다니."

"네 덕분이니 내가 거하게 한 턱 쏜다."

지연과 동호회 사람들이 악의가 없음을 너무나 잘 알고 있는 다원은 그냥 맘씨 좋게 웃어 버렸다.

"알겠어. 대신 김밥 세상 정도로는 안 돼."

"걱정하지 마. 내가 거하게 쏠 테니까."

"거하게 쏜다니 무슨 좋은 일이라도 있습니까?"

언제 왔는지 두 사람의 대화 끝자락을 들어 버린 준석이었다. 준석도 이제 병원을 마치고 퇴근하는 중인지 가운을 벗고 평소

차림이었다. 풀썩 하고 다원의 옆에 앉은 준석의 얼굴이 많이 피곤해 보였다.

"네. 사실은 다원이가 애인이 생겼거든요."

"네에? 대체 언제부터요?"

"어, 어제부터요……."

사귀는 상대가 상대인 만큼 이젠 준석에게도 잘 보여야 하는 다원은 말끝을 흐렸다. 네 사람 중에 가장 먼저 지연과 자신이 사귈 거라 생각했던 준석은 속으로는 배가 아파 죽겠지만 호탕한 척 웃었다.

"하하하. 축하드립니다."

상대가 누구인지까지는 묻지 않는 걸 보니 준석 역시 벌써 눈치를 채고 있는 듯해 다원의 얼굴이 붉어졌다. 시계를 보니 하준과 한 약속 시간이 가까워 오고 있었다. 이것만 다 마시고 일어나야겠다 싶어 다원이 빨대를 드는데 문이 열리며 종소리가 울렸다.

"오셨어요?"

정면에서 들어오는 하준을 본 지연의 인사에 그는 고개를 까딱했다. 누군가 하고 의자에 앉아 있는 두 사람이 돌아보니 하준이었다. 곧장 걸어온 하준이 다원과 준석의 중간에 떡하니 섰다. 그러더니 준석의 어깨를 툭툭 치는 게 아닌가.

"너 옆으로 옮겨. 여긴 내 자리야."

다원의 옆자리가 자신의 자리임을 여과 없이 드러내는 하준의 행동에 다원은 몸 둘 바를 모르고 눈을 굴려 댔고 지연은 기분 좋은 듯 웃었다.

"너, 이 자식…… 중간에 앉고 싶었구나. 그럼 중간에 앉고 싶다고 말을 하지."

다원과 사귀는 사람이 하준인 걸 굳이 듣지는 않았더라도 이 정도 되면 알아차리지는 못하더라도 의심은 해 봐야 하는 게 아닌가. 다원의 옆자리에 다른 남자가 앉는 꼴은 볼 수가 없었던 하준이 그리 말했다는 것을 당연히 알 줄 알았는데. 지연은 준석의 눈치 없음에 경악했다.

'역시 세상은 넓구나. 다원이보다 눈치가 없는, 정말 답이 없는 사람이 있긴 있구나.'

하지만 결국 다원의 옆자리를 차지하고 앉은 하준은 준석에 대해 별 신경을 쓰지 않는 듯했다. 자리를 잡고 앉은 하준을 보며 지연이 물었다.

"뭘로 드릴까요?"

"아니요. 저는 됐습니다. 조금 있다 나갈 거다 보니."

하준이 재촉하는 것은 아니었지만 다원은 남은 아이스티를 금세 반 정도 마시고는 컵을 내려놓았다. 아직 반이나 남아 있는 음료를 보던 하준이 의아한 듯 다원에게 물었다.

"다 마셨어요?"

"네."

다 마셨다는 그녀의 대답을 기다렸다는 듯 이내 하준이 다원이 쓰던 빨대를 들곤 남은 아이스티를 다 마셔 버렸다.

"아이스티 같은 거 별로 안 좋아하는데 이건 맛있네요."

그, 그건 내가 쓰던 빨댄데. 이 말을 해야 하는데 다원은 도통 입이 떨어지질 않았다. 거기다 그녀의 얼굴은 성냥불이라도 당긴 듯 화라락 열이 올랐다. 다른 사람들이 다 보는 데서 이러다니. 다원이 붉어진 얼굴을 숨기려 먼 산을 바라봤다.

지연은 괜스레 처음으로 남자 때문에 부끄러워하는 다원을 놀리고 싶었다.

"우리 집 아이스티가 특별히 맛있어서 그런 건가? 아니면 누가 마시던 거라서 맛있는 건가?"

"누가 마시던 거라서 그런가 봅니다."

놀리듯 그냥 한 지연의 질문에 생각할 것도 없이 바로 나오는 그의 대답. 하준이 다원에 대해 내보이는 마음은 거리낄 것도 없고 스스럼도 없어 보였다. 그런 하준의 저돌적인 면이 내심 맘에 드는 지연이었다. 그렇다면? 나온 김에 본격적으로 다른 질문도? 회심의 미소를 짓는 지연을 발견한 다원이 자리에서 벌떡 일어났다.

"하하. 이제 그만 갈까요?"

음료수도 다 마셨겠다. 더 이상은 자리에 있어야 할 이유가 없는 하준 역시 순순히 자리에서 일어났다. 하준을 따라 나가던 다원이 몰래 돌아서더니 지연을 향해 주먹을 들어 보였다.

'너 나중에 봐.'

하지만 그런 다원의 협박에도 지연은 어깨를 으쓱할 뿐이었다. 궁금한 걸 어떡하라고.

한편 두 사람이 카페에서 나가자 멀뚱멀뚱 돌아가는 상황을 주시하던 준석의 얼굴이 노래졌다.

"지, 지금 이 상황은…… 다원 씨의 애인이라는 사람이, 설마…… 하준이?"

"그걸 이제 알았어요? 두 사람 사귄다네요?"

그럼, 중간에 앉고 싶어서 그런 게 아니라 다원 씨 옆에 앉기 위해서 그 난리를 친 거고, 평소 깔끔 떤다고 남이 마시던 건 입에 대지도 않는 녀석이 다원 씨가 마시던 음료수라서 좋다고 마신 거라니.

대체 언제부터 두 사람이 그렇고 그런 사이였는지 감이 잡히질 않는 준석이었다. 긴가민가했지만 확실하게 지연의 입을 통해 확인하고 난 준석의 입에서 비명 소리가 흘러나왔다.

"으아악. 내가 류하준보다 뭐가 모자라서, 이럴 순 없어."

✠

두 사람의 첫 번째 데이트 코스는 무난하게 영화 보기였다. 아침에 다원을 데려다주고 집으로 돌아와 시간이 많이 남아 있던 하준이 오늘의 영화를 예매를 하기로 한 터였다. 평일 저녁인데도 영화관은 꽤 많은 사람들로 붐볐다. 두리번거리던 다원이 하준을 올려다보며 물었다.

"어떤 걸로 예매했어요?"

"이걸로요."

하준이 극장 앞에 크게 걸려 있는 포스터를 가리켰다. 얼마 전 끝난 드라마에서 많은 사랑을 받은 젊은 남자 배우와 본래의 나이가 믿기지 않을 정도로 절대 동안이라 불리는 여배우가 주인공으로 나오는 영화였다. 요즘 영화들 중에 인기가 많아 예매하지 않으면 볼 수 없다는 그 영화였다.

인기가 많기도 했지만 다원에게 이 영화가 맘에 드는 또 다른 한 가지 이유, 바로 잘생긴 남자 주인공 때문이었다.

"나도 이거 보고 싶었는데. 사실 여기 나오는 남자 배우 팬이거든요."

"그렇습니까?"

하준의 눈썹이 실룩거렸다. 다른 남자를 보며 두 손까지 모으고 경의에 찬 제 여자의 눈을 보는데 어떤 남자의 심기가 불편하지 않을 수 있으랴. 하지만 오로지 좋아하는 배우의 영화를 볼 생각에 들뜬 다원은 그런 하준의 미세한 변화를 알아차리지 못한 것 같았다.

"표 값은 하준 씨가 냈으니까 간식은 내가 살게요. 잠시만요."

그런 그를 두고 총총총 뛰어가는 그녀의 뒷모습을 보는데 하준에게서 피식 웃음이 나와 버렸다. 말로 하지 않아도 글로 써 붙이지 않아도 그녀의 뒷모습에서 '나 지금 너무 기분이 좋아요' 라는 티가 확연히 났기 때문이었다.

'그래, 어차피 평생 가다 한 번 볼까 말까한 남자한테 질투라니.'

하준이 그런 생각을 하는지도 모르고 간식을 사러 온 다원은 어떻게 하면 최고의 선택을 할 수 있을까 고민하고 또 고민했다. 먹고 싶은 건 많지만 영화 보면서 식사를 할 게 아니니 다원은 전부 다 사 먹고 싶은 욕구를 살포시 밀어 넣었다. 줄 앞에 있던 사람이 주문한 것을 가지고 가고 이제 다원의 차례였다.

"주문하시겠습니까?"

"네. 팝콘 중간 사이즈 하나랑, 콜라 두 잔 주세요."

"잠시만 기다려 주십시오."

주문을 입력하고 계산까지 마친 직원이 뒤로 돌았을 때, 곰곰이 생각 중이던 다원이 다시 직원을 불렀다.

"저기, 죄송한데 츄러스도 하나 추가해 주세요."

끝까지 갈등했지만 역시나 츄러스는 포기할 수가 없었다. 즐거운 마음으로 주문한 것들을 기다리고 있는데 뒤에서 누군가 그녀를 보며 알은체를 했다.

"저기 혹시 K대 다니지 않으세요?"

뒤돌아선 다원은 웬 멀끔하게 생긴 대학생을 보곤 고개를 갸우뚱했다. K대? 다원이 나온 대학이긴 했다. 하지만 지금은 대학을 졸업한 지 한참이나 지난 터였다.

"다니긴 다녔는데……."

"그렇죠? 안 그래도 어디서 많이 본 것 같았는데, 생물학 박태훈 교수님 수업 들으시죠? 반가워요. 나는 생명과학과 삼 학년 곽민호라고 하는데, 혹시 영화 보러 온 거예요?"

물론 그 유명한 박태훈 교수님의 수업을 듣긴 들었지. 하지만 그건 아주 오래 전이었다. 이 학생이 한 십 년 동안 대학을 다니고 있지 않는 이상 다원과 이 학생이 같은 수업을 들었을 리는 없었다.

그런데 아직도 박 교수님이 학교에 계시는구나. 반가움도 잠시 다원의 말은 듣지도 않고 다다다 자기 할 말만 늘어놓는 학생은 그녀가 같은 수업을 듣는다고 착각하는 듯했다. 여기서 구구절절 길게 대답을 하면 이 학생의 질문에서 벗어날 수 없을 것 같아 짧게 대답하고 만 다원이었다.

"뭐. 네."

"주문하신 것들 나왔습니다."

마침 자리를 피할 수 있게 딱 맞춰 나온 주문한 간식들을 낑낑 들고는 다원이 그 자리를 벗어나려는데 학생이 다시 다원의 앞을 막아섰다.

"전화번호 좀 가르쳐 줘요. 내일 학교에서 연락하면 점심이나 같이 먹어요."

당돌하기까지 한 학생의 말에 다원의 입에선 실소가 터져 나왔다.

"이봐요, 젊은이. 뭔가 착각하는 것 같은데, 내가 k대를 나온 건 맞지만 졸업한 지는 한참 지났어요."

하지만 젊음 하면 또 물러서지 않는 패기 아닌가. 젊은 남학생은 다원의 말을 믿지 않고 다시 호기롭게 그녀의 앞을 막아섰다.

"에이, 졸업은 무슨. 나보다 학번도 아래인 것 같은데. 그러지 말고 밥 한번 같이 먹자."

안 그래도 겨드랑이에 끼운 팝콘이랑 두 손에 든 콜라 두 잔, 거기다 욕심으로 추가한 츄러스까지 들고 힘들어 죽겠는데, 어린놈이 앞에서 비키지도 않고 반말까지 해 가며 막아 대니 점점 이마에 핏줄이 서는 다원이었다.

"이봐요, 후배님. 날 동안으로 봐 주는 건 좋은데 나 벌써 스물여덟이라고, 민증 보여 줄까? 응? 거기다 나는 벌써 애인이 있어요. 오늘 여기도 영화 같이 보러 왔다니까."

"에이, 거짓말."

속이 답답해 가슴이라도 치고 싶지만 콜라를 들고 있어서 안 되고. 간식 들고 있느라고 힘들어 죽겠는데 앞에 있는 후배란 녀석은 말귀를 도통 알아듣지 못하는 것 같았다. 손에 들고 있는 것들을 다 내팽개쳐 버리고 정신 차리라며 후배의 멱살이라도 잡고 싶은 심정이었다.

"왜 안 믿어? 나 애인 있다니까."

다원의 목소리가 답답하다는 듯 높아졌다. 그리고 점점 화가 나려는 그녀를 말리듯 뒤에서 익숙한 감촉이 그녀의 어깨를 감싸 안았다. 어깨를 감싸고 내려온 손이 방금까지 던져 버릴까 하고 고민하고 또 고민하던 콜라를 대신 들어 주었다.

"그래. 이 여자 애인 있어."

그녀의 귓가를 울리는 익숙한 음성. 고개를 돌려 확인해 보지 않아도 알 수 있었다. 그렇게 있다고 말했지만 믿어 주지 않던 그녀의 애인, 어깨에 팔을 두른 사람이 류하준이라는 것을 느낄 수 있었다. 그렇게 얘기해도 안 믿더니 떡하니 나타난 하준을 보고 남학생은 그제야 그녀의 말이 진짜라는 것을 믿는 듯했다.

"그러니까 다른 사람 찾아봐."

처음부터 결과가 정해져 있던 승산 없는 게임에 민호의 고개만 땅으로 떨어졌다. 민호를 쳐다보는 눈빛에 절대로 접근 금지라는 경고를 담고 있었다. 충격받은 민호를 두고 두 사람은 뒤를 돌아 그에게서 멀어졌다.

인생에서 처음으로 좌절을 맛본 것 같은 젊은 청춘을 두고 두 사람은 상영관으로 들어섰다. 중간에서 가장 뒤쪽 끄트머리에 자리를 잡은 하준의 옆자리에 앉은 다원은 좀 전에 있었던 황당한 일을 쉴 새 없이 조잘댔다.

"아니, 내가 졸업했다고 하는데 왜 믿질 않을까요?"

도저히 믿을 수가 없다는 듯 묻는 다원이었지만 하준은 좀 전의 남학생이 이해가 되기도 했다. 화장기는 거의 없는 뽀얀 얼굴에 커다란 눈, 거기다 청바지에 흰 티 그리고 가벼운 캔버스 가방에 낮은 단화. 충분히 대학생으로 보일 만했다. 안 그래도 나이 차이 때문에 신경 쓰이는데 이젠 새파랗게 젊은 놈들까지 그녀에게 접근하다니 특단의 대책이 필요할 것 같은 예감까지 들었다.

간식을 사러 간다던 다원이 보이질 않자 그녀를 찾아갔던 하준은 그녀의 앞을 막고 있는 젊은 놈을 보는 순간 속에서 욱하고 질투심이 올라왔다. 하지만 질투도 잠시, 어떻게 잡은 여잔데 다른 놈이 또 채 갈까 봐 불안해졌다. 대답하는 하준의 음성이 아주 미세하게 떨렸다.

"당신이 너무 어려 보이니까."

"그래요? 난 잘 모르겠는데? 근데 하준 씨, 내가 그렇게 애인이 없게 생긴 얼굴이에요? 아까 그 학생한테 계속 애인이 있다고 했는데도 안 믿어 주잖아요. 이씨. 나도 이젠 애인 있는데."

억울해 죽겠다는 얼굴로 츄러스를 한입 베어 무는 다원을 보는 하준의 얼굴에 미소가 떠올랐다. 그래. 지금이 중요한 거지. 지금 그녀의 옆에 있는 사람은 자신이라는 게 가장 중요한 것이었다. 과거에는 아니었지만 지금, 그리고 미래에 그녀와 함께 있을 사람이 그라는 것만이 중요했다.

그리고 그 중요한 것을 지키기 위해 그 누구도 넘보지 못하게 그가 지키면 될 일이었다. 아직 일어나지도 않은 일에 대한 괜한 걱정으로 이 여자와 함께 있는 이 순간을 낭비하고 싶진 않았다. 하준이 손을 들어 다원의 입술 끝에 묻어 있던 설탕을 살며시 털어 냈다.

"다음에 누가 또 애인 있다고 말했는데도 안 믿어 주면 무조건 날 불러요. 내가 가서 당신 애인이라고 당당하게 증명해 줄 테니까."

"……."

하준의 손이 입술에 닿자 또다시 화라락 타오른 다원의 얼굴. 그리고 동시에 영화관은 영화의 시작을 알리며 어둠이 내려앉았다.

'다행이다.'

홍당무처럼 붉어진 얼굴을 들키지 않을 수 있어서. 그의 손길 하나에도 이렇게 쿵쾅대는 심장을 들키지 않을 수 있어서. 아직은 이런 감정들에 익숙하지 않은 다원은 시도 때도 없이 변하는 것들에 적응 중이었으니까. 언제쯤이면 익숙해질 수 있을까 고민해 봤지만 절대로 익숙해지지 않을 것만 같았다.

어두워진 주변 환경에 눈이 점점 익숙해지자 영화가 시작됐다. 부끄러웠던 것도 잠시, 보고 싶었던 영화다 보니 다원은 점점 영화 속으로 빠져 들어갔다. 하지만 하준은 그렇지 못했다. 그의 시선은 화면을 향해 있었지만 신경은 온통 옆을 향해 있었다.

믿었던 사람들에게 배신을 당해 절망 속에 살아가는 여자 주인공에게 다가와 은밀한 거래를 제안하는 남자 주인공은 꽤 매력적인 캐릭터였다. 그러나 하준에게는 잘 짜인 시나리오도 세련된 영상미도 화면 속의 남자 주인공을 바라보는 다원의 눈빛을 살피느라 애초부터 영화는 머릿속에 들어오지도 않았다.

그리고 잠시 화면으로 향했던 그의 눈에 들어온 장면에 하준의 뇌는 경고음을 울려 대고 있었다.

무슨 고민인지 모르지만 고뇌에 차 생각이 많아 보이던 남자 배우가 갑자기 욕실로 들어가는 게 아닌가.

아마 좀 있으면 셔츠를 벗고 샤워를 하겠지. 아무리 볼거리가 풍성해야 관객을 잡을 수 있다고 하지만 남자 배우가 꼭 샤워까지 하면서 상체를 보여 줘야겠냐고!

가끔 다른 여자들은 편안한 의자에 앉으면 졸기도 하던데. 혹시나 싶어 옆을 힐끔 봤지만 역시나 다원은 졸기는커녕 다음 신을 기다리며 눈을 반짝이고 있었다. 남자 주인공이 하얀색 와이셔츠를 벗는 순간 하준의 커다란 손이 다원의 눈을 가려 버렸다.

"!"

잘 보고 있었는데, 갑자기 눈을 가리다니 선정적인 장면도 아닌데, 그리고 베드신 같은 선정적인 장면이 나온다고 해도 내 나이가 지금 몇인데. 자체 모자이크도 아니고. 이 영화가 보고 싶었던 이유 중 가장 중요한 이유가 바로 화제가 됐던 이 장면 때문이었다.

다원은 눈을 가리고 있는 하준의 손을 잡고 떼어 내려고 애를 써 봤지만 그의 손은 꿈적도 하지 않았다. 조금 있으면 샤워신이 끝날 텐데. 답답한 맘에 다원이 작게 소리쳤다.

"왜, 왜 이래요!"

여전히 그녀의 눈에서 손을 떼지 않은 하준이 스르륵 그녀의 귓가로 다가와 속삭였다.

“다른 남자 벗은 몸은 봐서 뭐 합니까. 나중에 내 몸이나 봐요. 내 몸이 더 멋지니까.”

내 몸이 더 멋지니까. 눈이 가려져 시각은 봉쇄된 채, 예민해진 귓가에만 들리는 중저음의 음성. 그 음성에 그녀의 몸에 존재하는 모든 솜털이란 솜털은 다 깨어나 곤두섰다. 심장이 또 주체없이 벌렁댔다.

‘보다니, 뭘?’

그의 말을 곱씹던 다원의 뇌는 상상의 날개를 펴기 시작했다. 아직 본 적은 없지만 그의 말대로 멋있을 것 같은 하준의 벗은 몸이 상상되기 시작했다.

이제 더 이상 좋아하는 남자 배우가 나오는 영화 따위는 문제가 아니었다. 그녀의 머릿속에서는 독자적으로 하준이 주인공인 다른 영화 한 편이 상영되고 있었다. 벌써 샤워신은 끝나고 앞의 영화에선 대사 소리가 들려오는데 다원은 눈 위를 덮고 있는 하준의 손을 계속 붙잡고 있었다.

봄은 지나가고 무더운 여름이 오려는지 점점 무더위가 기승을 부리기 시작했다. 하지만 무더위도 두 사람이 붙어 다니는 것을 막지는 못했다. 준석이 시도 때도 없이 손을 잡고 다니는 두 사람을 보며 덥지도 않냐며 타박을 줬지만 둘은 준석의 질투 정도는 가볍게 넘겼다.

다원이 괜찮다고 하는데도 아침마다 하준은 다원의 집 앞에 찾아와 같이 병원으로 출근을 했다. 두 사람의 직장이 길을 하나 두고 붙어 있는 탓에 점심도 함께였고 식후 차 한 잔도 함께였다. 그러곤 각자의 병원에서 근무하다 퇴근 역시 함께였다. 다원의 병원이 하준의 병원보다 늦게 마치는 날이 많았지만 하준은 툴툴거리면서도 끝까지 그녀를 기다렸다 함께 퇴근했다.

가끔 영화를 보기도 하고 개들을 데리고 공원으로 가벼운 산책을 가기도 했지만 대부분의 주말은 하준의 집에서 보내는 게 일상이 된 두 사람이었다.

함께 빌려 온 만화책을 읽다가 잠이 오면 하준의 무릎을 베고 잠들기도 하는 그런 평화로운 일상이 대부분이었지만 딱 한 가지에 있어서 서로의 승부욕을 불태우며 대립하기도 했는데 그것은 바로 요리였다.

다원의 요리 실력이야 말 안 해도 아는 거고 하준 역시 요리를 좋아하고 잘한다는 소리도 곧잘 듣다 보니 음식을 할 때마다 각자의 방식대로 한 마디씩 거들다 보면 결국 완성된 음식은 산으로 가 있었다.

오늘도 점심은 뭘 해 먹을 것이며 누가 만들 것인지 서로 실랑이 중이었다. 이것저것 생각하다 점심 메뉴로 낙점된 것은 파스타였다.

"오늘은 내가 팬을 잡지요."

메인 요리사를 자처하며 앞치마를 매는 하준을 다원이 막아섰다.

"내가 할게요. 내가 더 잘하잖아요."

하지만 하준은 어림도 없다며 한 발자국도 물러서지 않았다.

"다원 씨가 한식을 잘하는 건 인정해요. 하지만 스파게티는 내 전문이에요. 솔직히 내가 만든 알리오 올리오는 진짜 끝내주거든요."

남자가 요리를 해 주겠다면 좋다고 가만히 앉아서 구경하다 음식이 나오면 맛있게 먹으면 될 텐데 이상한 데서 승부욕을 불태우는 다원이었다.

"내 알리오 올리오는 더, 더 끝내주거든요."

하준은 또 자기 파스타가 더 끝내준다고 자기가 하겠다고 하고 다원은 안 된다며 자기가 하겠다고 실랑이를 하다 결국 하준이 꺼낸 카드는 둘 다 만드는 것이었다.

"누구 파스타가 더 괜찮은지 대결하죠."

그럼 또 다원은 지지 않고 외칠 수밖에 없었다.

"콜!"

제한 시간 삼십 분을 두고 시작된 요리 대결. 식탁 앞에 나란히 선 두 사람은 면을 삶고 있는 동안 서둘러 재료를 손질했다. 서로의 눈치를 보며 가스레인지 앞에 선 두 사람 모두 팬을 잡았다.

두 사람 모두 올리브 오일에 마늘과 베이컨을 듬뿍 넣고 볶아내고 있었다. 같은 재료로 만들고는 있었지만 자신만의 레시피로 만드는 방법은 조금 달랐다.

지글지글 팬에서 구워지는 맛있는 소리가 주방에 가득했고 냄새만 맡아 보면 이태리 전문 레스토랑 저리 가라 할 정도였다.

순식간에 삼십 분이란 시간이 흘렀고 휴대폰으로 맞춰 놓았던 알람이 울리기 시작했다. 땡 하는 소리가 들리자마자 두 사람 다 손을 들고 동시에 외쳤다.

“그만!”

다원이 먼저 만든 파스타를 조금 들어 하준에게 맛을 보여 줬다. 그녀의 요리를 맛본 하준은 괜찮다는 의미로 고개를 끄덕였다.

“나쁘지 않네요.”

하준의 인색한 평가가 맘에 들지 않는지 다원은 자신이 만든 파스타를 한입 맛보고는 누가 만든 건지 너무 맛있다며 탄성을 내질렀다.

“나쁘지 않긴요. 이 정도면 끝내주는 거지. 그러는 하준 씨 거는 얼마나 맛있기에 이래요?”

하준이 그가 만든 파스타를 다원의 입에 넣어 줬다. 대체 얼마나 맛있기에 이러나 싶었는데 다 믿는 구석이 있었던 것이었다.

맛을 굳이 표현한다면 먹는 순간 입안에 가득히 퍼지는 마늘 향은 풍부했고, 잘 익혀진 베이컨 역시 느끼하지 않고 고소한 게 맛의 향연이었다. 거기다 맨 끝에 살짝 느끼한 오일 소스를 잡아내는 매콤함이 최고였다. 이런 말을 하게 될 줄은 몰랐지만 인정해야 했다.

“하준 씨 파스타가 더 맛있네요.”

그것 보란 듯이 하준은 의기양양하게 어깨를 올렸다.

“어떻게 이럴 수가 있지요? 비결이 뭐예요?”

“레시피는 함부로 가르쳐 줄 수 없죠.”

끝에 뭔가를 더 넣은 것 같은데 청량 고추는 아닌 것 같고 분명 마지막에 갈아서 가루 같은 걸 넣는 것 같았는데 그 가루가 매콤함의 비결인 것 같았다.

“이 끝에 매운맛. 청량 고추는 아닌데…… 대체 뭐예요?”

“그게 특별 비법인데 당연히 가르쳐 줄 수 없죠. 특별한 재료 하나를 찾으면 음식 전체의 맛이 달라져요. 당신이 내게 특별한 것처럼 말이죠. 딱 맞는 특별한 재료가 맛을 변화시키는 것처럼 내게 딱 맞는 당신이 나를 변화시키죠.”

“에헤?”

요리하다 말고 이야기가 또 왜 그쪽으로 튀는 건지. 하준이 눈을 동그랗게 뜬 다원의 허리를 끌어당겨 안았다. 그리고 언제나처럼 그녀에게 키스하려 했다.

평소에 하준이 이리 입을 맞추려 하면 다원은 멍하니 정신을 놓아 버렸지만 이번에는 아니었다. 엄연히 대결 중이었으니까. 입술이 닿으려는 순간 다원이 가슴을 밀어내며 그의 품에서 벗어났다.

“다음에 한 번 더 붙어요.”

조금만 더 다가갔으면 달콤한 입술을 맛볼 수 있었을 텐데, 하준의 얼굴에는 아쉬움이 가득했다. 하지만 승리한 것에 대한 기쁨은 여전한 듯했다.

“얼마든지. 하지만 다음에는 지면 내가 원하는 것을 받아야겠어요. 예를 들면 방금 못한 거라든가.”

하준이 은근 슬쩍 다원의 팔을 만지며 유혹적으로 웃었지만 다원은 어렵사리 유혹을 떨쳐 내곤 짐짓 전투적으로 이야기했다.

“어림도 없어요. 분명히 다음에는 내가 이길 테니까요. 만든 파스타나 더 줘 봐요."

하준이 만든 파스타를 맛있게 먹고 있으면서도 속으로는 다음을 기약하는 다원이었다. 다원이 먹고 있는 것만 봐도 즐거워 웃고 있는 하준 역시 다음을 기약하고 있었다. 다음에는 어떤 요리를 해야 그녀를 이길 수 있을 것이며 그가 원하는 것을 받아 낼 수 있을지 생각하는 하준의 계획은 치밀하기까지 했다.

9. 클러치에 항상 립스틱을 가지고 다녀야 하는 이유

금요일 퇴근 후. 잠깐 시간을 낸 다원은 지연을 데리고 백화점으로 향했다. 갑자기 다원이 전화를 걸어 꼭 같이 가 줬으면 하는 곳이 있다고 해서 민제에게 카페를 잠시 맡기고 따라 나온 지연은 행선지가 백화점이라는 것을 확인하곤 고개를 갸우뚱했다.

백화점은 그녀의 친구가 자주 찾는 곳이 아니었다. 간혹 가다 찾기도 했다. 그러나 그때는 바로 백화점에 유명 맛집이 입점했을 때였다.

“백화점은 왜? 또 자주 가는 블로그에 여기 맛집이 떴어?”

지하에서 위층으로 올라가는 에스컬레이터에 발을 실은 다원이 지연의 얼굴을 피하며 말을 흐렸다.

“아, 아니. 뭐 좀 살 게 있어서.”

식료품 코너와 식당이 위치한 지하는 거들떠보지도 않고 위로 올라가는 걸 보니 먹는 건 아니란 건데……. 시선을 피하는 친구의 얼굴이 살짝 홍조를 띠는 것 같기도 하고. 일 층을 지나 삼 층에서 발을 멈춘 다원을 본 지연이 피식 웃었다. 삼 층에 위치한 마네킹에는 전부 신상으로 나온 여성복이 걸려 있었다.

"옷 사려고?"

"응. 요즘 들어 입을 옷이 없기도 하고."

"그래? 근데 왜 백화점이야. 너 브랜드보다는 싸지만 원단 좋고 튼튼한 옷 좋아하잖아."

지연의 말대로 다원은 만 원짜리 옷이라도 튼튼하고 편하면 장땡인 여자였다. 그러나 하준과의 데이트를 준비할 때마다 느꼈지만 그녀의 옷장에는 전부 바지, 티, 추리닝. 편한 옷들이 전부였다. 입을 옷이 없는 것도 이유였지만 사실 오늘 결국 백화점까지 찾아온 이유는 따로 있었다.

"사실은 내일 하준 씨네 친한 사람들끼리 만든 의대 동문들 모임이 있대. 이번엔 커플 모임이라서 혼자 가면 벌금이라 안 가려고 했는데 이제 하준 씨도 애인이 있으니까."

"그렇지. 그 애인이 너잖아."

"하준 씨는 부담된다면 안 가도 된다고 했는데, 사실은 같이 가고 싶대. 친한 친구들한테 나를 소개시켜 주고 싶은가 봐."

"본래 남자들은 자기 것을 자랑하고 싶은 욕구가 있는 동물이니까."

"지연이 네가 나보다는 훨씬 보는 눈도 높고 이런 쪽으로 잘 알잖아. 그래서 친구. 처지 곤란한 나의 패션을 부탁해!"

다원을 쇼핑이라는 신세계로 입문하게 만든 사람이 그녀가 아닌 하준이라는 것이 아주 조금 마음에 들지는 않았지만, 그래도 친구로서 다원이 그 모임에서 꿀리는 것은 더더욱 볼 수가 없었다. 지연이 비장한 얼굴을 하곤 다원의 팔을 잡았다.

"그럼, 각오는 됐겠지?"

다원의 얼굴에 지연보다 더한 비장함이 떠올랐다. 그도 그럴 것이 전에 한 번 지연이 블라우스 하나를 산다고 해서 따라갔다 후회했던 일이 생각났기 때문이었다.

그 날, 백화점 내 매장에 있는 블라우스란 블라우스는 전부 입어 본 것 같았다. 그러곤 웃긴 게 그 난리를 하고서는 결국은 가장 먼저 입어 봤던 블라우스를 샀다. 경악하는 다원을 보고 지연이 했던 말이 번뜩 떠올랐다.

'옷은 남자야. 아무거나 골라서 나중에 집에 가서 후회하는 것보다는 이게 낫지. 안 그래?'

과연 지연에게 부탁한 것이 잘한 일인지는 알 수가 없지만. 이제 못해도 두 시간의 강행군이 시작될 것이다. 불안한 마음을 하고 지연에게 끌려가는 다원이었다.

적당한 가격과 깔끔하고 심플한 디자인으로 지연이 자주 찾는다는 M 매장. 지연이 빠른 걸음으로 들어가더니 걸려 있던 옷들을 하나하나 스캔하기 시작했다. 매의 눈으로 옷을 고른 지연은 다원에게 고른 옷을 갖다 댔다.

"얼굴이 하얘서 그런지 하얀색이 잘 어울리네? 사이즈가 통통 55정도니까. 이게 55니까 맞는지 한번 입어나 보자. 어서 갈아입고 나와. 시간 없어."

"어? 어. 알았어."

탈의실로 들어간 다원은 청바지와 입고 있던 티를 벗고 민소매의 흰색 플레어 원피스에 몸을 끼워 넣었다. 다행히 옷이 들어가긴 하는데 상체가 너무 타이트해 불편했다. 요즘 옷들은 어쩜 이리 작게만 나오는지.

"옷은 잘 맞아?"

"어."

배에 힘을 주고 탈의실을 나간 다원을 훑어본 지연이 웃었다.

"잘 어울린다. 살짝 끼는 것 같기는 하지만 보기 싫은 정도는 아니야. 우선 이건 후보로 남겨 두고. 이거도 입어 봐."

거울에 비친 제 모습을 확인하기도 전에 다시 옷과 함께 탈의실로 들어간 다원은 입고 있던 원피스를 벗고 지연이 골라 준 파란색 실크 블라우스와 하얀색 와이드 팬츠로 갈아입었다. 다 갈아입자마자 또다시 재촉하는 지연의 목소리가 들려왔다.

"다 입었어? 얼른 나와 봐."

옷만 갈아입는 건데 왜 이렇게 힘든지. 시원한 에어컨 바람이 나오는데도 다원의 이마에는 송골송골 땀이 맺혔다. 땀을 닦으며 다원이 다시 탈의실을 나섰다.

"음. 이건 좀 별로네. 이상한 건 아닌데 모임용 의상이 아니야. 본래 옷으로 갈아입고 나와. 다른 데도 가 봐야지."

이제 시작인데. 겨우 한 매장만 가 봤을 뿐인데. 벌써 지쳐 버린 다원은 지연에게 부탁한 게 점점 후회되고 있었다. 두 번째 들어간 매장에서는 원피스 두 벌, 정장 한 벌을 입어 봤고 세 번째 매장에서는 지연이 조합한 각종 블라우스와 바지로 코디된 옷들을 연달아 입어 봤다. 네 번째 매장에서는 하다하다 처음 입어 보는 점프 수트라는 것까지 입어 봤다. 이러다간 하루 종일 지연은 백화점에 있는 옷이란 옷은 전부 다원에게 입힐 작정인 것 같았다. 결국 다원은 다섯 번째 매장으로 들어가는 지연의 팔을 잡았다.

"지연아, 우리 이번 매장만 둘러보고 이젠 옷 좀 사자. 나 너무 힘들어. 그리고 나 빨리 집에 들어가 봐야 해."

"그래? 아직 두 시간밖에 안 지났는데? 넌 쇼핑하러 오면서 시간을 좀 넉넉하게 잡고 오지."

두 시간밖에라니. 무슨 옷 하나 사는데 이리 시간이 많이 걸리나. 하지만 여기서 그런 말을 꺼낸다면 쇼핑에 대한 모독이라며 지연은 잔소리를 하겠지. 다시는 지연과 티 쪼가리 하나도 사러 가지 않겠다고 속으로 다짐했지만 지금 다원은 겉으로는 티를 내지 않았다.

"알겠어. 다음번에는 그럴게. 그러니까 여기가 무조건 마지막이야."

"할 수 없지. 알겠어. 그런데 촉이 오고 있어. 감이 좋은 게 이곳에 너의 운명의 옷이 기다리고 있을 것만 같아. 들어가자."

한숨을 쉬며 지연을 따라 들어간 다원은 또다시 지연이 걸려 있는 옷들을 뒤지며 고심하는 것을 가만히 쳐다보고 있었다. 빠른 손길로 뒤지던 지연의 손이 멈칫하고 멈췄다. 슬로우 비디오를 보는 듯 천천히 옷을 꺼내 든 지연이 회심의 미소를 지었다.

"역시 내 감은 틀린 적이 없지. 다원아 이거 한번 입고 나와 봐."

여태껏 봤던 지연의 모습 중에 가장 자신감 있는 모습으로 옷과 함께 다원을 탈의실로 밀어 넣은 그녀의 얼굴에는 미소가 흘렸다. 그녀가 자신 있게 고른 원피스는 살짝 통통한 다원의 체형을 커버하고 하얀 얼굴을 돋보이게 할 게 분명했다.

탈의실 문이 열리고 다원이 모습을 드러냈다. 역시나 그녀의 예상은 정확했다.

"너무 잘 어울린다. 이 정도면 합격이지. 네 맘에는 드는지 한번 봐 봐."

다원의 시선이 탈의실 문밖에 걸려 있던 전신 거울로 향했다.

'정말 이게 나라고?'

짙은 파란색의 원피스는 그녀를 다른 사람처럼 보이게 했다. 원피스는 랩 스타일로 브이넥 네크라인으로 상체를 더 날씬하게 보이게 만들었고 허리 밑으로 살짝 떨어지는 치마는 움직일 때마다 살랑살랑 흔들리면서 물결을 만들어 내며 다리를 스치고 있었다. 아직도 얼굴은 귀엽고 어려 보이는 티가 났지만 조금은 성숙해진 요조숙녀의 모습이었다.

"어때? 맘에 들지?"

다원이 고개를 끄덕였다. 이 정도면 하준의 파트너로서 손색이 없을 것 같았다. 드디어 길고 길던 쇼핑이 끝나는 순간이었다. 입고 왔던 옷으로 갈아입고 나온 다원이 원피스를 계산하려는데 지연이 막아섰다.

"이건 생일 선물로 내가 사 줄게. 너 조금 있으면 생일이잖아."

"아니야. 괜찮아. 오늘 같이 와 준 것도 고마운데. 그리고 이건 생일 선물로 너무 비싸."

아까 탈의실에서 얼핏 공이 뒤에 꽤 붙은 가격표를 봤던 다원이 지연을 말렸지만 소용이 없었다.

"그냥 받아. 내 생일날을 위해 미리 투자하는 거야."

얼른 카드로 계산을 마쳐 버린 지연이 다원을 끌곤 다시 밑으로 내려갔다.

"가방은 내 거 빌려줄 테니까 그거 들고 가고. 옷에 어울리는 신발이나 하나 사자. 그런데 내일 언제 모임이 있는 건데?"

"저녁에 하준 씨가 데리러 온다고 했어."

"그럼 내가 일찍 가서 머리랑 화장해 줄 테니까 그건 됐고. 마지막으로 신발이나 사러 가자."

귀찮아하기는커녕 자신의 일처럼 나서 주는 친구 덕분에 다원은 굉장한 아군이 생긴 듯 든든했다. 다원이 앞서가는 지연의 팔에 팔짱을 끼고 웃었다.

"히히, 나는 무슨 복이 있어서 너랑 친구가 됐을까? 지연아. 진짜 진짜 고마워."

"알면 됐어."

마지막으로 원피스에 어울리는 검정색 스트랩 힐까지 사고 나서야 대단원의 쇼핑 일정은 끝이 났다. 매장들 사이 라운지에 잠시 앉아 숨을 고르던 지연이 화장실을 간다며 일어났다.

"너는 화장실 안 갈 거지?"

"어. 나는 도저히 못 일어나겠어. 너 혼자 갔다 와."

"그럼 잠시만 여기서 쉬고 있어. 나 금방 갔다 올게."

지연이 자리를 비우고 맥이 빠져 소파에 앉아 있던 다원의 눈에 D 명품 매장 앞에 대문짝만하게 걸려 있는 화보가 들어왔다. 잘생긴 외국 남자 모델이 하얀색 와이셔츠를 풀어 헤치고 우수에 찬 눈빛으로 다원을 바라보고 있었다.

"진짜 잘생겼다. 몸도 좋고……."

몸? 그 순간, 떠오르는 하준의 음성. 영화관에서 그녀의 눈을 가리고 내 몸이 더 멋지다던 그 음성이 머리를 울리고 있었다. 머릿속으로 상상만 할 때는 몰랐는데 비슷한 이미지를 직접 눈으로 접하고 나니 이제는 세심하게 그림이 그려졌다.

'괜히 부끄러워.'

누가 보는 것도 아닌데 얼굴이 빨개진 다원은 혹시나 아는 사람이 있는 건 아닌지 주위를 살폈다. 제각기 분주하게 지나가는 사람들이 그녀에게 관심이 없다는 것을 확인한 뒤 다시금 자리에서 일어나 화보 앞에 섰다.

그런데 이상하게도 모델의 널찍하고 광야 같은 어깨하며 반짝반짝한 자잘한 가슴 근육 위로 하준의 얼굴이 겹쳐 보였다. 눈을 비비고 다시 봐도 하준이 팔을 들고 포즈를 취하고 있는 것만 같았다.

'저 셔츠……. 하준 씨한테 잘 어울리겠다.'

그리고 멍하게 어디론가 걸어가던 다원이 정신을 차렸을 땐 벌써 매장 안이었다. 친절한 직원이 다원을 반겼다.

"어서 오세요. 무엇을 찾으십니까?"

명품 매장이라 그런지 한층 더 친절해 보이는 직원의 물음에 다원은 밖에 걸려 있던 화보를 가리켰다.

"혹시 밖에 걸려 있는 사진에 나온 모델이 입은 셔츠도 있나요?"

"아, 이번 신상으로 나온 셔츠 말씀하시는 거세요? 잠시만 기다려 주세요."

잠시 후, 직원이 보여 준 셔츠는 촉감이 가히 뛰어났다. 평범한 듯 가장 기본인 하얀 셔츠는 보통의 셔츠와 달리 날렵한 라인이 살아 있었다. 괜히 명품이 아니구나 싶은 게 모델 효과도 있겠지만 옷이 우선 좋으니까 화보도 멋있어 보이는 거였다. 하준이 이 셔츠를 입으면 분명 뛰어난 감촉에 기분 좋은 웃음을 짓겠지.

"이걸로 포장해 주세요."

"사이즈는 어떤 걸로?"

아, 사이즈를 생각 못 했다. 어쩌지? 뜬금없이 전화해서 하준의 상체 사이즈를 물어볼 수도 없고. 하준의 사이즈는 물론이고 보통 남자들 사이즈도 잘 모르는 다원은 갈등했다. 그러다 문득 번쩍하며 떠오른 기발한 생각에 다원은 손바닥을 부딪쳤다.

"밖에 걸려 있는 모델 사이즈랑 같은 사이즈로 주세요."

다원이 말한 대로 셔츠를 상자에 넣어 예쁘게 리본까지 묶던 직원이 부러운 듯 다원을 바라봤다.

"좋으시겠어요."

"네?"

"애인되시는 분이 몸이 되게 좋으신가 봐요."

아직 본 적은 없고 상상이 전부였지만 다원은 고개를 작게 끄덕였다. 직원이 건네주는 쇼핑백을 건네받은 다원은 기분 좋게 웃었다. 과한 지출에 지갑은 가벼워져 버렸지만 선물을 받고 좋아할 하준이 생각나자 마음은 가득 차 뿌듯했다.

"어디 갔나 했더니, 여기 있었어?"

"응? 왔어?"

화장실에서 나와 다원을 찾아서 매장 앞까지 온 지연이었다. 다원이 쇼핑백을 뒤로 숨겼다. 하지만 지연의 매의 눈은 피할 수가 없었다.

"오호, 누구는 좋겠네?"

"그, 그냥 잘 어울릴 것 같아서."

다원의 뒤에 숨겨져 있던 쇼핑백에 떡하니 찍혀 있는 로고를 알아본 지연이 놀라 눈을 크게 떴다.

"여기 진짜 비싼데."

"안 그래도 삼백육십오 개월 할부로 하려고 했는데 안 판다고 할까 봐 오 개월 할부로 샀어."

"못 말려. 정말."

자신의 옷을 살 때는 몰랐지만 하준의 선물로 고른 셔츠를 살 때 다원은 얼핏 지연이 말하는 쇼핑의 즐거움을 조금은 알 것도 같았다. 좋아하는 사람의 얼굴을 떠올리며 선물을 고르는 일은 즐겁고 행복한 일이었다. 하준의 셔츠까지 포함해서 양손 가득 짐을 들고서야 다원과 지연은 백화점을 나올 수 있었다.

백화점에서 나와 지연과 헤어지고 난 뒤 다원은 쇼핑백을 들고 하준의 집 앞으로 찾아갔다. 안으로 들어가지 않고 밖에서 기다리겠다는 그녀의 전화에 뛰어나온 하준은 집 앞에서 밤하늘을 올려다보고 있는 다원은 발견했다.

"들어오지 여기서 왜 이러고 있어요?"

"금방 다시 집에 가 봐야 해서요."

"벌써요?"

온 지 얼마 지나지도 않았는데 얼굴만 보여 주고 다시 집으로 가야 한다는 다원이 아쉬운지 하준은 그녀의 손을 꼭 붙잡았다.

"오늘 지연 씨랑 잘 놀다 왔어요?"

"네. 아 맞다. 이거요."

다원이 건네는 쇼핑백 안의 상자를 확인한 하준의 얼굴로 물음표가 떠올랐다. 그에게 주는 걸 보면 선물인 것 같긴 한데 갑자기 왜? 살포시 부끄러운 듯 손을 꼼지락거리던 다원의 입에서는 열심히 생각했던 이유가 흘러나왔다.

"그냥 하준 씨한테 잘 어울릴 것 같아서."

셔츠 앞을 다 풀어 헤치고 있는 외국 모델을 보곤 하준의 몸이 상상이 돼서 샀다고 사실대로 말할 수는 없는 노릇이었다.

"안 그래도 되는데……."

말은 그랬지만 하준의 얼굴에는 내심 기쁜 미소가 떠올랐다. 다원에게서 처음으로 받는 선물이었으니까 기분이 좋지 않을 수가 없었다.

"하준 씨 맘에 들었으면 좋겠어요."

"나는 당신이 준 거면 무조건 좋습니다."

어떤 선물이냐가 중요한 게 아니었다. 다원이 그를 생각하며 선물을 골랐을 그 과정이 소중했다. 하긴 하준은 다원이 준 거라면 천 원짜리 양말 한 짝도 좋다고 할 남자였다.

"이리 와요."

감미로운 음성으로 저리 그녀를 부르면 다원은 또 주체 없이 마음이 일렁인다. 두 사람 사이는 두 발자국 정도로 떨어져 있었다. 발을 조금만 움직이면 닿을 수 있는 짧은 거리인데 다원은 그러지 못했다. 마음이 벅차 오기 시작해서. 결국 다원이 머뭇거리는 짧은 그 순간도 참지 못한 하준이 긴 팔로 다원을 끌어다 안았다.

“오늘 저녁에 잠깐 못 본 건데도 어찌나 보고 싶던지.”

“…….”

나도 사실은 당신이 보고 싶었다고 다원 역시 말하고 싶었지만 부끄러움에 볼을 붉힐 뿐이었다. 어디로 가야 할지 모르고 방황하던 다원의 팔이 하준의 허리에 안착했다. 처음으로 안기는 하준의 품이었지만 몇 번이고 안겼던 것처럼 포근했고 아늑했다. 다원은 더 세게 힘을 주곤 하준의 허리를 끌어안았다. 그에 화답하듯 하준의 입술이 동그란 머리 위에 닿았다.

※

“다원아, 나 왔어. 문 열어.”

다음 날, 일찍 들이닥친 지연의 한 손에는 엄청난 크기의 가방이 들려 있었다. 어젯밤 늦게 잠들어서 이제 일어나 아직도 비몽사몽 정신을 못 차리는 다원의 등을 지연이 크게 내려쳤다.

“정신 차려. 이것저것 준비하려면 시간이 빠듯하다고.”

하준이 데리러 오기로 한 일곱 시는 다섯 시간이나 남았는데 지연은 그녀가 어제 알려 줬던 시간을 착각하고 있는 건 아닌가 싶었다.

“지연아, 모임은 점심이 아니라 저녁인데?”

"알고 있어. 풀 세팅하려면 시간이 좀 걸릴 것 같아서. 근데 너 아직 씻지도 않고 있으면 어떡해? 얼른 씻고 나와. 얼른."

지연의 등쌀에 밀려 욕실로 들어가 씻고 나온 다원은 눈앞에 펼쳐진 믿지 못할 광경에 다시 욕실로 들어갔다 나왔다. 욕실은 제 집이 분명한데 밖은 제 집이 아니었다.

"이게 다 뭐야?"

"뭐긴 뭐야. 너를 변신시켜 줄 나의 아기들이지."

쫙 나열된 열 개는 족히 되어 보이는 가방하며 화장대를 가득 채우고도 남을 화장품, 거기다 세팅된 머리를 펴고 마는 기계들까지. 지연이 자신의 집에 있는 것들을 전부 다 옮겨 놓은 것만 같았다.

"어서 앉아."

지연의 손에 의해 다원이 화장대에 앉은 후부터 그녀의 마법은 시작됐다. 기초 화장품부터 시작해서 볼까지 톡톡 치는 지연의 손길이 프로 같았다.

"너는 피부가 워낙 좋으니까 바탕을 헤비하게 갈 필요는 없을 것 같아."

그리고 시작된 눈 화장. 가볍고 은은한 분홍 섀도가 다원의 눈두덩에 가볍게 얹어졌다. 속눈썹을 뷰러로 올릴 때 뷰러가 눈꺼풀을 씹는 건 아닌지 다원은 두 손을 꼭 모으고 꽤 맘을 졸였다.

하지만 지연의 손길은 이런 건 수백만 번은 해 본 듯 익숙했다. 마지막으로 풍성한 속눈썹으로 위장하기 위해 지연이 꺼내든 가짜 속눈썹을 마디마디 잘라 붙이고 나니 그 길고 길던 눈 화장은 마무리가 되었다.

다원의 입술에는 지연의 손이 살짝 터치하듯 바른 연분홍의 립스틱이 빛나고 있었다. 지연이 립스틱을 들더니 거울을 보며 다원을 향해 강조했다.

“잘 봐 둬. 안에서부터 두드리면서 살짝만 바르는 거야. 그리고 이건 나중에 가방에 넣어 둘 테니까. 지워지면 발라.”

지연의 세심한 배려는 고마웠지만 오늘 하루 동안 행동거지 하나하나를 조심 또 조심할 것을 굳게 다짐하고 있던 다원은 다시 립스틱을 사용할 일이 없을 것만 같았다.

“안 그래도 오늘 하루는 조신하게 보낼 생각이니까 걱정 마.”

하지만 그녀를 빤히 바라보는 지연의 눈이 어딘가 엉큼하게 빛난 건 다원의 착각일까?

“넣어 둬. 넣어 둬. 네가 아니라 류하준 씨 때문이라도 필요할 것 같으니까.”

“응?”

모르면 할 수 없지. 이제껏 숨겨져서 아무도 알아보지 못한 다듬어지지 않았던 다원의 모습도 좋아하던 하준이 제대로 다듬어져서 빛나기 시작한 다원을 발견하는 순간 본능을 멈출 수가 없을 게 분명했다.

“자, 이제 옷 갈아입고 나와. 옷 입고 나서는 머리 손질 좀 하자.”

다원이 옷장 안에 고이 비닐에 씌여 잠자고 있던 원피스를 꺼내 들었다. 입고 있던 잠옷을 벗어 버리고 그녀는 조심히 파란색 원피스를 몸에 걸쳤다. 옷을 갈아입고 밖으로 나가자 지연이 기다리고 있었다.

"정다원, 너 어제 저녁 굶었구나."

"어떻게 알았어?"

상체 라인이 고스란히 드러나는 원피스가 조금은 부담이 되기도 했고 잘 어울렸으면 하는 마음에 어제 저녁도 굶었는데 귀신 같은 지연은 단번에 알아봤다. 한 끼 굶었다고 티가 나다니 신기하기만 한 다원이었다.

"잘했어. 느낌일수도 있지만 허리 라인이 좀 들어간 것도 같네. 이제 이 학생 같은 머리만 좀 손질하면 되겠다."

다원의 머리에 드라이기로 살짝 남은 물기까지 전부 제거한 지연은 머리를 붙잡고 부분적인 컬을 넣었다. 밋밋한 단발머리에 살짝 들어간 웨이브는 그녀의 동그란 얼굴을 커버하면서 물결을 이루었다.

"자 다 됐어. 한 번 봐 봐."

"!"

거울에 비친 자신의 모습을 확인한 다원은 생애 처음으로 화장의 위대함을 경험했다. 거울 속에 보이는 그녀는 분명 자신이 맞는데 학생 티를 벗고 제 나이에 맞게 성숙해진 모습이 어딘가 낯설기도 했다. 다원이 제 얼굴에 적응이라도 하는 듯 커다란 눈을 계속해서 끔뻑거렸다.

"가방은 이게 제일 잘 어울리겠다. 잠시만, 내가 립스틱이랑 필요한 것 좀 넣어 둘게."

다원이 제 모습에 적응하고 있을 때, 지연은 오늘 들고 갈 클러치를 골라 그 안에 여러 가지를 집어넣고 있었다. 립스틱은 물론이고 오다가 몰래 사 온 콘돔까지. 만약의 일은 아무도 모르는 거고 준비라는 건 중요한 것이었으니까. 변신한 다원의 모습을 보는 순간 하준의 테스토스테론 수치가 하늘로 치솟을 것임을 지연은 가히 장담할 수 있었다. 순진한 다원을 잡아먹으려는 늑대로 변할 것이 분명했다.

모든 준비가 끝이 났을 때, 어떻게 알고 약속 시간보다 이십 분 정도 일찍 도착한 하준의 문자가 도착했다.

[밑에서 기다리고 있을게요. 천천히 내려와요.]

지연이 건네는 빨간색 샤넬 클러치를 들고 어제 새로 산 스트랩 힐까지 신은 다원은 모든 준비를 마쳤다.

"나 그럼 갔다 올게."

"내가 문단속하고 대충 청소도 하고 갈 테니까. 재밌게 놀다 와. 외박하고 내일 아침에 들어와도 돼."

"외박은 무슨, 모임 늦어도 열한 시 전에는 마친다고 했어. 그리고 오늘 진짜 고마워. 나 정말 갔다 올게."

다원이 밖으로 나가는 걸 보는 지연의 감회가 새로웠다. 지금 당장 시집을 가는 것도 아닌데 괜스레 감상에 젖어 들 것만 같았다. 다원이 엘리베이터를 타고 내려가고 있을 그때, 지연이 베란다 문을 열고 나가 밑을 확인했다. 하준이 차에 기대 있는 것이 보였다. 지연이 큰 소리로 하준을 불렀다.

"류하준 씨!"

위에서 부르는 소리에 하준이 눈을 위로 올렸다. 다원의 오피스텔 베란다 난간에 팔을 꿰고 있는 지연이었다.

"단단히 각오하는 게 좋을 거예요."

"?"

대체 뭐를 각오해야 한다는 건지 뒷이야기는 해 주지도 않고 그렇게 지연은 모습을 감췄다.

그리고 잠시 후, 하준은 지연이 말했던 것이 무엇인지 한눈에 알아차릴 수 있었다. 수줍은 듯 고개를 살짝 숙이고 걸어오는 다원의 모습을 보는 순간 단단히 각오하라던 지연의 충고가 심히 고마워졌다. 안 그랬으면 예고도 없이 툭하고 떨어질 심장은 충격을 가누지 못했을 것이 분명했다.

두 손을 주머니에 넣고 차에 기대 있던 하준이 몸을 일으켜 성큼성큼 다원에게로 걸어갔다. 아무 말 없이 그녀를 뚫어져라 쳐다보는 그의 시선에 몸 둘 바를 모르던 다원은 한 손으로 목덜미를 만지작거렸다.

"이, 이상해요?"

이상하다니, 이상하다는 형용사가 그가 모르고 있던 아름답다는 뜻을 가지고 있는 것이 아니라면 다원의 말은 한참이나 잘못된 것이었다.

볼 때마다 그를 놀래는 다원 때문에 그의 심장이 남아나질 않을 듯했다. 제대로 변신한 그녀의 아름다운 모습은 하준이 잠재워 놓았던 본능 깊은 곳에 있는 세포들을 깨우기에 충분했다. 다른 사람에게는 보여 주지 않고 자신만 보고 싶은 소유욕을 불러일으킬 정도로. 이런 그의 맘을 알면 다원은 또 놀라 눈을 동그랗게 뜨겠지. 주체할 수 없는 마음에 말을 할 수 없었던 하준의 손이 목덜미를 매만지던 다원의 손을 꼭 잡아 그의 품으로 끌어당겼다.

"이건 반칙이죠."

하준의 품에 안겨 있던 다원이 고개를 살짝 들어 그의 눈을 올려다봤다.

"네?"

"지금 당장 손잡고 어디론가 도망가고 싶게 만들 정도로 예쁘면 어떡합니까?"

낮 뜨겁게 간질이는 하준의 말에 그녀는 얼굴을 그대로 그의 품에 묻었다. 다원의 귓가에 닿는 하준의 심장이 그녀와 같이 뛰고 있었다. 지금 다원의 심정도 한마디로 표현한다면 좋았다. 말로 할 수 없을 만큼 좋았다. 그에게 예쁘게 보이고 싶은 마음에 시간과 돈을 써서 공을 들인 것이 하나도 아깝지 않았다.

그렇게 그의 품에 안겨 있던 다원은 살결에 닿는 하준의 셔츠의 감촉이 익숙했다. 다원이 다시 고개를 들어 하준을 응시했다.

"이 셔츠 내가 선물한 거죠?"

"잘 어울립니까?"

하준의 품에서 떨어져 그의 모습을 아래위로 확인한 다원은 눈을 반짝이며 엄지를 치켜들었다. 자신이 골랐지만 어찌나 잘 골랐는지 그녀의 센스가 내심 자랑스러웠다.

다원이 선물한 하얀 셔츠 위에 블루 계통의 정장을 입은 하준은 매장 앞에서 봤던 외국 모델보다 훨씬 더 멋지고 잘생겨 보였다. 그러고 보니 원피스와 하준의 정장 색깔이 같은 파란색 계열이었다. 의도한 건 아니지만 커플룩인 것 같아 다원의 얼굴은 또 주체 없이 붉어졌다.

"그런데 내 사이즈는 어떻게 알았어요?"

"대, 대충 어림짐작으로 샀어요."

외국 모델과 같은 몸일 거라 상상하고 똑같은 사이즈로 골랐다는 말은 절대로 할 수 없었다.

하준은 먼 산을 보며 대답하는 다원의 손을 잡아당겨 다시 품으로 안았다.

"내 몸은 본 적도 없는데 어떻게 내 사이즈를 알았는지 모르겠네."

또다시 떠오르는 그의 벗은 몸이 상상되어 부끄러워진 다원이 눈을 감아 버렸다. 그런 다원이 귀여운 하준은 피식 웃을 뿐이었다.

서로 한참을 껴안고 있다 오른 하준의 차 안. 다원의 안전벨트를 채워 주면서 하준은 또 같은 질문을 하고 있었다.

"진짜 다른 데로 도망 안 갈래요?"

벨트를 채워 주고 위로 올라온 하준의 다정한 손길이 내려온 다원의 머리카락을 귀 뒤로 넘기고 있었다. 귀를 스치는 간지러운 느낌에 다원의 눈이 반달로 휘었다.

"치, 모임은 어쩌고요."

"모임 같은 건. 안 가면 그만이고. 사실은 내가 불안해서. 이렇게 예쁜 모습을 한 당신을 다른 사람들한테 보여 주기가."

자칫 촌스러워 보일 수도 있다고 생략했던 볼터치가, 하준의 말에 자연스럽게 모습을 드러냈다. 기다란 하준의 손가락에 의해 고개를 숙이고 있던 다원의 고개가 올라갔다. 올라온 그녀의 입술 위로 그의 입술이 다가왔다. 부드럽게 그녀의 입술을 머금었던 입술이 뭔가를 느끼기도 전에 순식간에 떨어졌다.

"음?"

다원이 감고 있던 눈을 뜨자 하준이 기다렸다는 듯이 다시 그녀의 입술에 키스했다. 조금은 성급하게 다가온 하준의 입술은 그의 마음을 대변이라도 하는 듯 그렇게 정열적이었고 안달이라도 난 듯 조급함이 느껴졌다. 입술로부터 시작되어 온몸으로 퍼져 나가는 찌릿한 전기 같은 생소한 느낌에 다원은 생명 줄인 듯 클러치를 부여잡았다.

'지연이 말한 립스틱을 꼭 챙겨 가야 하는 이유가 이거였구나.'

지연이 챙겨 준 립스틱을 들고 오길 잘했다고 백 번 마음속으로 생각하는 다원이었다. 그렇지 않았다면 키스를 하고 립스틱이 지워진 입술로 돌아다녀야 했을 테니까. 지워져도 다시 바르면 되기에 걱정이 없어진 다원은 맘껏 하준의 입술을 받아들였다.

10. 여자도 질투를 한답니다

지하에 위치한 재즈 바로 삼삼오오 사람들이 모여 들고 있었다. 오랜만에 본 얼굴에 반가움이 가득한 그들은 서로의 안부를 물으며 인사를 나누고 있었다. 그리고 그들 중에는 낯익은 얼굴도 보였다. 어딜 가나 조금은 소란스럽지만 그게 유쾌한 준석이었다.

"너 이정훈이? 살이 왜 이렇게 빠졌어? 못 알아볼 뻔했잖아."

"그래. 서준석. 너는 여전하구나. 하준이랑 개업한 병원은 잘 돌아가냐?"

"그럼. 잘 되지. 이러다 우리가 들어가 있는 병원 빌딩 인수하는 건 아닌가 싶을 정도로 잘 된다."

"녀석, 여전히 입은 살아서. 그래도 안 망하고 잘 돌아가니 다행이다. 그런데 하준이 녀석은 같이 안 왔어?"

"조금 있으면 올 거야."

"그래? 그러고 보면 하준이 그 녀석은 대학 병원에 계속 남아 있었으면 미나랑 잘 돼서 병원장까지 올라갔을 텐데. 왜 갑자기 나간 건지."

좀 전까지만 해도 농담하며 너스레를 떨던 준석의 얼굴이 급격하게 굳었다.

"너 혹시라도 하준이 앞에서 그런 얘기 꺼내지 마라. 미나 혼자 설레발친 거지, 하준이는 미나한테 눈곱만큼도 마음이 없었어. 알면서 왜 그래?"

"솔직히 난 하준이가 아직도 이해가 안 돼. 미나 정도면 괜찮잖아. 얼굴도 예쁘고 병원 이사장 딸에, 유학 갔다 얼마 전에 귀국했다던데 미나도 오늘 올려나?"

여우도 제 말 하면 온다더니. 문을 열고 들어오는 형체에 입구가 웅성웅성거렸다. 몸에 딱 밀착되어 가슴 라인은 물론이고 힙 라인까지 고스란히 드러낸 새빨간 원피스를 입고 당당하게 걸어 들어오는 사람은 미나였다. 미나의 등장에 남자들의 시선이 전부 그녀에게로 쏠렸다. 커플 모임이라 옆에 짝을 데리고 온 남자들이었지만 시선이 절로 미나에게로 향했고 파트너로 함께 온 여자들은 제 남자 단속하느라 바빠졌다. 그런 남자들의 시선을 즐기던 미나가 주위를 한번 훑어보더니 곧장 준석이 있는 곳으로 향했다.

"오랜만이다? 서준석?"

"그러게. 오랜만이다."

"너는 내가 별로 안 반갑구나?"

반가울 리가 없지. 남에게 싫은 감정 같은 건 딱히 가져본 적이 없고 언제나 사람 좋다는 말을 들을 만큼 유들유들한 준석이 미나에게만 적대감을 내비치고 다니는 것은 이상한 일이었다.

대학 때부터 미나는 과에서 여왕 대접을 받던 몸이었다. 미모는 물론이고 학교와 연계된 대학 병원 이사장 딸이기까지 했으니 너도나도 미나를 떠받들었다.

그러던 어느 날, 미나가 눈에 띄지 않게 공부만 하던 하준을 발견했다. 그리고 얼마 지나지 않아 학교에는 두 사람이 사귄다는 소문이 돌았었다. 하지만 하준은 사귄다는 것은 둘째 치고 미나가 누군지도 모르는 듯했다.

"미나? 걔가 누군데?"

그 후, 병원 인턴, 레지던트 생활 내내 하준에 대한 미나의 미련은 계속됐다. 같은 호흡기 내과 선택은 물론이며 하준과 함께 있기 위해 당직 날짜며 컨퍼런스 일정까지 제 맘대로 바꾸며 내과를 자기 마음대로 휘저었다.

미나가 그러면 그럴수록 하준은 미나를 더 냉랭하고 매몰차게 대했었다. 안 그래도 스트레스가 심한 병원 생활 중에 미나의 그런 행동들은 2년 차, 3년 차 선배들의 심기를 불편하게 만들기 충분했다.

하지만 정작 당사자인 미나에게는 싫은 소리를 할 수 없으니 그 화살들은 전부 하준에게로 돌아갔다. 그걸 옆에서 전부 지켜봤던 준석은 미나가 좋게 보일 리가 없었다. 진짜 좋아하는 거라면 좋아하는 사람이 힘들어하는 걸 못 보는 게 정상이 아닌가. 그런데 미나는 그저 류하준이라는 남자 자체를 갖고 싶어 하는 것 같았다.

병원을 나와 개업 준비하는 1년 동안 잠잠하다 싶어 무슨 일인가 알아보니 강제 유학길에 올랐다고 했는데 언제 또 귀국한 건지. 여기는 또 왜 나타났는지 준석의 얼굴은 안 좋은 티를 확연하게 내고 있었다.

"반가울 수가 없지."

준석의 심드렁한 말에도 미나는 붉게 칠한 입술을 올리며 여유롭게 웃었다.

"뭐, 네가 날 반가워하든 말든 그건 상관없어. 너한테 볼일이 있는 게 아니니까. 하준이는 같이 안 왔나 봐?"

태연하게 본색을 드러내는 미나를 보는 준석의 눈이 차게 변했다.

"네가 하준이는 왜 찾는 건데?"

"호호. 왜 이렇게 흥분하고 그래? 당연히 벌금 때문에 그러지. 예상대로 너는 혼자 왔고 나도 혼자 왔으니 벌금을 내는 건 당연한 거고, 하준이도 보나마나 혼자 올 거 아니야? 혼자 온 사람들 벌금 걷어서 오늘 게임 상품으로 내걸어야지. 안 그래?"

아직까지도 하준이 혼자라고 생각하나 보지? 행여나 하준이 아직까지 혼자이고, 지구상에 여자가 미나 혼자만 존재한다고 해도 하준은 미나와 함께하지 않을 거다. 무슨 근거로 저리도 자신감이 넘치는지. 준석의 입가가 가소롭다는 듯 올라갔다.

"하준이가 왜 혼자야. 하준이 애인 있어. 오늘 같이 올 거야."

"거, 거짓말 하지 마."

믿을 수 없겠지. 한껏 꾸민 미나의 얼굴이 찡그려지는 게 또 이렇게 통쾌할 수가 없었다. 그때, 출입문 쪽에서 미나가 등장할 때와는 전혀 비교도 되지 않을 만큼의 소란스러운 소리가 들려왔다. 드디어 모습을 드러낸 하준이었다. 미나 같은 여우와는 차원이 다른 진짜 호랑이의 등장. 준석의 턱이 입구 쪽을 가리켰다.

"못 믿으면 직접 눈으로 확인해 보든가."

하준이 다원의 손을 잡고 안으로 들어오자 그곳에 있던 모든 사람들의 시선이 두 사람에게로 향했다. 이런 이목을 받는 데 익숙하지 않은 다원이 하준의 귓가에만 들리게 작게 속삭였다.

"이상하게 사람들이 우리만 쳐다보는 것 같지 않아요?"

"콩깍지를 쓴 지극히 감성적인 나한테 묻는 겁니까? 아님 콩깍지를 벗어 둔 이성적인 나한테 묻는 겁니까?"

"네?"

사람들이 전부 우리만 쳐다보는 거랑 콩깍지랑 무슨 상관? 다원의 눈에 물음표가 떴다. 피식 웃은 하준이 허리를 살짝 숙여 그녀의 귓가에 대고 속삭였다.

"콩깍지를 쓴 내가 생각해 봤을 땐 당신이 너무 예뻐서인 것 같고, 콩깍지를 벗어 두고 생각해 봤을 땐 우리가 제일 늦게 도착해서?"

"피, 우리가 늦게 도착해서가 답인 것 같네요."

하준의 농담에 다원의 긴장은 소리 소문 없이 자취를 감춰 버렸다. 하준이 살며시 잡고 있던 다원의 손을 힘주어 잡았다. 그러자 그녀의 눈이 하준에게로 향했다. 든든한 그의 눈이 따뜻하게 다원을 바라보고 있었다.

"긴장하지 마요. 내가 옆에 쭉 있을 테니까."

다원이 환하게 웃어 보였다. 한 번 말하면 무슨 일이 있어도 지키는 사람이니 믿을 수 있었다.

그녀가 웃는 걸 보는 하준의 눈빛이 세상에서 다원이 가장 사랑스럽다고 말하고 있었다.

그런 하준을 보는 주위의 시선이 경악에 찼다. 그도 그럴 것이 류하준이 모임에 여자를 데리고 왔다는 것만으로도 놀랄 일인데 그들이 아는 류하준은 절대로 누구에게 웃어 보이지도 친절하지도 않는 남자였으니까 말이다. 경악한 그들 사이로 하준의 그런 모습을 많이 봐서 꽤 익숙한 준석이 두 사람 앞에 섰다.

"왔냐? 왜 이렇게 늦게 왔어? 내가 올 때는 차가 안 밀렸는데, 너 올 때는 차가 밀렸나 보지?"

"차는 안 밀렸고 중요하게 해야 할 일이 있었어."

"중요한 일 뭐?"

"있어. 너는 아직 모르는 일."

다원이 팔꿈치로 준석을 놀리는 하준의 옆구리를 쳤다. 작게 닿은 손길에 하준의 눈이 왜 그러냐? 당신이랑 키스하는 게 중요한 일이 아니고 뭐냐며 그녀를 향해 되묻고 있었다.

그리고 하준의 눈은 살짝 부어오른 다원의 입술에 고정됐다. 다시금 그녀의 입술을 탐하고 싶다는 소망을 간절히 담아서. 그의 눈빛이 무엇을 의미하는지 아는 다원은 얼른 손으로 입술을 가렸다. 그제야 하준의 눈이 아쉽다는 듯 그녀에게서 떨어졌다.

두 사람의 눈빛 교환이 끝나고 끼어들 순간만 기다리던 준석이 하준을 밀어내고 다원의 가까이에 가서 섰다.

"우와. 다원 씨. 오늘 너무 아름다우신 거 아닙니까? 제가 못 알아볼 뻔했지 말입니다."

평소에 너무 편하게 하고 돌아다녀서 머리하고 화장하고 옷만 좀 바꿔 입었을 뿐인데 못 알아볼 뻔했다는 준석의 말에도 다원은 쉬이 괘씸죄를 적용할 수가 없었다. 자신도 거울 보고 누구세요? 라고 물을 뻔했었는데. 준석이라고 다를까 싶었기 때문이다. 다원이 비밀이라도 이야기하는 것처럼 준석에게 속삭였다.

"사실 오늘 지연이한테 화장발이라는 무기를 좀 빌렸거든요."

다원의 솔직한 대답에 옆에 있던 준석이 소리 나게 웃었다. 하준이 다원을 좋아하는 이유를 알 것도 같았다. 유쾌할 뿐만 아니라 누구보다 따뜻한 마음을 가진 다원은 충분히 매력 있는 여자였다. 그리고 그녀의 옆에서 단단히 버티고 선 하준의 얼굴에도 자연스러운 웃음이 자리 잡고 있었다. 평상시에도 늘 잘 웃던 사람인 것처럼.

준석이야 본래 실없이 잘 웃지만 류하준이 저렇게 편하게 웃다니. 처음에는 놀라움으로 가득했던 사람들이 하나둘씩 호기심을 가지고 그들의 주위로 몰려들기 시작했다.

"류하준, 잘 지냈어? 진짜 오랜만이다."

"그래. 오랜만이네. 이제원."

"그런데 이번에도 혼자 올 줄 알았더니 옆에는 누구신가?"

두 사람 사이에 흐르는 분위기로 대충 눈치는 채고 있었지만, 모임에 온 사람들 모두 제원의 물음에 하준이 어떻게 답할지 궁금해했다. 직접 하준의 입을 통해 확인하지 않고서는 쉬이 짐작하고 결론 내릴 수 없는 일이었다.

"내 애인."

하준의 대답에 주위 사람들은 황당해서 입을 벌렸다. 정작 물었던 제원도 놀라는 것 같았다. 살다 보니 류하준의 애인을 만나기도 하는구나. 하도 여자에 관심이 없고 의대 퀸카인 미나가 끊임없이 대쉬해도 꿈쩍도 하지 않아서 혹자는 하준의 성적 취향까지 의심했던 적이 있었다.

신기해하는 사람들의 시선 따위는 전혀 개의치 않는 하준은 다원을 챙기기 바빴다. 멀뚱히 떨어져 있던 그녀의 손을 잡아당겨 가까이 세운 하준이 그녀의 어깨에 팔을 둘렀다.

"다원 씨, 인사해요. 여기는 나랑 같은 의대 동기 이제원이에요. 얘는 피부과 의사예요."

너무 자연스럽고 스스럼없는 그의 행동에는 '이 여자는 내 여자다' 라는 소유욕이 한껏 드러나 있었다. 하준의 행동이 살짝 부끄러웠지만 싫지는 않은 듯 얼굴을 붉힌 다원이 제원을 향해 깍듯이 고개를 숙였다.

"처음 뵙겠습니다. 정다원입니다."

"이제원입니다. 사실 우리는 하준이, 이 녀석이 여자에 도통 관심이 없어서 이놈 혼자 늙어 죽을 줄 알았습니다. 그런데 이런 미인을 만나려고 그렇게 홀로 기다렸나 봅니다. 하하."

제원의 말이 진짜냐고 묻는 듯한 다원의 눈이 하준을 향했다. 하준은 그게 뭐가 어때서라는 듯 어깨를 으쓱하고 말았다.

하준이 나이도 있고, 멋진 외모를 가지고 있어 분명히 여자들이 가만히 두지 않았을 것이라 생각하고 있었던 다원은 꽤 놀랐다. 또한 키스할 때마다 그녀의 혼을 다 빼 놓는 것을 봤을 때 적어도 한두 번쯤은 뜨거운 연애를 경험했을 줄 알았다.

하준에게 있어 처음인 여자가 그녀라니. 또다시 가슴이 두근거리기 시작했다.

한 번 말을 붙이기가 힘들지 제원이 먼저 다가와 인사하면서 튼 물고는 계속해서 흘렀다. 다원과 하준이 자리에 앉자 그 주위로 또 사람들이 몰려들었다. 대학 다닐 때 사귀다 결혼하고 그도 아니면 병원 생활하면서 아는 사람 소개로 대부분 짝을 찾은 사람들의 관심은 새롭게 얼굴을 내비친 다원에게로 쏠렸다.

"나이가 어떻게 되세요?"

"스물여덟이에요."

"우와, 류하준 능력자네."

"두 사람 어떻게 만나게 됐어요?"

"그게 하준 씨네 병원 길 건너에 저희 동물병원이 있다 보니 자주 부딪히고."

"그럼 수의사세요?"

"네."

"의사도 아니고 수의사였어?"

융단 폭격처럼 쏟아지는 질문에 하나하나 대답하던 다원이 정신을 차려보니 어떤 여자가 그녀를 아니꼽다는 식으로 내려다보고 있었다. 한 번도 만난 기억이 없는데 다원이 그녀에게 아주 크게 잘못한 듯 적대감을 내비쳤다. 하준이 다원을 보호하려는 듯 그녀의 어깨에 손을 올렸다.

"그만해. 이미나."

위협적인 말은 아니었지만 그 말 속에는 건드리지 말라는 암묵의 경고가 들어 있었다. 미나는 팔을 들어 보이며 영문을 모르는 척을 했다. 왜 이래? 나는 아직 시작도 안 했는데?

"왜 그래? 내가 뭐 욕이라도 한 것처럼 이런다? 수의사를 수의사라고 한 것뿐인데?"

화기애애한 분위기가 단번에 싸늘해졌다. 이미나라는 여자와 하준의 사이가 어떤 사이인 줄은 모르겠으나 과히 좋은 것은 아닌 것 같았다. 한 대 치고 싶지만 여자라 참는 듯 주먹을 꽉 쥐고 있던 하준의 손으로 다원의 손이 다가왔다.

"하준 씨, 그만해요."

그러자 하준의 손이 스르륵 풀렸다. 살얼음을 걷는 듯 냉랭해진 분위기를 진정시켜 보고자 제원이 나섰다.

"하하. 분위기가 갑자기 왜 이러냐. 그래서 두 사람 중에서 고백은 누가 먼저였어요?"

"그게……."

이걸 대답을 해야 하나. 말아야 하나. 망설이던 다원을 보던 미나가 또다시 끼어들었다.

"당연히 여자 쪽이겠지. 류하준이 뭐가 아쉬워서."

"어쩌지? 이미나? 틀렸어. 내가 이 여자한테 매달렸어."

여자한테 매달렸다는 말도 어쩜 저리 폼 나게 하는지. 주위의 남자들은 꼴사납다고 야유를 보냈고 거기 있던 여자들은 어쩜 말 하나를 해도 저렇게 멋질 수가 있냐는 듯 다원을 향해 부럽다는 시선을 보냈다.

부끄러운 듯 고개를 숙이는 다원, 그리고 그녀가 사랑스러워 죽겠다는 하준. 그리고 그런 하준을 보던 여자들은 다시 옆에 있는 남자들을 보며 남몰래 고개를 흔들었다. 그들 모두 같은 생각이었다.

'오징어네. 오징어.'

주위의 남자들을 전부 오징어로 만들어 버리는 하준을 가진 다원이 부러울 따름이었다. 하지만 그런 것들과는 상관없이 미나의 얼굴은 처참하게 찌그러졌다.

'감히 나도 못 갖는 걸 갖다니.'

심기가 매우 불편한 미나와는 상관없이 다시 분위기는 업 됐다. 어느새 다소 엉뚱하지만 소탈하고 말도 재밌게 하는 다원의 주위로 더 많은 사람들이 몰려들어 그녀의 이야기에 귀를 기울이고 있었다. 그리고 그녀 뒤에는 쉼 없이 재잘거리는 다원을 보며 미소 짓고 있는 하준이 있었다.

분위기는 점차 무르익어 갔다. 이야기를 나누는 다원의 두 볼이 상기되어 있었다. 다원의 손이 자연스럽게 앞에 놓여 있던 잔을 들었다. 그녀에게서 눈을 떼지 않고 있던 하준이 다원의 잔을 뺏어 들었다.

"그만 마시는 게 좋을 것 같은데."

귓가에 울리는 하준의 음성에 나른하던 다원의 정신이 바짝 돌아왔다. 쉬지도 않고 떠드느라 목이 말라 무심코 앞에 놓여 있던 잔을 홀짝거렸는데 이제 보니 예쁜 색깔로 높은 도수를 숨긴 술이었나 보다.

아직 배시시 웃음만 나오는 걸 보니 주량은 넘기지 않은 것 같은데, 머리도 살짝 멍한 게 멋모르고 마셨던 칵테일 기운이 뒤늦게 오르고 있는 것 같았다. 이러다 진짜 취해서 실수라도 하는 건 아닌지 걱정된 다원이 벌떡 자리에서 일어났다.

"화장실 좀 갔다 올게요."

다원을 따라 하준도 자리에서 일어났다. 그런 하준을 다원이 말렸다.

"내가 애도 아니고, 금방 갔다 올게요."

주위의 눈도 있고 마지못해 자리에 앉은 하준을 두고 다원은 점점 풀리는 다리에 겨우 힘을 주고 화장실로 향했다. 세수라도 하고 정신을 바짝 차렸으면 좋겠는데 공들인 화장이 아까워 차가운 물에 손이라도 씻어야겠다고 생각하며 다원은 화장실 안으로 들어갔다.

손을 씻다 무심코 거울에 비친 자신의 모습을 확인하던 다원은 새삼 낯선 모습에 눈에 크게 떴다.

'내가 아닌 것 같아.'

처음 해 본 풀 메이크업 때문에 낯설어 보이는 게 아니었다. 그녀의 얼굴에서 정체를 알 수 없는 빛이 나고 있었다. 사랑하고 사랑받는 여자는 예쁘게 변한다더니. 열렬히 사랑 중인 다원의 얼굴은 전과는 어딘가 달랐다. 자신의 얼굴인데도 낯선 느낌에 다원은 한참 동안 거울을 들여다보고 있었다.

그녀가 화장실에서 멍하니 거울을 쳐다보고 있는 동안 화장실 앞에는 커다란 그림자가 어슬렁거리고 있었다. 다원이 꽤 취한 것 같아 걱정이 돼서 뒤를 따라온 하준이었다. 여자 화장실에서 조금 떨어진 곳에서 들어가지 못하고 하준은 그렇게 서성이고 있었다.

"류하준."

그의 이름을 부르는 소리가 이렇게 싫을 수가 있는지. 하준의 얼굴이 더 이상 딱딱해질 수 있을까 싶을 정도로 굳었다. 미나가 다시 그를 불렀지만 대꾸도 없고 돌아보지도 않는 하준이었다. 불러도 깡그리 무시하는 하준의 팔을 미나가 잡았다.

"이야기 좀 해."

반응 없던 하준이 미나의 팔을 툭하고 쳐 냈다.

"난 너하고 할 말 없어."

더러운 것이 닿았다 떨어진 것처럼 닿았던 곳을 털어 내는 하준의 행동에 예쁜장하던 미나의 얼굴이 찌그러졌다.

"너 정말 그 촌티 나는 여자랑 사귀는 거야? 아니지?"

미나의 말에 전혀 반응하지 않던 하준의 눈이 매섭게 빛났다. 하준의 주먹이 미나의 귓가를 아슬아슬하게 지나쳐 벽을 쳤다.

"입 조심해. 이미나."

한 번도 생각해 본 적 없었던 하준의 공격적 행동에 미나의 눈에서는 당황스러움이 떠올랐다. 그러나 자존심 따위는 다 버린 미나가 처절하게 하준에게 매달렸다.

"너 나한테 이러면 안 되잖아. 내가 너 오랫동안 좋아한 거 알잖아."

매달리는 미나를 바라보는 하준의 눈에선 아무런 감정도 비치지 않았다. 그 어떤 감정도 섞여 있지 않은 무심한 눈이었다.

"내가 한 번이라도 너한테 여지를 준 적 있었어?"

"……."

하준의 질문에 미나는 아무 말도 할 수가 없었다.

'그래, 너는 항상 그랬지.'

하준은 그의 말대로 한 번도 그녀에게 티끌만큼의 여지도 준

적이 없었다. 그래서 더 안달 나고 갖고 싶게 만들었다. 자신은 상대도 안 하더니 기껏 만난다는 여자가 그런 애송이라니.

"나는 왜 안 되는데? 왜?"

"너는 그 여자가 아니니까. 정다원이 아니니까."

절대로 자신은 안 된다는 하준의 말에 미나의 목소리가 올라갔다.

"내가 그 여자보다 너한테 더 잘 어울려. 나는 너한테 날개를 달아 줄 수 있다고."

"어쩌지? 나는 날고 싶은 생각이 없는데?"

억울하다는 듯 그를 보며 말하는 미나의 모습에 하준은 더 이상 대꾸할 가치를 느끼지 못하는 것 같았다. 미나의 손이 닿았던 곳을 다시 털며 하준은 그 자리를 벗어났다. 그가 사라지고 난 뒤 빈 통로에는 미나의 혼잣말만 덩그러니 울려 퍼졌다.

"이런다고 내가 포기할 줄 알아?"

다시 조용해진 공간. 그리고 화장실을 나오다 우연찮게 두 사람을 발견하고 저도 모르게 벽 뒤에 숨어 두 사람의 이야기를 모두 들어 버린 다원이 벽 뒤에서 나가지도 못하고 우두커니 서 있었다.

✼

"자자. 여기를 주목해 주십시오. 오늘의 2부 순서가 있겠습니다."

학교 다닐 때도 어디 엠티라도 가면 자기가 사회를 보겠다고 그렇게 용을 쓰더니 나이가 들어서도 여전히 사회에 대한 미련을 버리지 못한 제원이 마이크를 잡았다.

"흠흠. 커플 모임이니만큼 오늘은 최강 커플을 뽑는 게임들을 준비했습니다. 상금은 홀로 오신 분들이 내신 어마어마한 벌금이 상금으로 걸려 있습니다."

사회의 말을 듣던 준석이 억울한지 손을 번쩍 들었다.

"야, 혼자 온 것도 서러운데 거기다 벌금까지 내고 이제는 게임에 참가도 못 하는 게 어디 있냐?"

준석의 말에 제원의 눈빛이 마치 너같이 반응하는 애가 있을 줄 알았다는 듯 번쩍하고 빛났다.

"너같이 이야기하는 사람이 있을 줄 알고 내가 준비해 왔지. 너도 참가할 수 있어. 파트너만 있으면 참가가 가능하단 말씀. 혼자 온 애들 중에 남자든 여자든 선택해서 함께 참가해."

할 말 없게 만들기는. 준석의 입이 다물어졌다.

"그리고 오늘 새로 이 모임에 오신 커플들은 무조건 참가해야 합니다. 그런 게 어디 있냐고? 여기 있습니다. 왜냐면 나는 사회자니까."

사회자라는 감투만 믿고 까부는 제원을 보던 하준이 눈을 부라렸다. 분명 말할 때 제원의 눈이 하준을 보고 있었다. 이건 전부 하준을 노린 제원의 계략이었다.

유치하게 무슨 커플 게임? 내가 참가할 줄 아나 본데, 다원이 오면 그대로 집에 가 버리면 그만이지. 마침 하준의 눈에 볼일을 마치고 온 다원이 들어왔다. 자리에서 일어난 하준이 다짜고짜 다원의 손을 덥석 잡았다.

"무슨 일이에요?"

"얼른 집에 가야 할 것 같습니다. 집에 갑시다."

"네?"

"나중에 후회하지 말고. 우선 여기를 벗어나고 봅시다."

다원은 앞뒤 설명은 다 빼먹고 무조건 집에 가야 한다는 하준을 의아하게 쳐다봤다. 그러나 다원의 손을 잡고 답답하다는 듯 그녀를 쳐다보고 있는 하준을 놓칠 리가 없는 제원이었다.

"하하. 하준아, 벌써 참가하겠다고 자리에서 일어난 거야? 역시 넌 된 녀석이야. 그럼 참가번호 1번 류하준 군과 정다원 양을 앞으로 모시겠습니다."

주위에서 두 사람을 향해 박수를 치며 재촉하고 있었다. 곤란한 듯 머리를 쓸어내리던 하준이 다원의 귓가에 속삭였다.

"괜찮겠어요?"

그러니까 대체 뭐가? 이게 다 무슨 일인지 설명은 해 줘야 할 게 아닌가. 정신을 차려 보니 다원은 어느새 다른 사람들의 성화에 못 이겨 하준과 함께 무대 위로 올라가 있었다. 그리고 옆에는 몇몇 커플들이 서 있었다. 새삼스럽게 자기소개라도 다시 하나 생각했던 다원이었지만 이어지는 제원의 말에 그녀는 놀라 눈을 동그랗게 떴다.

"자, 그럼 이제부터 최고의 커플을 뽑는 게임을 시작하겠습니다."

놀란 다원의 눈이 하준을 향했다. 이제 상황 파악이 끝난 다원을 보는 하준은 또 웃음이 나왔다.

"거 봐요. 내가 집에 가자고 했지 않습니까?"

"이런 게임은 처음인데……."

"그럼 나는 해 봤을까 봐요? 나도 처음입니다. 그냥 우리 대충 해서 첫 번째로 떨어지고 얼른 집에 갑시다."

고개를 끄덕이며 그렇게 하려던 다원의 시선이 옆에서 앞으로 향했다.

그녀의 시선이 앞으로 향한 순간, 뚫어져라 그녀를 응시하고 있던 시선과 부딪쳤다. 다리를 꼬고 앉아 그 자리는 네가 있을 자리가 아니라고 말하는 여자의 눈이었다. 아까 복도에서 하준에게 매달리던 그 여자다. 그 순간, 다원의 마음에서 알 수 없는 불꽃같은 것이 솟구쳤다.

"잠시만요. 하준 씨."

그녀가 손짓하는 데로 귀를 가져다 댄 하준에게 결의에 찬 다원이 속삭였다.

"하준 씨, 마음이 바뀌었어요. 우리 무조건 이겨요. 이 자리에 있는 사람들에게 우리가 커플인 것을 각인시킬 필요가 있겠어요."

갑자기 왜? 그러다 번뜩이는 생각. 설마…… 좀 전에 미나와 했던 이야기를 들은 건가? 행여나 오해 같은 건 할 필요도 없고 쓸데없는 걱정이라고 말로 하지 않고 그저 하준은 다원의 손을 꼭 붙잡았다.

"그게 당신이 원하는 거라면 그렇게 합시다."

이기기로 다짐한 두 사람과 만만치 않은 커플들과의 게임은 그렇게 시작됐다. 제원이 첫 번째 게임을 소개했다.

"자, 첫 번째 게임은 처음 순서인만큼 쉽게 가도록 하겠습니다. 남자분들의 체력을 알아보는 시간입니다. 여자분들을 안고 무슨 수를 써서든 뒤로 돌려 안으시면 됩니다. 그럼 가장 먼저 다섯 바퀴 돌려 안으시는 세 커플을 뽑도록 하겠습니다. 자, 박수!"

제원의 말소리에 맞춰 구경 중이던 사람들이 일제히 박수를 치며 환호했다. 말이 쉽지 여자를 안아 한 바퀴 돌리는 게 보통 힘든 일이 아닐 것이다. 이럴 줄 알았으면 저녁만 굶는 게 아니라 빡세게 다이어트라도 하는 건데. 좀 전까지만 해도 기필코 이기겠다고 다짐하던 다원의 얼굴이 의기소침해졌다.

"어쩌죠? 나 생각보다 많이 무거울 텐데."

"그런 건 걱정하지 마요."

하준은 걱정하지 말라고 했지만 다원은 자신의 몸무게를 너무도 잘 알고 있었다. 하준이 다원을 안는 순간 보기보다 많이 나가는 무게에 깜짝 놀라겠지. 다원이 제 몸무게 걱정으로 정신이 없을 때 다원의 허리로 하준의 손이 다가왔다. 스치듯 닿는 손길에 놀라 다원이 정신을 차리자 언제 벗었는지 하준이 재킷을 그녀의 허리에 두르곤 매듭을 짓고 있었다.

"?"

"혹시나 모를 만약을 위해서."

세심한 그의 배려에 다원의 얼굴이 붉어졌다. 그런 두 사람을 보고 있던 제원에게서 한마디가 나오지 않을 리가 없었다.

"네. 대단합니다. 기호 1번 류하준에게 이렇게 자상한 면이 있다니. 여러분은 지금 학창 시절 별명이 아이스 맨이던 남자가 어떻게 변했는지 그 장면을 보고 계십니다."

제원을 바라보는 하준의 눈이 더 이상 하면 가만두지 않겠다고 말하는 듯 날카롭게 빛났다. 하준의 눈빛을 알아챈 제원은 그의 눈을 피하며 다시 게임을 시작했다.

"흐흠. 그럼 시작해 볼까요? 남자분들은 여자분들을 안아 주십시오."

게임에 참가한 커플 모두 여자를 들어 올렸다. 하준처럼 단번에 애인을 들어 올린 사람이 있는가 하면 또 힘겹게 겨우겨우 파트너를 들어 올린 남자도 있었다. 그의 품에 안긴 다원이 하준을 보며 물었다.

"안 힘들어요?"

"하나도 안 힘들다고 하면 거짓말이고 그냥 운동하는 것 같아 견딜 만합니다."

새털처럼 가볍다고 해 주면 어디가 덧나나 보지? 하지만 다원은 이내 웃어 버렸다. 그의 이런 솔직함도 좋은 걸 어떡하나.

"시작 소리가 들리면 꼭 붙들어요. 단번에 돌려 안을 테니까."

그리고 들려오는 제원의 시작을 알리는 소리.

"준비, 시작!"

시작을 알리는 소리가 끝나기가 무섭게 하준은 다원의 몸을 옆으로 해서 힘껏 돌렸다.

"꺅!"

다원의 비명 소리가 무대를 울렸다. 롤러코스터를 타는 것 같은 느낌에 다원은 하준의 팔을 꼭 붙잡고 있었다. 하준이 미리 이야기해 줬기에 망정이었지 안 그랬으면 다원은 놀라 손을 놓아 버렸을 것이다.

옆으로 향해 있던 다원의 몸을 손으로 받쳐 안은 하준이 다시 그녀를 앞으로 고쳐 안았다. 순식간에 한 바퀴를 돌려 다원을 고쳐 안은 하준이 연달아 그녀의 몸을 맷돌이라도 되는 것처럼 돌리더니 다섯 바퀴를 가장 먼저 해치우고 일 등을 차지했다.

"네, 대단합니다. 류하준, 정다원 커플이 일 등으로 통과합니다."

정신을 차리고 보니 일 등이었다. 맨 끝에 있던 커플은 급하게 여자를 돌리려다 손을 놓쳐 버리는 바람에 바닥에 발이 닿아 탈락이었다. 그리고 반 바퀴씩 천천히 차근차근 돌렸던 다른 두 커플이 게임에서 살아남았다.

송글송글 땀이 맺혀 있던 하준의 이마에 손 부채질을 하는 다원이 걱정스러운 눈으로 그를 바라봤다. 이렇게까지 해서 얻으려고 했던 게 뭐였던가? 뚜렷했던 목적이 희미해졌다. 단지 그 여자한테 보여 주고 싶었을 뿐이었다. 이 남자는 이제 내 거니까 건드리지 말라고. 그런데 고생하는 하준을 보니 이게 다 무슨 소용인가 싶었다.

"힘들죠? 이제 그만할까요?"

"누가 힘들답니까? 그리고 여기서 그만둬도 괜찮겠어요?"

괜찮겠냐고 묻는 하준의 물음에 다원의 시선이 앞으로 향했다. 여전히 믿을 수 없다는 시선으로 그녀를 보고 있었다. 아직도 다리를 꼬고 앉아 있는 미나의 눈에선 여유가 보였다. 네가 그렇게 애써 봤자 그 남자는 나한테 오고 말 거라고 말하는 것 같았다. 다원이 고개를 흔들었다.

"아니요. 이렇게 된 거 끝까지 가죠."

다원이 '무조건 고' 라고 외치면 하준도 같이 '따라서 고' 였다. 두 번째 게임 설명이 이어졌다.

"이어지는 두 번째 게임은 두 사람이 얼마나 가까운지 확인할 수 있는 사랑의 빼빼 과자 게임입니다. 요 기다란 초콜릿을 양쪽에서 입에 무시고 먹다가 가장 짧은 길이로 남겨 주시는 커플이 이기는 게임입니다."

제원이 나눠 주는 기다란 초콜릿을 하나 받은 다원은 이리저리 눈을 굴려 댔다. 이기긴 해야겠는데, 어찌해야 할지 몰라서 망설이던 다원을 보던 하준이 초콜릿을 뺏어 들었다.

"물고 가만히 있어요. 내가 가까이 다가서서 적당한 길이가 되면 끊을 테니까."

"……."

두근두근. 별 이야기도 아니고 그냥 가만히 있으라고 이야기하는 하준의 음성을 듣는데 왜 가슴이 두근두근하는지. 그리고 가차 없이 사회자의 두 번째 게임을 알리는 소리가 들려왔다.

"그럼, 시작하겠습니다."

십 센티 정도 떨어진 거리를 두고 다원은 하준의 입만 쳐다보고 있었다. 천천히 초콜릿이 사라지는 거리만큼 그의 얼굴이 다가오고 있었다.

또다시 가슴이 한 근반, 두 근반 뛰기 시작했다. 다원의 입술이 움직이기 시작했다. 가만히 있을 거라 생각했던 다원이 움직이자 이젠 하준이 멈췄다. 십 센티의 초콜릿은 점점 더 사라지고 모습을 다 감췄을 때 그녀의 눈이 질끈 하고 감겼다. 그녀의 입술이 그의 입술에 닿았기 때문에. 무슨 생각을 했는지 무슨 결심을 했는지 아무것도 기억나지 않았다. 그저 가슴이 시키는 대로 했을 뿐.

큰 용기를 내어 입을 맞춘 것까지는 좋았다. 그런데 그 다음은 어떻게 해야 할지 도통 알 수가 없었다. 하준의 입술에서 떨어지긴 해야겠는데, 너무 부끄러워서 도저히 눈을 뜰 수가 없었다. 다원은 꼿꼿이 굳은 채로 그의 입술에 입을 맞춘 채로 멈춰 서 있기만 할 뿐이었다.

한 십 초 정도 시간이 흘렀을까? 더 이상 이러고 있으면 안 되겠다 싶어 떨어지려던 다원의 눈이 크게 떠졌다.

"!"

떨어지려던 다원의 고개를 단단히 붙잡은 하준이 그녀의 입술을 삼켰다. 그의 입술이 부드럽게 그녀의 입술을 머금었다. 그리고 주위에서 환호와 박수소리가 들려오는 것도 같았다.

하지만 그 환호성과 박수소리는 잠시뿐, 더 이상 그녀의 귓가에는 아무 소리도 들리지 않고 조용했다. 두 사람만 존재하는 것 같았다. 오로지 키스하는 그의 입술만이 그녀의 전부를 휘감고 있었으니까. 계속되는 그의 키스는 초콜릿처럼 부드러웠고 쌉싸래하기까지 했다.

하준은 그의 입술이 떨어지자 붉어진 얼굴을 한 다원을 그의 품으로 끌어당겨 안았다. 다른 누구도 그녀를 볼 수 없도록 그의 품에 다원을 숨겼다.

다원을 품에 꼭 안아 조심히 무대를 내려온 하준은 무대 밑에서 마이크를 든 채 놀라 멍하니 서 있는 있는 제원을 지나쳤다.

그러곤 여유 있게 다원의 클러치까지 챙긴 하준은 유유히 한마디만 남기고 재즈 바를 나가 버렸다.

"아무래도 우리가 일 등인 것 같은데, 상금으로 오늘 모임 계산해. 우리 두 사람이 한 턱 내는 거니까."

11. 그들의 첫날밤은……

아무도 보지 못하게 다원을 품에 숨겨 밖으로 나온 하준은 조심히 그녀를 조수석에 태웠다. 이제 보는 사람도 없는데 두 눈을 질끈 감고 굳은 듯이 앉아 있는 다원을 보던 하준의 입가가 절로 올라갔다.

웃음기가 가득한 얼굴로 문을 닫은 하준은 운전석에 올랐다. 다원의 왼쪽 눈이 살짝 떠졌다가 그녀에게 시선을 고정하고 있던 그를 발견하고 다시 감겼다. 계속 감고 있을걸.

"하하하."

하준의 웃음소리였다. 차 안을 울리는 그의 목소리가 청명하고 시원했다. 웃음이 멈추길 기다리던 다원은 끝날 줄 모르는 웃음소리에 결국 눈을 떴다.

"웃지 마요. 안 그래도 부끄러워서 트렁크에라도 숨고 싶으니까."

샐쭉한 다원의 말에 겨우 웃음을 멈춘 하준은 고개를 푹 숙이고 있는 다원의 머리카락으로 손을 올렸다. 그리고 귀 밑에서 살짝 웨이브가 들어간 머리카락 끝을 만지작거렸다. 그의 손길에 다원의 작은 몸이 움찔거렸다. 머리카락을 만지던 하준의 손길은 부드럽고 여유로웠다. 그 여유로움이 그의 손을 따라 목소리로 옮겨가기라도 했는지 귀 언저리에서 속삭이는 그의 목소리가 나른했다.

"나는 좀 전의 대범한 버전의 정다원이 더 마음에 드는데, 언제 또 그 버전을 볼 수 있으려나?"

"내, 내가 뭘 또 그렇게 대범하기까지 했어요?"

말까지 더듬으며 발끈하는 다원의 얼굴이 옆으로 향했을 때, 어느새 다가온 하준의 얼굴이 코앞에 있었다. 조금만 다가가면 또 입이 닿을 거리였다. 당황한 다원과는 달리 하준의 얼굴은 세상을 전부 가진 것으로 착각할 만큼 여유가 보였다.

"이제 와서 모르는 척하는 겁니까? 아까 사람들이 그렇게 많은데, 나한테 막 키스하고 그러지 않았습니까?"

"……."

할 말 없게 만들기는. 모름지기 여자가 부끄러워하면 모른 척하고 넘어가 주고 그래야지. 꼭 정확하게 짚고 넘어간다.

"흠흠. 그런 건 좀 모른 척 넘어가 주면 안 돼요?"

부끄러워 시선을 피하며 반대편으로 고개를 돌리던 다원의 얼굴을 하준은 손으로 단단히 고정시켰다. 잠시라도 그녀가 다른 곳을 보는 것은 허락할 수 없다는 듯 단호했다.

"그런 걸 어떻게 모르는 척 넘어갑니까? 당신이 처음 내게 다가온 건데, 역사적인 순간을 기록으로 남기려면 자기 전에 일기라도 써야 하나?”

“풋.”

진지하게 펜을 들곤 분홍색 일기장에 일기를 쓰는 하준이 상상된 다원의 얼굴로 금세 웃음이 피어나고 있었다.

“이제야 웃는 겁니까?”

하준의 손이 갸름한 그녀의 얼굴선을 쓸어내렸다. 이제 보니 평소에 실없는 소리는 안 하는 사람이 어색함에 굳어 있는 그녀를 웃게 만들려고 농담한 거였다. 잠시 진정되었던 가슴이 또다시 두근두근 떨려 오기 시작했다.

‘아, 이젠 걷잡을 수 없이 이 남자에게 빠져 버리고 말았다.’

얼굴을 쓸어내리던 하준의 손이 멈추는가 싶더니 이번에 그의 입술이 가까이 다가오고 있었다. 두근거리는 심장을 부여잡고 다원이 자연스럽게 눈을 감았다. 종이 한 장 만큼의 거리에서 그의 숨을 느끼며 다원이 두 손을 꼭 말아 쥐는데 갑자기 그 분위기를 깨는 소리가 들려왔다.

전화 받아요. 얼른요. 안 받으면 폭발할지도 몰라요!

클러치에 들어 있던 다원의 휴대폰이 울리는 소리였다. 멋쩍은 듯 하준은 떨어졌고 다원은 허둥지둥 클러치를 열다 밑으로 그것을 떨어뜨렸다.

입구가 열린 채 밑으로 떨어진 클러치 안에 있던 물건들이 중력을 이기지 못하고 튀어나와 제각각 흩어져 있었다. 지연이가 립스틱 외에도 이것저것 많이도 넣었는지 잡동사니가 널브러져 있었다. 이 작은 클러치에 이 많은 건 또 어떻게 다 집어넣었는지. 쏟아진 물건들 사이로 다원은 계속해서 울리는 휴대폰을 찾기 위해 허리를 숙였다.

"찾, 찾았다!"

우왕좌왕하던 다원이 휴대폰을 들었을 땐 휴대폰 화면에는 낯선 무언가가 떡하니 붙어 있었다. 이게 대체 뭐지 하고 휴대폰 화면을 만지작거리다 통화 버튼이 눌러졌다.

— 여보세요? 다원아?

휴대폰 밖으로 지연의 음성이 흘러나오고 있었지만 차츰 휴대폰에 붙어 있던 물건을 알아차린 다원은 망부석처럼 굳어 버렸다. 그러나 커다란 지연의 목소리는 휴대폰 안에서 계속 흘러나오고 있었다.

— 얘가 왜 대답이 없어? 모임을 잘하긴 한 건지. 듣고 있어?

"어? 어."

— 내가 가스는 물론이고 창문이랑 문단속 제대로 하고 간다고 걱정하지 말라고 전화했어. 으흐흐. 너 오늘 집에 안 들어올 거 아니야. 그리고 내가 비상용으로 혹시나 해서 콘돔 클러치에 넣어 뒀어. 그런데 하나 가지곤 왠지 부족할 것 같단 말이야. 이럴 줄 알았으면 몇 개 더 넣어 둘…….

너무나 선명하게 잘만 나오던 지연의 목소리가 끊겼다. 더 이상은 들으면 안 될 것 같아 얼른 정신을 차린 다원이 종료 버튼을 눌러 버렸기 때문이었다.

차 안을 한바탕 휘젓고 지나간 지연의 목소리가 사라지자 누구도 먼저 깨지 못할 침묵만이 내려앉았다.

지연이 비상용이라고 넣어 뒀던 콘돔을 손안에 쥐고 등 뒤로 감춘 다원의 등으로 식은땀이 흘러내렸다. 대체 이런 걸 비상용으로 넣어 두는 친구가 어디 있겠나? 전혀 예상하지 못한 돌발 상황에 이상하고 미묘한 기류가 두 사람을 타고 지나가고 있었다.

힐끔힐끔 곁눈질로 하준의 얼굴을 확인하던 다원의 얼굴이 붉어졌다. 아닌 척하고 있었지만 눈도 못 마주치고 먼 산을 보고 있는 하준의 얼굴도 아주 조금 붉어져 있었다.

계속 차에서 이러고 있을 수는 없어 하준이 남자답게 먼저 입을 뗐다. 괜찮던 목이 껄껄한지 그의 목소리가 갈라졌다.

"크흠. 출발합시다."

하준은 별말 안 했는데 다원이 문제였다. 이럴 때 또 제멋대로 상상의 나래를 펼치기 시작한 그녀는 출발하자는 말에 담겨 있는 함축적인 의미를 제 마음대로 추측하기 시작했다.

'난 아직은 준비가 안 됐는데, 하준 씨가 원한다면 나도 용기를 내야겠지? 그래요. 그까짓 거 출발합시다. 그럼 근처 호텔로?'

결의에 차 마음을 굳게 먹은 다원이었지만 떨리는 마음까지는 어쩌지 못하고 말을 더듬었다.

"어, 어디로요?"

"어디긴 어딥니까? 집으로 가야지."

생각했던 호텔이 아니라 집으로 간다는 그 말에 다원은 또 한 번 커다란 상상의 나래를 펼쳤다. 그래, 낯선 호텔보다는 편안한 집이 낫지. 다원이 고개를 끄덕였다. 그리고 자문했다. 그렇다면 두 사람이 처음으로 밤을 보내게 되는 곳은 하준의 집일까? 아님 자신의 집일까? 하고.

그리고 한 번도 경험해 보지 못한 것들에 대해 어렴풋이 상상하던 다원은 지레짐작하는 정도였을 뿐이었는데도 얼굴이 사춘기 소녀처럼 시뻘겋게 달아올랐다.

빠르게 발동이 걸린 그녀의 심장처럼 단번에 시동이 걸린 차는 골목을 벗어났다. 한 번 상상하는 게 어렵지 꼬리를 물고 늘어가는 상상에 손끝이 떨리기 시작한 다원은 손을 가만히 두지 못하고 꼼지락거렸다.

"!"

갑자기 느껴지는 따뜻한 느낌. 그것은 불안한 듯 떨리던 그녀의 손을 잡은 하준의 손이었다. 다원의 눈이 옆으로 향했다. 헛기침을 하며 앞만 보고 있는 하준의 얼굴도 긴장한 것처럼 보였다. 한 손으론 운전대를 다른 한 손으로는 그녀의 손을 꼭 잡은 채 하준은 그의 말처럼 집으로 향했다. 대체 누구의 집으로 가는 건지 다원은 궁금했지만 속으로 그 답을 생각해 볼 뿐이었다.

긴장으로 눈을 말똥말똥 뜨고 창밖의 풍경을 유심히 관찰하던 다원은 익숙한 풍경이 눈이 들어오자 침을 꿀꺽 삼켰다. 눈에 익은 도로와 나무들, 그녀의 집이었다.

순간, 빨래는 걷었는지 청소는 해 놓고 나왔는지 머리가 빠르게 회전하기 시작했다. 혹시나 모를 상황을 대비하기 위해 하준보다 먼저 집으로 들어가야 한다는 임무가 생긴 다원은 차가 멈추자마자 차 문을 벌컥 열고 나갔다. 다원을 따라 차에서 내린 하준이 손을 흔들었다.

"그럼 잘 들어가요."

그럼요. 잘 들어가서 우선은 아침에 널브러뜨려 놓고 나온 옷들은 소파 밑으로 잽싸게 집어넣고. 응? 이게 아닌데? 먼저 들어가라는 것도 아니고 잘 들어가라니. 그럼 여태껏 그녀 혼자서 김칫국을 들이켜며 망상을 하고 있었다는 말? 잔뜩 기대 아닌 기대를 하고 있었던 다원의 입에서 속절없이 아쉬운 말이 튀어나왔다.

"차라도 한잔 하고 아니지. 하하. 내가 무슨 소리를, 그만 들어갈게요. 잘 가요."

괜히 혼자만 상상한 게 부끄러워진 다원은 얼굴을 가린 채 오피스텔 안으로 뛰어 들어갔다. 망신도 이런 망신이 없었다. 엘리베이터를 타고 오 층으로 올라가는 내내 다원은 벽에 머리를 연신 박아 댔다.

"으앙. 이제 하준 씨 얼굴을 어떻게 봐, 나는 진짜 왜 그럴까? 혹시 나를 밝히는 여자로 생각하면 어떡하지."

엘리베이터 문이 열리고 터덜터덜 나온 다원은 자괴감에 고개를 들 수 없어 땅만 보고 걸었다.

갈지자로 왔다 갔다 하다 도착한 집 앞. 그녀를 덮어 오는 커다란 그림자에 다원은 고개를 들었다. 밑에서부터 뛰어 올라왔는지 흐트러진 모습을 하고 가쁜 숨을 내쉬는 하준이었다.

"하준 씨?"

허리에 손을 얹고 힘들게 오르락내리락하던 숨이 좀 진정되자 하준은 한걸음에 그녀의 지척으로 다가왔다.

"그냥 가려고 했는데 도저히 안 되겠네요. 분명히 당신이 먼저 차 마시고 가라고 한 겁니다."

다원의 눈이 동그래졌다. 그리고 그런 그녀를 보는 하준의 눈빛은 진한 수컷의 눈빛처럼 깊게 빛났다.

떨리는 손으로 비밀번호를 누르고 들어온 집 안. 스트랩 힐을 벗는 다원의 손길이 파르르 떨렸다. 좀 전까지 가장 걱정이던 집의 상태 같은 것들은 하나도 생각나질 않았다.

다행히 그 난리를 치르고 나간 집은 지연이 전화해서 말한 것처럼 그녀가 깨끗하게 다 치우고 간 듯했다. 그녀를 따라서 신발을 벗고 들어온 하준은 제 집인 양 소파를 찾아 편하게 몸까지 기대고 앉아 집을 구경했지만 정작 제 집에 들어와서도 생전 처음 남자가 제 집에 있다는 것이 영 어색해 안절부절못하는 사람은 다원이었다.

"하하. 차는 어떤 차로? 커피도 있고 아니면 녹차? 아니면 시원하게 주스라도?"

주방으로 도망가려는 다원의 손목을 잡아챈 하준이 그대로 그녀를 끌어당겼다. 힘을 감당하지 못하고 끌려온 여체가 끝내 다다른 곳은 넓고 단단한 그의 품이었다.

콩닥콩닥. 앞으로 일어날 일에 대한 기대로 부푼 다원을 안고 소파 뒤로 깊숙이 몸을 파묻은 하준은 그대로 그녀의 고개를 끌어당겼다.

조금은 다급한 듯 격렬하게 서로에게 닿은 입술이 뜨거워 다원은 몸을 흠칫 떨었다. 제 것인 듯 그녀의 안을 휘감아 버리는 하준에게 빠져 헤어 나오지 못하던 것도 잠시, 번뜩하고 든 생각이 있었다.

가장 단순하지만 중요한, 샤워하는 것이었다. 술 마시고 격렬하게 게임을 해서 땀을 많이 흘렸을 텐데. 식겁한 다원이 하준을 억지로 떼어 냈다.

"우선 씻기부터, 하하, 금강산도 목욕부터죠."

하준에게서 떨어진 다원은 그대로 욕실로 줄행랑을 쳤다. 멍하니 하준은 도망가는 다원의 뒷모습만 눈으로 좇고 있었다. 다 잡은 물고기를 놓치는 기분이 이런 걸까.

사실, 집으로 간다고 말하고 가던 차 안에서 하준은 수백 번도 더 고민했었다. 불한당처럼 그녀의 손목을 잡아끌고 근처에 보이는 호텔로 들어가고 싶었다. 하지만 애써 튀어나온 욕망을 꿋꿋이 집어넣었다. 혹시나 분위기에 휩쓸려 그녀를 안았다는 느낌을 주고 싶진 않았다.

'당신이 내게 얼마나 소중한데…….'

어수룩한 다원이 충분히 준비되었을 때까지 지켜 주고 싶었다. 하지만 다원이 먼저 건넨 한마디에 간신히 억눌러 놓았던 욕망이 풀려 춤을 췄다.

'차라도 한잔 하고.'

급하게 차를 대고 달려간 입구에서 아쉽게 그녀가 탄 엘리베이터를 놓치고 계단으로 뛰어 올라가는 하준의 마음이 그 발걸음만큼 다급했다. 이토록 저 여자를 원할 줄이야.

집 안으로 들어와 소파에 앉아서도 하준은 집의 인테리어 같은 건 전혀 눈에 들어오질 않았다. 그는 분명히 다원에게 피할 구실을 줬고 그런 기회를 날려 버린 건 다원이라고 욕망에 불타는 자신을 합리화시켰다.

그러나 급하게 밀어붙인 키스에도 수줍은 듯 화답하던 그녀는 그의 마음에 불이란 불은 다 지펴 놓고 갑자기 일어서더니 씻기부터 해야 한다고 말하곤 사라졌다.

다른 것도 아니고 씻는다고 잠깐 자리를 비운 건데 다원이 사라지고 나서 갑자기 밀려오는 허무함에 그의 미간이 좁아졌다.

그러다 이내, 월척을 잡기 위해서는 기다림이 필요하다는 것이 생각났다. 하물며 저 여자를 잡는 건데, 하준은 기다림을 느긋하게 즐기기로 했다. 그의 눈이 스르륵 감겼다.

십 분, 이십 분, 그리고 삼십 분이 지나도 나오질 않는 다원을 기다리며 하준의 눈은 그렇게 감겨 있었다. 갑자기 긴장하던 끈을 놓아서인지 피곤했다. 왕복 세 시간이 넘게 운전한 데다 게임하면서 다원을 들고 연달아 돌렸다. 거기다 엘리베이터에 탄 다원을 잡아 보겠다고 뛰기까지 해서 피곤했던 하준의 눈은 떠질 줄을 몰랐다.

물소리가 멈춘 후에도 한참이 지나서야 욕실 문이 조심스럽게 열렸다. 열린 문 틈 사이로 뿌연 수증기가 삐져나오고 있었다. 문이 살짝 열리고 볼이 빨개진 다원이 모습을 드러냈다. 살금살금 주위를 살피며 거실로 향하던 다원의 발걸음이 멈췄다. 소파에는 비스듬히 기댄 하준이 잠들어 있었다.

'욕실에 너무 오래 있어 버렸다.'

맥이 풀린 다원은 그대로 하준의 앞에 주저앉았다.

일부러 의도해서 늦게 나온 건 아니었다. 처음에는 가슴이 떨려 화장을 지우는 손이 느려졌고 그 다음에는 계속 조금만 더, 하며 거울에서 벗어나지 못하고 멍하니 자신을 바라보는 시간이

길어졌다. 누구의 노래 가사처럼 나도 여자니까, 조금이라도 좋아하는 사람에게 예뻐 보이고 싶은 건 다른 여자들과 다르지 않았으니까.

한참 동안 그렇게 앉아서 그의 잠든 얼굴을 몰래 훔쳐보던 다원은 살그머니 일어나 방으로 들어갔다.

그녀가 다시 거실로 모습을 드러냈을 땐, 편한 옷으로 갈아입고 있었다. 그리고 그녀의 두 손에는 이불 뭉치와 베개가 들려 있었다. 소파에 기대 있던 하준을 조심히 옆으로 눕힌 다원은 베개를 받쳐 주곤 조심히 이불을 덮어 주었다.

침대가 있는 방으로 들어가지 않고 다원은 그대로 그가 누운 소파 밑에 자리를 잡았다. 누워서 올려다보면 보이는 하준의 얼굴에 다원은 남몰래 웃음 지었다.

그냥 웃음이 나왔다. 선이 분명하고 또렷한 얼굴의 하준이 좋았다. 솔직하고 거짓말할 줄 모르는 그가 좋았다. 무뚝뚝한 척하지만 속으론 한없이 따뜻한 하준이 좋았다. 그리고 또, 또, 또 계속해서 그가 좋은 이유를 말해 보라고 한다면 밤이 새도록 이야기할 수 있었다.

다원이 소파로 튀어나온 기다란 그의 손가락의 끝을 살짝 잡았다. 잠결에 하준의 손이 살짝 닿은 그녀의 손가락을 움켜잡았다. 살짝 닿은 서로의 손끝에도 충분하다는 듯 하준의 얼굴로 미소가 어렸다.

다음 날 아침, 따뜻한 햇살이 창으로 내려앉자 하준의 기다란 다리가 불편한 듯 소파에서 뒤척였다. 널찍한 그의 침대와 달리 옆으로 조금만 더 가면 떨어질 것 같이 아슬아슬해서 꿈인가 하고 하준의 눈이 번쩍하고 떠졌다.

처음인 듯 낯선 천장. 어제 분명 욕실로 들어간 다원을 기다리고 있었는데 그 뒤는 하나도 기억이 나질 않았다. 설마 잠이 든 건가? 덜떨어진 놈 같으니라고. 어제가 어떤 기회였는데, 잠을 자다니. 커피에 레드 불을 섞어 사발째로 들이마시고 눈을 부릅뜨고 있어도 부족할 판에, 쿨쿨 잠이나 자다니.

자책하며 몸을 일으키려던 하준은 손끝에 느껴지는 감촉에 고개를 돌렸다. 다원이 몸을 웅크리고 그의 손끝을 잡고 잠들어 있었다. 그녀에게 잡힌 손가락을 그대로 내린 채 하준은 조심히 몸을 일으켰다. 새근새근 잠든 다원의 잠이 깰까 하준은 다른 쪽 손으로 그녀를 비추는 햇빛을 가렸다. 가만히 다원의 얼굴을 바라보는데 마음 한쪽이 뻐근해져 왔다.

어젯밤, 그녀를 안지 못했다는 것 따위는 본질적으로 아무런 문제가 되질 않았다. 잠든 그녀의 얼굴을 보는 것만으로 이렇게 만족스럽고 좋은데, 저절로 웃게 돼 버리는데 자고 안 자고 따위는 중요한 게 아니었다.

"으음?"

다원이 잠에서 깨고 있었다. 졸린 눈을 부비며 겨우 몸을 일으키던 다원은 떡하니 일어나 앉아 있던 하준을 보고 하품을 내뱉으려던 입을 꼭 다물었다. 하준이 웃으며 물었다.

"잘 잤어요?"

아침이라서 그런지 더 부끄러워진 다원은 대답도 못 하고 고개만 아래위로 끄덕였다. 새색시처럼 볼을 붉히는 다원이 귀여워 또 하준은 농을 걸고 싶어졌다.

"나는 잘 못 잤는데 다원 씨는 잘 잤나 봅니다?"

아침부터 붉어진 볼을 한 다원이 고개를 들곤 억울한 듯 쌜쭉거렸다.

"그, 그건 잠든 하준 씨 잘못이지. 그러게 누가 먼저 잠들라고 했어요?"

"안 그래도 속으로 엄청 후회 중입니다. 그런 의미에서 어젯밤 못 했던……."

하준의 얼굴이 다원에게로 다가오고 있었다. 놀란 다원이 벌떡 자리에서 일어났다.

"하하. 아침 먹어야죠? 우선 씻고 와요. 씻는 동안 아침 차려 놓을게요."

다원이 주방으로 삼십육계 줄행랑을 쳤다. 그걸 보던 하준은 그럴 줄 알았다는 듯 입꼬리가 올라갔다. 아침부터 즐거워 죽겠다는 얼굴을 한 하준이 유유히 욕실로 들어갔다. 입고 있던 와이셔츠를 벗은 하준은 간단하게 머리를 감고 세수를 한 뒤 다시 욕실을 나왔다.

"벌써…… 다……."

아직 밥이 되려면 한참이나 남았는데 벌써 다 씻은 거냐고 물으려던 다원의 입이 다물어졌다. 와이셔츠는 벗어 버리고 정장 바지만 입고 있는 하준이 수건으로 젖은 머리를 닦고 있었다. 그리고 다원은 깨달았다. 그는 절대 허언 같은 건 하지 않는다는 것을 말이다.

'내 몸이 더 멋지니까. 멋지니까.'

하준이 언젠가 했던 말이 머릿속에서 메아리처럼 울리고 있었다. 감탄을 부르는 그의 모습에 다원의 입이 멍하니 벌어졌다.

"왜 그렇게 봅니까? 새삼스럽게 반하기라도 한 겁니까?"

하준의 자신만만한 말에 다원은 고개를 끄덕일 수밖에 없었다. 그래, 인정. 새삼 반했다. 자신 있게 자신의 몸이 더 멋있다고 한 데는 다 그만한 자신감이 있어서였다.

딱 벌어진 어깨에서 내려오면 미끈하게 자리 잡은 가슴 근육들이 근육 간지를 뽐내고 있었다. 거기다 화보에서만 보던 섹시한 남자들의 상징. 옆구리에서부터 아래로 내려가는 장골이 그녀를 부르고 있었다. 이리 와 안기라고 그렇게 부르고 있었다. 그의 품에 안기는 상상을 하다니. 그것도 맨 가슴에. 그에게 안기는 모습을 상상하던 다원의 얼굴이 화라락 불이라도 난 것처럼 붉어졌다.

하준이 한 걸음 한 걸음 다가오고 있었다. 머리를 타고 내려온 물방울이 그의 가슴을 타고 흘러내리고 있었다.

'위험하다. 이대로는 저 품으로 돌진하고 말 거다.'

꿀꺽하고 침을 넘긴 다원이 뒷걸음을 쳤다. 더 이상 물러날 곳이 없어 벽에 등이 닿았을 때, 하준이 씩 하고 웃었다. 도망가지 못하게 그의 팔 사이로 그녀를 가둔 하준의 입술이 다원에게로 닿으려던 순간이었다.

삐리리릭.

번호를 누르는 소리가 들리더니 벌컥 하고 현관문이 열렸다. 이 시간에 집으로 찾아온 것도 모자라 비밀번호까지 누르고 들어올 수 있는 사람이? 설마하며 고개를 돌렸던 다원은 경악했다.

그리고 들어오다 모든 장면을 다 본 여자는 다원보다 더 놀라 들고 있던 보따리를 짐짝처럼 내던지곤 소리쳤다.

"거기서 둘 다 스토옵!"

"어, 엄마?"

놀란 하준의 입에서도 다원의 말을 따라 도돌이표처럼 같은 말이 되풀이되고 있었다.

"어, 엄마?"

✻

째깍째깍, 거실에는 시계 초침 가는 소리만 가득했다. 소파에는 근접할 수 없는 존재감을 뿜어내며 다원의 어머니가 앉아 있었다. 마치 사또라도 되는 것처럼 앉아 있는 어머니 앞에는 다원과 하준이 죄인처럼 무릎을 꿇고 있었다.

"내게 충분히 강한 인상을 남겼으니 이제 그만 열고 있어도 되네."

"네? 무슨?"

"단추 좀 잠그란 말일세."

아, 단추! 하준의 손이 서둘러 와이셔츠 단추를 채우기 시작했다. 상황이 상황이었는지라 얼른 와이셔츠를 걸치긴 했지만 셔츠 앞섶에 있던 단추를 잠그는 것은 까마득히 잊고 있었다.

단추가 잘 안 끼워져서 하준답지 않게 허둥지둥하는 걸 보던 다원이 결국 위를 올려다보며 눈을 세모꼴로 떴다.

"이정숙 여사, 아침부터 이게 대체 무슨 일이에요?"

"딸네 집에 오는 데 무슨 일이 있어야 오냐?"

"그러니까 전화라도 좀 하고 오시지."

"좀 있으면 네 생일이기도 하고 겸사겸사해서 왔는데……. 아침부터 나 원 참."

기가 막힌다는 표정의 어머니를 보던 다원이 두 손을 번쩍 들고 손사래를 쳤다.

"엄마, 무슨 생각하시는지 충분히 짐작이 되긴 하는데, 엄마가 생각하시는 그런 일은 없었어요."

"아침부터 소설 쓰고 있네. 이 아침에 불이라도 지를 것처럼 그렇게 있어 놓고는. 나를 바보로 알아? 그냥 솔직하게 말해. 잤다고."

솔직하다 못해 직설적인 정숙의 말에 열이 오른 다원이 꽥 소리를 지르며 강하게 부정했다.

"안 잤다고! 진짜 손만, 아니지 손가락만 잡고 잤다고! 맞잖아요. 하준 씨!"

갑자기 하준을 증인으로 부르는 다원의 말에 얼떨결에 하준도 맞다고 동의했다.

"네. 맞습니다. 걱정시켜 드릴 일은 전혀 없었습니다."

두 사람은 전혀 아니라고 부정하고 있었지만 두 눈으로 본 게 있는데, 분명 벽에 밀쳐진 딸에게 맨몸으로 달려들던 걸 봤는데……. 정숙은 믿을 수 없다는 듯 하준을 쳐다봤다.

"자네…… 설마 남자 구실을 못 하거나 그런 건?"

"엄마!"

다원이 소리를 빽 질렀다. 어떻게 말이 그리로 튀는지. 하준을 보기가 민망해서 다원은 어디라도 숨고 싶었다. 아주 달려들 것처럼 쳐다보는 다원의 눈빛에도 정숙은 의심을 거두지 않았다.

"아니, 건장한 남자와 순진한 여자가 밤을 같이 보냈는데 아무 일이 없다는 게 이상해서."

"엄마!"

"하긴, 아까 보니 아침부터 분위기 잡는 게 보통이 아니었어."

"진짜 손만 잡고 잤다니까! 왜 딸 말을 안 믿어!"

다원이 지끈거리는 머리를 부여잡았다. 이 상황에서 그게 할 말이냐고. 가끔은 다원을 넘어가게 하는 말로 뒷목을 잡게 만드는 어머니가 바로 그녀의 어머니였다. 딸이 칠색 팔색 하는 모습에 정숙은 하고 싶은 말들을 도로 집어넣었다.

"알았다. 알았어. 그런데 너 지금 상황이 좀 바뀐 것 같다? 여기서 소리를 쳐야 할 사람이 누군데? 적반하장도 유분수지. 옛날 같았으면 너는 나한테 머리 빡빡 밀리고 방 안에 감금당하는 것은 따 놓은 당상이라고. 그리고 너는 날 안 닮아서 뒤통수도 안 예쁘기 때문에 머리 깎아 놓으면 어디 나가지도 못한다? 그런데 내가 무슨 얘기하다 여기까지 왔냐? 그래, 믿을 순 없지만 둘이서 손만 잡고 잤다고 했지?"

하준이 나오려는 웃음을 참기 위해 이를 악물었다. 이제 보니 다원이 누굴 닮았나 했더니 어머니의 판박이였다. 하준은 다원의 어머니가 좋아질 것 같은 느낌이 들었다. 씩씩거리는 다원을 무시한 채 정숙은 옆에 정자로 앉아 있는 하준을 바라봤다.

"좀 전에 내가 무례했다면 미안하네. 그래, 자네. 우선은 책임질 일을 안 했다고 했지만 내가 오늘 본 게 있으니 단도직입적으로 묻겠네. 자네는 내 딸을 책임질 생각이 있는가?"

단도직입적인 어머니의 말에 놀란 다원이 하준을 두둔하며 먼저 입을 열었다.

"엄마, 그런 건 아직 우리 아직 사귄 지도 얼마 안 됐고. 좀 천천히 생각해도……."

다원의 말이 멈췄다. 하준이 말하고 있던 다원의 손을 잡곤 고개를 흔들었다. 자신이 이야기하겠다고 말하듯 그녀의 두 손을 힘주어 잡았다.

하준은 정숙의 질문에 대한 답을 생각할 시간 따위는 필요 없었다. 이렇게 손을 잡고 있는 것만으로도 좋은데 어떻게 이 여자와 함께하는 미래를 생각하지 않을 수 있을까? 대답하는 하준의 음성에는 추호의 망설임도 찾아볼 수 없었다.

"책임질 생각도 없이 다원 씨와 만나지는 않았습니다. 다원 씨만 허락해 준다면 저는 언제고 책임질 준비가 되어 있습니다."

"그렇다면 다행이네."

쿨한 척, 걱정하지 않는 척했던 정숙이었지만 하준의 든든한 말에 안도하는 모습이었다. 하긴 세상 어느 어머니가 딸을 걱정하지 않겠는가. 정작 하준의 말에 놀라 굳어 버린 사람은 당사자인 다원이었다.

"그리고 걱정하셨던 부분은 전혀 걱정하실 필요가 없으실 것 같습니다. 저는 모든 일에서 낮, 밤 가리지 않으니까요."

말을 먼저 꺼낸 사람은 정숙이었건만 뒤끝 작렬인 하준의 대답에 머쓱해진 그녀는 말을 돌리며 자리에서 일어났다.

"흠흠. 아직 아침들 전이지? 자네도 먹고 가게. 내가 밥 하나는 잘하니까."

퍼뜩 자리에서 일어난 정숙은 부엌으로 모습을 감췄다. 정숙의 모습이 보이질 않자 두 사람 다 꿇고 있던 다리를 풀었다.

"미안해요. 우리 엄마지만 나도 가끔은."

"왜 그럽니까? 좋기만 하신데."

"그래도……."

다원이 힐끔거리며 하준의 눈치를 봤다. 정숙이 괜한 걸 물어서는 하준에게 부담을 준 건 아닌지 다원은 계속해서 그의 눈치를 보게 됐다.

좀 전까지 어머니께 대답하는 하준의 말을 들었음에도 그녀와 함께하는 더 큰 그림을 생각하는 그의 마음이 정말로 진심인지 궁금했다. 아직 만난 지도 얼마 되지 않았는데, 자신과 결혼까지 생각하고 있는 건지 궁금했다. 여전히 그녀의 손을 잡고 있는 하준을 올려다본 다원이 입을 뗐다.

"저기, 하준 씨…… 정말이에요?"

"뭐가 말입니까?"

"아까 우리 엄마한테 했던 말이요."

다원이 묻는 게 무슨 말인지 선뜻 알아차리지 못하던 하준이 그 말의 의미를 알아챘을 때, 주방에선 두 사람을 부르는 소리가 들려왔다.

"밥 다 됐어. 어서 와서 밥 먹어."

하준은 할 말이 있었고 다원은 들을 말이 있었지만 재촉하는 정숙 때문에 두 사람은 말을 끝내지 못하고 주방으로 향했다.

"차린 게 많으니 많이 들게."

정숙의 말대로 식탁은 상다리가 부러지진 않을까 걱정이 될 정도로 진수성찬이었다. 손이 많이 가는 잡채부터 해서 갈비찜, 각종 전까지. 그러나 하준은 정작 다원의 생일이 언젠지 알지 못하고 있었다. 수저를 들기 전 하준이 다원을 향해 넌지시 물었다.

"다원 씨, 생일이 언제예요?"

하준은 다원에게 물었건만 정작 대답한 건 다원의 어머니였다.

"다음 주 금요일이네. 얘가 미역국을 먹는 게 아니라 내가 미역국을 받아먹어야 하는데. 어휴. 저 나이가 되도록 변변한 남자친구도 하나 없어서 생일날 선물은커녕 미역국도 못 얻어먹을까 봐 올라왔더니. 괜히 올라왔어."

"엄마!"

역시나 쉴 새 없는 정숙의 말을 제지한 건 다원이었다. 그녀가 외친 엄마라는 단 한 마디에 '엄마, 그만 좀 해.' 라는 말까지 함축되어 있었다. 딸의 제지에 하고 싶은 말은 아직 한 보따리나 남았지만 입을 다무는 그녀였다.

"알겠어. 기차 화통을 삶아 먹었나. 목청하고는. 국은 다원이 생일 겸 미역국이네. 다음에는 더 맛있는 걸로 해 줄 테니 오늘은 그냥 먹게."

"잘 먹겠습니다."

식사를 시작하자 기다렸다는 듯이 정숙의 본격적인 질문이 시작됐다.

"그러고 보니, 이름이 하준이라고 했는가?"

성게알 미역국을 한 숟가락 입으로 집어넣던 하준은 얼른 목구멍으로 국을 넘겼다.

"네. 류하준이라고 합니다."

하준은 더 이상은 수저를 들지 못했다. 이름을 묻는 질문은 이제 시작되는 첫 번째 질문이었을 뿐이었기 때문이다. 나이는 어떻게 되나부터 해서 양친은 다 살아 계신지, 형제는 몇 명인지까지 계속된 질문에도 하준은 일일이 성의를 다해 대답했다. 보다 못한 다원이 정숙을 말렸다.

"엄마, 하준 씨 밥은 언제 먹어요?"

"먹어. 먹으면 되지."

"엄마가 그렇게 질문을 하시는데 어떻게 밥을 먹어요. 국 다 식어요."

그제야 하준이 숟가락도 놓고 있는 걸 발견한 정숙은 묻고 싶었던 수많은 질문들을 나중으로 미뤘다.

"알았어. 이것아. 마지막으로 이것 하나만. 하는 일이 어떻게 되는가?"

"내과 의사입니다. 다원 씨 병원 맞은편에서 친구와 병원을 운영하고 있습니다."

"그, 그런가? 수의사가 아니라 내과 의사라고?"

"네."

"엄마. 우리 오늘 중으로 밥은 먹을 수 있는 거예요?"

"어? 어. 그래. 먹자. 먹어."

정숙이 중앙에 놓아져 있던 갈비찜과 조기를 들더니 슬쩍 하준의 앞으로 밀어 줬다.

"그럼 밥 먹어요."

피식, 다원의 입에서 못 말린다는 듯 웃음이 나왔다. 처음 봤을 때부터 자네, 자네 하며 말을 놓았으면서 갑자기 말끝에 요를 붙이시다니. 어지간히 하준이 맘에 드시나 보다.

정숙이 이렇게 밥을 차려줬다는 것은 하준의 첫인상이 합격점이라는 것이었다. 그런데 이제 그의 직업까지 듣고 나니 정숙의 마음은 온전히 하준에게로 넘어간 듯했다. 다원은 문득 정숙이 입에 달고 살던 말이 떠올랐다.

'집안에 의사는 한 명 있어야 하는데……. 동물 의사 말고 사람 고치는 의사.'

식사하는 내내, 이것도 먹어 보라, 저것도 먹어 보라 하며 정숙이 건네는 음식들을 받아먹으며 정말 맛있다고 그녀의 요리 실력을 열렬히 칭찬한 하준 덕분에 정숙은 시종일관 호호호 웃음을 터뜨렸다.

화기애애한 식사를 마치고 어제의 약속처럼 차까지 한 잔 얻어 마신 하준은 자리에서 일어났다.

"저는 이만 가 보겠습니다. 오늘 정말 잘 먹었습니다."

"그래요. 다음에 한 번 우리 집으로 놀러 와요."

누가 저 두 사람을 오늘 처음 만난 사람이라고 믿겠나? 두 사람이 작별 인사를 하는 내내, 뒤에서 우두커니 서 있던 다원을 부른 건 정숙이었다.

"다원아, 뭐 하니? 하준 군 배웅해 주고 와야지."

"네? 네."

정숙의 등쌀에 못 이겨 하준과 함께 밖으로 나온 다원은 그의 차가 있는 곳까지 그의 보폭에 맞춰 나란히 걸었다. 주차장에 세워 둔 하준의 차가 보였다.

차 문을 열고 그대로 차에 오를 줄 알았던 하준이 멈춰 서더니 그녀를 마주하고 섰다.

"아까 어머니 앞에서 했던 말 중에 진심이 아닌 말은 하나도 없습니다."

"네?"

"나는 무조건 당신을 책임질 생각이니 당신도 날 책임질 생각을 하는 게 좋을 겁니다."

좀 전에 듣지 못했던 다원의 질문에 대한 답을 하준이 이야기하고 있었다. 이 남자, 진심이다. 그의 진실한 눈을 보니 그의 마음을 감히 의심할 수가 없었다. 멍하니 그만 바라보고 있던 다원의 귓가로 다가온 하준이 속삭였다.

"차는 조만간 다시 마시러 와야겠네요. 그때는 밤낮 가리지 않는 나를 볼 수 있을 겁니다."

귓가를 울리는 하준의 음성에 그녀의 솜털이 곤두섰다. 얼굴이 빨개진 그녀의 이마에 가볍게 입을 맞춘 하준은 그렇게 차를 타고 사라졌다. 그리고 잔잔하던 그녀의 마음에 던지고 간 그의 마음 때문에 원을 그리며 퍼지기 시작한 그녀의 마음의 동심원은 멈출 줄 모르고 계속됐다.

12. 오늘은 사랑하는 그대의 생일날

저녁 늦게 잠자리에 들던 다원은 다음 날로 넘어가는 12시에 딱 맞춰 하준의 전화를 받았다.

"하준 씨?"

— 아직 안 자고 있었습니까?

깊은 밤이었기 때문이었을까? 얼굴을 보고 말하는 것도 아니고 목소리만 듣고 있을 뿐인데 다원은 또 마음이 간질간질하고 부끄러워졌다. 간신히 떨려 오는 가슴에 손을 얹고 다원은 겨우 목소리를 냈다.

"네. 그런데 이 밤에 무슨 일이에요?"

— 무슨 일이 있어야만 전화합니까? 갑자기 목소리가 듣고 싶어서 한번 해 봤습니다.

하준은 무심한 듯 이야기하고 있었지만 그 안에 감춰 둔 그의 마음은 다원을 웃게 만들기에 충분했다.

— 내일 저녁에 시간 비워 둬요.

굳이 약속 같은 걸 잡지 않아도 하루에 몇 번이고 지나가다가도 만나는 두 사람이었다.

어쩌다 점심때가 되어 마주치면 점심을 같이 먹거나 그렇지 못할 때는 지연의 카페에서 커피를 마셨다. 그러나 그도 여의치 않을 때는 저녁에 산들이와 강아지 다원을 데리고 산책을 가는 두 사람이었다.

직장도 가까운 데다 집도 가까우니 이렇게 물 흐르듯 만나는 두 사람이었는데 갑자기 저녁 약속을 잡다니 다원은 의아해졌다.

"내일요? 갑자기 왜요?"

— 몰라서 묻는 겁니까? 아님 모른 척하는 겁니까?

"네?"

— 내일이 당신 생일이지 않습니까?

그러고 보니 오늘이 벌써 6월 5일이었네? 일주일 전에 정숙이 왔다 가서 생일이 다가오는구나 짐작은 하고 있었지만, 그리 중요하지 않은 날이라 까마득히 잊고 있었다.

"아, 내일이 내 생일이었지."

— 근사한 데 가서 저녁이나 같이 합시다.

생일이라고 해 봤자 가족들과 밥 한 번 같이 먹고 친구들한테 축하받고 하는 것이 전부였는데 생전 처음으로 애인에게서 축하까지 받다니 행복했다. 부끄러움으로 수줍어하던 다원은 들어가고 오랜만에 장난기 많은 다원이 튀어나왔다.

"그런데 나 생일인데 생일 축하 노래도 없는 거예요?"

— 노래는 무슨, 끊습니다. 얼른 자고 내일 봅시다.

갑작스런 요구에 당황했는지 하준은 다원의 인사도 듣지 않고 서둘러 전화를 끊었다. 전화가 끊어졌다는 통화음을 듣던 다원이 피식 웃음을 터뜨렸다. 그렇게 그녀의 생일은 하준의 음성을 듣는 것과 함께 시작되었다.

하준의 뜻밖의 전화 덕분에 기분이 좋아진 다원은 침대에서 벌떡 일어나 배시시 웃다 다시 침대 위로 쓰러졌다. 닫힌 방문 사이로 다원의 행복한 비명이 새어 나가고 있었다.

웬일로 알람도 없이 벌떡 일어난 다원에게 오늘은 특별한 날이었다. 매번 돌아오는 일주일 중 그냥 지나가는 금요일이 아니라 좀 특별한 금요일이었다. 바로 다원의 생일인 금요일.

매년 맞는 생일이었지만 이번 생일은 조금 많이 달랐다. 바로 하준이 있었기 때문이다. 정다원의 인생에서 가족이나 친구들이 아닌 애인에게 생일 축하받는 날이 올 줄이야. 살다 보니 이런 날도 오고 감개무량했다.

룰루랄라 콧노래를 부르며 출근길에 나선 다원의 발걸음이 가벼웠다. 날이 날인만큼 흰색 블라우스에 빨간 플레어스커트를 입은 다원의 차림은 꽤 신경 쓴 티가 났다.

가방까지 돌리며 빙그르 도는 다원을 따라 빨간 스커트가 둥그렇게 돌았다. 그렇게 신나게 걸어간 다원은 병원으로 들어가지 않고 지연의 카페로 들어갔다.

"지연아."

커피를 내리고 있던 지연이 손을 멈추곤 다원을 응시했다. 친구에게서 뿜어져 나오는 이 근접할 수 없는 빛. 사랑을 가진 자만이 풍겨 낼 수 있는 분위기였다.

친구를 이렇게까지 빛나게 만들다니 하준이 새삼 다시 보였다. 지연의 앞에 자리를 잡은 다원이 얼굴에 꽃받침을 만들었다. 이것 봐라? 생전 안 하던 예쁜 짓도 스스럼없이 하고. 다원 덕분에 지연은 사랑의 위대함을 간접경험하고 있었다.

"지연아, 오늘이 무슨 날인 줄 알아?"

"오늘? 금요일."

"땡! 오늘 내 생일이잖아."

난 또, 무슨 날인가 했네. 새삼 생일 이야기를 하는 걸 보니 저번에 선물로 원피스 사 준 걸 까먹기라도 한 건가? 지연이 입을 삐죽거렸다.

"뭐야? 또 생일 선물 달라는 거야?"

"아니, 아니야. 저번에 선물로 원피스 사 줬잖아. 그냥 내 생일이라고."

매년 평범하게 넘어가던 생일에 이리 유난을 떠는 걸 보니, 분명 하준과 관련된 일이었다.

"하준 씨랑 만나기로 했나 보지?"

"어떻게 알았어?"

"척하면 척이지. 그래, 둘이서 어디 여행이라도 가기로 했냐?"

생일과 여행이 무슨 관련이 있어서 갑자기 그리로 이야기가 흘러가는 건지. 단둘이 여행이라는 그런 어른스런 고차원적인 데이트는 아직 생각해 본 적도 없는데. 다원의 얼굴이 붉어졌다.

"여, 여행이라니. 아니야. 그냥 저녁만 같이 먹기로 했어."

"과연 저녁만 먹는 걸까?"

지연이 음흉하게 웃었다. 어쩜 이렇게 순진하고 귀여울 수 있는지.

'어쩌나. 류하준 씨가 좀 고생하겠는데?'

지연은 다원을 놀리는 게 이렇게 재밌을 줄은 몰랐다. 하지만 그녀의 그 한마디에 시종일관 웃던 다원의 얼굴이 생각이 많아졌는지 딱딱하게 굳어졌다.

오늘이 드디어 바로 그 디데이인가 싶어서 긴장한 그녀의 플랫슈즈 신은 발이 연달아 까닥거렸다.

✻

하루 종일 다원은 지연이 했던 의미심장한 말에 정신이 팔려 있었다. 오늘이 바로 그 날이면 어쩌지 하는 생각만 온통 머릿속에 가득했다. 속옷은 제대로 갖춰 입었는지부터 해서 하준의 얼굴은 또 어떻게 마주하고 어떤 말을 꺼내야 할지 같은 것들에 대한 걱정들뿐이었다. 평소처럼 진료도 하고 수술도 했지만 무슨 정신으로 일을 했는지 알 수 없을 만큼 하루는 빨리도 흘러갔다.

"아직 안 마쳤어요?"

언제나 그녀를 두근거리게 만드는 소리에 놀라 눈을 드니 그가 진료실 문에 기대서 있었다. 시계를 보니 벌써 약속시간이었다. 생각이 많아지니 시간이 이리 간 줄도 몰랐다.

"아, 이제 마칠 거예요."

그런데 막상 하준의 얼굴을 마주하니 하루 종일 그녀를 괴롭히던 생각들은 감쪽같이 자취를 감췄다. 그를 마주한 순간 그녀가 하루 종일 했던 생각들은 전부 쓸데없는 걱정이라는 것을 깨달았기 때문이었다. 그의 얼굴만 보는 것만으로 이렇게 좋은데.

두근두근.

그와 함께 나눌 것들이 걱정이나 두려움이 아니라 설렘과 기대로 다가오기 시작했다. 책상을 정리하는 다원의 손이 빨라졌다.

"천천히 해요. 기다릴게요."

하준은 천천히 하라고 했지만 그녀의 손은 더 빨라질 뿐이었다.

하준이 다원의 생일을 위해서 데리고 온 곳은 요즘 텔레비전에서 훈남 셰프로 유명세를 떨친 남자가 운영하는 곳이었다. 가장 안쪽의 창가에 자리 잡은 다원은 꽤 비싸 보이는 레스토랑 내부의 모습에 눈을 동그랗게 떴다. 역시나 엄청난 가격을 본 다원은 메뉴판을 들고 하준에게만 들리게 속삭였다.

"여기 너무 비싼 거 아니에요?"

"괜찮습니다. 다른 날도 아니고 당신 생일인데, 이런 데서 밥 한 번 못 사 줄 정도로 능력 없지 않으니 걱정하지 마요. 그리고 내가 말했잖아요. 전에."

언제 우리가 이런 삐까번쩍한 데서 밥 먹자고 운이라도 뗐었나? 전혀 기억에 없는 다원은 고개를 옆으로 갸우뚱했다.

"?"

"그 선배란 놈이랑 갔던 데보다 더 좋은 데 데리고 간다고 했잖습니까? 기억 안 납니까? 여기가 그 선배랑 갔던 데보다 더 좋은 곳 맞습니까?"

그걸 아직도 기억하고 있다니. 어머니인 정숙 앞에서 당당하게 낯부끄러운 말 할 때도 알아봤지만 하준은 사소한 거 하나라도 끝까지 잊지 않는 것 같았다.

선배가 데리고 갔던 곳은 그곳대로 괜찮았고 오늘 하준과 함께 온 곳은 이곳대로 괜찮았다. 하지만 여기서 그런 말을 하면 하준은 다원의 손을 잡고 더 좋은 곳을 찾아가겠지. 다원은 대충 대답했다.

"하하. 네."

"정말입니까?"

"네에. 정말이라니까요. 배고파요. 우리 얼른 시켜요."

이상하게 다원이 대화 주제를 다른 곳으로 돌리려는 것처럼 보였지만 뭘 먹어야 할지 고민하는 그녀를 보던 하준은 금세 하던 생각을 지워 버렸다. 오직 그는 눈을 초롱초롱 빛내며 메뉴를 고르는 다원만 중요했고 다른 건 아무것도 중요하지 않았기 때문이었다.

"그럼, A코스 요리 두 개로 하죠. 메인은 랍스타와 스테이크로 부탁드립니다. 와인 한잔 할까요?"

다원은 고개를 흔들었다. 하준은 차를 가지고 왔으니 당연히 안 마실 텐데 혼자서 홀짝거리며 마시기가 좀 그랬다. 다원이 와인을 사양하자 하준은 그렇게 주문을 마쳤다.

"그럼, 와인은 됐습니다."

주문을 받은 지배인이 사라지자 다원은 창밖의 야경으로 눈을 돌렸다. 고층에서 내려다보는 도시의 야경은 역시나 매력적이었다. 다원이 창문 유리에 딱 하고 붙었다.

"우와. 여기 야경 진짜 예쁘네요. 하준 씨, 진짜 예쁘지 않아요?"

감탄까지 내지르는 다원과 달리 하준은 야경에는 별 감흥이 없어 보였다.

"난 별롭니다."

분위기 좀 맞춰 주지. 도대체 이 멋진 야경이 예쁘지 않다면 그는 대체 어떤 것을 아름답다고 생각할까? 어깨를 으쓱한 다원이 하준을 보며 물었다.

"하준 씨는 아, 예쁘다, 아름답다, 라고 생각한 게 있긴 있어요?"

"왜 없겠습니까? 있습니다."

"그래요? 뭔데요?"

"바로 앞에 있는 당신."

가볍게 웃자고 물었던 건데 하준은 죽자고 진지하게 이야기했다. 갑자기 이 어색해진 분위기를 어쩌나? 다원이 웃으며 하준의 진지한 눈을 피했다.

"하하. 내 생일이라고 하준 씨 립 서비스가 너무 뛰어나네요."

난 진실을 말한 것뿐인데, 립 서비스 따위는 할 줄도 모르고 해 본 적도 없다고 하준이 이야기하려는데 준비된 식사가 하나둘씩 나오기 시작했다. 하나둘씩 모습을 드러내는 접시들 때문에 하준은 하려던 말을 집어넣었다. 나중에 또 말해 주면 되는 거니까. 지금은 어서 먹고 싶다며 눈을 빛내는 다원이 음식을 먹는 게 먼저였다. 역시나 하준이 포크를 들자 식사를 시작하는 다원이었다.

"잘 먹겠습니다."

부드러운 스프부터 시작해서 먹기도 아까운 비주얼을 자랑하는 안티파스토와 연어 샐러드는 입에서 살살 녹았다. 입이 호강했다. 비싼 건 역시 비싼 값을 하는 거였다. 휘몰아치는 맛의 향연에 다원은 눈을 감고 감탄을 내질렀다.

"음, 진짜 맛있어요."

잘 먹는 다원을 보니 하준도 기분이 좋았다. 하준이 자신의 몫으로 나온 음식들을 다원의 접시로 덜어 줬다.

"더 먹어요."

내숭을 떨며 괜찮다고 사양하고도 싶었지만 살짝 맛을 본 뒤 입맛만 다실 정도로 적었던 음식을 더 먹을 수 있다는 유혹을 뿌리치기에는 다원은 너무 음식에 약했다.

날름 하준이 주던 음식을 받아먹으며 그 맛의 황홀함에 취해 있던 다원의 귓가로 감미로운 피아노 소리가 들려왔다.

어떤 남자가 중앙에 있는 그랜드 피아노에 앉아 건반을 두드리며 감미로운 세레나데를 부르고 있었다. 중앙에 앉아 남자의 세레나데를 받는 여자는 애인이 부르는 노래에 부끄러워하면서도 세상을 다 가진 듯 행복한 웃음을 짓고 있었다.

음식 맛에 한 번 뿅 가고 뜻밖에 남의 이벤트를 구경할 수 있게 된 덕분에 귀도 호강한 다원의 입에서 절로 혼잣말이 나왔다.

"우와. 저 남자 프러포즈 하는 건가 봐요. 멋지다."

피아노 치는 남자에게 시선을 둔 다원을 보던 하준이 말없이 제 몫으로 나온 스테이크 한 점을 잘라 앞으로 내밀었다. 뜬금없이 먹어 보라고 포크를 들이대는 하준 때문에 다원은 불쑥 입을 벌렸다. 한 점 먹은 고기를 다 씹어 넘기기도 전에 하준은 또다시 다원에게 잘 썬 고기를 내밀었다.

"이제 하준 씨 먹어요. 나는 내 거 먹으면 돼요."

"……."

하지만 하준은 말없이 계속해서 고기를 다원에게 내밀었다. 덕분에 그녀는 더 이상 노래 부르는 남자에게 눈을 둘 수도, 아니 노래를 감상할 정신도 없었다. 연달아 들어오는 고기를 씹어 넘겨야 했으니까. 그러는 사이 남자의 세레나데는 끝이 났다. 그와 동시에 고기를 나르던 하준의 손도 멈췄다.

'설마……'

다원의 눈이 반달로 휘었다. 이유 없는 행동은 없다고. 다원은 하준이 했던 행동의 이유를 어렴풋이 짐작할 수 있을 것 같았다. 다원이 들고 있던 나이프와 포크를 내려놓았다.

"하준 씨. 나 오늘 생일인데 생일 축하 노래도 안 불러 줄 거예요?"

"노래는 무슨."

애초부터 평소의 하준이라면 '다른 남자 노래는 뭐 하러 듣습니까? 내가 더 잘 부르니까 나중에 내 노래나 들어요.' 이렇게 말해야 정상이었다. 그런데 이리 재빨리 발을 빼는 걸 보니, 혹시나 했던 그녀의 짐작이 맞을지도 모르겠다. 다원의 장난스런 눈이 반짝였다.

"아아, 이제 보니 하준 씨, 노래 못하는구나?"

"못, 못하긴. 누가. 연습을 안 했을 뿐입니다."

천하의 류하준도 못하는 것이 있긴 있구나. 다원의 눈이 즐겁게 빛났다. 뜻밖의 수확에 기분이 좋아진 다원은 다시 포크와 나이프를 들었다. 남아 있던 맛있는 음식들을 하나도 남기지 않고 그녀는 자랑스럽게 접시를 깨끗하게 비워 냈다. 하지만 하준은 그 이후로 물만 마실 뿐 아무것도 먹질 못했다.

집으로 돌아가는 차 안, 다원은 계속해서 생일 선물로 노래가 받고 싶다고 노래 타령이었다. 하지만 하준은 입을 꾹 다문 채 아무 말이 없었다. 갑자기 나타나 노래를 불러 재끼는 애먼 놈 때문에 빼도 박도 못하게 됐다.

'그럼 그렇지. 준석이 놈 말 따위는 듣는 게 아니었는데.'

하준은 속으로 땅을 치며 후회 중이었다. 보통의 여자들은 생일 선물로 보석이나 가방 같은 걸 제일 좋아한다 해서 하준은 커플링 겸 반지를 준비했는데, 생일 선물로 노래가 듣고 싶다고 하는 다원 때문에 주머니에 준비해 온 네모난 상자는 꺼내지도 못했다.

그까짓 노래, 돈도 안 들고 불러 주면 그만이지라고 생각할지도 모르지만, 다원의 예상대로 하준은 노래를 못했다. 그냥 못하는 정도도 아니고 음치에 박치, 그냥 노래를 자체를 파괴하는 노래파괴자였다.

나름 다른 것들은 완벽하다고 생각하는 하준이었지만 노래는 정말 듣는 사람을 위한다면 해서는 안 되는 것이었다. 더욱이 사랑하는 여자한테 멋있는 모습만 보이고 싶은 게 남자인데, 선뜻 해 준다고 말할 수가 없었다.

꼭 듣고 싶었는데 정말 안 되냐며 아쉬워하는 다원을 보는 그의 마음이 철렁였다.

조금만 더 가면 다원의 오피스텔이었다. 까짓것 생일을 맞이한 다원이 이리도 원하는데. 다원의 오피스텔 앞에 차가 멈췄다. 이렇게 섭섭한 얼굴을 한 다원을 그냥 집으로 들여보낸다면 오늘 밤에 잠도 못 이룰 게 분명했다. 목을 가다듬은 하준이 학창 시절 음악 시간에도 하지 않았던 노래를 부르기 위해 음을 잡았다.

“크흠. 생, 생, 생일 축하합니다.”

이제 그만 노래 듣는 것을 포기하고 차 문을 열고 내리려던 다원의 손이 멈췄다.

“생일 축하합니다. 사랑하는 정다원, 생일 축하합니다.”

멋쩍은 듯 하준의 눈은 그녀 쪽이 아닌 다른 곳을 향해 있었고 순식간에 짧은 노래는 끝이 났다. 간단한 생일 축하 노래인데도 흔들리는 음정하며 제멋대로 왔다 갔다 하는 박자는 그가 얼마나 노래에 소질이 없는지 알려 줬다. 그러나 그 소질 없는 짧은 노래에서 느껴지는 하준의 마음은 그녀에게 큰 감동으로 다가왔다.

“하, 하준 씨?”

“오늘은 이걸로 좀 봐 줘요. 좀 연습해서 괜찮아지면 또 불러 줄 테니까.”

객관적으로 말하면 형편 없었지만 다원은 하준의 노래가 좋았다. 하기 싫었던 일이었을 텐데도 그녀가 원하는 거라 하준은 해 줬다. 물론 작은 거였지만 다원이 받은 감동은 엄청났다.

그가 그녀를 생각하는 마음이 꽤 크다는 건 알고 있었지만 새삼 그의 마음의 크기가 어느 정도인지 또 한 번 확인하고 난 다원의 얼굴로 미소가 어렸다. 이 남자와 함께라면 뭐든 괜찮을 것 같았다. 정확히 언제가 중요한 때인지는 알 수가 없었지만 다원은 지금이 아니면 안 될 것만 같았다.

"차 마시고 갈래요?"

이 남자라면 진짜 괜찮을 것 같았다. 그리고 웃으며 이야기한 그녀의 그 한마디에 하준의 심장은 거세게 뛰기 시작했다.

❈

하준에게 손목을 잡힌 채 급하게 올라온 다원의 집 안. 신발을 벗기가 무섭게 하준이 다원의 입술부터 찾았다. 지금까지의 부드러웠던 키스와 비교해 보면 근본부터가 다른 거친 키스였다. 이제부터 시작될 모든 행위들의 전초인 것처럼 그렇게 격렬했고 뜨거웠다.

숨 쉴 찰나도 없이 밀어붙이는 바람에 다원이 어지러워질 즈음 간신히 떨어진 하준이 그녀의 허리를 안아 번쩍 들곤 침실로 향했다.

폭신한 침대가 뒤에 닿자 다원은 감고 있던 눈을 떴다. 빨려 들어갈 것 같은 검은 눈을 한 하준이 그녀를 내려다보고 있었다.

순간 그녀는 저번처럼 어설프게 씻고 오겠다는 말 따위는 꺼낼 수가 없었다. 하준이 천천히 그녀에게로 다가오고 있었다. 와락 긴장한 다원이 슬금슬금 침대 위로 엉덩이를 옮겼다. 하지만 단단한 하준의 팔이 허락할 수 없다는 듯이 단번에 그녀의 다리를 잡아 내렸다.

"꺄악!"

다원의 엉덩이를 침대 끄트머리에 걸치게 만든 하준이 그녀의 앞에 섰다. 언제 벗었는지 모를 재킷은 보이질 않았고 검정색 와이셔츠를 입은 하준의 가슴이 그녀의 코앞에 있었다.

"벗겨 줘요."

다원이 입을 벌렸다. 지금 나보고 셔츠를 벗겨 달라고? 그녀의 손을 잡아 올리며 재촉하는 하준의 손길에 그녀의 손은 덜덜 떨면서 밑에서부터 단추를 풀기 시작했다.

그리고 단추를 풀기 수월하도록 하준이 몸을 숙이자 그의 얼굴이 바짝 그녀에게로 다가왔다. 단추를 하나하나 푸를 때마다 적응이 돼서 떨림이 멈출 줄 알았는데 다원의 손은 더 심하게 떨렸다. 그녀의 얼굴로 다가온 하준이 그녀의 목덜미에 입을 맞췄기 때문이었다.

오소소 소름이 돋은 몸에 찌릿찌릿하고 전율이 흘렀다. 전에도 보고 넋을 잃게 만들었던 그의 가슴이 눈으로 들어오기 시작했다. 다원의 침이 꼴깍하고 넘어갔다. 간신히 마지막 단추를 풀자 기다렸다는 듯 와이셔츠를 전부 벗어 낸 하준이 씩 웃었다.

"그럼 이제 내 차롄가?"

다원이 입고 있던 하얀 블라우스 단추를 하나 푸르는가 싶던 하준이 블라우스 중앙을 잡고 확 하고 옆으로 벌려 버렸다. 그의 거센 힘을 못 이기고 블라우스에 달려 있던 단추들은 전부 사방으로 흩어졌다.

"쓸데없이 많이 달려 있기는."

잘 달려 있던 단추를 풀지도 않고 인내심 없이 잡아당긴 게 누군데. 괜히 단추 탓을 하다니. 그런데 다원은 이상하게 정말 단추가 잘못한 것 같은 생각이 들었다. 단추가 잘못했네. 잘못했어. 피식 웃음이 나왔다.

"아직 다른 생각 할 여유가 있나 봅니다?"

다원은 더 이상 하준이 잘못했는지 단추가 잘못했는지 같은 우스운 생각 따위는 할 수 없었다. 하얀 슬립 안으로 불쑥 들어온 하준의 손이 그녀의 가슴을 가리던 거추장스러운 것들을 모두 벗겨 버렸기 때문이었다.

그녀의 봉긋한 가슴이 드디어 수줍게 모습을 드러냈다. 여체를 가리는 것이 아무것도 없는 상태에서 오직 그의 시선만이 닿는 느낌은 생소했고 부끄럽기도 했지만 묘한 떨림이 공존했다.

"이제부터 다른 생각은 하나도 못 하고 나만 생각하게 만들 겁니다."

하준의 손이 소담한 다원의 가슴으로 닿았다. 그리고 그대로 그녀의 가슴으로 얼굴을 내린 하준은 가슴의 정점을 물고 빨기 시작했다. 보드라운 살결은 하준이 이대로 정신을 놓을 만큼 치명적인 유혹이었다. 하준의 색정 어린 소리와 다원의 신음이 방 안에 가득 차올랐다.

"하아. 추읍."

"으음. 아아."

하준의 말대로 더 이상 아무런 생각도 나질 않았다. 오로지 그녀에겐 그밖에 없었다. 그의 입술을 느끼기 시작한 가슴의 정점이 예민하게 곤두섰다. 낯선 감각에 다원의 허리가 하늘로 튀어 올랐다.

"아아."

이때를 기다렸다는 듯 하준의 손이 아래를 덮고 있던 스커트를 벗겨 냈다. 빨간 스커트가 사라지자 미끈한 다원의 다리가 모습을 드러냈다. 다시 하준이 그녀의 입술을 찾았다. 부드러운 키스에 정신을 파는 사이 하준의 손이 아래에 닿았다.

"!"

처음 남자의 손이 닿은 곳은 예민하게 그녀의 모든 감각들을 깨워 냈다. 다원이 부끄러운 듯 다리를 꼬았다. 놀란 그녀를 달래기라도 하듯 하준이 그녀에게 가볍게 키스했다.

가느다란 목에 붉은 흔적을 남기고 다시 내려간 그의 입술은 가슴 언저리에 또 붉은 수를 놓았다. 깨무는 듯 아픈 느낌에 다원의 미간이 찌푸려졌다. 하지만 또 그 위를 부드럽게 덮는 하준의 입술 때문에 다원은 다시 얼굴을 풀었다.

민감한 옆구리를 지나 납작한 배에 촘촘하게 입을 맞추던 하준이 모든 동작을 멈췄다. 갑자기 휑한 느낌에 다원이 눈을 떴다. 다원과 눈을 마주친 하준이 다시 얼굴을 내렸다.

아무도 닿지 않았었던 곳을 덮고 있는 하얀 레이스 속옷 위에 하준이 입을 맞췄다. 다원은 하준의 얼굴을 밀어 냈다. 하지만 하준은 저항하는 그녀의 두 손을 모아 한 손으로 꼼짝달싹하지 못하게 붙잡았다.

"가만있어요. 나중에 안 힘들려면."

다시 하준의 입술이 닿았다. 레이스 위로 닿는 뜨거운 그의 입술에 다원은 눈을 질끈 감아 버렸다. 도저히 아래로 눈을 내리고 하준이 하는 것을 볼 용기가 없었으니까. 그리고 하준이 다시 얼굴을 올려 입을 맞춰 왔다. 동시에 불쑥 들어온 기다란 손가락.

"으음."

입을 맞추고 있었음에도 크게 놀란 다원의 신음이 삐져나왔다. 놀라지 말라며 달래는 듯한 하준의 입술에 온 신경을 뺏겼을 때, 차츰 손가락이 움직이기 시작했다. 빽빽하던 다원의 몸이 열리고 있었다.

아직은 많이 부족한 걸 알고 있었다. 하지만 하준은 더 이상 참을 수가 없었다. 급하게 바지를 벗어 버린 하준의 몸이 그녀의 위를 덮었다. 많이 아프다고 들었는데도 불구하고 그만둘 수가 없었다. 하준이 열에 들뜬 그녀의 얼굴을 쓰다듬었다.

"많이 아프면 날 때려도 됩니다."

"으응?"

하준이 하는 말이 무슨 말인지 다원은 금방 알 수 있었다. 하준이 아래를 가르는 듯 단번에 뚫고 들어왔기 때문이었다. 진짜 하준을 때리고 싶을 만큼 아팠다. 눈물이 핑 돈 다원과 달리 하준은 황홀하며 아늑하기까지 한 느낌에 신음까지 흘렸다.

"하악. 하아. 너무 좋아."

하준은 이대로 쓰러져도 상관없을 만큼 좋았다. 당장이라도 정신을 놓아 버릴 만큼 그녀의 안은 그를 미치게 만들었다.

하지만 하준은 가지고 있는 모든 정신력을 끌어모아 버텼다. 혼자 느끼고 싶진 않았다. 그가 느끼는 이 아름다운 황홀함을 다원과 함께 나누고 싶었다. 팔에 힘줄이 보일 정도로 악착같이 버티던 하준의 이마에 맺힌 땀방울이 그녀의 가슴을 타고 흘렀다.

다원이 눈을 떠 보니 괴로운 듯 참고 있는 하준이 보였다. 다원이 하준의 팔을 움켜잡았다. 하준이 눈으로 묻고 있었다. 괜찮은 거냐고. 그러자 다원이 세상에 더 이상 없을 만큼 기쁘고 환하게 웃어 보였다.

하준의 허리가 느릿하게 움직이기 시작했다. 하지만 느린 것은 잠깐, 점점 속도는 걷잡을 수 없이 빨라졌다. 하준의 신음 소리를 따라 함께 맞물린 아래는 둔탁한 소리를 냈다.

"하아. 하앗."

지금껏 참았던 모든 것을 풀어 놓는 듯 하준은 거세게 달렸다. 그러다 다원이 힘겨워하는 것 같으면 다시 느려졌다. 그를 품고 있는 그녀의 안이 다시 아늑해지면 하준은 거세게 위로 허리를 튕겼다. 처음에는 힘겹고 아프던 다원은 점차 생소한 느낌에 흐느끼기 시작했다.

"으앙. 하, 하준 씨."

그녀가 그의 이름을 부르면 그는 또다시 그녀의 입술에 입을 맞췄다. 그의 이름을 부르는 그녀가 너무도 사랑스럽다는 듯이.

더 이상은 참지 못하겠다는 듯 다원의 다리가 하준의 다리를 감아 오자 하준은 절정을 향해 치닫기 시작했다. 곧 이대로 죽어도 좋을 것 같은 쾌감이 두 사람에게 왔다.

"으아. 다원아. 사랑해."

자신의 모든 것을 그녀에게 뱉어 낸 하준은 그대로 무너져 내렸다. 옆으로 내려와 열에 올라 온몸을 떠는 다원을 품에 꼭 안은 하준은 받아 줘서 고맙다는 그의 마음을 담아 그녀의 이마에 입을 맞췄다. 그리고 수줍은 듯 그의 품에 안긴 다원은 얼굴을 붉히고 있었다.

한참을 다원의 쌕쌕거리는 숨소리와 벌렁대는 심장 소리만 듣고 있던 하준이 벌떡 일어나더니 다원을 번쩍 안고 욕실로 들어섰다.

내리쬐는 욕실 전구 빛이 하얀 타일에 반사되어 하얗게 부서지고 있었다. 다원을 욕조 머리맡에 조심히 내려놓은 하준이 뜨거운 물을 받기 시작했다.

언제는 욕실 전구가 성능이 좋다고 만족스러워하던 다원은 이제 지나치게 밝은 욕실 불빛이 몸 구석구석을 밝히는 것이 못마땅했다. 도저히 하준의 얼굴을, 아니 벗고 있는 하준을 볼 자신이 없었다. 푹 고개를 숙이고 욕실 바닥의 타일을 하나하나 세고 있던 다원을 하준이 번쩍 들어 안고는 욕조로 조심히 내려놓았다.

"몸은 좀 어때? 괜찮아?"

다원은 말없이 괜찮다며 고개를 작게 끄덕였다. 온몸이 욱신거리고 아래가 쓰라린 듯 아파 왔지만 따뜻한 물 덕분에 한결 괜찮았다. 그녀가 괜찮은 걸 확인한 하준이 말없이 욕실을 나갔다. 혼자 있도록 하준이 피해 주는 것이라고 생각한 다원이 긴장하고 있던 몸을 풀고 편안하게 눈을 감았다.

욕실에 다원을 혼자 두고 서둘러 나온 하준은 두 사람의 흔적이 가득한 침대 시트를 걷어 버리곤 장롱을 열어 푹신한 이불을 꺼내 매트리스 위에 깔았다. 그리고 다급하게 거실로 나가 아까 벗어 버렸던 재킷 주머니를 뒤졌다.

그가 찾아낸 상자를 열자 오늘 하루 종일 빛을 못 본 커플링이 반짝이고 있었다. 반지를 가지고 다시 욕실 문을 여는 하준의 손이 다급했다. 욕실 문을 열고 들어간 하준은 다원을 안아 들어 같이 욕조 안으로 들어갔다.

"하, 하준 씨?"

다원은 졸린 눈을 뜨고 놀라 하준을 불렀다. 역시나 하준은 다원이 혼자 있도록 피해 준 게 아니었다. 같이 있으면 있었지 혼자 둘 리가 없다는 걸 깜빡하고 있었다.

물을 헤치고 뒤에서 뻗어 온 하준의 손이 다원의 손을 만지작거렸다. 물속에서 반짝하고 빛이 났다. 그녀의 네 번째 손가락에 작은 다이아가 박힌 심플한 은색 링이 걸려 있었다.

"반, 반지네요? 설마 생일 선물이에요?"

사실은 생일 선물로 준비한 반지였지만 하준은 아닌 척하며 씨익 웃었다. 사실 생일인 김에 산 건 맞지만 진짜 이 반지를 산 목적은 따로 있었다.

"아니. 내 거 건드리지 말라는 영역 표시."

좀 전까지 잠이 들려던 사람이 맞는지 다원의 눈에서 더 이상 졸음을 찾아볼 수 없었다. 애써 아닌 듯 감췄지만 기쁨을 감추지 못한 다원의 목소리가 욕실을 울렸다.

"피이. 나만 애인 있다고 하면 좀 억울한데? 하준 씨도 해야죠."

"그래서 준비했지. 끼워 줘."

하준의 손에 조심히 똑같은 반지를 끼운 다원의 얼굴에 행복한 웃음이 걸렸다. 하준은 다원에게 준 반지가 영역 표시라고 했지만 다원도 마찬가지였다.

그러고 보니 그녀를 안고 절정에 오를 때부터였나? 하준의 말이 짧아져 있었다.

"근데 왜 갑자기 말을 놓고 그래요?"

"내가 훨씬 나이가 많잖아. 다원이 불만 있는 건 아니지?"

다원 씨, 다원 씨 하는 것보다 하준이 편하게 부르는 그녀의 이름이 듣기 좋았다.

"뭐. 네. 괜찮아요. 그런데 이 손 좀 치워 줘요."

다원이 그녀의 가슴을 은근하게 만지고 있는 하준의 손을 때렸다. 하지만 하준의 손은 집요하게 가슴을 탐했다.

"내가 말했던 것 같은데? 난 낮이고 밤이고 뭐든 열심히 한다고."

그의 말을 증명이라도 하듯 뒤에서 딱딱한 무언가가 그녀의 엉덩이를 찌르고 있었다. 하준이 살짝 다원의 허리를 들더니 그대로 안으로 파고 들어왔다.

"아앗."

"하악."

좀 전과는 비교도 되지 않는 쾌감에 다원은 앞으로 고꾸라졌다. 단단한 하준의 팔이 다원을 붙들었다. 하준의 아래가 크게 한 번 위를 치고 올라왔다.

그에 맞춰 욕조 물이 첨벙하고 소리를 냈다. 저도 모르게 야한 신음 소리가 나올 것만 같은 다원은 세게 입술을 깨물었다. 다시 천천히 허리를 움직이기 시작한 하준이 다원의 귓가에 울리게 속삭였다.

"아직 밤은 길어. 그리고 나는 이제 시작이야."

밤은 아직 길었다. 그리고 뭐든 열심히 하는 하준이었지만 이번에는 그의 인생에서 제일 열심을 다할 것이라는 걸 다짐할 수 있었다.

다른 것도 아니고 사랑하는 다원을 안는 일인데. 욕실 밖으로 열을 올리는 하준의 열정적인 소리와 처음 경험하는 느낌들에 속절없이 흐느끼는 다원의 신음 소리만 흘러나가고 있었다.

13. 당신에게 갈 기회 따위는 없어

해는 하늘 위로 뜨는데 다원이 잠든 침실은 아직도 한밤중이었다. 단단히 쳐 놓은 커튼이 그녀의 잠을 방해하는 햇빛 따위는 들어올 수 없도록 막고 있었다. 꼼짝도 않고 죽은 듯이 누워 있던 다원의 다리가 뒤척였다. 옆으로 누웠다 바로 누웠다 몇 번 뒤척이던 다원이 결국 눈을 떴다.

“으아앗.”

신음이 절로 나왔다. 온몸이 뻐근하고 근육들은 뭉친 데다 아래가 말할 수 없을 만큼 쓰라렸다. 이게 다 뭐든 열심히 한다던 하준 탓이었다.

욕실에서도 모자라 침대에서도 잠들려던 그녀를 물고 빨고 괴롭히더니, 결국 다원은 어젯밤 어떻게 잠에 들었는지 생각도 나질 않았다. 하준과 함께한 밤은 달밤에 공사판이라도 한 판 뛰고 온 것 같은 노동력과 맞먹는 피곤이었다.

그런데 정작 그녀를 이렇게 힘들게 만들어 놓은 하준은 어딜 갔는지 코빼기도 보이질 않았다. 하준을 찾으러 침대에서 내려온 그녀가 일어서려고 발을 딛자 올라오는 찌릿한 통증 때문에 절로 단발의 비명을 내질렀다.

"아아."

거실에서 우당탕 무언가 떨어져 뒹구는 소리가 들리더니 벌컥 방문이 열렸다. 그리 큰 소리도 아니었던 것 같은데 하준은 용케도 들은 것 같았다.

"괜찮아?"

한걸음에 달려온 하준이 다원을 부축했다. 다원에 눈에 들어온 그는 금방 어디라도 갔다 왔는지 제대로 갖춰 입고 있었다. 그에 비해 자다 일어난 다원은 실오라기도 걸치지 않은 맨몸이었다. 부끄러워진 다원이 침대로 다시 올라가 이불을 덮어썼다. 얼굴 사이로 얼굴만 빼꼼 내민 다원을 보던 하준이 침대 끝에 걸터앉았다.

"몸은 좀 어때? 어디 아픈 데는 없어?"

아픈 데야 많았다. 온몸에는 하준이 남겨 놓은 열꽃 때문에 울긋불긋했고, 하준이 쭈쭈바라도 되는 듯 베어 물었던 가슴은 살짝 스치기만 해도 아렸다.

그리고 하준을 품었던 아래는 쓰리고 아팠다. 하지만 아프다고 말한다고 해도 약을 바른다거나 하는 뾰족한 수도 없었다. 다원은 병 주고 이젠 약 준다는 하준을 노려봤다.

"치사해. 나는 온몸이 안 아픈 곳이 없는데 하준 씨는 왜 이렇게 멀쩡한 건데요?"

다원은 아파 죽겠고 심각해 죽겠는데 하준은 마냥 이 상황이 즐거웠고 투정부리는 그녀가 마냥 귀여울 뿐이었다. 하준의 얼굴에 생글생글 웃음이 어렸다.

“왜 이래? 나도 아파. 허리가 뻐근하니 아프다고.”

멀쩡하던 하준이 엄한 허리를 잡고 엄살을 부렸다. 이불 속에 감춰져 있던 다원의 손이 불쑥 나와 하준의 가슴팍을 툭하고 때렸다. 힘이라곤 실리지 않는 그녀의 팔을 잡아당겨 하준이 그에게로 끌어당겼다. 찬찬히 그녀의 머리를 쓰다듬는 하준의 손이 부드러웠다.

“더 자지. 왜 벌써 일어났어.”

다원의 주먹이 스르륵 풀리고 그녀의 손바닥이 그의 가슴에 닿아 있었다. 그녀를 걱정하는 듯한 그의 말투에 다원은 또 속절없이 풀려 버렸다. 기분 탓인지는 모르지만 그의 품에 안기니 좀 전까지 아프다고 아우성이던 몸이 조금은 괜찮아진 것 같기도 했다. 하준이 안고 있던 다원의 몸을 뒤로 눕혔다.

“조금 쉬고 있어. 아침 준비할게.”

“아침요? 어쩌지? 냉장고가 텅텅 비었을 텐데?”

안 그래도 일찍 눈을 뜬 하준이 아침이라도 할까 나왔다 냉장고를 열어 보곤 텅텅 빈 냉장고를 진작 발견했었다. 그래서 다원이 잠든 사이 장 보러 나갔다 온 참이었다. 두 손 가득 넘치도록 장을 봐 왔으니 며칠은 밖으로 나가지 않아도 될 터였다. 주말 동안 오로지 집에만 있겠다는 하준의 의지가 나은 결과였다.

“그래서 방금 막 장 봐 왔어. 좀 더 자고 있어. 다 되면 깨울 테니까 그때 나와.”

다원의 이마에 입을 맞춘 하준은 방을 나갔다. 몸은 피곤한데 잠이 올 것 같지 않았다. 눈만 말똥말똥 뜨고 있던 다원의 귓가에 분주한 소리가 들려왔다.

타닥타닥 도마 소리에 무언가를 씻어 내는 물소리. 궁금한 건 못 참는 다원은 결국 침대에서 일어났다. 옷장에서 잠옷을 꺼내 입고 간단하게 샤워를 마친 다원이 주방으로 향했다.

잔뜩 힘으로 닭과 사투를 벌이고 있던 하준이 인기척을 느끼고 뒤돌아섰다. 방금 씻고 나왔는지 말끔한 얼굴을 한 다원이 서 있었다. 좀 쉬라니까 말도 참 안 듣지.

"왜 나왔어?"

"그냥, 잠이 안 와서. 뭐 만드는 거예요?"

얼핏 닭을 본 것도 같았는데, 역시나 하준이 아직 다리를 꼬지 못한 생닭을 들어 보였다.

"삼계탕."

"아침부터 삼계탕?"

"어제 보니까, 당신 너무 약하더라고."

누가? 내가? 자식에게 튼튼함이란 유전자를 물려준 것을 가장 자랑스러워하시는 이정숙 여사가 알면 기함할 소리를 하준은 태연하게도 했다. 약한 게 아니라 당신이 너무 튼튼하고 강한 거겠지.

금세 다가온 하준이 다원을 깨질까 싶어 걱정인 유리처럼 조심히 의자에 앉혔다. 이런 공주 대접은 익숙하지 않은 다원이 어색한 듯 위를 올려봤다.

"도와줄까요?"

"그냥, 있어. 내가 하면 돼."

다시 조리대로 간 하준이 닭다리를 들었다. 찹쌀, 몸에 좋다는 대추, 인삼, 마늘 전부를 품은 닭의 다리를 꼬기만 하면 되는데 그게 쉽게 안 되는 것 같았다.

셔츠를 걷어 올린 그의 팔에 성이라도 난 것처럼 핏줄이 도드라졌다. 그러다 우두둑 하고 소리가 나더니 하준이 아빠다리를 하고 있는 닭을 자랑스럽게 들어 보였다.

"이제 끓는 물에 넣기만 하면 끝이야."

하준의 말이 끝나기가 무섭게 물이 끓는 소리가 들렸다. 닭이 각종 약재가 우러난 육수로 첨벙하고 들어갔다.

"닭이 익으려면 시간이 좀 남았는데 남은 시간 동안 우리는 이제 뭘 할까나?"

앉아 있던 다원의 손을 잡아 일으킨 하준의 발이 침실로 향했다. 멍하니 끌려가던 다원의 발이 목적지를 확인하고 문 앞에서 버텼다. 절대로 안으로 들어갈 수 없다는 듯 그녀가 하준의 팔을 잡고 상체를 뒤로 젖혔다.

"하준 씨, 아침부터 이러지 마요."

그의 팔을 잡고 뒤로 늘어지는 다원을 보는 하준의 입가가 즐거운 듯 올라갔다.

"내가 뭘 할 줄 알고?"

내가 그것도 모를까 봐. 이 방으로 들어가서 할 게 그것밖에 더 있나? 어젯밤에 했던 행위들을 말로 하려니 괜스레 그녀의 얼굴이 붉어졌다. 하준의 시선을 피하며 다원이 작게 소리쳤다.

"어젯밤처럼 에스. 이. 엑스 할 거잖아요."

지레 겁먹고 도망가려는 다원을 잡아챈 하준이 그녀를 들쳐 멨다. 짐 보따리처럼 다원을 어깨에 메고 침실로 들어간 하준은 침대 위에 그녀를 조심히 내려놨다.

올려다보니 보이는 그의 웃는 얼굴을 마주하던 다원은 그 순간 하준이 마치 세렝게티에서 먹이를 노리는 한 마리의 짐승처럼 보였다. 그 위험 앞에서 다원은 생각할 겨를도 없이 속의 말을 내뱉고 말았다.

"이 짐승 같으니라고!"

짐승이라는 소리를 들었음에도 그러든가 말든가 하준은 누워 있는 다원의 위로 몸을 겹쳐 왔다. 그 다음에는 무엇이 따라올지 너무도 잘 아는 다원이 포기하고 눈을 감았다. 하준의 입술을 기다리는데 입술이 아니라 이마가 따끔거렸다.

"아야."

키스가 언제부터 이리 딱밤처럼 톡 쏘게 아팠던가? 아픈 이마를 만지며 다원이 눈을 뜨니 황당하다는 듯 그녀를 내려다보는 하준이 있었다.

"짐승? 지금 짐승이 누군데 이러실까? 지금 아침부터 에스. 이. 엑스를 생각하는 짐승녀가 누군데?"

안 하겠다고 버티던 사람이 누군데 정작 하준이 키스해 주지 않으니 섭섭한 건 또 무슨 마음의 조환지. 다원의 마음 한구석이 조금은 허했다. 그렇다면 진짜 하준의 말대로 짐승녀는 그녀였던가?

"그럼 안 하는 거예요?"

"안 해."

살짝 섭섭한 얼굴을 한 하준이 그녀에게서 내려와 옆으로 누웠다. 바로 누운 하준을 보기 위해 다원이 옆으로 몸을 뉘였다. 내가 너무 심했나? 하지만 아직 아픈 걸 어떡하나. 굳은 얼굴을 풀지 않는 하준의 팔에 다원의 손이 닿았다.

"음음, 이건 하준 씨를 사랑하지 않아서가 아니에요. 처음이라 아직 적응이 안 되고 쪼금 아파서 그랬지. 하준 씨 손이 닿는 게 싫거나 그러진 않았어요. 사실 어제 마지막에는 나도 막 소름도 돋고 그랬으니까. 그러니까 화내지 마요. 응?"

하준의 화를 풀어 주려는 듯 우물주물거리며 다원이 그의 팔을 만지작댔다. 어제 너무 제 욕망을 주체하지 못하고 그녀를 안았던 게 미안했다. 하지만 이 여자만 보면 어쩔 수가 없는 걸 어떡하나. 지금도 안고 싶은데 겨우 참고 있는 중이었다.

하아 하고 깊게 한숨을 내쉰 하준이 그녀를 끌어당겨 품에 안았다. 그의 품이 따뜻했다.

"화 안 났어. 오히려 내가 배려 못 해서 미안해."

사과할 필요까지는 없었는데. 사랑하면 같이 있고 싶고, 안고 싶고 입 맞추고 싶은 게 당연한 건데 많이 어수룩한 다원이 문제라면 문제였지 하준이 잘못한 건 없었다.

품에 안긴 다원의 고개가 아니라며 흔들렸다. 아직도 자기가 너무했다고 자책하는 얼굴을 하는 하준을 풀어 주기 위해 다원이 부러 가벼운 소리를 했다.

"그러면 다음에는 뭐라도 든든히 먹이고 잡아먹어요. 먹은 게 있어야 힘을 낼 거 아니에요?"

"알겠어. 이제부터 그렇게 한다고 약속할게. 아직 많이 피곤할 텐데 좀 더 자."

하준의 손이 다원의 등을 규칙적으로 토닥였다. 아까는 피곤해도 잠이 오질 않았는데 그의 품에 안겨 눈을 감으니 솔솔 잠이 왔다. 다원이 하준의 품으로 파고들었다. 다원이 잠에 들 때까지 하준은 그렇게 그녀의 등을 토닥이고 있었다.

꿈속에서 다원은 강아지를 만났다. 만화에서나 볼까 싶은 집채만 한 아주 커다랗고 하얀 털이 복슬복슬한 강아지에게 안겨 있었다. 잘 안겨 있었는데 갑자기 펑 하고 강아지가 사라지고 팔에는 아무것도 느껴지지 않았다.

꿈결에 느끼길 그녀를 안고 있던 하준이 사라져서인 것 같았다. 전에는 누가 옆에 있으면 잘 자지도 못해 놓고는 몇 번이나 그랬다고 하준이 없으니 불편한 건 또 무슨 일인지. 이리저리 뒤척이며 다시 잠들려는 그녀를 깨운 건 하준이었다.

"다원아. 밥 먹어야지. 일어나자."

"으음."

단단한 팔로 다원을 일으킨 하준이 다시 뒤로 누우려는 그녀를 붙들었다.

"벌써 점심때가 다 되어 가. 아침 겸 점심으로 먹자. 어서 일어나."

졸린 눈을 한 다원을 결국 들쳐 안은 하준은 식탁 의자에 그녀를 내려놓는 친절까지 베풀었다. 아직 잠에서 깨지 못한 다원은 그대로 식탁에 엎드리려 했다.

"지금 다 닦아 놓은 식탁에 엎드려 잘 생각 하는 거 아니지?"

뒤통수에 눈이라도 달렸는지 아님 어디 정다원 전용 카메라라도 설치한 건지 하준은 귀신같이 알아차렸다. 엎드리려고 팔까지 식탁에 위로 올렸는데, 멋쩍어진 그녀는 얼른 엎드리려고 올렸던 팔을 내렸다. 그러자 하준이 김이 모락모락 나는 닭을 담은 뚝배기를 들고 왔다.

"삼계탕은 처음이라 잘됐는지 모르겠어. 어서 먹어 봐."

어서 먹어 보라며 수저까지 쥐여 주는 하준이었다. 그런데 뚝배기가 하나였다. 그녀 앞쪽에만 삼계탕에 갖은 반찬까지 해서 상이 차려져 있었고 그의 앞에는 아무것도 없었다.

"하준 씨는 안 먹어요?"

"나는 별로 생각 없어. 어서 먹어."

같이 먹자고 했지만 하준은 웃으며 나는 몸보신할 필요가 없으니 이건 전부 그녀의 것이라며 어서 먹으라고 재촉했다.

어딘가 이상했지만 다원은 수저를 들고 식사를 시작했다. 각종 약재로 우려낸 국물은 한 숟가락만 먹었을 뿐인데도 구수한 것이 건강해지는 느낌이었다. 하준이 직접 살을 발라 다원의 앞 접시에 놓아 줬다.

"먹어 봐."

그가 발라 준 고기를 한 입 먹는데 입에서 사르륵 녹았다. 살도 야들야들하니 닭고기 맛은 일품이었다. 고기 맛에 눈이 동그래진 다원의 젓가락이 연신 고기를 집어 먹었다.

어느 정도 고기를 먹은 그녀는 이번에는 닭이 품고 있던 뽀얗게 잘 익은 찹쌀까지 입에 넣었다. 맛을 보는 그녀 앞에서 점수를 기다리는 오디션 참가자처럼 하준이 다원을 쳐다보고 있었다.

"어때? 맛있어?

"맛있어요. 흠흠. 류하준 씨. 이제 보니 한식도 잘 하네요? 다음에 대결 한번 하죠."

시도 때도 없이 요리 대결을 신청하는 다원 때문에 하준만 곤란해졌다. 지금까지 총 여섯 번의 대결로 결과는 삼 대 삼 무승부를 기록하고 있었다. 그놈의 대결이 뭐기에. 몸도 안 좋다면서 잘도 대결 같은 소리가 나오는가 싶어 하준은 어서 먹으라고 재촉할 뿐이었다.

"시끄럽고 어서 먹지?"

"에게게. 나한테 질까 봐 그러는구나?"

그를 놀리는 다원의 이마로 작게 꿀밤이 날아왔다. 그리고 더 이상은 딴소리하는 것을 봐줄 수 없다는 하준의 눈빛에 그녀는 장난을 거두고 진지하게 식사를 시작했다. 닭다리를 들고 잘 먹고 있는데 문득 이상한 생각이 들었다.

이것저것 먹이는 하준이 마치 그녀를 토실토실 살을 찌워 잡아먹으려는 것 같았다. 갑자기 드는 생각에 다원이 눈을 크게 떴다.

"하준 씨, 설마 이거 나 잡아먹으려고 먹이는 거 아니죠?"

어떻게 알았지? 천잰데? 이제 잠도 좀 잤겠다. 삼계탕으로 몸보신도 했겠다. 다원이 체력을 회복하기만 기다리고 있는 하준이었다.

그리고 아까 다원이 자기 입으로 말하지 않았던가? 뭐라도 좀 먹이고 잡아먹으라고. 평소에는 그리도 눈치가 없더니, 웬일로 이리 눈치가 빠른지. 정곡을 찔린 하준은 눈도 못 마주치고 말을 더듬었다.

"무, 무슨."

"진짜죠?"

의심스러워하는 다원을 두고 하준은 그렇다고 고개를 끄덕였다. 다원을 안심시키며 하준은 계속 먹으라고 다시 그녀의 손에 수저를 쥐여 줬다.

"어서 마저 먹기나 해."

아닌가? 의심을 거둔 다원은 마음 편히 닭을 즐겼다. 하준이 이것저것 챙겨 주는 것들도 잘 받아먹은 그녀가 식사를 마쳤을 때 하준이 눈이 반짝였다.

"다 먹은 거야?"

"네. 너무 많이 먹은 거 아닌지 모르겠어요. 배가 너무 불러요."

자리에서 일어난 하준이 씩 웃으며 그녀에게 다가오고 있었다. 다원의 몸이 절로 움츠러들었다. 그녀의 짐작이 맞았다.

"왜, 왜 이래요? 내가 이럴 줄 알았어. 이러는 게 어딨어요?"

"여기 있지. 그리고 네가 한 말 잊었나 보지? 뭐라도 먹이고 잡아먹으라고. 나는 네 말대로 했을 뿐인데?"

하준이 잘 먹인 다원을 안아 들었다. 그에게서 떨어지려 그녀가 이리저리 저항해 봤지만 소용이 없었다. 하준이 그녀를 안고 들어간 방문이 닫혔다. 그리고 잠시 후, 잘 먹인 다원을 잡아먹는 하준의 소리가 문 밖으로 새어 나가고 있었다.

✻

하준과 함께 보낸 주말이 지나가고 어김없이 월요일이 왔다.

주말 내내 한 일이라곤 하준이 해 주는 보양식을 먹고 하준과 함께 침대에서 있었던 게 전부였다.

주말 내내 쉬다가 갑자기 일을 하려는 월요일이면 다원은 언제나 월요병을 앓았건만 오늘은 무슨 일인지 월요병을 극복한 것 같기도 했다. 이게 다 주말 내내 쉴 틈을 안 줬던 하준 덕분이었다.

오늘 또 점심에 장어구이 잘하는 곳으로 데려가겠다는 하준의 말에 다원은 속이 안 좋다는 말로 그와의 약속을 거절한 터였다. 장어라면 그녀가 좋아하는 음식 중에 하나로 몇 인분이라도 거뜬히 먹을 수 있었지만 먹고 나서 뒷감당하는 것이 도저히 자신이 없었기 때문에 다원은 눈물을 머금고 장어를 떠나보냈다.

하준의 눈을 피해 간단하게 점심을 해결하러 편의점이라도 가려던 그녀의 병원으로 반가운 손님이 찾아왔다.

"다원아, 잘 있었어?"

"선, 선배?"

저번에 그렇게 헤어지고 나서는 처음 만나는 훈이었다. 오랜만에 보는 그의 얼굴에서는 다원을 향했던 감정 같은 건 찾아볼 수가 없었다.

두 사람 사이에 그런 일이 있고 나서 다시 만나게 되면 어색하거나 불편할 줄 알았는데, 먼저 훈이 찾아와 주니 그녀는 좋은 인연을 잘라내지 않아도 된다는 생각에 마음이 놓였다. 다시는 이렇게 편하게 선배를 볼 수 없을 줄 알았는데, 그를 보는 다원의 얼굴이 편안했다.

"내가 찾아와서 불편하거나 그런 거 아니지?"

"무슨. 아니에요."

"하긴, 다원이 너보다는 류하준 씨가 불편하겠지."

진담인지 농담인지 알 수 없는 그의 말에 다원은 작게 웃음을 터뜨렸다. 하준이 또 질투하려나? 문득 든 생각에 대한 답. 당연히 하준이 질투할 것이라는 것에 다원은 그녀의 병원을 걸 수도 있었다. 그녀가 몸소 겪어 본 하준은 생각보다 질투심이 많은 남자였으니까.

"그럴 수도 있겠네요. 그런데 나는 선배랑 이렇게 만날 수 있어서 좋아요."

"다행이다. 나는 사실 걱정했거든."

다원을 바라보는 훈의 눈이 아주 오래된 친구를 만나는 듯 편안했다. 그제야 서로를 보며 진심 어리게 웃을 수 있는 두 사람이었다.

"그런데 선배 무슨 일 있어요?"

"아, 전에도 말했지만 내가 여기로 내려오면서 혼자 살게 됐다고 했잖아. 적적할 것 같아서 강아지 한 마리 키워 보려다가 저번에는 포기했고. 근데 다시 한 번 생각해 봐도 한 마리 정도는 키워야 할 것 같은데 돈을 주고 분양받는 것보단 유기견을 입양하는 게 좋을 것 같아서, 그래서 왔어."

뜻밖의 훈의 말에 다원의 얼굴이 환하게 빛났다. 전에 강아지 다원이 적대감을 내비치며 짖어 댔던 탓에 훈이 아예 맘을 접은 줄 알았었는데, 또 이렇게 큰 결정을 내려 주니 다원은 제 일인 것처럼 기뻐했다.

"진짜지요? 진짜 잘됐다!"

"여기 병원에서도 유기견들 임시 보호하고 있다면서? 네가 소개 좀 시켜 줄래?"

쇠뿔도 단김에 빼랬다고 훈의 마음이 그새 바뀔까 싶어 다원이 자리에서 일어났다.

"선배. 웰컴 투 안아줄 개. 당장 선배의 동반자를 만나러 가 볼까요?"

"하하. 그래."

그녀의 우스운 말에 웃음을 터트리는 훈을 VIP 고객처럼 모시고 진료실을 나온 다원이 케이지로 달려갔다.

버려졌음에도 여전히 사람들만 봐도 좋아하는 아이들이 다가오는 두 사람을 보며 케이지 안에서 좋다고 꼬리를 흔들었다. 그녀가 케이지에서 맑은 눈을 하고 있는 검은 털과 하얀 털이 믹스된 롱 다리 슈나우저 한 마리를 안아 들었다.

"오빠 얘는 우리 병원에서 애교가 제일 많은 행운이에요. 비가 많이 오는 날 차에 치일 뻔한 걸 발견했어요. 그래서 이름을 행운이라고 붙였죠. 피부병도 없고 심장 사상충 주사도 다 맞았어요. 우리 병원에서 제일로 순한 아이예요. 한 번 안아 볼래요?"

전에 강아지 다원에게 거절당했던 일도 있어서 망설이던 훈이었지만 행운이가 먼저 그에게 손을 내밀었다.

훈은 저도 모르게 강아지를 안아 들었다. 폭 하고 안긴 행운이가 그의 손을 핥았다. 손이 간질간질했다.

그가 머리를 쓰다듬자 맑은 눈을 가진 강아지가 그를 올려다봤다. 마치 예뻐해 달라고 사랑을 갈구하는 것처럼 보였다. 전 주인에게서 버려졌음에도 사람에 대한 적대감 같은 건 전혀 가지고 있지 않은 맑고 투명한 눈. 그 눈을 보는데 어딘지 모르게 마음이 울컥했다.

말이 없는 훈의 눈치를 보던 다원은 훈이 행운을 맘에 안 들어하는 줄 알고 다른 강아지를 소개해 주려고 했다.

"선배, 다른 아이들도 볼까요?"

하지만 훈은 더 이상은 볼 필요도 없다며 고개를 흔들었다.

"아니야. 더 볼 필요 없을 것 같아. 행운이라. 이름처럼 얘가 내 행운인 것 같네."

"정말요?"

"어. 얘를 데려가고 싶어."

물론 훈이 반려견을 선뜻 입양해 주겠다고 하면 얼씨구나 좋다고 해야 했다.

그러나 전에도 그렇고 지금도 훈의 마음이 바뀔까 봐 서둘러 강아지를 보여 줬지만, 너무 섣불리 결정하는 건 다원이 바라는 게 아니었다. 조금 더 시간을 가지고 생각하면서 결정하는 게 좋을 것 같았다.

왜냐면 이 아이들은 충분히 아팠으니까. 키우다가 힘들다고, 맘에 안 든다고 다시 버려지면 이 아이들은 너무 가여울 테니까. 한 번 버려진 것도 서러운데 두 번 버려지면 정말 가슴이 아플 것이다.

"선배, 조금 더 생각해 보고 결정하는 건 어때요? 얘네들은 한 번 버려졌기 때문에 또 버려지면 안 돼요. 끝까지 책임지셔야 해요. 괜찮겠어요?"

분명 강아지 한 마리를 키우는 데는 엄청난 책임감이 따를 거다. 조금 갈등됐지만 이내 훈은 마음을 정했다. 계속 생각해 오던 일이었다.

다시 다원을 만날 수 있게 해 준 인터넷 카페에는 가지각색의 사연을 가진 유기견들이 넘쳐났다. 그곳에서 봤던 수많은 버려진 생명들 중 하나를 내가 살릴 수 있다면 그건 정말 뜻있는 일이 될 것 같았다. 그리고 그에게 선뜻 안겨 오는 행운이라는 아이. 데려가고 싶었다.

"아주 어렸을 때, 강아지 한 마리를 키웠던 경험 말고는 다른 경험이 없어서 많이 서툴겠지만, 그래도 끝까지 버리지 않는다고 약속할 순 있어."

"……."

사람들은 인연이라고 하면 사람과 사람 사이의 연만 일컫는 말이라고 생각할지도 모르지만 다원의 생각은 달랐다. 동물과 사람 사이에서도 인연이 있었다. 행운이가 훈에게 안긴 것, 그리고 훈이 한 번에 행운이를 알아본 것. 이것이 바로 인연이 아니면 무엇이겠는가?

"선배가 끝까지 책임질 수 있다면, 간단한 입양 서류만 작성해 주시면 오늘이라도 데리고 가실 수 있어요."

"그래? 잘됐다. 그럼 애한테 필요한 것 좀 여기서 좀 골라 주라. 사료라든가, 그런 거."

"알겠어요. 잠시만요."

다원이 서둘러 병원 한쪽에 마련된 애견 용품 코너로 가서 이것저것 집더니 한 아름이나 되는 물건을 가지고 왔다.

"이건 사료. 밥 그릇. 이건 행운이가 제일 좋아하는 간식 껌이랑 가지고 놀던 장난감이고요. 이건 배변 패드. 배변은 가릴 줄 알아서 따로 훈련시킬 필요는 없지만 그래도 새로운 환경이 낯설어 실수할 수도 있으니 그건 너그럽게 봐줘요."

"그래. 내가 또 청소 하나는 잘하니까 걱정하지 마. 이건 다 해서 전부 얼마야?"

"아니에요. 그냥 가져가요."

이것저것 하면 꽤 돈이 될 것 같은데 다원은 한사코 훈의 돈을 받으려 하지 않았다. 다원은 유기견들의 진료를 무료로 할 뿐만 아니라 이렇게 유기견들을 데려가는 입양 가족들에게 아무런 대가 없이 필요한 물품들을 선물로 주곤 했다.

훈에게도 마찬가지였다. 이게 아이들을 데려가 주는 이들에게 조그마한 고마움을 표시하는 그녀의 방식이었다. 하지만 훈은 단번에 고개를 내저었다.

"아무리 그래도 그렇지. 공짜로 받을 순 없어."

"공짜 아니에요. 이건 뇌물이에요. 뇌물. 우리 행운이 잘 부탁한다는……."

말을 하던 다원이 말끝을 흐렸다. 환하게 웃는 그녀의 눈 끝자락이 어딘가 시큰거려 보였다. 아마 다원에게 여기 있는 강아지 한 마리 한 마리가 다 소중하겠지. 그녀의 마음이 어떨지 조금은 짐작이 되는 훈은 결국 그녀의 성의를 고맙게 받기로 했다.

"입양 서류 가지고 올게요. 잠시만 기다려요."

울 것 같은 눈을 감추고 다원이 자리를 피했다. 행운이를 안고 훈이 다원을 기다리고 있는 동안 문이 열리고 병원으로 사람이 들어왔다.

하이힐에 숨도 쉬어지지 않을 만큼 밀착된 검정 원피스를 입은 여자는 동물병원과는 전혀 어울리지 않는 것 같았다. 아니나 다를까? 여자는 오자마자 대체 동물병원에는 왜 왔는지 모를 말들만 쏟아 냈다.

"건물 꼬락서니하고는 으휴, 냄새. 이 지저분한 개들은 전부 다 뭐야?"

잘 정돈된 손톱으로 코를 막은 여자는 병원 내부를 기분 나쁘게 훑어봤다. 그러다 훈과 눈이 마주치자 자기가 예뻐서 쳐다보는 줄 아는지 흥 하며 머리를 넘기는 게 아닌가. 뭐 저런 여자가 다 있는지 훈은 황당할 뿐이었다.

"선배, 여기 서류만……."

서류를 가지러 갔던 다원이 나오다 멈춰 섰다. 그리고 여자는 다원을 향해 당당하게 걸어갔다. 여자를 보자 웃던 다원의 얼굴이 굳어졌다.

"이미나 씨? 여긴 무슨 일이시죠?"

"무슨 일일 것 같아? 당연히 하준이 때문에 왔지. 너, 하준이랑 헤어져."

십 센티가 넘는 힐을 신은 미나의 키가 훨씬 더 큰 바람에 다원이 위를 올려다봐야 했지만, 다원의 눈빛과 목소리는 전혀 기죽지 않았다.

"그때, 모임에서 우리는 절대로 헤어질 수 없다고 명확하게 의견을 피력했던 걸로 아는데, 기억이 나질 않나 봐요?

전에도 느꼈지만 쉽게 물러설 기미라곤 전혀 없는 다원의 말에 꽤 화가 났는지 소리치는 미나의 목소리가 귀청을 찔렀다.

"너 지금 그 말 한 거 후회 안 할 자신 있어?"

"그러는 이미나 씨는 나를 찾아온 걸 후회 안 할 자신 있어요? 여기 있는 개들이 내 말 한 마디면 이미나 씨를 공격할 수도 있어요."

병원 안에 있는 개들이 전부 달려든다니, 상상만으로도 겁을 흠칫 먹고 한 발자국 뒤로 물러났던 미나가 그런 일이 실제로 일어날 수 없다는 생각에 여전히 기세 좋게 소리쳤다.

"그게 말이 되긴 해? 내가 그 말을 믿을 것 같아?"

"믿든 안 믿든 한 번 해 보면 알겠죠."

갑자기 조용했던 케이지의 개들이 소란스럽게 짖기 시작했다. 한 번 이상 트라우마가 있었던 아이들이어서 큰 소리만 나면 이렇게 짖는 아이들도 있었고 케이지 구석으로 몸을 웅크리고 숨어 있는 아이들도 있다. 하지만 앞의 이미나라는 여자는 그런 것들은 전혀 모를 것이다.

"이것 봐요. 얘네들은 개념이 있어서 개념이 없는 사람들만 보면 짖거든요."

"흥. 너, 언제까지 그렇게 기세등등할 것 같아? 네가 좋아하는 이 후진 병원도 좀 있으면 없어질 거야."

이건 또 무슨 말인가? 다원의 눈이 찌푸려졌다. 이렇게 기세등등하게 이야기하는 걸 보면 무언가 가진 패가 있다는 건데. 하준을 좋아하는 줄은 알고 있었지만 설마설마하면서도 예상되는 것이 있었다. 하지만 설마가 역시나였다.

"이번 달 말까지 여기 병원 비워 줘야겠어. 내가 이 건물 인수했거든. 네가 그렇게 아끼는 이 병원 지키고 싶은 생각이 들면 나를 찾아오라고. 그럼 나는 이만 가 볼게."

"……."

여자가 떠나고 말도 안 되는 소리에 다원은 한참을 멍하니 서 있었다. 얼떨결에 모든 상황을 목격한 훈이 조심스럽게 다원을 불렀다.

"다원아?"

"네? 아! 선배. 내가 뭐하려고 했더라? 아! 맞다. 입양 서류! 여기 다 적어 주시면 돼요."

애써 아무것도 없다는 듯 행동하는 다원이었지만 훈은 서류를 적다가 그녀의 얼굴이 괜찮은지 걱정이 되어 흘낏 쳐다봤다.

이야기를 들어 보니 류하준과 관계된 일인 것 같았다. 애초에 다원에 대한 마음을 접었지만 아끼는 후배를 걱정하는 마음까지 없어진 건 아니었다. 이번 달까지 병원을 비워 달라니. 하다못해 집을 옮겨도 몇 달을 고민하고 고르는데, 한 달 만에 병원을 옮겨야 한다니 난처하고 힘든 상황인 건 분명했다.

"괜찮은 거야?"

"하하. 괜찮겠죠? 우선 저 여자가 거짓말하는 걸 수도 있고 좀 있다 건물 아저씨한테 전화해서 사실 확인부터 해야겠어요."

"내가 도울 수 있는 일 있으면 언제든 말해. 선배로서 도와줄게."

"말이라도 고마워요. 진짜 도움이 필요하면 이야기할게요."

하지만 훈은 알 수 있었다. 말은 이렇게 하는 다원이었지만 그에게는 도움을 청하지 않을 것이라는 것이 분명했다. 남아서 다원과 이야기를 더 나누고 싶었지만 서류를 다 작성하고 바라본 다원의 얼굴은 혼자 있고 싶다는 얼굴이었다.

결국 행운을 안은 훈은 생각이 많아진 다원을 두고 병원을 나올 수밖에 없었다.

'이 일을 어쩌나.'

선배인 그가 도움이 되질 못한다면 제일 친한 친구에게는 터놓고 말할 수 있겠지 하고 훈은 지연에게 언질이라도 줄까 싶어 신호등을 건너 길 건너편, 지연의 카페로 향했다.

원수는 카페 앞에서 만난다더니. 카페 건물 이 층에서 내려오는 하준과 부딪쳤다. 이제 훈이야 하준을 보는 게 그리 불편하지 않았지만 하준은 그런 것 같지 않았다. 카페 앞에서 평생의 원수라도 만난 것 같은 하준의 목소리는 딱딱했다.

"오랜만입니다? 다시는 이 근처에서 볼 일이 없을 줄 알았더니."

"다원이네 병원에 들렀다 가는 길입니다."

다원이라는 말에 하준의 눈썹이 기분 나쁘다는 듯 꿈틀거렸다.

"지금 우리 두 사람이 열렬히 연애 중인 걸 알고 계실 텐데요?"

이 남자에게는 그가 병원으로 발걸음 한 게 아직 다원에 대한 미련을 버리지 못한 것으로 비춰지는 것 같았다. 날카롭게 온 신경을 세우고 으르렁대는 걸 보니.

처음부터 이랬다. 다원의 주위에 조금이라도 다가가기만 하면 그를 막아 내려 온 힘을 썼지. 사랑 앞에서 저돌적이고 그것을 밀어붙이는 그가 조금은 부러웠다. 그에게는 그런 부분이 없었으니까.

하지만 부러운 건 부러운 거고 심술이 났다. 한 번의 기회도 자신에게 양보하지 않았던 하준에게 이 정도는 해도 되지 싶었다. 훈의 눈이 즐겁게 빛났다.

"그렇습니까? 그런데 아직 나한테 기회가 있을 것 같기도 한데요?"

처음 만났을 때, 훈은 하준이 감정 같은 건 잘 드러내지 않는 타입인 줄 알았다. 하지만 다원에 대해서는 쉽게 감정을 내비친다. 하준은 훈을 죽일 듯이 노려봤다.

"당신한테 갈 기회 따위는 없어."

"모르죠. 당신의 과거 여자가 나타났던데, 혹시 압니까? 나한테도 기회가 있을지."

"과거 여자? 나는 그런 거 없……."

자신 있게 대꾸하던 하준의 말이 멈췄다.

"설마 이미나? 걔는 나랑 아무 사이도 아니야. 그나저나 내가 당신한테 이런 이야기를 할 필요는 없고. 그런데 당신이 걔를 어떻게 알아?"

"방금 병원으로 찾아왔더군요. 다원이네 병원이 있는 건물을 인수했다면서 한 달 안으로 병원을 비워 달라고."

그 말을 들은 하준이 훈을 지나쳐 달려 나가기 시작했다. 뛰어가는 그를 보던 훈은 이젠 정말 어쩔 수 없다는 듯 포기의 두 손 두 발을 다 들었다.

처음에는 한 번은 속 태우고 놀릴 겸 다원에게 있었던 일을 이야기할 겸 해서 했던 이야기였는데 결국 하준의 마음이 어느 정도인지까지 알아 버리고 말았다.

훈은 혹시나 싶어 티끌만큼 남겨 놓았던 마음도 미련 없이 버렸다. 그의 품에 가만히 안겨 있던 행운이 그를 위로라도 하는 것처럼 낑낑댔다.

"그래, 너라도 있어서 얼마나 다행인지 모르겠다."

행운이 맑은 눈으로 올려다보며 그에게도 저런 사랑이 진짜 행운처럼 그렇게 찾아올 거라며 훈을 위로했다.

14. 그만의 프러포즈

하준은 누군가를 잡는 것처럼 뛰어서 병원 안으로 들어갔다. 그러나 다원은 보이지 않고 갑자기 뛰어 들어오는 하준을 보고 놀란 김 간호사만 무슨 일이냐는 듯 그를 쳐다볼 뿐이었다.

"원장님은 어디 갔습니까?"

"원장님, 방금 볼일이 있다며 나가셨는데요?"

"혹시 어디로 갔는지 압니까?"

김 간호사의 예리한 촉이 발동했다. 이건 무슨 일이 있어도 백 번은 더 있는 거다. 점심 먹고 들어오니 난데없이 다원은 굳은 얼굴로 잠깐 나갔다 오겠다는 말만 하고 사라졌다.

그러곤 간발의 차를 두고 다원을 찾으며 뛰어 들어온 하준의 얼굴도 보통 심각한 게 아니었다. 무슨 일이기에 다급하고 절박해 보이기까지 하는 건지, 감을 전혀 잡지 못하겠어서 김 간호사의 궁금증만 더 커져 갔다.

"아뇨. 말씀 안 하시고 가셨는데."

하준은 다시 휴대폰을 들고 다원에게 전화를 걸었다. 하지만 역시나 받질 않았다.

그런 일이 있었으면 이 모든 일의 발단이자 원인인 그에게 도움을 요청하거나 그도 아니면 그를 찾아와 이게 대체 무슨 영문이냐며 그를 탓하기라도 하든지 대체 어디를 간 건가. 지금 당장이라도 그녀의 얼굴을 봐야 불안한 듯 흔들리는 이 마음이 좀 진정이 될 것 같은데. 깊이 파인 그의 미간의 주름이 더 깊어졌다.

"들어오면 꼭 좀 전화 부탁한다고 전해 줄 수 있습니까?"

"네? 네. 알겠습니다."

별 수확 없이 병원을 나온 하준의 입에서 거친 소리가 뱉어져 나왔다. 평소에는 입에 담아 본 적도 없는 욕지거리였다. 그의 마음이 그만큼 안 좋다는 뜻이겠지. 미나가 경우가 없는 것을 모르지 않았다. 이렇게까지 무모할 줄 몰랐을 뿐이었다. 난데없이 건물을 사들이다니.

하준은 들고 있던 휴대폰에서 동창회에서 봤던 제원의 전화번호를 찾았다. 이 난리를 만든 이미나의 전화번호가 필요했다.

뜬금없이 전화해서 다짜고짜 이미나의 번호를 물어보니 제원은 무슨 일인지 궁금해했다. 하지만 하준의 목소리가 심상치 않았던 걸 느꼈는지 더 이상은 묻질 않고 전화번호를 가르쳐 줬다.

제원과의 전화 통화를 끊은 뒤 휴대폰 화면에 미나의 번호를 두드리는 하준의 손이 거칠었다. 신호음이 얼마 안 가 전화를 받은 미나는 하준을 기다리고 있었던 듯했다.

— 어머, 하준아? 무슨 일이야?

다 알고 있으면서도 모른 척하는 꼴이 우스웠다. 험한 말이 튀어나올 것 같았지만 하준은 이미나와 같은 수준이 되기 싫어 겨우 참았다. 이내 그의 입을 나온 말이 딱딱했다.

"무슨 일인지는 네가 더 잘 알 거 아니야?"

— 아니, 잘 모르겠는데?

"전에 네가 하던 미친 짓, 모른 척하고 전부 봐준 이유는 전부 너희 아버지 때문이었어. 하지만 이번은 안 돼. 내가 세상에서 제일 사랑하는 여자는 건드리지 말아야 했어."

— 그러니까 처음부터 나한테 왔으면 좋았잖아.

"세상에 여자가 너 하나뿐이라고 해도 너한테는 안 가."

그의 화난 음성 따위는 상관이 없는지 아님 하준의 뜻 따위는 상관이 없었는지 미나의 목소리는 확신이 섞여 있었다.

— 아니, 너는 결국 내게 오게 될 거야.

"네가 계속 이런 식이면 나는 최후의 방법을 쓸 수밖에 없어. 너희 아버지."

세상에서 무서울 것 없이 제멋대로인 이미나가 딱 하나 겁을 먹고 무서워하는 것이 하나 있었다. 바로 그녀의 아버지, 이학명 이사장이었다.

하준의 의대 시절 은사이기도 했던 이사장은 이미나의 아버지라는 것이 믿기지 않을 정도로 올곧고 바른 사람이었다. 어떻게 그런 아버지 밑에서 이런 딸이 나왔는지 믿을 수 없을 정도로 다른 두 사람이었다.

— 안 돼! 하, 하준아. 아버지는 안 돼.

하준은 사정하는 미나의 목소리를 무시한 채, 전화를 끊어 버렸다. 그가 지금껏 미나의 말도 안 되는 행동에도 그녀의 아버지에게 말을 하지 않은 것은 미나 때문이 아니라 전부 자신의 은사 때문이었다.

은사에게 딸이 한 행동들을 직접 일러바치고 싶지가 않았다. 그만큼 아끼고 존경하는 은사였다. 입안이 썼다. 그리고 다른 무엇보다 다원이 걱정돼서 미칠 것만 같았다.

평소보다 일찍 병원 문을 닫고 퇴근한 다원은 집에서 곰곰이 생각 중이었다. 그 이미나라는 여자가 말했던 사실을 확인하기 위해 찾아간 건물 주인은 그녀의 말이 사실이라는 것을 확인해 줬다.

그 낡은 건물을 웃돈까지 얹어 주겠다는데 안 파는 사람이 어디 있겠냐며 주인은 되레 당당했다. 당장 이번 달에 병원을 비워 달라는 게 어디 있냐고 따졌더니 어차피 다음 달 초면 계약 기간이 끝나는 거 아니냐며 한 이 주 정도야 주인은 별 문제가 아니라는 듯 말했다.

언제나처럼 계약 기간이 끝나도 자연스럽게 연장될 거라 생각해 미리 주인과 합의를 보지 못한 다원에게도 문제가 있었다. 별 수확 없이 돌아온 그녀는 병원 일이 손에 잡히질 않아 병원 문을 빨리도 닫고 일찍 집으로 돌아온 터였다.

딩동딩동.

그녀의 멍한 머리를 깨우며 들려오는 초인종 소리에 다원은 누가 왔나 밖으로 향했다. 인터폰 화면으로 보이는 사람은 다름 아닌 하준이었다.

"하준 씨?"

연락도 없이 찾아온 하준이 의아해서 잠시 서 있자, 하준은 문 밖에서 얼른 문 좀 열어 달라며 그녀를 재촉했다. 영문도 모른 채 문을 열자마자 들어선 하준은 다급하게 그녀를 끌어다 안았다. 다원을 안은 그의 입에서 멈춰 있던 호흡이 다시 돌아오는 듯한 안도의 숨이 흘러나왔다.

"후우, 이제 좀 살겠다."

어디로 다원이 도망가는 것도 아닌데 하준은 숨도 쉴 수 없을 정도로 세게 그녀를 안고 있었다.

"연락도 없이 무슨 일이에요?"

그제야 안고 있던 팔을 푼 하준은 물끄러미 그녀를 응시했다.

"나한테 할 말 없어?"

"무슨?"

하준의 눈빛은 더없이 진지했다. 하지만 하준이 오늘 미나가 찾아와 했던 말을 벌써 알고 있다는 것을 전혀 알지 못하는 다원은 하준의 질문이 알쏭달쏭할 뿐이었다. 이 밤에 갑자기 달려와서 꽉 껴안으면서 듣고 싶은 말이라면? 다원의 눈이 부끄럽다는 듯 반달로 휘었다.

"설마…… 이 저녁에…… 사랑한다는 말?"

이 상황에서 듣는 사랑한다는 말은 그의 모든 불안감을 잠재우고 그를 웃게 만들었다. 이미나 때문에 혹시나 다원이 그와의 관계를 다시 생각하는 건 아닐까 불안했다. 다원에게 동물병원이 그저 생계를 위한 직장이 아니라는 것을 너무도 잘 알고 있었으니까. 그녀가 그곳에서 동물들을 진료하고 보살피며 얼마나 보람 있어 하는지 누구보다 잘 알고 있었다.

그런데 원망하는 말이 아닌 그녀에게서 들려오는 사랑하는 말이 이렇게 듣기 좋을 수가 없었다. 가지고 있던 모든 걱정과 불안을 다 없애 버리는 엄청난 말이었다.

사랑한다는 말은 하준에게 그런 의미였다. 하준이 사랑스러운 말만 하는 다원의 동그란 이마에, 오뚝한 코에 그리고 촉촉한 입술에 입을 맞췄다. 나도 당신이 너무 사랑스러워 미칠 것 같다는 말 대신 입술에 그의 마음을 가득 담아 그렇게 입을 맞췄다.

한참이나 계속된 사랑의 입맞춤이 다 끝나고 들뜬 열기가 조금 진정되자 두 사람은 소파에 앉았다. 다원의 손을 꼭 붙잡은 하준이 다시 물었다.

"정말 나한테 할 말 없어?"

또 사랑한다는 대답을 해야 하나 고민하는 것 같아 보이는 다원을 보던 하준은 결국 제 입으로 그 일을 언급했다.

"이미나가 찾아왔다면서."

어떻게 알았냐는 다원의 눈빛에 하준은 훈과 있었던 일들을 이야기했다. 그제야 다원은 갑자기 격하게 그녀를 끌어안았을 때, 느껴지던 그의 심장이 왜 그리 뛰었는지 알 수 있을 것 같았다.

"그렇게까지 막무가내일 줄은 몰랐어. 처음부터 이미나를 무시하며 피하는 게 아니라 단호하게 끊어 버렸어야 했어. 그랬으면 너한테 찾아가서 그런 일은 안 했을 텐데."

설마 그녀가 그런 일로 하준을 떠나기라도 할 거라 생각한 걸까? 전에 그녀였다면 그녀의 목숨보다 아끼던 병원을 지키기 위해서는 하준을 포기했을 것이다. 하지만 지금은 아니었다.

이미나에게서 하준과 헤어지라는 소리를 들었을 때, 잠시도 하준과 병원을 두고 어떤 것을 선택해야 하는지 고민하지 않았다. 무조건 그녀는 하준이었다. 그녀 스스로도 놀랄 일이었다. 그녀에게 하준이 그 정도일 줄은 짐작도 못 하고 있었다.

하지만 미나의 그 일로 인해 다원은 깨달았다. 하준이 그녀에게 어떤 의미인지, 그리고 그 일은 하준이 그녀에게 무엇보다 소중하다는 것을 깨닫게 된 계기가 됐다.

병원이야 다른 곳으로 옮기면 되는 일이었고 아예 병원을 접고 다른 동물병원에 페이 닥터로 출근을 해야 한다고 하더라도 그녀는 한순간도 하준을 포기하는 것 따위는 생각해 보지도 않았다.

다원이 어디로라도 갈까 싶은지 손을 단단하게 잡고 있는 그를 보는 그녀의 눈이 깊어졌다.

"나는 무조건 당신이에요. 꽤 오래전부터 당신이었다고요. 그러니까 이제부터는 불안해하지 마요."

"하지만, 당신이 아끼는 병원은 어쩌고?"

"어차피 계약 기간도 다 됐고, 예전부터 낡은 건물이 맘에 안 들기도 했어요. 이참에 좋은 건물로 옮기죠, 뭐."

"그럼 내가."

"아뇨."

하준이 하려던 말을 다원이 단호히 가로막았다.

"우선은 내 힘으로 해 볼게요. 그리고 정말 힘에 부치고 안 될 것 같으면 하준 씨한테 이야기할게요."

제 도움을 거절하는 그녀가 조금은 섭섭하기도 했지만 하준은 이내 단념했다. 스스로 해결하고 싶어 하는 이런 모습이 그가 사랑하는 여자, 정다원. 그녀다운 거였으니까.

"약속해. 조금이라도 힘들면 나한테 기대겠다고."

"알겠어요."

약속하겠다는 의미로 새끼손가락까지 걸고 나서야 하준은 다원을 놓아주었다. 하준의 손아귀에서 벗어난 다원이 궁금한 것이 있을 때마다 보이는 동그란 눈을 하곤 그에게 물었다.

"그런데 하준 씨, 아까 내가, 하고 뒤에 하려던 말이 뭐였어요? 드라마에서 나오는 재벌 3세처럼 건물을 통째로 사 준다거나 돈을 준다거나?"

다원의 이마로 하준의 딱밤이 날아왔다.

"안 알려 줌. 거절한 게 누군데?"

"아야, 궁금해서 그러죠. 네네? 좀 가르쳐 줘요."

하준의 팔에 매달려 애교도 떨어봤지만 그는 피식 웃기만 할 뿐 다원에게 절대로 말해 주지 않았다.

✻

얼마 지나지 않아 그에게 반가우면서도 마음을 무겁게 하는 전화가 한 통 걸려 왔다. 오랜만에 걸려온 은사의 전화였다. 마냥 은사의 전화를 반가워만 할 수 없는 건 미나와의 일 때문이었다.

한번 병원으로 찾아올 수 있겠냐는 은사의 부탁에 하준이 거절하지 못하고 병원으로 가는 도중에도 역시나 미나와의 일을 이야기해야 하는지 모른 척해야 하는지 마음속으로 갈등을 계속했다.

이사장실 안, 고급스러운 갈색 소파에 앉아 있는데도 하준은 자리가 자리인 만큼 편하지가 않았다. 잠시 자리를 비웠다는 이사장을 기다리며 앉아 있는 하준의 손이 갈피를 못 잡고 왔다 갔다 하고 있었다. 얼마나 시간이 흘렀을까? 문이 열리며 이사장이 들어왔다.

"내가 조금 늦었지?"

"아닙니다. 잘 지내셨습니까?"

머리가 조금 더 희끗해진 것을 빼곤 은사는 여전히 정정하셨다.

"나야, 잘 지냈지. 앉아. 편하게 앉아."

"네. 그럼."

"얼굴이 좋아졌구먼. 병원은 잘 되고?"

"네. 그럭저럭 괜찮습니다."

반갑다는 얼굴도 잠시 학명에게서 짧은 한숨이 흘러나왔다.

"혹시 나한테 할 말 없나?"

"무슨……."

모든 것을 다 알고 있다는 듯한 학명의 태도에 하준은 선뜻 이야기하지 못하고 망설였다. 오랜만에 얼굴을 비춘 제자가 차마 은사에게 딸이 했던 좋지 않은 행동들을 일러바칠 수가 없었다. 아무 말 없이 침묵하는 제자를 보는 은사의 얼굴에 착잡함이 얼핏 지나갔다.

"이번에는 미나가 어떤 일을 벌인 게야?"

"……."

끝내 딸의 잘못을 말하려 하지 않는 하준을 보는 학명의 눈이 조금은 풀려 있었다. 사실 그도 내심 하준이 미나와 짝이 되어 병원에 남았으면 얼마나 좋았을까 하는 생각을 아직도 하고 있었다. 하지만 안 되는 일은 안 되는 일이었다.

얼마 전, 미래에 딸이 시집을 간다든가 아님 병원을 개업하겠다고 하면 주려고 묶어 놓았던 돈이 소리 소문 없이 사라졌다. 딸의 명의로 되어 있는 돈이긴 했지만 꼭 필요한 곳이 아니면 절대로 손을 대지 말라고 당부했었는데 전부 없어진 것이었다.

거기다 우연히 전화로 미나가 하준과 통화하는 것까지 들어 버렸다. 당장이라도 달려와 내게 말을 전해도 될 것을 제자는 자신에 대한 예의로 찾아오기는커녕 지금도 침묵을 지키고 있었다.

"하준아, 네가 말하지 않아도 얼마든지 알아낼 수 있다는 걸 알고 있겠지? 내가 사람을 시켜서 듣는 것보다는 네게 듣고 싶어 그래."

설득하는 학명의 말에도 계속 갈등하던 하준은 결국 입을 열었다. 그의 딸이 벌인 일을 아래 사람들을 통해 듣는 것보단 관계되어 있는 그가 이야기하는 것이 더 나을 것 같았기 때문이었다.

"결혼을 생각하는 여자가 있습니다."

끝내 나온 하준의 말에 이사장의 얼굴이 굳었다.

"그런가. 그래서 미나가."

학명의 말은 계속되지 않았지만, 두 사람 모두 뒤에 따라올 말을 알고 있었다. 하준의 말이 계속됐다.

"제가 좋아하는 사람이 하는 병원 건물을 미나가 사들였습니다."

그와 동시에 이사장의 얼굴에는 낙담의 감정이 떠올랐다. 세 번의 유산 후에 겨우 얻은 딸에다 하나밖에 없는 딸은 어렸을 때부터 몸도 약했다.

안사람이 딸이 원하는 거라면 다 들어줬던 게 딸아이를 망치는 일이라는 걸 왜 몰랐을까. 어느새 딸은 자기밖에 모르는 안하무인이 되어 있었다. 의대 시절 때부터 병원에서까지 딸은 아무리 제가 아비라도 감싸 줄 수 없을 정도로 행동했다.

결국 하준이 병원을 나가자 이때다 싶어 딸을 반강제로 유학을 보냈다. 멀리 떨어져 지내다 보면 딸이 하준에 대한 집착을 버릴 거라 생각했지만 전부 소용없는 일이었다. 하준이 결혼할 사람에게까지 이리 개념 없이 행동하다니, 학명은 제자를 볼 수 없을 정도로 민망했다.

"미안하네. 내 자네 볼 면목이 없어. 제 엄마가 너무 싸고만 키워서 그래. 다시는 이런 일이 없도록 하겠네."

"죄송합니다."

"자네가 왜 죄송해."

하준은 은사에게 안 좋은 소리를 전하게 되어 마음이 좋지 않아 고개를 선뜻 들 수가 없었다. 거기다 딸의 잘못된 행동으로 고개를 들 수 없는 학명 역시 낙담한 얼굴이었다. 그리고 이 모든 일의 원흉인 미나가 문을 박차고 헐레벌떡 들어왔다.

"아, 아버지."

엘리베이터에서부터 뛰어왔는지 흐트러진 머리와 옷차림이 미나가 얼마나 다급했는지 보여 주고 있었다. 하준을 발견한 미나는 변명을 늘어놓았다.

"하준이가 한 얘기 전부 거짓말이에요. 아버지 저를 믿으세요!"

"그만해라. 내가 너를 모르니?"

"……."

낮게 타이르는 학명의 말에 미나는 꿀 먹은 벙어리라도 된 듯 입을 다물어 버렸다.

"실망이다. 나는 네가 더 잘할 줄 알았어. 너에게 건 기대를 매번 이렇게 저버리니 이제 나는 어떻게 해야 될지 정말 모르겠구나."

"……."

"처음부터 너를 그렇게 키우는 게 아니었는데, 이번 일은 네가 정말 잘못한 거야."

"……."

실망한 표정이 역력한 학명의 얼굴에 아무 말 못 하고 눈물만 흘리는 미나였다. 학명은 하준에게 그만 나가보라며 권했다.

"오늘 와 줘서 고마웠네. 그만 가 보게."

허리를 깊이 숙여 은사에게 인사를 하고 하준은 그길로 그곳에서 벗어났다. 갑자기 다원이 너무나 보고 싶었다. 하루 종일 이리 뛰고 저리 뛰고 하다 보니 벌써 해가 지고 있었다. 너무 늦어지기 전에 다원을 보려면 서둘러야 했다. 그녀에게로 가는 하준의 발이 점점 더 빨라졌다.

✻

봄날의 오후 카페, 하루 종일 무더운 땡볕에 볼이 붉어질 정도로 돌아다니다 저녁 무렵 겨우 돌아온 다원이 탁자 위로 쓰러지더니 힘없이 중얼거렸다.

"더워. 지연아, 나 얼음물 한 잔만."

얼음이 가득한 유리잔을 놓아준 지연이 이 더운 날 어디를 갔다 왔냐고 물었다. 시원하다 못해 차갑기까지 한 물을 한꺼번에 마신 다원은 당연한 걸 묻는다는 듯 대답했다.

"병원 옮길 자리 보고 왔지."

"그래서 괜찮은 곳은 있어?"

"괜찮은 곳이야 많지. 다만 돈이 없어서 문제지."

"하긴, 지금 너희 병원 건물이 낡아서 그 보증금에 그 월세였지. 안 그랬으면 어림도 없었어. 그냥 거기 계속 있지?"

"아니야. 나중에 또 무슨 일이 있으면 어쩌려고. 무조건 옮길 거야."

무슨 일이 있었는지 모르지만 새로 건물 주인이 된 이미나 대신 대리인이라는 김 비서라는 사람이 오더니 계속 전과 같은 계약 조건으로 건물에서 병원을 운영해도 된다고 했다.

하지만 한 번 병원을 옮기기로 마음을 먹은 다원은 제안을 정중히 거절했다. 전부터 하준의 병원 자리를 탐낼 정도로 병원을 옮길 생각은 하고 있었지만 시도하지 못했었는데 이번 기회에 새롭게 시작하고 싶었기 때문이다.

그래서 지금 다원은 새로운 안아줄 개를 위한 다른 장소를 찾기 위해 고군분투 중이었다. 그러나 돈도 돈이었지만 안아줄 개와 그리 떨어지지 않은 곳에 동물병원을 열 만한 장소를 찾을 수가 없었다.

이곳에 자리를 잡는 데 꽤 오랜 시간이 걸렸고 이제 단골도 많아졌고 또 친해진 동물 친구들이 보고 싶어서라도 병원 자리를 멀리 옮길 수가 없었다. 게다가 이제는 무엇보다 하준의 병원과 가까운 곳에 있고 싶었다.

하지만 주위에는 괜찮은 자리가 안 나는 걸 어떡한단 말인가. 구하면 구할수록 그 힘들다는 부동산의 벽에 부딪쳐 낙담하는 다원이었다.

"아! 왕 할아버지네 병원은 가 봤어? 거기 병원 문 닫는 거 알아?"

하늘이 무너져도 솟아날 구멍은 있다더니. 한 줄기의 빛 같은 지연의 말에 축 처져 있던 다원은 벌떡 일어났다.

"뭐? 언제? 부동산 아줌마는 별말 없던데?"

"며칠 전에 거기 간호사 순영이가 와서 커피 사면서 그러던데? 병원 문 닫고 어디 여행이나 다니시면서 사실 생각 하고 계신다고. 또다시 직장 구해야 하는데 걱정이라고."

"그래? 나 얼른 할아버지네부터 갔다 올게."

아까까지 지쳐 있던 사람이 맞는가 싶을 정도로 쌩쌩해진 다원이 할아버지네로 달려갔다. 위치도 건물 두 개만 지나가면 되는 데다 병원으로 사용되던 곳이니 몇 군데만 손대면 동물병원으로 사용하는 데 큰 무리가 없을 것 같았다. 인테리어 비용을 아껴 보증금에 보탤 수도 있고 그야말로 금상첨화였다.

뛸 듯이 기뻐하며 병원 건물 안으로 들어갔던 다원이 다시 건물을 나왔을 땐, 고개를 숙인 채였다. 딱 좋은 자리면 뭐하나? 이번엔 돈이 문제였다. 할아버지네 병원이 있는 건물은 그녀의 병원이 있던 건물보다 훨씬 더 신식인데 월세는 비슷했다. 다만 월세가 저렴한 대신 보증금이 비쌌다. 아무리 생각해도 여기보다 더 좋은 곳은 없을 것 같은데 보증금을 어떻게 맞추느냐가 관건이었다.

"어떻게든 되겠지."

보증금을 어떻게 맞출지 그 생각으로 머리가 가득하던 그녀를 깨운 건 메시지가 왔음을 알리는 휴대폰 소리였다.

[약속 잊은 건 아니지? 나는 벌써 도착해서 기다리고 있어.]

아차, 하준이었다. 오늘 저녁 공원에서 데이트 겸 산들이와 강아지 다원을 데리고 산책하기로 약속한 걸 깜빡 잊고 있었다.

"맙소사! 어떡해."

약속한 시간을 맞추기는 도저히 힘들 것 같아 미안하다고 조금만 기다려 달라고 문자를 보낸 그녀는 냅다 공원을 향해 달리기 시작했다.

약속 시간보다 한 십 분 정도 일찍 도착한 하준은 공원 벤치에 커다란 산들이와 조금 큰 강아지 다원을 데리고 앉아 있었다.

문득 처음 이 공원에서 다원을 만났던 그날이 생각났다. 준석이 지연과 다원을 보며 말을 걸었을 때, 혼잣말로 개수작이라고 중얼거리던 다원의 말에 웃음을 터뜨렸던, 다원이 싸 온 도시락에 놀라 맛의 비결을 물었을 때, 조미료가 최고라고 대답하던 그녀의 대답에 웃음을 멈추지 못했던 그가 생각났다.

그때는 그녀와 이런 사이가 될 줄은 정말 꿈에도 몰랐었는데, 이제 그녀만 생각하면 저절로 웃음을 머금는 그가 있었다.

낮에는 그리도 덥고 바람 한 점 불지 않더니 저녁엔 서늘한 바람이 불어와 그 바람에 하준의 머리가 흩날렸다. 지나가는 여자들이 부드럽게 웃으며 커다란 개를 쓰다듬는 하준을 힐끔거렸다. 동네 공원을 외국 영화의 한 장면으로 만들어 버리는 하준의 외모에 운동하던 여자들은 걸음을 멈추고 어떻게 그에게 말을 붙여볼까 고민하는 듯했다. 망설이던 무리들 중에서 용기 있는 여인이 나섰다.

"어머, 개가 너무 잘생겼네요. 이 강아지는 너무 귀엽고요. 두 마리 다 키우세요?"

다원에 대한 생각을 하던 하준은 생판 본 적 없는 사람에게서 생각을 방해받자 얼굴이 굳었다. 전 같으면 무시하고 자리를 떴을 텐데 조금 있으면 올 다원과 엇갈리고 싶지 않아 하준은 그 자리에 있을 수밖에 없었다.

"네."

무뚝뚝한 하준의 대답에도 눈에 띄게 상기된 여자는 이젠 은근슬쩍 운을 뗐다.

"저기, 혹시 혼자 오셨어요? 여자 친구는 있으신지."

그런 건 왜 묻는 건가 싶은 하준의 눈이 굳어지며 자신은 임자 있는 몸이라 자신 있게 이야기하려는데 멀리서 익숙한 형상이 크게 그를 부르며 달려오고 있었다. 그를 부르는 다원의 음성이 익숙할 법도 한데 하준은 꽤 놀란 눈치였다. 그를 부르는 호칭이 생전 처음 들어 보는 것이었기 때문이었다.

"여보!"

이러다 들이받는 건 아닌가 싶을 정도로 하준에게로 달려와 선 다원은 떡하니 그의 옆에 자리 잡았다. 하준의 눈이 기분 좋은 듯 휘어졌다.

"여보?"

"내가 많이 늦었지요? 여. 보. 미안해요. 여. 보. 가 기다리는 줄도 모르고 깜빡했지 뭐예요? 하하하."

여보라는 소리에 그에게 말을 걸던 여자는 슬금슬금 뒷걸음 치며 도망갔다. 그리고 주위에서 무리지어 있던 여자들도 하준이 못 먹는 감이라는 것을 알고는 각자 하던 운동을 계속했다.

그제야 다원은 어설펐던 연기를 그만뒀다. 공원으로 헐레벌떡 들어서는데 멀리서 봐도 딱하니 몸매가 끝내주는 여자가 하준에게 수작을 거는 걸 보곤 이성이란 건 없어진 지 오래였다. 홧김에 여보라고 소리를 치며 수작 걸던 여자를 쫓아낸 것까지는 좋았는데 그 뒷수습이 문제였다. 하준의 얼굴을 어찌 봐야 할지 몰라 다원은 두 손으로 얼굴을 감싸 버렸다.

"다시 한 번 불러 봐. 뭐라고?"

아까는 제정신이 아니었으니까 그런 게 가능했지. 지금 시킨다고 내가 할 수 있겠나? 이게 다 누구 때문인데. 웃음기 섞인 하준의 말에 다원은 괜히 억울했다.

"몰라요. 그러게 누가 아무 여자랑 이야기하래요?"

억울한 게 많아 보이는 다원을 보는데 하준은 왜 이리 기분이 좋은지. 정다원이 이리도 열렬히 질투하는 것을 볼 줄이야. 거기다 여보라니. 다원이 부르는 그의 호칭은 열쇠가 들어맞듯 그의 마음에 꼭 들었다.

"이제 너도 내 맘 좀 알겠네? 나도 다른 남자들이 너한테 수작 부리면 너처럼 이렇게 기분이 나쁘다고. 그런 의미에서 다시 한 번만 더 불러 봐. 다시 한 번, 응?"

조르는 하준을 보는 다원의 눈이 저절로 풀려 버렸다.

"그건 방금 같은 특수한 상황에서만 가능한 거예요."

방금 같은 특수한 상황이 아니더라도 다원이 그를 여보라고 부르는 소리를 들을 수 있다면 매일매일이 특별할 것만 같았다. 저도 모르게 속으로 생각하던 혼잣말이 튀어나왔다.

"매일 들었으면 좋겠다."

"네?"

"아, 아무것도 아니야. 그런데 왜 늦은 거야?"

"아, 병원 건물 자리 좀 알아보고 오느라고요."

병원을 옮기기로 하고 난 뒤부터 이리저리 바쁘게 지내고 있는 다원 때문에 데이트도 자주 못 해 불만이 아주 많은 하준이 그 사실을 모르지는 않았지만, 도움을 요청하면 언제든지 도와주려고 물었다. 그러나 가끔 어디어디 위치를 이야기하며 이곳은 어떤지 그에게 의견을 물어보기는 했지만 아직까지 다원은 하준에게 실질적인 도움을 요청하지는 않았다. 하지만 언제나처럼 진행 상황을 그에게 이야기하는 다원이었다.

"그래서 아직도 괜찮은 곳을 못 찾았어?"

"사실 오늘 드디어 찾았어요. 옆 옆 건물 왕 할아버지가 병원을 그만하신대요. 거기가 제일 위치도 괜찮고 월세도 지금처럼 싸고 다 좋은데 문제가 하나 있어요."

"무슨 문제?"

"보증금이 너무 비싸요. 아직 대출을 갚고 있는 처지에 또다시 빚을 지는 건 좀 그렇고, 살고 있는 오피스텔 전세를 빼고 어디 다른 싼 방을 찾아보거나 해야 할 것 같아요."

다원의 고민을 듣고 잠시 곰곰이 생각하던 하준이 입을 뗐다.

"그럼 내가 좀 도와줄까?"

솔직히 솔깃하긴 했지만 다원은 이내 고개를 흔들어 버렸다. 아직까지는 혼자서 해결하고 싶었다. 도와주겠다는 하준의 마음만으로도 고마웠다.

"피이, 고마운데 괜찮아요. 근데 내가 아무리 하준 씨 애인이지만 아무것도 안 묻고 덜컥 돈부터 빌려준다고 하면 어떡해요? 이것 참 큰일 날 남자일세."

"누가 돈 빌려준데?"

"그럼?"

"나랑 같이 살아. 오피스텔은 빼서 보증금에 보태고 따로 집 구할 필요 없이 나랑 같이 살자고."

그 말은…… 다원의 눈이 동그래졌다. 설마설마했다. 하준이 지금 이야기하는 말의 속뜻이 그녀가 생각하는 것이 맞는 건지 다시 그녀의 귀를 의심했다. 아무렇지 않은 듯 다원은 웃어 넘기며 물었다.

"하하. 하준 씨 집에 남는 방이 있었어요?"

"남는 방이야 있지만 그 남는 방이 아니라 나랑 같은 방을 써야지."

그녀의 생각이 착각이 아니었다. 같은 방이라니. 놀라 동그래진 눈을 하고 다시 다원이 되물었다.

"네?"

"뭐야? 나한테 여보라고도 불러 놓고 나한테 시집 안 올 생각은 아니지?"

"……"

아무런 말이 없는 다원을 보던 하준은 후회했다. 방금 전에 했던 말들을 다시 도로 주워 담고 싶었다.

다시 생각해 보니 남자인 자신이 봐도 너무 성급하고 너무 성의가 없었다. 오늘 갑자기 다원이 그를 불렀던 여보라는 소리가 그리 좋지 않았더라면 이렇게 성급하게 말하지 않았을 것이다.

거기다 어떻게든 그녀에게 도움이 되고 싶었던 하준은 오피스텔 전세금까지 빼서 병원을 옮겨야겠다고 이야기하는 그녀를 보는 순간 번뜩하고 떠오른 꽤 오래전부터 마음속에 담아 놓고 있었던 생각을 말해 버리고 말았다.

돈을 빌려준다고 하면 당연히 싫다고 할 거고 거기다 하준은 다원이 묻지도 따지지도 않고 싼 방이라면 그만인 그런 곳에서 살게 둘 순 없었다.

사실 이런저런 핑계들보다 진짜 그의 속내는 바로 이제 다원과 같이 살고 싶었다. 매일매일 다원과 함께 잠에 들고 일어나서 밥을 먹고 삶을 함께하고 싶었다. 여전히 아무 말이 없는 다원을 보는 하준은 점점 초조해졌다. 조심스럽게 하준이 다시 물었다.

"나한테 올 거지?"

그러겠다고 고개를 끄덕일 뻔했다. 떨리는 마음을 붙잡고 다원이 겨우 아무렇지 않은 듯 이야기했다.

"이거 지금 프러포즈 하는 건 아니죠? 설마 이 밤에 동네 공원에서 산들이와 강아지 다원이를 증인 삼아서?"

"당, 당연히 아니지."

분명히 프러포즈는 아니었다. 프러포즈의 탈을 쓴 제안이라면 제안이랄까? 하지만 확실하게 확인하고 싶었다. 그렇게라도 하지 않으면 하준은 지금 불안해서 미칠 것 같았으니까.

"오긴 올 거지?"

초조한 듯 다원의 손을 맞잡은 하준의 손끝이 잠시 떨렸다. 당장이라도 예스라고 외치고 싶었지만 다원은 설레는 마음을 숨기곤 새침하게 대답했다.

"하준 씨 방이 마음에 들면 한 번 생각해 볼게요."

"약속해."

요즘 초등학생들도 안 한다는 새끼손가락으로 도장도 찍고 복사까지 하고 나서도 하준은 앞에 멀뚱멀뚱 보고 있던 산들이와 강아지 다원을 증인으로 삼았다.

"너희도 다 잘 들었지?"

집에 도둑이 들 때나 사용할 법한 뛰어난 청각을 이런 데 쓰라고 강요하게 될 줄이야. 산들이와 강아지 다원은 걱정하지 말라며 똑똑히 들었다는 듯 하준을 향해 앞발을 들고 짖어 댔다.

"봤지? 얘들이 증인이야. 나중에 딴소리하지 마."

이제 증인까지 있는데 별수 있겠냐며 다원은 어깨를 으쓱했다. 하준이 텅텅 빈 방을 보여 준다고 해도 다원은 무조건 예스일 텐데, 정작 당사자인 하준은 모르니 그것이 문제라면 문제였다. 뭐든 열심히 하는 하준이 인테리어까지 배운다고 덤비는 건 아닐지 그게 다원은 걱정이었다.

하준이 했던 제안에 대해 별로 신경 쓰지 않는 척했지만 다원은 아주 조금 아니 꽤 많이 신경을 쓰고 있었다.

그 제안을 한 뒤로 출퇴근을 같이 하거나 밥을 같이 먹는다거나 아님 산책을 할 때도 그녀는 하준이 짠 하고 오늘 우리 집으로 오라고 초대하기를 기대하고 있었다.

하지만 그는 그 날 이후로 초대의 초자도 꺼내지 않았다. 하긴 제대로 인테리어를 하려고 하면 최소한 몇 주는 걸릴 텐데, 끈기 있게 참아야지 싶었다. 그래도 그의 초대가 기다려지고 설레이는 건 어쩔 수가 없었다.

하준이 자신의 방을 보여 주겠다고 한 날은 생각보다 일찍 다가왔다. 그의 제안이 있은 후부터 딱 일주일째 되는 날, 하준이 그의 집으로 그녀를 초대했다.

"오늘 저녁에 시간 어때? 우리 집으로 와."

시간이 꽤 걸릴 줄 알았는데 예상보다 일찍 다가온 초대에 이게 일반적인 식사초대 같은 건지 아님 그녀가 그리도 기다리던 방을 보여 주기 위한 초대인지 알 수가 없었다.

설레는 마음으로 하준의 집으로 간 다원은 그가 정성 들여 만들어 준 저녁을 어떻게 먹었는지 생각도 나질 않았다. 역시나 오늘은 그 날이 아닌가 보다 하고 생각하고 있었는데 하준이 다원의 손을 붙잡아 일으켰다.

"자, 이제 내가 꾸민 방을 봐야지."

'드디어!'

내심 기대로 그녀의 심장이 두근거리기 시작했다. 하준이 방문을 열어젖혔다.

"짠!"

어떻게 방을 꾸며 놨을지 기대하고 있던 다원은 하준이 준비한 방을 보곤 크게 놀랐다. 너무 잘 꾸며져 있어서가 아니라 너무 아무것도 없어서. 중간에 커다란 침대만 덩그러니 놓여 있고 방 안에 있던 모든 것들을 빼냈는지 아무것도 없이 휑했다.

"하준 씨?"

"며칠을 심각하게 고민했는데, 아무리 생각해도 여기는 당신이 원하는 걸로 손수 꾸미는 게 좋을 것 같아서. 나는 당신이 좋으면 뭐라도 상관없거든. 아, 침대만 내가 골랐어."

잘하는 인테리어 업자를 불러 방을 꾸밀까 아님 그가 손수 꾸밀까 이런 것들을 생각 안 해 본 것도 아니었다. 하지만 다원과 함께 살 집이라면 그녀의 맘에 드는 것이 가장 중요하다고 생각했다.

그리고 가장 중요한 문제는 바로 시간이었다. 내일 당장이라도 다원과 결혼이 하고 싶은데 인테리어라는 게 며칠 만에 뚝딱 하고 끝나는 게 아니었다. 물론 하준은 절대로 이 사실을 그녀에게 이야기하지 않을 거지만.

"어때? 나랑 같이 살 수 있을 것 같아?"

다원이 천천히 고개를 끄덕였다. 전에 한 번 들었던 물음이 다시 하준에 의해서 들려오고 있었다.

"그럼 나랑 결혼하는 거지?"

빈 방이라도 상관없다던 그녀의 다짐을 알아채기라도 한 듯 하준은 텅 빈 방을 보여 줬다. 그녀의 대답은 당연히 예스였다. 그 어떤 멋진 인테리어 가득한 공간보다 그의 빈 공간을 그녀가 채워 주길 원하는 그의 프러포즈가 좋았다.

다원은 그녀의 대답을 담아 하준의 입에 입을 맞췄다. 그런 그녀의 대답에 만족한 하준이 뜨겁게 다원의 입술을 삼켰다. 정신이 몽롱해질 정도로 뜨겁던 키스가 끝나고 정신이 들었을 땐 그녀는 커다란 침대 위에 누워 있었다.

다급한 하준의 손이 다원이 입고 있던 블라우스 속으로 불쑥 들어왔다. 하얀 레이스 속옷까지 위로 올린 그의 손이 부드러운 봉우리의 정점에 검지를 갖다 댔다. 그의 손이 닿았을 뿐인데도 꼿꼿이 반응하는 다원의 몸에 하준이 기분 좋은 듯 웃었다.

"내가 침대를 고르면서 고려했던 게 뭘까?"

목덜미를 살짝 물었다 떨어져서 그녀의 귓가에 속삭이는 저음의 목소리에 다원은 이제부터의 일어날 일들을 기대하며 달뜬 얼굴을 했다.

"으응?"

"우리가 격렬히 사랑을 나누어도 견딜 수 있는 견고함이야."

침대는 과학이 아니라 견고함이라니, 엉뚱한 생각에 웃음이 나오기도 잠시 뜨거운 하준의 손이 그녀의 치마 속으로 불쑥 들어왔다. 가느다란 허벅지 안쪽을 느슨하게 쓰다듬던 그의 손이 점점 더 위로 올라갈수록 다원의 입에선 신음이 흘러나왔다.

"하아."

당장이라도 속옷을 벗길 줄 알았던 그의 손은 속옷 위를 배회할 뿐이었다. 하지만 작은 천 쪼가리를 두고 은밀한 곳에 느껴지는 뜨거운 손은 그녀를 흥분시키기 충분했다. 전과 비교했을 때와는 달리 너무도 빨리 아래가 촉촉해지는 것 같았다. 어쩔 줄 모르던 다원은 하준의 팔을 붙잡았다.

"하, 하준 씨. 어떻게 좀."

다리가 꼬이고 아랫배는 찌릿한 느낌에 다원은 하준에게 매달렸다.

당장이라도 그녀의 안으로 들어가고 싶었지만 전처럼 아파하는 건 아닌지 싶어 시간을 두고 있었던 하준은 다급하게 바지를 벗어 던졌다.

"괜찮겠어?"

그녀의 얼굴을 조심히 쓰다듬으며 다시 묻는 하준에게 다원은 그의 목을 감싸는 걸로 화답했다. 조금은 빡빡한 그녀의 안을 단번에 뚫고 들어가자 다원은 신음을 흘리며 다리로 그를 감싸 왔다.

"하앗. 하, 하준 씨."

하준의 허리가 움직였다. 느릿느릿 그녀를 천천히 맛보다가도 빠르게 움직였다. 전에는 조금은 힘들어하던 다원의 뜨거운 안이 이번에는 그를 죽게 만들 작정인지 조여 댔다.

"으아아. 다원아, 네 안 미칠 듯이 좋다."

하준이 좋아하니 다원도 어설프게 그에게 맞춰 허리를 움직였다. 그녀의 작은 움직임에 하준은 괴로운 듯 신음을 흘려 댔다. 몇 번을 안을 들락거리던 하준이 잠시 멈추더니 그녀의 다리를 그의 어깨 위로 걸쳤다. 더 깊이 치고 들어오는 하준 때문에 다원은 열띤 신음만 흘려 댔다.

"하아. 아아아. 하준 씨. 너무 뜨거워요."

오늘따라 솔직해진 다원의 말들은 그를 더 흥분하게 만들었다. 더 깊이, 더 안으로 치닫던 하준의 몸짓은 한참이 지나서야 멈췄다. 그리고 마지막 순간에 언제나처럼 하준은 그의 마음을 뱉어

냈다.

"사랑해. 다원아."

다원 역시 같은 말을 내뱉었다.

"나도 사랑해요."

뜨거운 열기에 하준은 다원을 끌어당겨 깊게 안았다. 그의 품 속에서 다원이 졸린 눈을 비볐다. 하준이 다원의 이마에 조심히 입을 맞췄다.

"역시나 한 번으로는 잘 모르겠는데?"

몽롱한 기운에 다원이 위를 올려다봤다. 그녀의 등 뒤에 있던 그의 손이 점점 밑으로 내려가 동그란 엉덩이를 만지고 있었다.

"침대 말이야. 직원 말이 세계에서 제일 튼튼하다고 했거든? 한 번 갖고는 잘 모르겠어. 한 번 더?"

졸린 눈을 하고 있던 다원의 눈이 크게 떠졌다.

"못 말려. 정말."

그의 가슴을 콩콩 때리던 다원의 손을 하준이 단단하게 붙잡았다. 그러더니 그녀의 네 번째 손가락에 끼여 있던 반지를 빼는 게 아닌가? 놀라기도 잠시, 다원의 네 번째 손가락에는 알알이 박힌 다이아몬드로 눈이 부신 반지가 다시 자리 잡았다.

"하준 씨?"

"그러니까 당신이 무조건 책임지는 거야. 매일 이렇게 사랑도 나누고 이제 나랑 함께하는 거지?"

다원이 웃으며 하준을 끌어안았다.

"그래요. 내가 매일 이렇게 안아 줄게요."

매일매일을 살면서 다원이 이렇게 따뜻하게 안아만 준다면 하준은 감히 장담할 수 있었다. 매일매일이 더할 나위 없이 행복할 것이라고.

그리고 다원 역시 매일을 그녀의 두 팔로 강아지들이 아닌 하준을 안아 줄 수 있다면 더없이 행복할 것 같았다.

15. 님도 보고 수박도 따고

다원이 하준의 프러포즈를 받아들인 후부터 결혼을 향한 하준의 행보는 단거리 육상선수처럼 빨랐다. 정신 차려 보니 다원은 벌써 하준의 가족들을 만났고 이젠 그를 따라 그녀의 온 가족이 기다리고 있는 본가로 내려와 있었다.

차 뒷좌석에 실린 하준이 준비한 엄청난 선물들을 보던 다원은 지레 고개를 흔들었다.

"뭘 이렇게 많이 준비했어요. 이럴 줄 알았으면 나도 하준 씨네 갈 때 좀 신경 써서 갈걸."

"우리가 지금 경쟁하는 것도 아니고 나 참, 이제 와서 후회하는 거야? 당신 선물도 우리 부모님은 아주 흡족해하셨잖아."

"나는 고작 도토리묵 같은 거나 만들어 갔는데."

먼저 거리가 가까웠던 하준의 집으로 인사를 갔던 다원은 처음 부모님을 뵙는 자리에 어떤 것을 선물로 가져갈까 고민하다 직접 만든 음식들을 가져갔다. 그녀의 어머니, 이정숙 여사에게서 직접 전수받은 약밥과 제철 꽃으로 장식한 화전. 거기에 직접 쑨 도토리묵까지. 물론 그의 부모님들은 마음에 들어 하시는 것 같아 다행이긴 했다.

하준이 여전히 뒷좌석으로 시선을 두고 어떤 물건이 있는지 살피는 다원의 머리를 흩뜨렸다.

"우리 부모님께서 당신이 직접 만들어간 음식에 크게 만족해하셨으니 됐어, 걱정하지 마."

"그치만 하준 씨는 일 등급 한우에다가 양주, 저기 저 큰 과일바구니도 모자라 저렇게 큰 꽃다발까지 준비했는데."

미안해하는 다원을 보던 하준이 피식 웃었다. 당신의 가족에게 잘 보이고 싶어 뒷좌석이 가득한 선물에도 아직도 부족하다고 생각하는 내 맘도 모르고 말이야. 하준이 다원의 볼을 톡톡 건드렸다.

"당신이 어떤 걸 좋아하시는지 안 가르쳐 주니까 내가 이런 거 아니야."

"피이. 우리 엄마는 하준 씨라면 껌뻑 죽는 거 알잖아요."

엄마도 제 말하면 온다더니. 그녀의 어머니 이정숙 여사가 버선발로 뛰어나와 반겼다. 다만 딸인 다원이 아니라 하준을 더 반겼다는 것이 함정이라면 함정이었다.

"어서 와. 류 서방."

"안녕하셨습니까? 장모님."

아주 두 사람이서 껴안고 인사하느라 정작 다원은 뒷전이었다. 언제부터 류 서방이고 장모님인지, 두 사람이 언제 이리 가까워

졌는지 모를 일이었다.

“엄마, 나도 왔어.”

“어. 왔냐?”

정숙은 심드렁하게 딸의 얼굴을 한 번 볼 뿐, 그게 다였다. 다시 그녀의 관심은 하준에게로 향했다.

“류 서방 배고프지? 얼른 들어가지.”

“네. 안 그래도 장모님께서 차려 주시는 음식 먹고 싶어 죽는 줄 알았습니다.”

다원은 넉살 좋게 대꾸하는 하준이 낯설었다. 하준의 손까지 잡고 들어가는 정숙을 따라 다원도 역시 오랜만에 발걸음 한 집으로 발을 들였다.

“우리 딸 왔어?”

“왔냐?”

“고모, 오셨어요?”

집으로 들어가자 거실의 소파에 일렬로 앉아 있는 다원의 아버지, 오빠 그리고 다섯 살 된 조카가 그녀를 반겼다. 궁금함이 가득한 어른들의 눈동자부터 해서 초롱초롱한 아이의 눈동자까지 전부 그녀를 향하고 있었다.

정자세로 앉아 있는 식구들이 영 어색했다. 거기다 아버지는 누구 결혼식장 갈 일이 아니면 매지도 않는 넥타이까지 매고 계시질 않나, 지금쯤 달려와 다리에 매달려야 할 주리는 엉덩이를 들썩거리고 있었지만 여전히 소파에 얌전히 앉아 있었다. 거기다 고모 오셨냐니? 처음 들어 보는 조카의 존댓말은 꽤 큰 거리감이 느껴질 정도였다.

"아니, 주리까지. 왜들 그러고 있어요?"

다훈이 더 늦지 않게 저녁을 준비하러 부엌으로 들어가는 정숙을 확인하더니 다원에게만 들리게 속삭였다.

"어머니가 한사코 뼈대 있는 집안으로 보여야 한다고 하셔서 이러고 있다."

"내가 못 살아."

무슨 뼈대씩이나. 다원은 후에 진짜 가족의 모습을 알고 적응 못 하는 것보다야 처음부터 있는 그대로의 모습을 툭 까놓고 보여 주는 게 훨씬 나을 것 같았다.

남매가 속닥거리느라 정신이 없는 사이 정작 손님으로 찾아온 하준은 계속 그 자리에 서 있었다.

"우와, 왕자님?"

하준이 소리 나는 쪽으로 눈을 내리자 양 갈래로 머리를 묶은 꼬마 하나가 그의 다리를 붙잡고 위를 올려다보고 있었다. 동그란 얼굴이 눈에 익었다. 이제 보니 조막만 한 얼굴은 다원의 귀여운 얼굴과 많이 닮아 있었다.

하준의 눈이 절로 부드럽게 휘었다. 제게 호의적인 눈을 대한 아이는 안아 달라고 팔을 높이 들었다. 하준이 어설프게 주리를 안아 들었다.

처음 아이를 안아 보는 하준에게 안겨 있는 것이 불편할 텐데도 주리는 얌전히 안겨 있었다.

다원과 대화를 나누느라 정신이 없던 다훈이 눈을 돌려보니 소파에 얌전히 앉아 있기로 했던 주리가 보이질 않았다. 이리저리 두리번거리다 다훈은 하준의 품에 불편하게 안겨 있는 주리를 발견하곤 얼른 손을 내밀었다.

“자, 주리야. 이제 그만 아빠한테 와야지.”

“싫어. 나는 여기가 좋아.”

“주리야. 나야. 아빠. 주리 네 아빠라고.”

아빠라는 카드에도 주리는 꿈쩍도 하지 않았다. 다훈이 주리를 하준의 품에서 데려오려고 온갖 감언이설로 꼬드겼지만 소용이 없었다.

세상에서 딸이 가장 좋아하는 남자가 자신인 줄 알았던 다훈의 충격은 꽤 컸다. 아직 하준이 소개도 하지 않았는데 하준을 보는 다훈의 눈이 몹쓸 놈을 보는 눈이었다. 애매한 상황에 하준이 어쩔 줄 모르고 방황하고 있을 때 다원이 억지로 주리를 뺏어 들었다.

“주리야 이리 와. 하준 씨, 인사부터 해야지요.”

그제야 하준은 다원의 아버지께 인사도 올리지 않았다는 것을 인지했다. 처음부터 그 자리에 앉아 모든 상황을 주시하고 있던 그녀의 아버지가 그에게 눈길을 줬다.

“처음 뵙겠습니다. 류하준입니다.”

“어서 오게. 나는 하도 인사를 안 하기에 인사도 없이 내 딸 데려가나 했지.”

딸에 대한 마음이 아들인 다훈보다 더하면 더했지 절대 적지 않다는 것을 보여 주는 그녀의 아버지 앞에서 하준은 점점 더 긴장이 되기 시작했다. 류하준이 긴장이라니. 살면서 어떤 일에서도 자신감이 가득했던 그가 이리 긴장이라니 이건 그의 가족들이 안다면 별일이라며 놀랄 일이었다.

"아닙니다. 정식으로 인사드리겠습니다."

긴장으로 다리가 떨리는 걸 겨우 붙잡은 하준은 얼른 '따님을 제게 주십시오!' 하는 마음을 가득 담아서 그렇게 큰절을 올렸다.

하지만 준비해 왔던 다른 말들은 전혀 나오질 않았다. 어찌나 긴장이 되는지. 아마 사랑하는 여자 집에 찾아가 딸을 주십사 해 본 사람만이 알 테지. 말없이 그를 바라보기만 하시는 아버님의 눈길에 하준은 점점 돌처럼 굳어 가기 시작했다. 점점 돌처럼 굳어 가는 하준의 팔 위로 보드라운 살결이 느껴졌다.

"왕자님, 어디 아파요?"

아까 전까지만 해도 그에게 안겨 있던 주리였다. 표정이 안 좋은 하준을 보고 달려온 걱정이 가득한 눈을 한 아이는 다원을 닮아서인지 그에게 웃음을 머금게 했다.

다원을 닮은 이런 아이가 있으면 좋겠다는 그런 생각이 문득 들었다. 그렇다면 말로 형용할 수 없을 만큼 행복할 것 같았다. 하준이 따뜻한 손으로 주리의 머리를 쓰다듬었다.

"아니야. 괜찮아."

그런 그를 보고 있던 다원의 가족들의 눈이 부드럽게 휘었다.

'괜찮은 놈 같구먼.'

다원의 아버지의 속마음이었다. 아이를 좋아하는 남자치고 괜찮지 않은 놈은 본 적이 없었으니까. 손녀딸을 쓰다듬는 하준의 조심스러운 손길만 봐도 그가 얼마 있지 않으면 태어날 미래의 손자, 손녀들에게 최고로 좋은 아빠가 될 것이라는 것을 감히 장담할 수 있었다.

'칫, 그래도 얼굴만 빼면 주리한텐 내가 일 순위야.'

겉으로는 팔짱을 끼고 불만이 가득한 척하고 있었지만 다훈의 눈도 웃고 있었다. 한 번도 딸에게 왕자님이라 불려 본 적이 없어서 샘도 났지만 그래도 잘생긴 건 잘생긴 거니까 인정할 건 인정해야지. 그리고 잘생긴 얼굴이야 잠시지, 조금만 지나면 딸은 그에게 돌아올 게 분명했다. 모 드라마의 유명 대사처럼 사랑은 돌아오는 거니까.

"그만하고 밥부터 먹읍시다. 먼 길 오느라 우리 류 서방 배고프겠네."

식사 준비가 다 된 정숙이 가족들을 불렀다.

식사 도중에도 하준은 긴장을 놓을 수가 없었다. 식탁에서도 그를 유심히 살피는 시선들이 여전히 존재했기 때문이었다. 마음에 들긴 들었지만 혹시나 싶어 그의 실수를 찾는 두 남자의 시선은 매와 같이 날카롭게 빛났다. 그런 시선 속에서 편히 밥을 먹을 수 없는 게 당연했다.

하지만 이 집안의 여자들은 전혀 신경 쓰지 않고 하준을 챙겼다. 사위 사랑은 장모라더니, 이정숙 여사는 맛난 냄새를 풍기는 갈비를 하준의 앞으로 밀어 줬다.

"류 서방 어서 먹게."

전에 어머니가 들렀을 때, 싸 오셨던 반찬들을 하준이 잘 먹었던 걸 기억해 낸 다원도 반찬들을 그의 앞으로 전부 밀어 줬다. 차린 건 많았지만 앞에 먹을 거라곤 김치밖에 남지 않았던 아버지가 결국 입을 열었다.

"다원아, 네 아빠 입도 입이다."

"아, 죄송해요."

그제야 다원은 하준에게로 가져갔던 접시들을 제자리로 갖다 놨다. 이런 상태인데 어떻게 하준이 편하게 밥을 먹을 수 있겠냔 말이다. 그리고 가족들 중 절정은 주리였다.

밥 먹을 땐 항상 엄마 옆이었던 꼬마 숙녀가 오늘은 하준 옆에 기어이 앉겠다고 떼를 쓰는 바람에 어린이 의자까지 옮겨 줬더니 먹으라는 밥은 먹질 않고 괴상한 짓을 했다.

"왕자님, 자, 아."

작은 미니가 달린 숟가락에 밥과 엄마인 서라가 발라 준 생선 살을 조금 올린 아이는 하준을 향해 얼른 먹으라며 수저를 내밀고 있었다.

"주리야! 그러면 안 돼."

서라가 놀라 일어나선 딸을 저지했다. 하지만 총명한 눈을 한 아이는 고개를 갸우뚱했다.

"왜 안 돼? 왕자님은 시녀들이 이렇게 밥 먹여 주는 거 아니야? 공주님들은 그러던데."

얼마 전 봤던 만화에서 아픈 공주가 시녀들에게 시중을 받는 걸 봤던 딸이 여기서 따라할 줄이야. 서라는 딸이 이해할 수 있도록 눈을 낮춰 차근차근 설명했다.

"공주님들은 그래도 되지만 왕자님은 그렇게 받아먹고 그러면 안 돼. 왕자님은 멋있어야 하는데 그러면 전혀 멋있지 않잖아. 왕자가 공주님에게 먹여 주는 거라면 몰라도. 안 그러니?"

엄마의 친절한 설명에 납득이 간다는 듯 고개를 끄덕인 주리는 이번에는 밥그릇과 수저까지 하준에게 넘기곤 조그마한 입을 크게 벌렸다.

"아아."

하준에게 밥을 먹여 달라고 입을 벌린 주리를 보는데 온 가족이 당황했다. 아빠 다훈이 먹여 주겠다고 했지만 소용이 없었다.

"싫어. 나는 공주니까 왕자님이 먹여 줘야지."

집안의 첫 손녀다 보니 귀엽다고 키웠더니 고집은 또 어쩜 이리 센지. 결국 서라가 무서운 눈을 하고 일어났다.

"죄송해요. 이런 애가 아닌데. 정주리, 맴매 할까?"

엄마의 맴매 소리에 눈을 글썽이며 하준을 쳐다보는 주리였다. 금방이라도 울음을 크게 터뜨리고 싶었지만 울음을 참는 아이가 마냥 귀여운 하준은 서라를 말렸다.

"아닙니다. 처음이지만 제가 한 번 해 보겠습니다."

결국 서툰 손길로 하준이 주리에게 밥을 먹였다. 평소라면 질색을 했던 콩나물까지 먹은 주리를 보는 가족들이 못 말린다며 헛웃음을 터뜨릴 뿐이었다.

식사를 다 마치고 거실에 모여 앉은 가족들은 하준을 편하게 대하고 있었다. 누군가 한 식탁에 앉아 밥을 함께 먹으면 그게 진짜 가족이라더니 식사 한 끼로 하준을 가족으로 받아들인 다원의 가족들이 마냥 고마운 하준이었다. 소소하게 아버님은 뭐하시냐는 소리로 시작한 하준에 대한 질문은 한 시간이 넘도록 계속됐다.

"오늘은 자고 내일 아침 일찍 올라간다고 했나?"

하루 정도 더 머물거나 아님 내일 저녁에 올라가면 좋을 텐데, 다원의 병원 이전 마무리 문제로 일찍 올라가야 하는 두 사람이었다. 정숙의 물음에 하준이 아쉬운 듯 대답했다.

"네."

"그럼 우리 수박 밭도 못 보고 가는 건가? 아니지. 지금이라도 보고 와. 산책이라도 좀 하다가 거기 망루에서 수박도 하나 따서 먹고 와. 우리 수박이 농약 하나도 안 치고 유기농이어서 특별히 맛이 좋아."

갑자기 뜬금없이 수박 밭 산책이라니. 밤도 깊었는데 수박 서리까지 권하는 정숙이 이상한 다원이었다.

"엄마는. 이 밤에 무슨 산책이고, 수박이야. 그냥 일찍 자지 뭐."

"딸아. 우리 수박 밭이 제일 끝 어두운 쪽에 있어서 동네 사람들도 거의 안 지나간단다."

"그러니까. 어둡고 껌껌한 데는 왜 가냐고."

분위기를 잡아 줘도 다 깨먹는 딸이 답답하기도 했지만 정숙은 기어이 두 사람을 산책도 하고 수박도 한 덩어리 먹고 오라며 쫓아냈다. 하준이 나가는 걸 본 주리가 따라 나간다고 발버둥을 쳤다.

"나도 수박! 수박 먹을래."

하지만 주리를 꽉 붙잡은 다훈이 딸에게 더 맛있는 아이스크림을 사 준다고 달랬다.

"고모랑 고모부는 지금 수박을 먹으러 가는 게 아니란다. 하여튼 우리 이 여사 못 말리지."

"시끄러. 이런 걸, 임도 보고 수박도 딴다고 하는 거야."

지금의 아내를 인사시키러 다훈이 데리고 왔을 때도 정숙은 기어이 밤에 수박 밭 구경을 시켰었다. 언제고 손자 손녀들 시집 장가 갈 때까지 수박 밭 일은 계속하겠다던 정숙의 말이 스쳐 지나갔다. 뿌듯한 듯 노래까지 흥얼거리는 정숙을 보며 다훈은 고개를 흔들었다.

시골의 밤은 네온사인으로 가득한 도시의 밤처럼 밝지 않았다. 은은하게 떠 있는 별들만이 두 사람이 가는 길을 비추고 있었다. 커다란 귀뚜라미 소리를 주축으로 이름 모를 벌레들의 소리만 온통 가득했다. 하준의 손을 잡고 걷는 다원이 피식 웃었다.

"우리 엄마 정말 못 말려. 하준 씨한테 우리 수박 밭을 꼭 보여 주고 싶었나 봐요."

"그건 아닌 것 같은데?"

"아니요. 여기 동네에서 우리 수박 밭이 가장 크거든요. 어지간히 자랑하고 싶으셨나 봐요."

시간이 흘러도 여전히 눈치 없기는, 하준은 두 사람이서 오붓하게 시간이라도 보내라는 어머니의 배려를 진작부터 알아챘지만 다원은 전혀 모르는 눈치였다.

"그럼 얼른 구경시켜 줘야지."

모르는 척 하준은 다원의 손이 이끄는 곳으로 걸었다. 밤에 걷는 시골길이 이리 운치 있을 줄이야. 발에 닿는 자갈이 정겨웠고 코끝에 닿는 풀 냄새가 상쾌했다. 무엇보다 그의 손에 닿아 있는 다원의 온기가 그를 행복하게 만들었다.

그렇게 같이 걷다 보니 어느덧 수박 밭 앞에 도착했다. 그러나 밑에 위치한 수박 밭으로 가려면 밑에 있는 도랑을 건너야 했다.

"여기서 조심해서 밑으로 내려가야……."

다원이 머뭇거리고 있는 사이 단숨에 긴 다리로 뛰어 내려간 하준이 다원에게 손을 내밀었다. 조심히 그의 한 손을 잡은 다원이 두 발자국 그에게로 가까이 다가서자 하준이 기다렸다는 듯이 손으로 그녀의 허리를 번쩍 안아 내렸다. 다원은 그의 품에서 숨죽이고 그대로 안겨 있었다.

"계속 이렇게 안겨 있을 거야? 아예 안아서 저기까지 데려가 줄까?"

"아, 아니요. 가요."

주위가 컴컴했으니 망정이지 안 그랬으면 열이 올라 붉어진 다원의 얼굴이 하준에게 분명 들켰겠지. 다원은 붉은 얼굴을 한 채 망루로 걸어갔다. 뒤에서 하준의 작은 웃음소리가 들려왔다.

"하하. 같이 가."

다원과 하준은 넓은 수박 밭 가운데에 있는 망루에 올라 나란히 앉아 있었다. 고요한 밤에 들려오는 귀뚜라미 소리들 사이로 다원의 음성이 먼저 들려왔다.

"우리 식구들 괜찮았어요?"

"당연하지. 누구 가족들인데."

자기 자신이 봐도 조금 시끌벅적하고 엉뚱한 데가 있는 가족들이라 하준이 거부감이 든 건 아닌지. 하준 씨네 부모님들은 전부 조용하시고 차분하시던데. 괜한 걱정이 들었다.

"정말 괜찮았어요? 아빠도? 오빠도?"

"당연히 괜찮았어."

"주리가 너무 버릇없이 군 건 아닌지 모르겠어요."

“무슨, 귀엽기만 하던데? 누굴 닮았는지 엉뚱하기도 하고.”

다원이 가끔 데리고 나가면 동네 사람에게 주리가 고모를 빼다 박았다고 하는 소리를 자주 들었던 그녀는 피식하고 웃음을 터뜨렸다.

“알아요. 주리가 날 좀 많이 닮은 거. 새언니가 임신했을 때, 조카가 여자란 걸 알고 나서였나? 새언니의 미모를 못 물려받을 것 같으면 오빠는 닮으면 안 되고 고모라도 닮아야 한다고 새언니가 가끔 말했었대요. 그래서 그런가 봐요.”

“그래? 그럼 나도 매일 말해 줘야겠네. 당신 닮으라고.”

“큰일 날 소리. 왕자님으로 불리는 하준 씨 얼굴을 닮아야죠.”

“나는 당신 닮은 딸이면 좋겠어. 아마 분명히 우리 첫 아이는 딸일 거야.”

떡 줄 사람은 생각도 않는데, 딸이라고 미리 다 생각하고 미래를 정해 버린 하준이 우습기만 한 다원이었다.

“누가 보면 내가 아이라도 가진 줄 알겠어요. 우리 아직 결혼도 안 했거든요.”

“결혼이라면 좀 있으면 할 거고. 내 짐작으로는 금방 생길 것 같은데?”

다원의 등을 쓰다듬던 손이 점점 밑으로 내려갔다. 그의 뜨거운 손이 아래로 향하면 속절없이 그를 받아들일 것을 알고 있는 다원은 화제를 다른 곳으로 돌렸다.

“아, 수박! 여기 온 진짜 목적이 수박이잖아요. 우리 수박 먹어야지요.”

“어머니께서는 수박 때문에 우리를 여기로 보내신 게 아닌 것 같은데?"

"네? 그게 무슨……."

하준의 입술이 이 상황을 벗어나려 딴말을 하는 그녀의 입술을 삼켜 버렸다. 그를 부르는 소리가 아닌 다른 소리 따위는 듣지 않겠다는 듯이 그렇게 그녀의 입술을 탐했다. 그의 키스는 뜨거웠고 열정적이었다. 참을 수 없는 여름밤의 뜨거움이 하준을 지배하고 있었다.

하준이 조심스럽게 뒤로 다원을 눕혔다. 아무리 사람들이 지나다니지 않는 한적한 곳이라고 해도 주위가 다 트인 곳이니 하준은 눈으로 괜찮냐고 다원에게 묻고 있었다.

밝은 정신의 다원이라면 당연히 기겁하며 안 된다고 말했겠지만 누워서 볼 때 보이는 그의 눈이 너무 좋아서 그녀는 고개를 들어 그의 입술에 살짝 입을 맞췄다. 그녀만 담은 그의 눈이 형형하게 빛이 났다.

"사랑해. 다원아."

"나도 사랑해요. 하준 씨."

사랑을 말하는 두 사람의 모습이 아련하고 아늑했다. 여름밤에 뜬 별빛들이 두 사람 위로 쏟아져 내리고 있었다.

아무도 보이지 않는 여름밤, 하늘의 별이 서로를 안고 있는 두 사람에게로 닿고 있었다. 이제 평생을 함께하기로 한 두 사람의 약속이 밤하늘을 울렸다. 하준이 다원의 이마에 입을 맞췄다. 그의 품속에서 다원이 행복하게 웃었다.

"하늘에 별이 진짜 많네요."

다원의 손이 하늘에 반짝이는 별을 잡으려는 듯 하늘로 올라갔다.

"저기 저 별 따다 줄까?"

별을 따다 준다는 말도 안 되는 소리에 다원은 웃음을 터뜨렸다.

"진짜 따 줄 수 있어요? 설마 별사탕 같은 거 가져와서 별을 땄다고 하는 거 아니죠?"

그를 의심하는 다원의 이마로 아프지 않은 꿀밤이 닿았다.

"언제 내가 허언하는 거 봤어? 진짜야."

별을 따다 주겠다던 하준의 손이 난데없이 다원이 입고 있던 블라우스 속으로 불쑥 들어갔다. 갑작스런 그의 방문에 놀란 다원이 그의 밑에서 허둥거렸다.

"어어어? 왜 이래요?"

"왜 이러긴. 별 따려고 이러지. 앞으로 태어날 우리 딸 이름은 무조건 별이야."

"못 말려!"

하준의 어깨를 때리는 다원의 손에는 힘이 실려 있지 않았다. 하준의 뜨거운 입술이 그녀의 입술을 삼켰다. 하늘의 별을 따다 준다던 그의 말에 웃음을 터트리던 다원에게선 열락에 빠진 신음 소리만 흘러나왔다. 그날 밤, 정말 하늘의 별이 두 사람에게로 닿았을까?

에필로그

6년 후, 평화로운 토요일 아침. 다원과 하준이 껴안고 잠든 침대가 출렁였다. 부스스한 머리를 한 꼬마 여자아이가 침대 위에서 방방 뛰고 있었다. 아이를 따라 들어온 커다란 개 두 마리가 침대 밑에서 아이를 보호라도 하듯 보디가드처럼 앉아 있었다.

“아빠. 엄마. 얼른 일어나.”

하준이 청혼할 때 침대를 고르면서 딱 하나 고려했다는 튼튼한 매트리스 덕분에 움직임이 안 느껴져서인지 아님 어젯밤에도 하준에게 안기느라 힘들었기 때문인지 다원은 꿈적도 하지 않았다.

하지만 하준은 들리는 작은 아이의 소리에 눈을 번쩍 떴다. 세월이 흘러도 변하지 않는지 그의 얼굴은 여전했다. 전에는 눈에 띄게 잘생긴 얼굴 위에 차가움이 가득했던 그의 얼굴에는 이제 부드러움이 자리하고 있었다. 다원을 만나 정착하고 가족을 이룬 그는 이제 전처럼 무뚝뚝하거나 차가운 모습 같은 건 찾아볼 수 없었다.

침대에서 벗어나 아이를 번쩍 안아 드는 하준의 눈은 세상에 둘도 없는 딸바보의 눈이었다.

"우리 별이 잘 잤어?"

올해로 여섯 살이 되는 류별. 하준의 바람대로 딸은 그가 사랑하는 다원을 꼭 빼닮았다. 다원은 한 외모 하는 하준을 더 닮았으면 하고 바랐지만 배가 불러 있는 동안 하준이 쉴 새 없이 당부했던 것이 무색하지 않게 태어나자마자 누구의 딸인지 딱하면 알 수 있을 정도로 엄마를 꼭 빼닮아 있었다. 하준의 품에서 별이 소싯적 아빠 품에서 엄마가 했던 것처럼 꼼지락거렸다.

"아빠? 오늘 산들이랑 원이 목욕도 하고, 또 마당에서 그네도 밀어 주고, 또 고기도 구워 먹기로 하고. 또 또 또…… 하기로 했잖아."

주말이 아니라 평일에도 잘 놀아 주는 아빠인 하준이었지만 이번 주는 딸과 시간을 보낼 수 없었다. 그의 친구인 준석이 드디어 평생의 염원이었던 결혼을 하고 일주일 동안 신혼여행을 떠났기 때문이었다.

하준이 결혼했을 당시 일주일 동안 신혼여행을 떠나는 그를 보며 자신도 꼭 똑같이 갚아 주겠다고 하더니 꼭 일주일을 병원을 비웠다. 그런 친구 때문에 일주일 내내 병원에 메여 있다 보니 딸과 함께 할 시간이 별로 없었다.

"그지? 아빠 오늘 별이랑 놀아 준다 하곤 늦잠을 잤네?"

"다원이 엄마도 깨워서 같이 하자."

아빠 이름은 아직 정확하게 몰라도 별이는 엄마 이름은 정확하게 기억했다. 왜냐? 강아지 다원 때문이었다. 별이가 말을 배우기 전까지는 별 생각 없이 강아지에게 다원이라고 불렀었다. 하지만 어느 가을날, 별이가 엄마, 아빠보다 가장 먼저 내뱉은 말은 바로 다원이었다.

"다…… 다 운…… 운. 다운. 다원……."

별이가 갓난아기 때부터 옆에서 떨어지지 않았던 강아지 다원이었다. 잠시 아이 분유를 타러 가거나 화장실을 가더라도 아기 침대 옆을 지키고 앉아 있던 강아지였다.

별이가 아장아장 걷기 시작할 때도 그 뒤를 보호하듯 졸래졸래 따라다녔었다. 시간이 지날수록 귀염상의 얼굴을 벗어 버리고 든든했던 강아지는 튼튼하게 컸고 그렇게 별이와 함께 무럭무럭 자라나 이제 별이의 좋은 친구가 되었고 든든한 보디가드가 되었다.

다원아, 다원아 하고 부르던 걸 들은 별이가 가장 먼저 했던 말이 바로 다원이었다. 그제야 다원과 하준은 강아지의 이름을 줄여서 원이라 부르기로 결정했다. 나중에 별이가 충분히 크면 본래 원의 이름이 다원이었고 왜 그리 되었는지 이야기를 해 주기로 했다.

엄마 아빠는 어떻게 만났냐고 물어 오는 딸에게 그에 관련된 러브 스토리를 이야기해 줄 날을 기대하고 있는 하준이었다.

"아빠? 얼른 엄마 깨워. 별이 배고파."

시끄러운 소리에 작게 뒤척이는 다원을 본 하준은 얼른 딸을 안고 안방을 나왔다.

"엄마는 오늘 좀 피곤할 거야. 아빠랑 아침 먹고 이제 같이 놀아야지?"

"좋아. 좋아."

가장 먼저 주방으로 들어간 하준이 아이를 의자에 앉혀 놓고 아침을 만들기 시작했다. 아침은 간단하게 계란 프라이를 한 다음 간장과 참기름을 조금 넣고 슥슥 비벼 주기만 하면 된다.

"짠, 우리 별이가 좋아하는 간장 계란 밥!"

"우와!"

별것 아닌 아침에도 딸은 커다란 리액션으로 그를 감동시켰다. 하준이 감격한 눈을 하곤 딸의 이마에 입을 맞췄다.

"자, 먹자."

커다란 볼에 비벼진 밥을 둘이서 사이좋게 나눠 먹은 부녀는 그릇을 물에 담가 놓곤 마당으로 나갔다.

햇살도 따뜻하고 딱 강아지들 목욕하기 좋은 날씨였다. 마당에서 놀고 있던 강아지 두 마리가 뛰어와 별이를 반겼다. 얼마 전, 온 가족이 봉사 활동 갔다 별이가 울고 불며 떼쓰는 바람에 어쩔 수 없이 데리고 온 아이들이었다.

별이의 떼에 못 이겨 데려오면서 다원은 딸에게 엄하게 조건을 내걸었다. 강아지들 밥 챙기는 것과 일주일에 한 번 산책은 별이가 책임져야 한다는 조건이었다.

일주일에 한 번 정도는 밥 주는 걸 깜빡하기도 했지만 딸은 엄마와 한 약속을 잘 지키고 있었다.

그리고 며칠 전부터 별이는 그리도 강아지들 목욕시키고 싶다고 노래를 불렀다. 하지만 강아지들을 목욕시키는 것은 아직 어린 별이 혼자서 책임지기에는 힘들어서 아빠나 엄마의 도움이 있어야 가능한 일이었다.

그래서 하준은 이번 주말 토요일에 같이 하기로 별이와 새끼손가락을 걸고 약속했다. 그 날부터 오늘 토요일만 기다린 별이었다.

다원과 결혼하면서 인테리어 할 때 마당에도 호스를 설치해 이젠 집 안이 아니라 밖에서 목욕이 가능했다. 하준이 팔을 걷어붙였다. 하준이 하는 행동을 보던 별이도 입고 있던 티셔츠의 팔을 돌돌 말아 올렸다. 찬물도 위아래가 있으니 가장 먼저 부녀의 목욕 서비스에 당첨된 개는 바로 산들이었다.

"산들아. 이리 와. 너부터 해 주마."

물을 적시곤 목욕 용품으로 거품을 내서 솔로 닦아 줘야 했다. 하준이 반쯤 하다 별이에게 솔을 내밀었다.

"우리 별이도 해 볼까?"

"으응."

고사리 같은 손으로 슥슥 잘도 하니 산들이도 좋다고 온몸을 흔들며 좋아했다. 덕분에 입고 있던 옷이 젖어 엉망인데도 아이는 좋다고 웃었다. 아이의 깨끗하고 밝은 웃음이 거품을 타고 하늘로 올라갔다.

"으하앗. 차거. 하하. 아빠 산들이가 좋다고 춤춰."

"그러게 우리 별이가 씻겨 줘서 좋나 보다."

사랑스런 딸을 보는 하준의 눈은 세상에서 가장 행복한 눈을 하고 있었다.

"우리 딸! 날씨도 좋은데 물놀이도 할까?"

"정말? 우와, 아빠 진짜 최고다."

하준은 마당에 있던 커다란 대야를 들고 마당 안쪽으로 달려가 물을 받아 왔다. 그리고 그 대야에 각종 장난감을 넣어 별이가 놀 수 있는 작은 풀장을 만들었다. 엉덩이에서 조금 올라와 찰박거리는 물속에서 아이는 즐겁게 팔을 첨벙거렸다.

"원아! 이리 들어와."

밖에서 맴도는 원이를 기어이 불러 들인 별이는 첨벙첨벙 물장난 중이었다.

"헤에. 원아. 맨날 토요일이었으면 좋겠다."

"멍멍."

별이가 원이의 목을 꼭 붙잡고 함께 물장구를 치는 동안 하준은 남은 강아지들을 씻기기 시작했다. 별이는 정신없이 놀았고 강아지들을 씻기는 하준의 손길은 분주했다.

"여보! 별아!"

현관문을 열고 달려 나온 다원이 마당을 보곤 계단에 멈춰서는 기겁을 했다.

"아침부터 별이 감기라도 걸리면 어쩌려고 이래요. 거기다 마당을 온통 물바다로 만들어 놓으면 어쩌자는 겁니까. 별이 아버님? 네?"

아침부터 들리는 엄마의 잔소리에 별이 원이 뒤로 숨었다.

"으아! 엄마 화났어!"

하지만 하준은 끄떡도 없이 걱정하는 다원을 안심시켰다.

"걱정 마시죠. 별이 어머님. 별이가 노는 물은 따뜻한 물이네요. 마당 안쪽에서 물 받아 왔어. 그리고 이건 전부 내가 다하고 치울게."

더 이상 할 말이 없어진 다원은 한동안 부녀가 있는 마당을 응시하다 딸이 즐겁게 놀고 있는 풀장으로 다가갔다. 엄마가 맴매하지 않는다는 걸 알아차린 별이는 좋다고 물총을 가지고 원이에게 쏘아 대며 놀고 있었다. 원이는 별이가 쏘는 물총을 다 맞으면서도 아무런 말없이 꼬리를 흔들고 있었다.

"류별, 재밌어?"

"응. 엄마! 내 총을 받아라."

개구쟁이 딸은 대답과 함께 물을 엄마에 쏘아 댔다. 갑작스런 물총 세례에 다원의 잠옷은 젖어 갔다.

"류별. 엄마 다 젖어."

"하하하. 엄마. 시원하지?"

"너어어. 안 되겠다."

다원이 딸이 가지고 있던 물총을 뺏어 들곤 아이에게 장난스럽게 물을 쏘기 시작했다.

"으아. 아빠!"

딸이 부르는 소리에 출동한 하준은 들고 있던 호스를 가지고 다원에게 물을 뿌려 대기 시작했다. 물총과는 비교도 안 되는 물줄기에 다원은 뒤로 돌아 그 물을 속절없이 맞을 수밖에 없었다. 옷이 홀딱 젖는 걸로 모자라 차가운 물줄기로 인해 추워진다고 느껴질 때쯤 다원은 두 손을 번쩍 들었다.

"아, 항복! 항복."

"아빠, 그만. 엄마가 항복이래."

언제 왔는지 별이 하준의 다리를 잡고 그를 말리고 있었다. 엄마를 똑 닮은 눈을 하고 올려 보는 딸이 얼마나 예쁘고 사랑스러운지 하준은 들고 있던 호스를 내려놓고 아이를 안아 들었다.

"으차, 누구 분부인데 당연히 그만둬야지."

"응. 아빠 최고로 사랑해!"

"나도 우리 별이 세상에서 최고로 사랑해."

두 사람이 껴안으면서 감격스런 표정으로 사랑을 말하고 있는데, 햇빛이 짱짱한 마른하늘에 비가 오는 것도 아니고 물이 뚝뚝 떨어지기 시작하더니 곧 거센 물줄기가 되어 두 사람 위로 떨어졌다.

"감히 둘이서 나한테 물을 뿌렸겠다! 두 사람도 한번 맞아 봐!"

이제 호스를 들고 있는 사람은 다원이었다. 다원이 껴안고 있는 두 사람을 향해 물을 퍼붓기 시작했다. 하지만 그 거센 물세례 속에서도 하준은 안겨 있는 별이를 보호하며 거센 물줄기를 온몸으로 막아 내고 있었다.

"하하. 아빠 얼른 피하자."

넓은 마당을 이리저리 뛰어다니는 그들의 뒤로 물줄기가 어김없이 따라붙었다. 정신없이 뛰어다니는 세 사람 주위로 개들도 뛰어다녔다. 하준도 다원도 별이도 오랜만에 함께하는 물놀이가 즐거운지 꽤 오랫동안 계속됐다.

맑은 날씨 아래에서 계속된 물놀이는 해가 중앙을 넘어서서 오른쪽으로 꽤나 넘어갔을 때야 멈췄다.

물놀이가 끝나고 난 뒤 세 사람은 바비큐를 위해 마당 중앙에 자리했다. 일찍부터 마당을 뛰며 운동 아닌 운동을 했더니 꽤 배가 고팠던 별은 동그란 하얀 탁자 한편에 앉아 발을 까딱거리고 있었다.

"아빠! 얼른 주세요. 얼른."

옆에서는 바비큐용 드릴에 불을 피우고 고기와 소시지, 각종 야채를 굽고 있는 하준이 있었다. 고기가 익어 가는 소리와 익어 갈수록 맛있는 냄새가 몽글몽글한 연기와 함께 넓은 마당에 가득했다.

들고 있는 포크로 식탁을 두드리며 별이는 배가 고프다고 난리였다. 보다 못한 다원이 금방 준비한 커다란 볼에서 보기만 해도 상큼해 보이는 샐러드를 핑크색 접시에 덜었다.

"별아, 배가 많이 고프면 우선 여기 샐러드라도 먼저 먹자."

"싫어. 고기 먹을래. 이거 먹으면 고기 많이 못 먹잖아."

"얘가. 누굴 닮아서 이렇게 식탐이 많은지. 여자는 식탐이 많은 게 좋지 않다고 그랬는데도 이런다?"

맛만 좋으면 그만이었고 혼자였던 시절에는 조미료로 음식 맛을 내곤 했던 다원이었지만 결혼을 하고 아이를 가지고부터는 조미료 같은 건 일절 쓰질 않았다.

어떤 부모든 아이에게 좋은 것만 주고 싶은 거였고 다원도 부모였다. 과일 같은 몸에 좋은 걸 먹으면 좋을 텐데 별은 다원의 식성을 꼭 빼닮아서는 고기나 소시지 같은 걸 너무 좋아해 다원을 걱정시켰다.

하준이 잘 구워진 고기가 가득한 접시를 테이블 중앙에 내려놓으며 그런 걱정 따위는 걱정도 아니라는 듯 웃음기 섞인 목소리로 말했다.

"누굴 닮긴 당신 닮아서 그렇지."

여전히 그녀를 놀리기를 좋아하는 남편을 향해 다원이 곱게 눈을 흘겼다.

"뭐라고요? 당신 지금 나 식탐 많다고 놀리는 거예요?"

"아니야. 그냥 별이가 당신을 똑같이 닮았다고."

그리고 하준의 입술이 다원의 이마에 가볍게 닿았다. 다원의 얼굴이 빨개졌다. 두 사람이 함께한 지 꽤 시간이 흘렀음에도 여전히 다원은 하준의 작은 입맞춤에도 그와 처음으로 입을 맞췄을 때처럼 심장이 두근거렸다.

"아이참, 별이가 보는데."

"걱정 마. 우리 딸은 지금 고기 먹느라 정신이 없으니까."

하준의 말대로 별은 작은 포크로 고기를 찍어 먹느라 정신이 없었다. 피식 웃은 다원이 작은 손짓으로 남편을 불렀다. 이리 가까이 와 보라고. 가까이 다가온 하준의 볼에 좀 전에 버드키스에 대한 답례로 다원이 입을 맞췄다.

"더운데 고기까지 굽는다고 수고했어요."

"수고는 무슨. 내 여자들을 위해 이까짓 고기쯤이야."

더운 날씨에 불앞에서 수고하느라 그의 이마에는 땀이 송글송글 맺혀 있었지만 힘들다는 내색은 전혀 찾아볼 수 없었다.

"별이가 다 먹기 전에 당신도 얼른 앉아요."

"냄새를 하도 맡았더니 별 생각이 없네. 당신부터 어서 먹어. 요즘 통 입맛 없어 했잖아."

세 사람이 앉은 테이블에서 조금 이른 저녁이 시작됐다. 어제 저녁에도 고기반찬하고 밥을 먹어 놓고도 한 몇 달 만에 고기 구경을 하는 사람처럼 별은 허겁지겁 포크를 놀리고 있었다. 그 옆에서 다원이 편하게 식사를 할 수 있게 하준은 딸을 챙기고 있었다. 그리고 틈틈이 다원에게 주스를 건넨다거나 하며 그녀를 챙기고 있었다.

"우와. 하늘에 불났어!"

다 먹고 나서 올챙이배가 된 별이 소리쳤다. 여름이라 해가 짧아져서 그런지 시간이 얼마 되지도 않았는데 노을이 지고 있었다. 말로 할 수 없을 만큼 아름다운 주황빛으로 타고 있는 노을이 세 사람을 향해 내려앉았다.

"정말이네? 별이 말처럼 하늘 진짜 불난 것처럼 붉네."

하준이 별의 동그란 머리를 쓰다듬었다. 다원의 눈이 행복하게 빛났다. 아이를 통해 보는 세상은 언제나 신기하고 활력이 넘쳤다. 혼자였다면 볼 수 없었던 것을 하준을 통해서 그리고 별이를 통해 본다. 별이를 중앙에 두고 하준과 눈이 맞닿았다. 그의 눈이 행복하냐고 묻고 있었다. 다원은 당연한 걸 묻는다는 듯 고개를 끄덕였다.

거실에서 작게 쌕쌕하고 숨소리가 들려왔다. 고단하게 들리는 소리를 따라가 보면 거실 한가운데에 강아지들이 만든 원 중앙에서 별을 발견할 수 있었다. 별이가 나비잠을 자고 있었다.

"녀석, 마당을 그리도 뛰어다니더니."

바비큐의 뒷정리에 설거지까지 마친 하준이 아이의 머리맡에 앉았다. 저녁 먹은 걸 다 소화시킬 작정이었는지 별이는 산들이, 원이 다른 강아지들까지 해서 네 마리의 강아지들과 정신없이 마당을 뛰며 신나게 놀았다. 안 곯아떨어지면 그게 더 이상한 일이겠지.

"별이 자요?"

하루 종일 밖에서 바짝 말라 햇볕 냄새가 나는 빨래를 가지고 들어온 다원이 빨래를 한쪽에 놓아두고 까치발을 하고 다가왔다. 아이가 자는 모습을 보는 두 사람의 눈이 반달처럼 휘었다.

"이건 또 뭐지?"

하준이 옆에 놓여 있던 별의 일기장을 발견했다. 며칠 전부터 유치원에서 일기를 써야 한다며 일기장을 사 달라고 하더니 며칠째 계속 쓰고 있었나 보다. 아까 부엌에서 봤을 때도 열심히 원이와 이야기하며 뭔가를 적고 있더니 그게 오늘의 일기였나 보다. 하준이 반응하기도 전에 다원이 먼저 일기장을 집어 들었다.

"읽어 봐도 되겠죠?"

"그럼, 보라고 펼쳐 놓은 거 아니겠어?"

"그죠? 몇 년 있으면 사생활을 존중해 달라면서 일기장에 막 자물쇠 걸어 놓고 할 텐데, 이때 아니면 언제 또 딸의 일기를 훔쳐보겠어요?"

다원과 하준은 떨리는 마음을 가지고 처음으로 딸의 일기장을 훔쳐보기 시작했다.

[제목: 신나는 하루

날짜: 2020년 7월 10일

오늘 아빠가 물놀이를 하게 해 줬다. 엄마가 물로 공격했지만 아빠가 다 막아 줬다. 우리 아빠는 진짜 최고다. 저녁에는 고기 파티를 했다. 왠지 오늘따라 더 푸짐한 것 같았다. 배가 진짜 산만큼 커지도록 먹었다. 맨날 맨날 고기만 먹었으면 좋겠다. 먹어도 먹어도 맛있어서 최고였다.

먹고 나서는 강아지들이랑 뛰어놀았다. 원이랑 노는 건 재밌다. 하지만 원이가 말을 못 해서 답답하다. 홍굴이는 동생이랑 놀고 하던데. 나도 나랑 말하고 놀 수 있는 동생이 있었으면 좋겠다.

홍굴이가 동생이 갖고 싶으면 엄마 아빠한데 말하면 동생을 준다던데. 내일 말해 봐야지.

동생이 오면 꼭 하고 싶은 말이 있다.

동생아, 얼른 와서 나랑 재밌게 놀자. 내가 매일 매일 안아줄 개.]

귀여운 아이의 일기에 소리 내서 웃고 싶었지만 아이가 깰까 봐 웃음을 참고 두 사람은 눈으로만 웃었다. 군데군데 맞춤법이 틀린 말들도 보였지만 여섯 살짜리 아이가 쓴 일기치곤 꽤 잘 쓴 일기에 하준의 얼굴은 내 아이는 이렇게 잘났다고 자랑하고 싶어 하는 뿌듯함까지 보이는 듯했다.

"일기 하나도 너무 잘 쓰는 거 아니야? 우리가 천재를 낳았나 봐."

팔불출 아빠의 얼굴을 하고 있는 하준을 보는 다원의 고개가 못 말린다는 듯 흔들렸다.

"착각은 자유랍니다."

일기를 한참을 들여다보며 감동에 젖어 있던 하준이 다원의 귀에 속삭였다.

"우리 딸이 동생이 갖고 싶다네?"

낮은 목소리를 타고 그의 뜨거운 입김이 그녀의 귓가로 들어왔다. 다원의 몸이 흠칫하고 떨렸다. 만약 지금 남편에게 잡히면 꼼짝없이 밤새 남편에게 시달릴 터였다. 언제나처럼 목적을 이룰 때까지 열심을 다하는 남편을 너무도 잘 알고 있었다. 다원이 재빨리 일어나 도망가려 했지만 소용이 없었다.

"어딜 도망가려고?"

덥석 하준이 다원을 안아 들었다.

"꺄……."

뒤에 따라온 다원의 비명은 하준의 입속으로 사라졌다. 다원을 안아 든 하준이 안방으로 모습을 감췄다. 두 사람의 소란과 작은 방문 소리에 별이가 잠에서 깨려고 작게 뒤척였다. 낌새를 알아차리고 눈을 뜬 원이 별의 가까이로 다가갔다. 폭신한 감촉에 다시 자세를 고친 별이 원의 허리를 베고 다시 잠들었다.

혼자였던 다원과 하준이 만나 둘이 되고 별이까지 해서 셋이 됐다. 그리고 오늘 밤이 지나고 나면 이제 넷, 아니 다섯이 될지도 모를 일이었다.

그리고 넷이든 다섯이든 숫자는 상관없었다. 다원과 하준, 그리고 별이는 새로 만나는 가족을 언제나 서로를 아끼고 사랑한다고 안아 줄 테니까.

— *The end*

작가 후기

벌써 여섯 번째 책이 나왔습니다. 조금은 재밌고 유쾌한 글을 적어 보고 싶다는 생각에 시작한 글이 이 '안아줄 개'라는 글입니다. 엉뚱하면서도 누구보다 동물을 사랑하는 다원이라는 캐릭터를 만들면서 많이 행복했습니다. 겉으로는 투덜거리지만 속으로는 따뜻한 하준 역시 마찬가지였습니다. 책장을 넘기시다가 한 번쯤은 미소 지으셨으면 하고 소망해 봅니다.

이 글을 무사히 내보내는 데에는 많은 도움이 있었습니다.

언제나 저를 편안한 목소리로 대해 주시는 스칼렛의 이은정 님. 늘 감사드립니다.

그리고 오타도 많고 부족한 부분도 많았던 글의 교정을 맡아 주신 강서윤 님. 세심한 코멘트가 많은 도움이 되었습니다. 정말 감사드립니다.

글 쓰는 동안 내 히스테리 받느라 고생한 나의 사랑하는 동생 써니. 고맙다.

마지막으로 로망띠끄의 독자님들! 정성 어린 댓글이 제가 이 글을 끝마칠 수 있었던 힘이 되어 주었습니다. 여기에서나마 고마움을 표하는 것을 너그러이 용서해 주시길.

'돈을 주고 사지 마세요. 사랑으로 입양하세요.'

유기견 보호센터에 붙어 있는 문구입니다. 수없이 버려져 일정 기간이 지나 갈 곳이 없으면 안락사에 처해지는 아이들. 하지만 이 아이들의 생명을 살리기 위해 노력하시고 애쓰시는 분들과 버려진 아이들을 사랑으로 생명을 입양하시는 분들. 이분들이 계셔서 아직 세상은 아직도 살 만하고 따뜻하다고 느낍니다.

끝으로 그분들께 존경과 감사를 보내며 글을 마칩니다. 고맙습니다.

그리고 끝까지 부족한 글을 읽어 주셔서 정말 감사드립니다.

여러분의 삶에 행복한 일만 가득하시길 기도합니다.

민(MIN) 드림.

안아줄 개

1판 1쇄 찍음 2015년 9월 1일
1판 1쇄 펴냄 2015년 9월 7일

지은이 | 민(MIN)
펴낸이 | 정 필
펴낸곳 | **(주)뿔미디어**

기획 · 편집 | 이은정, 강서윤

출판등록 | 2002년 9월 11일 (제1081-1-132호)
주소 | 경기도 부천시 원미구 소향로 17, 303(두성프라자)
전화 | 032)651-6513 / 팩스 032)651-6094
E-mail | scarlets2012@hanmail.net
블로그 | http://blog.naver.com/dahyangs
홈페이지 | http://bbulmedia.com

값 9,000원

ISBN 979-11-315-6737-1 03810